무너진
세상에서

WORLD GONE BY

무너진 세상에서

데니스 루헤인 | 조영학 옮김

DENNIS LEHANE

황금가지

WORLD GONE BY
by Dennis Lehane

차례

키크스의

파란 눈과 100만불짜리 미소를 그리며

...I'm driving a stolen car

On a pitch black night

And I'm telling myself I'm gonna be alright.

— BRUCE SPRINGSTEEN, "STOLEN CAR"

프롤로그
1942년 12월

작은 전쟁으로 뿔뿔이 흩어지기 전만 해도 함께 모여 큰 전쟁을 지원하기도 했다. 진주만 공습 1년 후였는데, 장소는 플로리다 탬파, 베이쇼어드라이브의 팰러스 호텔 베르사유 무도회였고, 그들은 그곳에서 유럽 전선 주둔군을 위해 군비를 모금했다. 만찬과 검은 넥타이가 있는 파티. 그날 저녁은 따뜻하고 비는 오지 않았다.

6개월 후, 5월 초의 무더운 저녁.《탬파 트리뷴》의 형사 사건 담당 기자가 우연히 그 행사 사진들을 보고, 최근 살인이나 피살로 지역 신문에 오르내리는 사람들 중에 그날 밤 기금 모금 파티에 참석한 사람들이 그렇게나 많다는 사실에 기겁했다.

기자는 흑막이 있다고 생각했지만 국장은 그 반대였다. 이런, 여기 보세요. 기자는 포기하지 않았다. 여기 바에서, 디온 바르톨로와 리코 디자코모가 술을 마시잖아요. 여기, 모자 쓴 작은 친구는 마이어 랜스키가 분명해요. 그리고…… 임산부와 얘기하는 친구 보이죠? 지난 3월에 공시소에서 봤어요. 게다가 여기…… 시장하고 시장 마누라가 지금 대화하는 상대가 조 커글린인걸요. 이 사진에도 조 커글린이 있어요. 깜둥이 깡패 먼투스 딕스하고 악수하고 있는 사람요. 보스턴 조는 거의 사진을 찍지 않지만, 이날 밤에는요? 벌써 두 번이나 등장했어요. 여기 담배 피우는 작자 보이죠? 흰옷 입은 여자 옆에? 죽었어요. 이 친구도 그렇고. 여기 댄스플로에 하얀 디너재킷? 이 친구는 병신 신세가 됐고.

국장님, 이 친구들 모두 그날 함께 있었어요. 기자가 주장했다.

국장은 생각이 달랐다. 탬파는 얼핏 규모가 있어 보이지만 아주 작은 도시야. 길 가다 보면 죄다 아는 사람이지. 이 파티도 전쟁 비용 때문에 열었잖아? 할 일 없는 부자들 놀이판이라 개나 소나 다 모인 거야. 이봐, 그날 밤에는 정말 개나 소나 다 모였어. 유명 가수 둘, 야구 선수 하나, 당시 한창 유행하던 라디오 드라마에 출연 중이던 성우 셋, 플로리다 제일은행 총재, 그라머시퓨터의 CEO, 우리 발행인인 P. 에드슨 하페까지…… 그 사람들까지 3월 유혈 사태에 끼어들지는 않았잖아? 하긴 그 때문에 도시가 한참 시끄럽기는 했지.

기자는 조금 더 우겼지만 국장도 황소고집이었다. 그래서 화제를 바꾸어 독일 스파이들이 탬파 부두에 침투했다는 소문을 논했다. 한 달 후, 기자는 입대하고, 사진들은 《탬파 트리뷴》의 사진 보관소에 들어가, 사진에 나온 사람들이 모두 지구를 떠난 후에도 오래도록 햇빛을 보지 못했다.

기자는 2년 후 안지오 해안에서 전사하고 국장은 그보다 30년을 더 살다가 심장병으로 세상을 떠났다. 국장은 이미 바르톨로 범죄 패밀리와 관련해 더 이상 어떤 기사도 싣지 말라는 지시를 받았지만 죽은 기자가 그 사실까지 알 수는 없었다. 조지프 커글린, 탬파의 시장, 고귀한 탬파 마피아의 고귀한 막내······. 그렇지 않아도 그 새끼 때문에 실컷 욕을 먹었어, 안 그래? 당시 국장이 들은 얘기는 그랬다.

들기로는, 12월 그날 밤의 참석자는 모두 국외 파병을 지원하는 단체에 속했으며, 단체는 범죄와 아무 관련이 없었다.

사업가 조지프 커글린이 행사를 주관한 이유는 직원들이 너무 많이 입대하거나 징발되었기 때문이었다.

빈센트 임브룰리아가 복권을 돌렸다. 그 역시 동생 둘이 전선에 나간 터였다. 하나는 태평양, 하나는 유럽 어딘가······. 둘 다 소식은 없었다. 복권의 최고상은 그달 말 뉴욕 파라마운트의 시나트라 콘서트 제일 앞 열 표 두 장과 타미야미 챔피언 일등칸이었다. 다들 닥치는 대로 티켓을 샀지만, 시장 여편네가 이기도록 이미 결정 났다는 사실을 모르는 이는 거의 없었다. 그녀는 시나트라의 광팬이었다.

우두머리 중의 우두머리인 디온 바르톨로가 댄스 동작을 조금 선보였다. 그래 봬도 과거 청소년 시절에 여러 번 상을 탄 실력이다. 덕분에 탬파의 명문가 여자들이나 영애들에게는 대대로 물려줄 얘기가 생기기도 했다. ("세상에, 악당이 그렇게 우아하게 춤을 추다니, 말도 안 돼!")

탬파 지하세계 최고의 스타 리코 디자코모는 형 프레디, 그리고 사랑하는 모친과 함께 등장했다. 그의 치명적인 매력을 이길 사람은 먼투스 딕스뿐이었다. 흑인 딕스는 키가 비정상적으로 컸는데 정장과 구색을 맞춘 비단 모자 덕분에 더 커 보였다. 파티장 흑인은 거의 예외 없이 손에 접시를 들고 돌아다녔으나 먼투스 딕스만은 백인들의 접대를 기대하는 사람처럼 파티장을 활보했다.

파티는 딱 아쉬움이 남지 않을 정도로 화려하고, 계절이 끝날 때까지 숙덕거릴 정도까지만 위험했다. 조 커글린은 횃불을 들고 도시의 악귀들과 접촉하면 그들 모두를 종다리로 보이게 만들 정도의 재능이 있었다. 소문에 따르면 커글린 자신이 한때 유력한 깡패였지만 지금은 다행히 깨끗이 손을 씻은 터였다. 지금은 웨스트센트럴 플로리다 전체를 통틀어 최고의 자선가이자, 병원, 무료 급식 시설, 도서관, 보호소 들의 친구였다. 혹여 항간의 소문대로 범죄세계를 완전히 떠나지 않았다고 해도, 솔직히 지금 위치에 오르기까지 신세 진 사람들이 있을 수밖에 없지 않은가. 그런 사람들에게 성의를 보인다고 비난할 수는 없다. 재계 거물, 공장 주인, 건축업자 등, 그곳에 모인 사람들은 노동자들의 동요를 잠재우거나 보급로를 뚫고 싶을 경우 누굴 찾아야 할지 잘 알고 있었다. 조 커글린이야말로 공적으로 발표된 것을 사적으로 어떻게 이룰지를 아는, 이른바 도시의 가교였다. 따라서 그가 파티를 열면, 그 파티에 누가 등장하는지부터 챙겨봐야 했다.

정작 조 자신이라면 그 행사도 파티 이상의 의미는 없었다. 이를테면 조가 주관한 파티란 이런 종류였다. 상류층 쓰레기들이 길거리 흉악범을 만나고, 판사들은 깡패 두목들을 만나 법정에서든 밀실에서든 한 번도 만난 적이 없다는 듯 너스레를 떨었다. 성심교회 목사도 나타나 행사와 손님들을 축복하고는 여느 손님들처럼 신이 나서 술을 퍼마셨다. 예쁘지만 얼음같이 차가운 바네사 벨그레이브, 즉 시장의 아내가 조를 향해 감사의 잔을 들고, 먼투스 딕스같이 무시무시한 깜둥이는 세계대전에서의 무용담으로 거만한 백인 노인들을 즐겁게 해주었다. 가시 돋친 말이나 무례한 행동은 전혀 없었다. 에, 당연히 파티는 성공일 수밖에 없었다. 어쩌면 그 시즌에서도 가장 성공한 파티였으리라.

사소한 문제가 있기는 했다. 조가 바람을 쐬기 위해 뒷마당에 나갔다가 꼬마를 만난 것이다. 꼬마는 뒷마당 잔디밭 끄트머리에서 나무 그늘을 드나들거나 앞뒤로 지그재그로 달렸다. 아이들과 노는 것 같기도 했으나 아이라고는 꼬마 하나뿐이었다. 키와 체격으로 볼 때 나이는 예닐곱 정도? 아이가 두 팔을 활짝 펼치고는 프로펠러와 비행기 엔진 소리를 연이어 흉내 내더니 두 팔로 날개를 만들어 나무가 늘어선 곳 가장자리를 뛰어다녔다.

"바우우우웅, 바우우우웅."

어른 파티에 아이가 혼자 있다는 사실 말고는 별로 이상한 점은 없어 보였다. 그러다가 문득 아이의 옷이 10년은 족히 유행이 지났다는 사실을 눈치챘다. 아니, 실제로는 20년도 더 구식이었다. 니커보커 스타일. 아이들이 커다란 골프 모자를 쓰고 다니던 시절 얘기다. 물론 조 자신도 저 나이였을 때 저런 옷을 입었다.

거리가 멀어 얼굴을 알아볼 수는 없었으나, 더 가깝다 해도 별 차이가 없으리라는 생각도 들었다. 멀리서 본 아이의 얼굴은 터무니없을 정도로 인상이 분명치 않았다.

조는 파티오를 벗어나 잔디밭을 가로질렀다. 아이는 계속 비행기

소리를 내며 잔디밭 너머 어두운 숲 속으로 사라졌다. 어둠 속 어딘가에서 계속 붕붕 소리가 들렸다.

조가 잔디밭을 반쯤 지나는데 누군가 오른쪽에서 속삭였다.

"잠깐만, 커글린 씨? 조 맞습니까?"

조는 허리춤의 데린저 쪽을 향해 손 하나를 미끄러뜨렸다. 평소에는 잘 쓰지 않지만 검은 넥타이 행사에 어울리겠다는 생각에 챙겨 온 총이었다.

"접니다."

보보 프레체티가 잔디밭 가장자리의 벵골보리수 나무 뒤에서 나왔다.

조는 손을 다시 앞으로 가져왔다.

"보보, 아이는 잘 크나?"

"잘 지냅니다, 조. 어떻게 지내셨습니까?"

"나야 잘 지내지."

조가 나무가 늘어선 곳을 보았지만 어둠뿐이었다. 이제는 아이 목소리도 들리지 않았다. 그가 보보에게 물었다.

"누가 아이를 데려온 거야?"

"예?"

"저 아이. 비행기 흉내 내고 있었는데……"

조가 숲을 가리켰다.

보보가 조를 바라보았다.

"저쪽에서 아이를 보지 못했어?"

조가 재차 가리키며 물었다.

보보가 고개를 저었다. 보보는 하도 덩치가 작아 한때 승마 기수였다 해도 다들 믿는 눈치였다. 지금은 모자를 벗어 두 손에 들었다.

"러츠에서 금고가 털렸다는데 소식 들으셨습니까?"

조는 고개를 저었다. 보보가 언급하는 얘기가 베이팜스 쇄석회사 금고라는 사실은 알고 있었다. 패밀리의 운송회사에 딸린 자회사인데 6000달러를 날렸다고 들었다.

"저도 파트너도 그곳이 빈센트 임브룰리아 소유라는 사실을 몰랐습니다. 둘 다요."

보보는 두 팔을 흔들었는데 마치 야구 선수를 홈에 불러들이는 감독 같았다.

조도 그 기분을 이해했다. 지금의 삶이 결정된 것도, 저 옛날 기저귀도 채 떼지 못했을 시절 디온 바르톨로와 함께 겁도 없이 어느 깡패의 카지노를 털었기 때문이 아니었던가.

"그래, 별일 아니야. 그래도 돈은 돌려줘."

조가 담뱃불을 붙이고 담뱃갑을 금고털이한테 건넸다.

보보는 조에게서 담배 한 개비와 라이터를 받고 고갯짓으로 인사를 했다.

"그러려고 했습니다……. 에, 제 파트너, 필 아시죠?"

필 칸토르. 코가 크기 때문에 매부리 필이라고 불렀다. 조가 고개를 끄덕였다.

"필이 빈센트를 찾아가 실수를 고백했습니다. 돈이 있으니까 당장 돌려놓겠다고도 말씀드렸죠. 그런데 빈센트가 어떻게 나왔는지 아십니까?"

조가 고개를 저었지만 대충 짐작은 갔다.

"필을 차가 다니는 도로 위로 집어던졌어요. 그것도 라파예트에서 백주대낮에 말입니다. 그래서 쉐보레 라디에이터 그릴에 부딪쳐 담장에 맞은 공처럼 튕겨 나갔죠. 엉덩이가 박살 나고 무릎도 다 나갔습니다. 턱은 철사로 고정해야 했습죠. 라파예트 가운데 뺄었는데 빈센트가 그렇게 말하더랍니다. '우리한테 두 배로 갚아라. 시간은 일주일 주마.' 그리고 침을 뱉었죠. 도대체 어떤 괴물이 사람한테 침을 뱉습니까? 그게 사람이 할 짓이에요, 조? 도대체…… 사람이 박살 나서 거리에 누워 있는데 어떻게 눈 하나 깜빡 안 하죠?"

조가 고개를 저으며 두 팔을 벌렸다.

"내가 뭘 도와주면 되겠나?"

보보가 조에게 종이 가방을 건넸다.

"돈은 전부 다 있습니다."

"원래 액수? 아니면 빈센트가 말한 두 배?"

보브가 안절부절못하며 숲을 둘러보다가 다시 조를 보았다.

"얘기 좀 잘 해주십쇼. 조는 다르잖습니까? 우리가 실수를 했고 그 때문에 내 파트너가 병원에 들어갔습니다. 한 달 정도? 그 정도만 해도 대가는 충분하다고 생각해요. 부탁드립니다."

조가 잠시 담배를 피웠다.

"내가 이 난장판에서 빼내주면……"

보보가 조의 손을 잡고 입을 맞추었으나 대부분은 조의 시계에 닿았다.

조가 손을 빼냈다.

"그럼, 나한테 뭘 해주겠나?"

"말씀하십시오."

조가 가방을 보았다.

"액수는 정확해?"

"1달러까지 확인했습니다."

조가 담배를 한 모금 빨고 천천히 내뱉었다. 아이가 돌아오면 좋으련만…… 하다못해 소리라도 듣고 싶었으나 저 숲에는 분명 아무도 없었다.

그가 보보를 보며 말했다.

"알았다."

"알았다고요? 맙소사, 도와주시겠습니까?"

조가 끄덕였다.

"하지만 공짜는 없어, 보보."

"압니다. 알고말고요. 감사합니다. 감사합니다."

조가 한 발짝 다가섰다.

"내가 뭐든지 부탁하면…… 어떤 일이든, 당장 달려와라. 알았나?"

"알고말고요, 조. 당장 달려오겠습니다."

"나를 속이면?"

"절대 그럴 리 없습니다. 절대로."

"그럼 네놈한테 저주를 내리겠다. 그냥 저주가 아냐. 아바나의 마귀 의사를 아는데 절대 타깃을 놓치는 법이 없지."

보보는 경마장 주변을 알짱대며 성장했기에 미신을 신봉했다. 그가 손바닥을 모두 내보였다.

"걱정하지 않으셔도 됩니다."

"그냥 흔한 저주 얘기가 아니야. 뉴저지의 수염 달린 이탈리아 노파의 헛소리와는 차원이 다르다."

"걱정하지 않으셔도 됩니다. 빚은 반드시 갚겠습니다."

"히스파니올라 섬과 쿠바의 저주 얘기다. 네 후손까지 괴롭힌다는."

"약속합니다. 신께서 저를 쳐 죽이실 겁니다요."

조를 바라보는 보보의 이마와 눈썹에 땀이 송골송골 맺혔다.

"아냐, 그럴 필요까지는 없다. 그럼 빚을 못 갚잖아."

조가 보보의 얼굴을 톡톡 건드렸다.

빈센트 임브룰리아는 두목 승진을 앞두고 있었지만, 정작 본인은 그 사실을 모르고 있었다. 조로서는 별로 좋은 생각이 못 된다는 쪽이었으나 어려운 시절이었다. 거친 애들이 점점 귀해진 데다 쓸 만한 애들 태반이 전쟁터에 나갔기 때문이다. 결국 다음 달에 빈센트는 진급할 예정이었지만, 그때까지는 여전히 엔리코 '리코' 디자코모 밑에서 일을 해야 했다. 요컨대 쇄석회사에서 훔친 돈은 실제로 리코 소유라는 뜻이었다.

리코는 바에 있었다. 조는 돈을 밀어주고 상황 설명을 했다.

리코는 술을 홀짝거리면서 매부리 빌한테 어떤 일이 있는지 듣고 인상을 찌푸렸다.

"달리는 차 앞에 던져요?"

"그래."

조도 자기 몫의 잔을 홀짝였다.

"그런 싸가지 없는 짓을 하다니."

"그러게 말이다."

"아무리 깡패라도 할 짓이 따로 있지."

리코는 두 사람 몫으로 술 두 잔을 더 시키며 잠시 생각을 정리했다.

"내가 보기에도 벌은 그 정도로 충분해요. 보보한테는 이렇게 전해 주세요. 더 이상 걱정할 필요는 없지만 당분간 우리 술집에는 면상 디밀지 말라고. 다들 진정할 시간이 필요하니까. 근데, 그 얼간이 턱을 아작 냈다고요?"

조가 고개를 끄덕였다.

"그 애 말로는."

"코가 아니라 안됐군요. 그럼 성형도 가능했을 텐데. 더 이상 술 취한 신처럼 보이지도 않고 매부리니 팔꿈치니 하는 놀림도 그만 받고요."

그는 방을 돌아보며 말꼬리를 흐렸다.

"그나저나 대단한 파티입니다, 두목."

"이젠 네 두목 아니다. 다 옛날 얘기야."

조가 대답했다.

리코는 그 말에 눈썹을 찡긋하는 식으로 대답하고 조금 더 방을 둘러보았다.

"아무튼 대단한 파티예요. 성공을 위해 건배."

조는 댄스플로를 보았다. 멋쟁이들이 새침데기 아가씨들과 춤을 추었다. 어느 누구라고 할 것 없이 눈부실 정도로 때 빼고 광을 냈다. 그리고 아이가 다시 나타났다. 아니, 착시였을까? 아이는 정장과 드레스 사이에 잠깐 모습을 드러냈다. 다른 곳으로 고개를 돌릴 때 보니 뒤통수에 자리 잡은 작은 까치집이 이채로웠다. 모자는 벗었지만 니커보커 바지는 여전했다.

그리고 다시 사라졌다.

조는 술잔을 놓으며 오늘 저녁에는 그만 마셔야겠다고 다짐했다.

후일 조는 이 파티를 최후의 파티로 기억할 것이다. 운명이 저 무자비한 3월을 향해 곤두박질치기 전의 마지막 여흥.

하지만 당시만 해도 그저 성대한 파티에 불과했다.

1장
델프레스코 부인의 문제

1941년 봄, 토니 델프레스코라는 남자가 플로리다 탬파의 테레사라는 여자와 결혼했다. 불행하게도, 이 결혼에서 조금이라도 좋은 기억이라고는 결혼식밖에 없었다. 남자가 여자를 술병으로 한 대 때렸다. 그러자 여자도 크로켓 타구봉으로 남자를 박살 냈다. 타구봉은 토니 물건이며, 몇 년 전 아레초에서 가져와 탬파 서쪽, 델프레스코의 집 질퍽거리는 뒷마당에 삼주문(三柱門)과 말뚝들과 함께 놓아두었다. 토니는 낮이면 시계를 수리하고 밤에는 금고를 털었다. 그의 말에 의하면, 크로켓은 마음을 안정시켜 주는 유일한 놀이였다. 그놈의 마음이라는 곳이 워낙 설명 불가이기에 더 암울해지고 늘 분노에 찌들었으나, 그래도 토니는 그럴싸한 직업이 두 개나 되고, 예쁜 아내가 있고, 주말이면 크로켓을 즐길 여유도 있었다.

토니의 머릿속이 얼마나 난장판인지는 모르겠지만 1943년 초겨

울, 테레사가 타구봉으로 두개골 옆을 쪼개면서 모조리 새어 나왔다. 경찰의 결론에 따르면, 테레사는 첫 타격으로 남편이 의식을 잃은 후에 남편의 광대를 밟아 머리를 부엌 바닥에 고정하고 타구봉으로 뒤통수를 후려갈겨, 창턱에서 떨어진 파이처럼 만들었다.

테레사의 직업은 꽃 장사였으나 수입의 대부분은 강도와 이따금 저지르는 살인에서 나왔다. 두 범죄 공히 두목인 루시어스 브로주올라, 이른바 킹 루시어스를 위해 저질렀다. 킹 루시어스는 바르톨로 패밀리에게 적절한 공물을 바쳤으나 그 밖에는 독립 조직을 운영하며 불법 이득을 챙겼다. 자금은 피스 강 유역의 인산염 제국과 탬파 부두에서 성업 중인 도매 꽃 장사를 통해 세탁했다. 애초에 테레사를 꽃 장사로 훈련한 것도 킹 루시어스이고 라파예트에 상점을 열 때 돈을 대준 것도 킹 루시어스였다. 킹 루시어스는 절도범, 장물아비, 방화범, 청부 살인업자 들을 잔뜩 거느렸는데, 활동 규칙은 단 하나였다. 자신이 태어난 주에서는 장사하지 않는다. 테레사도 몇 년 동안 남자 다섯과 여자 하나를 죽였는데 모두 모르는 사람이었다. 캔자스시티에서 둘, 디어본과 디모인과 필라델피아에서 각각 남자 한 명씩, 마지막으로 위싱턴 D.C.에서 여자를 죽였다. 테레사는 두 걸음 지나친 뒤 곧바로 돌아서서 여자의 뒤통수에 총알을 박았다. 어느 따뜻한 봄날 저녁, 조지타운 가로수 길에서 오후의 소나기가 그치고 아직 가랑비가 떨어지고 있을 때였다.

어떤 식으로든 살인은 그녀에게도 괴로운 일이었다. 디모인의 남자는 가족사진을 들고 있었기에 총알은 사진을 뚫고 뇌에 박혀야 했다. 필라델피아에서는 "이유나 알고 죽읍시다."라고 계속 울부짖었으며 조지타운의 여자는 축축한 포장도로 위로 무너져 내리기 전 애처롭게 한숨을 내뱉었다.

　유일하게 토니를 죽인 일만 후회가 없었다. 아니, 더 일찍 해치우지 못해 유감이었다. 피터가 부모를 기억하기 전에 해야 했건만……. 운명의 주말에 아들은 러츠의 여동생 집에 보냈다. 토니를 처리할 때 사정권 내에 있으면 곤란하기 때문이다. 토니의 폭음, 계집질, 우울증은 여름 이후 통제 불능으로 악화했고 테레사의 인내도 한계에 이르고 말았다. 반대로 토니는 한계를 몰랐다. 토니가 와인병으로 아내를 때린 것도, 테레사가 타구봉으로 남편의 빌어먹을 두개골을 깨부순 것도 그래서였다.

　테레사는 탬파 감옥에서 킹 루시어스에게 전화했다. 30분 후, 킹루시어스의 자문 변호사 지미 아널드가 그녀와 마주 앉았다. 테레사는 두 가지를 걱정했다. 전기의자로 직행하는 것. 그리고 피터를 돌보지 못할 상황에 처하는 것. 레이퍼드의 주립 교도소에서 전기의자에 앉느냐 마느냐의 결정은, 남편의 죽음과 동시에 다른 사람의 손으로 넘어갔다. 하지만 아들 피터의 미래를 보장하는 문제라면, 킹루시어스가 직접 주문한 임무 덕에 받을 돈이 어느 정도 있었다. 이익이 엄청나게 많은 일이라 5퍼센트 배당만 해도 피터, 피터의 아이들, 피터의 손자들까지 먹고살 걱정을 할 필요가 없었다.

　지미 아널드는 어느 쪽이든 그녀가 우려하는 것보다 전망이 좋다고 확인해 주었다. 첫째로, 변호사는 이미 힐스버러 카운티 지방검사 아치볼드 볼에게 그녀가 죽은 남편한테 무수히 구타를 당했다는 사실을 통보했다. 토니가 격분해서 폭력을 휘두르는 바람에 병원에

입원한 기록도 두 건이나 있었다. 지방검사는 총명할 뿐만 아니라 정치적 야심도 있기에 학대당한 아내를 죽음의 방으로 보내지는 않을 것이었다. 게다가 전기의자에 모셔야 할 독일과 일본의 스파이가 우글우글한 마당이 아닌가. 사바나 일에서 받기로 한 돈 문제라면, 아직 문제의 상품의 구매자를 찾지 못해서 그렇지 일이 끝나는 대로 보수가 지급된다고 확인해 주었다. 테레사는 배당금의 두 번째 수혜자가 될 것이다. 물론 킹 루시어스 다음이다.

체포 3일 후, 아치볼드 볼이 들러 거래를 제안했다. 볼은 거친 리넨 정장, 정장과 구색을 갖춘 중절모 차림의 잘생긴 중년 남자였는데, 초등학교 사고뭉치같이 가벼운 장난기로 두 눈이 초롱초롱 빛났다. 테레사는 그가 자신에게 반했다고 성급하게 결론지었으나 소송에 관한 한 볼은 처음부터 끝까지 사무적이었다. 그녀는 정상참작의 상황에서 자의로 살인을 저질렀다고 자백하는 데 동의했다. 정상적인 상황이라면 그녀처럼 전과가 많은 사람은 12년 형이 확실시되었다. 하지만 아치볼드의 확신에 따르면, 이번만은 탬파 시 지방검찰이 62개월을 제안하고 테레사는 레이퍼드 주립 교도소 여성 수감동에서 복역할 것이었다. 교도소에도 전기의자는 있지만 아치볼드는 테레사가 전기의자를 보지도 못할 거라고 장담했다.

"5년?"

테레사는 믿을 수가 없었다.

"거기에 두 달 더. 내일 죄를 인정하면 내일모레 버스에 탈 수 있소."

아치볼드가 대답했다. 나른한 시선이 테레사의 허리에서 가슴으로 미끄러져 올라갔다.

그럼 당신은 내일 밤에 찾아오겠지? 테레사는 확신했다.

상관은 없었다. 5년 복역 후 피터의 여덟 살 생일에 함께할 수만 있다면 아치볼드 볼뿐만 아니라 그의 사무실 검사 모두와도 잘 수 있었다. 머리에 쇳덩이 모자를 쓰고 1만 볼트의 전류가 혈관을 깡그리 헤집게 하지 않을 수만 있다면.

"거래하겠소?"

아치볼드 볼이 물었다. 아치볼드의 눈은 이제 테레사의 다리에 가 있었다.

"좋아요, 거래해요."

법정에서 판사가 의사를 물었을 때 테레사는 '유죄'를 인정했고 판사는 '1890일 이하의 징역형'을 선고했다. 테레사는 감방으로 돌아와 다음 날 아침 레이퍼드행 버스를 기다렸다. 그날 저녁 일찍 첫 면회를 통보받았을 때, 그녀는 감방 밖 어두컴컴한 복도에 아치볼드 볼이 서 있을 줄 알았다. 리넨 바지는 이미 잔뜩 텐트를 치고 있으리라.

면회자는 지미 아널드였다. 아널드는 식은 프라이드 치킨과 감자 샐러드를 들고 왔는데, 그 후 62개월 동안 먹은 그 어떤 음식보다도 훌륭했다. 테레사는 치킨을 게걸스럽게 먹고 손가락의 기름까지 싹싹 핥았다. 내숭을 떨 생각도 없었지만 지미 아널드도 그런 데에는 전혀 관심이 없었다. 접시를 돌려주자 아널드는 그녀의 집 경대 위에서 빼 왔다며 피터와 함께 찍은 사진을 주었다. 피터가 엄마를 그린 그림도 건넸다. 삐딱한 삼각형 위에 밋밋하고 일그러진 타원형을 올려놓고 팔 대신 선 하나 그은 데 불과했으나, 피터가 두 살 생일

직후에 그린 그림이었다. 그 기준으로 본다면 렘브란트가 따로 없었다. 테레사는 지미 아널드의 선물을 내려다보며 눈과 목으로 복받치는 감정을 간신히 억눌렀다.

지미 아널드가 두 다리를 꼬며 기지개를 켜더니, 주먹을 대고는 크게 하품과 마른기침을 뱉었다.

"우리도 보고 싶을 거야, 테레사."

그가 말했다.

그녀가 감자 샐러드를 마저 먹었다.

"깨닫기도 전에 돌아가요."

"당신만큼 재능 있는 애들이 없어."

"꽃꽂이?"

그가 키득거리며 웃다가 테레사를 빤히 바라보았다.

"아니, 다른 재능."

"그냥 배 째라 정신만 있으면 돼요."

"아냐, 그 이상이야. 당신 자신을 싸구려로 팔지 마."

그가 그녀를 손가락으로 가리켰다.

그녀가 어깨를 으쓱이며 아들의 그림을 다시 보았다.

"당분간 쉬는 동안 당신 대신 누가 좋을까?"

테레사는 천장을 보고 다른 감방을 보았다.

"꽃꽂이?"

그가 미소 지었다.

"그래, 그렇게 부르기로 하지. 당신이 아니면 탬파에서 누가 제일 꽃꽂이에 능하지?"

그 문제라면 오래 생각할 필요가 없었다.

"빌리."

"코비치?"

그녀가 고개를 끄덕였다.

지미 아널드가 잠시 고민했다.

"그놈이 맨크보다 낫다고?"

테레사가 고개를 끄덕였다.

"맨크는 접근할 때 쉽게 눈치챌 수 있어요."

"그럼 어느 교대조 때 처리하면 좋겠나?"

테레사는 그 질문을 이해하지 못했다.

"교대조?"

"형사."

"담당 구역 말이에요?"

아널드가 고개를 끄덕였다. 그녀는 감방 안을 둘러보았다. 마치 자신이 아직 그 안에, 세상 밖에 있음을 확인하는 것 같았다.

"그러니까…… 청부업자가 해당 지역 청부를 해결한다는 뜻인가요?"

"아마도."

그가 대답했다.

말인즉슨 킹 루시어스가 20년 동안 고집해 온 정책을 거역하겠다는 얘기다.

"왜죠?"

테레사가 물었다.

"타깃이 아는 사람이어야 하니까. 그렇지 않으면 접근조차 불가능해. 코비치가 적임자라니까 나도 알아보지."

그가 꼰 다리를 풀고 모자로 부채질했다.

"타깃이 자기 목숨이 위험하다고 생각할 이유가 있나요?"

지미 아널드는 잠시 생각하다가 마침내 고개를 끄덕였다.

"우리와 같은 계통이니까. 이 바닥에서야 누구나 한 눈을 뜨고 잠들잖아?"

테레사가 고개를 끄덕였다.

"그럼, 맞아요. 코비치가 적임자예요. 다들 이유 없이 좋아하는 양반이니까."

"좋아, 이제 순찰 문제와 해당 날짜에 근무하는 형사들 성격을 따져보지."

"어느 요일이죠?"

"수요일."

테레사는 이름, 근무조, 시나리오 등을 종합적으로 살펴보았다.

"이상적으로는 코비치가 정오에서 8시 사이에 처리해야 해요. 이보르, 탬파 부두, 아니면 하이드파크가 좋겠죠. 그 경우 피니와 보트먼 형사가 전화를 받을 가능성이 아주 크니까."

아널드는 바짓단의 주름을 만지작거리며 조용히 이름을 암기했다. 그가 인상을 찌푸렸다.

"경관들도 축일을 지키나?"

"가톨릭이라면. 어떤 축일이죠?"

"재의 수요일."

"재의 수요일은 별로 지킬 것도 없어요."

"그래? 나도 성당에 가본 지가 오래되어서?"

아널드는 정말로 당혹스러운 표정이었다.

"성당에 가면 신부가 젖은 재로 이마에 십자가를 그려줘요. 그럼 나오면 끝이죠."

"그럼 끝이라."

그가 조용히 되뇌더니 특유의 난감한 미소를 흘리며 주위를 보았다. 마치 이곳에 와 있다는 사실에 놀란 사람 같았다. 그가 자리에서 일어났다.

"잘 지내게, 델프레스코 부인. 곧 다시 보러 오지."

지미 아널드가 바닥에서 가방을 집어 들었다. 물론 질문은 금물이지만 이번에는 테레사도 이상하게 참을 수가 없었다.

"타깃이 누구죠?"

그가 철창 너머로 그녀를 보았다. 테레사가 묻지 말았어야 했음을 알듯이 그도 대답하지 않아야 한다는 정도는 알고 있었다. 하지만 지미 아널드는 그 바닥에서도 이율배반적인 성격으로 유명했다. 고객에 대해 무해한 질문을 해보라. 그럼 그는 불알을 잘라낸다 해도 대답하지 않는다. 하지만 그 밖에는 아무리 음탕하고 외설적인 내용이라도 누가 물어보는 족족 모조리 까발리고 만다.

"정말 알고 싶나?"

그녀가 끄덕였다.

아널드는 암녹색 복도를 힐끗 돌아보고는 상체를 숙여 철창 사이에 입술을 대고 이름을 알려주었다.

"조 커글린."

다음 날 아침 그녀는 버스에 탔다. 버스는 300킬로미터 거리를 달렸다. 플로리다 내륙은 우리가 아는 플로리다와도 사뭇 달라서, 푸른 바다, 하얀 모래사장, 하얀 조개껍데기 가루가 깔린 주차장보다는 오랜 가뭄과 자연 화재로 탈색되고 황폐화한 불덩어리에 가까웠다. 버스는 비포장 길과 망가진 도로를 여섯 시간 반이나 덜컹거리며 달렸다. 눈에 보이는 사람들은 백인, 흑인, 인디언을 막론하고 하나같이 야월 대로 야위었다.

테레사의 왼쪽 여자는 100킬로미터 가까이 달리는 동안 아무 말도 없다가 자신을 제퍼힐스의 세라 네츠라고 소개하며 악수를 청했다. 세라는 죄가 없다고 주장하고는 다시 몇십 킬로미터를 침묵으로 일관했다. 테레사는 창에 이마를 기댄 채 자동차 먼지 너머 이글거리는 들판을 내다보았다. 그 너머로는 너무 건조해 풀이 종이처럼 보였다. 습지도 있기는 한 모양이었다. 냄새도 그렇지만 빛바랜 들판 가장자리 저편에서 녹색 안개가 아른거리지 않는가. 테레사는 아들 생각을 했다. 아들의 미래를 위해 받아야 할 돈도 생각했다. 킹 루시어스가 빚을 제대로 갚아야 할 텐데. 사실 돈을 받아달라고 부탁할 사람도 없었다.

빚 얘기라면, 이상하게도 어젯밤 지방검사 아치볼드 볼이 감옥에 나타나지 않았다. 그녀는 몸을 잔뜩 열어놓고 기다렸다. 마음이 복잡했다. 섹스를 원치 않았다면 애초에 왜 그렇게 달콤한 거래를 제안했을까? 그녀의 세계에 친절은 없다. 오로지 등칠 궁리뿐이다. 선물은 없고 후일 치러야 할 대가만 존재한다. 아치볼드 볼이 돈을 원치 않았다면(돈을 바라는 눈치도 전혀 아니었다.) 남는 것은 섹스 아니면 정보뿐이다.

아니면…… 가벼운 선고를 무기로 그녀를 손아귀에 넣으려 했을까? 스스로 조바심 나게 만들어 뭐든 빚을 갚게 하는 식으로? 그렇다면 올여름 레이퍼드에 나타나 빚을 회수하려 들 것이다. 아니다, 검사들이 자선을 베풀 리가 없다. 만만한 형량을 면전에 흔들다가 거래에 응해야 간신히 넘기는 자들이 아닌가. 미리 형량을 내려준다고? 아냐, 말도 안 돼.

그보다 말이 안 되는 얘기는 조 커글린의 청부였다. 아무리 골머리를 싸매도(실제로 밤새도록 궁리도 해보았다.) 테레사로서는 이해할수가 없었다. 10년 전, 두목 자리를 내려놓기는 했지만, 조 커글린은 현직에 있을 때보다 세력이 더욱 강해졌다. 바르톨로 패밀리는 물론, 도시의 다른 패밀리들에게도 엄청난 자산으로 성장했음을 증명해 보였기 때문이다. 지하세계의 남자들에게 가장 고귀한 이상형이기도 했다. 무엇보다 돈을 벌어주었기에 친구도 엄청나게 많았다.

그렇다면 적은?

과거 소문은 들었지만 이미 10년 전 일이었다. 그것도 단 하루 사이에 모조리 제거했다지 않았던가? 마소 페스카토레의 목에 총알을 박아 그의 희망과 꿈과 식습관을 일거에 끝장냈다는 사실은 경찰은 물론 시민들까지 알고 있었다. 소문이 맞는다면 커글린은 직접 방아쇠를 당겼다. 하지만 열두 명이나 되는 갱들이 조 커글린을 바닷속에 던지려 했다가 오히려 기관총과 단거리 45구경에 당해 불귀의 객이 되었다는 사실은, 테레사같이 현장에서 뛰는 사람들만 알고 있었다. 모두 멕시코 만 속에 던져져 한날한시에 상어 밥이 되고 말왔다.

지금까지 알려진 바로는 그때의 희생자들, 그리고 그보다 오래전에 죽은 경찰관이 커글린의 마지막 적이었다. 손을 놓은 후로는 심각한 문제에 일절 간여하지 않고 마이어 랜스키의 지시만 받았다. 랜스키와는 쿠바에서 함께 몇 가지 사업을 했다. 사진을 찍는 일도 없지만 설령 있다 해도 이 세계 사람들과는 아니다. 지금으로서는 어떻게 하면 친구들에게 돈을 더 많이 벌어줄 수 있을지 궁리하며 세월을 낚는 것으로 보였다.

진주만 폭격을 기화로 전쟁이 일어나기 오래전, 조 커글린은 플로리다와 쿠바의 주류 관계자들을 설득해 산업용 알코올을 저장해 고무로 가공하기 시작했다. 처음에는 그가 무슨 얘기를 하는지조차 아는 사람이 없었다. 알코올과 고무가 무슨 상관이 있다는 말인가? 행여 있다 해도 그들과 무슨 상관이겠는가? 그래도 사람들이 말을 들은 까닭은 이미 1930년대 그가 큰돈을 벌게 해준 바가 있기 때문이었다. 그리하여 1942년 봄 일본이 전 세계 고무 생산 지역의 절반 이상을 정복하자, 미국 정부는 군화, 타이어, 범퍼, 심지어 아스팔트까지 만들기 위해 닥치는 대로 달러를 쏟아붓기 시작했다. 적어도 테레사가 듣기에는 그랬다. 킹 루시어스를 비롯해 커글린의 말을 들은 사람들은 주체하지 못할 정도로 돈을 벌었다. 마이애미의 필리 카모나 같은 자들은 코웃음을 치다가, 결국 애초에 귀 기울일 필요 없다고 부추긴 놈을 찾아가 배때기에 총알을 박기도 했다.

사실, 이 바닥 사람들은 누구나 적이 있다. 하지만 버스 안에서 나른하게 졸다 깨다 하는 동안 테레사는 조 커글린의 적을 하나도 집어낼 수가 없었다. 맙소사, 황금알을 낳는 거위를 죽이겠다고?

창밖 메마른 도랑을 따라 뱀이 한 마리 미끄러졌다. 뱀은 테레사만큼 까맣고 테레사만큼 길었다. 뱀은 도랑에서 기어 나와 잡초밭 속으로 미끄러지고 테레사는 비몽사몽간에 빠져들었다. 열 살 때 이 나라에 처음 도착했을 때 브루클린의 셋방에서 살았는데, 꿈속에서 뱀이 침실 바닥을 미끄러져 지나갔다. 그 마을에선 쥐가 늘 말썽이었기에 집에 뱀이 나타나면 분명 좋은 일이었다. 그런데, 갑자기 뱀이 사라지더니 어느새 침대 위로 올라와 그녀를 향해 다가오고 있었다. 보이지는 않아도 분명 느낄 수 있었다. 꿈이 허락하지 않은 탓에 몸을 움직일 수도 없었다. 뱀의 비늘이 목에 닿았다. 차고 까칠까칠한 비늘. 뱀이 그녀의 목을 칭칭 감고 금속 비늘이 숨통에 파고들기 시작했다.

테레사는 손을 뻗어 세라 네츠의 귀를 잡아당겼다. 얼마나 세게 잡았던지 시간만 충분했다면 아예 귀를 뜯어냈을 것이다. 불행히도 이미 숨을 쉬기가 어려웠다. 세라가 두 손목을 묶은 사슬로 테레사의 목을 조르고 있었다. 세라가 사슬을 윈치처럼 조이자 테레사가 끙 하고 나지막이 비명을 흘렸다.

"예수 그리스도를 받아들일지어다. 예수님을 구세주로 인정하면 그분께서 너를 환영하고 사랑하리로다. 그러니 주님을 받아들이고 두려움을 버려라."

세라가 속삭였다.

테레사는 창문 쪽으로 몸을 틀고 간신히 두 발을 벽에 댔다. 그 자세로 고개를 힘껏 젖히자 세라의 코가 부러지는 소리가 들렸다. 그 순간 그녀가 벽을 힘껏 걷어찼다. 둘은 통로로 넘어졌고 세라의 손에서 힘이 빠졌다. 테레사는 그때를 이용해 비명 비슷한 소리를 질렀다. 기껏 낑 하는 신음 수준이었으나 문득 간수를 한 명 본 것도 같았다. 그리고 눈앞이 흐려졌다. 흐려지고 어두워지다가 마침내 새까매졌다.

2주 후, 여전히 제대로 말을 할 수가 없었다. 목이 메고 목소리는 갈라져 기껏 속삭임 수준이었다. 목을 에둘렀던 멍 자국은 보라색에서 노란색으로 바뀌었지만, 밥을 먹을 때마다 아픈 데다 기침이라도 할라치면 눈물이 날 지경이었다.

두 번째 여자는 양호실에서 금속 쟁반을 훔쳐 테레사가 샤워를 하는 동안 뒤통수를 후려쳤다. 토니의 주먹을 연상시킬 만큼 엄청난 타격이었다. 남녀를 불문하고, 사람들이 싸움에서 지는 이유는 대부분 멈칫하기 때문이다. 이 여자도 다르지 않았다. 첫 타격의 충격에 테레사가 바닥에 넘어졌는데 그 소리에 여자가 놀란 모양이었다. 여자가 테레사를 내려다보다가 무릎을 꿇고 다시 쟁반을 들었지만 뜸을 너무 오래 들였다. 여자가 노련했다면…… 예를 들어 테레사였다면 곧바로 바닥까지 따라와 쟁반을 던져버리고 타일 바닥에 머리를 찧기 시작했을 것이다. 여자가 무릎을 꿇고 두 팔을 들 때쯤 테레사는 주먹 가운뎃손가락 관절을 뾰족하게 만들어 그 끝으로 여자의 목을 때렸다. 한 번, 두 번이 아니라 네 번이었다. 쟁반이 바닥에 떨어졌고 테레사는 여자의 몸을 이용해 일어났다. 여자는 숨이 막혀 캑캑거렸지만 샤워실 한가운데라 산소가 충분할 리 없었다.

간수들이 달려왔을 때 여자는 파랗게 질린 채 바닥에 누워 있었다. 의사를 부르고 간호사가 먼저 달려왔다. 그때쯤 여자도 격격거리며 간신히 숨을 쉬기 시작했다. 테레사는 방구석에서 차분하게 광경을 지켜보았다. 그녀는 수건으로 물기를 닦아내고 죄수복을 입었다. 여죄수에게 담배 한 개비를 얻었는데, 그 대가로 텔마를 어떻게 처리했는지 가르쳐주기로 약속했다. 조금 전 알았지만 텔마는 실패한 청부 살인업자의 이름이다.

간수들이 돌아와 어찌 된 일인지 물었고, 테레사도 아는 대로 대답해 주었다.

"자칫하면 죽일 뻔했어요."

한 간수가 말했다.

"그랬겠죠. 그래서 한 스텝 늦췄어요."

테레사가 대답했다.

다른 간수들이 떠나자 테레사와 질문한 간수 단둘이 남았다. 제일 어린 간수였다.

"이름에 헨리 맞죠?"

그녀가 물었다.

"예, 맞아요."

"헨리, 간호사 가방에서 거즈 좀 가져다줄래요? 나도 머리가 찢어져서."

"거즈가 있는 건 어떻게 알았죠?"

"가방에 그럼 뭐가 들었겠어요, 헨리? 만화책?"

헨리가 미소 지으며 고개를 끄덕이고는 잠시 후 거즈를 가져왔다.

그날 저녁 늦게 소등이 끝난 후 헨리가 테레사의 감방을 찾았다. 전에도 복역한 적이 있기에 결국 이렇게 될 줄 알았다. 그나마 헨리는 젊고 미남에다 깨끗했다.

일이 끝난 후 테레사는 바깥에 메시지를 하나 보내고 싶다고 얘기했다.

"오, 이런 식으로 나오깁니까?"

헨리 에임스가 항변했다.

"하나면 돼요. 더 이상은 부탁하지 않을게."

테레사가 애원했다.

"모르겠군요."

헨리 에임스는 불과 2분 전에 동정을 떼었기에 이 상황을 조금이라도 더 이어가고 싶었다.

"헨리, 힘이 엄청난 자가 나를 죽이려 해요." 테레사가 말했다.

"내가 지켜줄 수 있어요."

그녀는 미소 지으며 오른손으로 그의 목을 애무했다. 헨리는 23년 동안 이 지상에 살았지만 그 어느 때보다 더 크고 강해진 기분이었다. 활력도 넘쳐났다.

테레사는 면도날을 왼손으로 잡아 그의 귀에 댔다. 헨리가 고등학교를 졸업했을 때 아버지가 선물한 놋쇠 면도기에 넣어서 쓰는 종류의 양날 면도날이었다. 요즈음엔 금속이 귀하기에 날이 스푼처럼 무뎌질 때까지 사용해야 했지만, 테레사의 면도날은 헨리의 귓불을 가볍게 따낼 때까지 한 번도 쓰지 않은 것 같았다. 헨리가 미처 반응도 하기 전에 테레사는 그의 셔츠 주머니에서 손수건을 꺼내 상처에 갖

38

다 댔다.

"헨리, 자기는 자기 자신도 보호하지 못해."

그녀가 속삭였다.

솔직히 그녀가 면도날을 어디에 숨겼는지도 알지 못했다. 게다가 더 이상 손에 있지도 않았다. 그가 그녀의 눈을 들여다보았다. 크고 짙고 따뜻한 눈.

그녀가 부드럽게 말했다.

"자, 누군가에게 현재의 상황을 알려주지 않으면 난 이곳에서 한 달을 버텨내지 못해요. 그럼 내 아들은 고아로 자랄 텐데 그 생각만으로도 미치겠어. 무슨 말인지 알겠죠?"

헨리가 끄덕였다. 테레사는 계속 귓불을 닦아주었는데, 놀랍게도 헨리는 다시 흥분하기 시작했다. 플로리다 오칼라 출신 농부의 아들, 헨리 에임스가 여자 죄수 4773호에게 누구한테 메시지를 보낼지 물었다.

"탬파 시 하워드 애버뉴에 수아레스 설탕회사의 본사가 있어요. 그 회사 부사장 조지프 커글린에게 전해요. 내가 만나고 싶어 한다고. 생사가 달린 문제임을 분명히 해야 해요. 커글린 본인과 나의 생사."

"이곳에서는 내가 보호할 수 있어요."

헨리 자신이 듣기에도 목소리가 애잔했지만 그럼에도 그녀가 믿어주기를 바랐다.

테레사는 손수건을 돌려주고 잠시 그의 얼굴을 보았다.

"고마워요. 그리고 잘 기억해요. 수아레스 설탕. 탬파 시 하워드 애버뉴. 조 커글린."

2장
불여우

헨리 에임스는 금요일이 비번이었다. 그는 목요일 근무가 끝나자 마자 레이퍼드를 떠나 밤새도록 탬파까지 달렸다. 운전하는 동안 자신의 일탈에 대해서도 많이 생각했다. 아버지와 어머니는 날개 없는 사람으로서는 더할 나위 없이 올곧았기에, 혹여 장남이 살인 기결수와 간음한다는 사실을 알면 그 자리에서 뒷목을 잡고 죽을 것이다. 다른 간수들이야 여자 죄수 4773호와의 관계를 모른 척한다지만, 그야 다들 마찬가지 짓을 하기 때문이다. 죄질의 차이가 있다 해도 법을 어기고 있다는 사실만은 누구도 부인하지 못한다. 인간의 법뿐만 아니라, 전능하신 주님의 법까지…….

그래도…….

그래도…….

이번 주 근무가 끝날 즈음 몰래 감방에 들어가면 그녀는 거리낌

없이 그를 받아주었다. 그때 느끼는 기쁨이란 정말.

헨리는 지방 의사의 딸인 레베카 홀린셰드와 교제 중이었다. 그녀도 레이크 버틀러에 살고 있었고 교도소에서 서쪽으로 불과 20킬로미터 거리였다. 중매자는 헨리의 이모이고 역시 레이크 버틀러에 살며, 헨리의 어머니로부터 잘 감시하라는 지시를 받아둔 터였다. 레베카 홀린셰드는 기막힌 금발 미인에 어찌나 피부가 새하얀지 마치 뜨거운 물에 삶은 것처럼 보였다. 레베카가 아주아주 나긋나긋한 목소리로 선언한 바에 따르면, 자신의 결혼 상대는 무엇보다 야망이 있어야 했다. 더러운 침팬지보다도 도덕성이 부족한 더러운 여자들을 지키는 자리 가지고는 턱도 없다는 경고였다. 레베카는 '더럽다'는 표현을 자주 사용했는데 그것도 그 단어를 입으로 내뱉는 것조차 불쾌하다는 듯 아주아주 조심스러운 목소리였다. 그녀는 헨리의 눈을 보지도 않았다. 데이트 도중에도 절대 보지 않았다. 누군가 두 사람의 초저녁 산책을 본다면 레베카가 대화하는 상대가 헨리가 아니라, 도로, 현관, 나무줄기라고 확신했을 것이다.

그 때문에 헨리도 야심이 있음을 증명하기 위해 야간 대학 형법 과정에 등록해 게인즈빌까지 통학했다. 그래서 근무가 없는 밤이면, 디키의 로드하우스에서 다른 간수들과 맥주 몇 잔을 하거나 밀린 빨래를 하거나 느긋하게 쉬는 대신, 왕복 180분 거리를 오가며 플로리다 대학 캠퍼스 안쪽의 후텁지근한 방에 갇혀 블릭스 교수의 강의를 들었다. 교수는 자격이 정지된 변호사로 예비 진술과 강제 집행 명령 수업에서 사기를 강의하는 내내 횡설수설, 중언부언했다.

물론 도움은 되었다. 레베카가 그에게 제격이라는 사실도 알고 있

다. 분명 훌륭한 어머니가 될 것이다. 바라건대 조만간 키스도 허락
하리라 믿는다.

하지만 여죄수 4773호와는 이미 수도 없이 키스했다. 어디에서든
그가 원할 때마다. 아들 피터 얘기도 했다. 5년 후에 아들과 재회하
겠다는 포부도 밝히고. 전쟁이 끝난 뒤 무솔리니와 그의 검은셔츠
단이 권좌에서 쫓겨나면 아이와 함께 이탈리아로 돌아가고 싶다고
도 했다. 그녀가 자신을 이용하고 있다는 건 헨리도 알고 있었다. 아
무리 촌놈이지만 그렇다고 멍청이는 아니었다. 하지만 그녀에겐 자
신과 아들의 안전이라는 명분이 있었다. 그렇다고 그에게 원치 않는
인물, 예를 들어, 변호사 같은 사람이 되라고 요구하는 것도 아니지
않은가. 그저 죽고 싶지 않으니 도와달라는 것뿐이다.

그렇다. 그래서 그녀와 잠자리하는 실수를 저질렀다. 어쩌면 평생
가장 심각한 잘못일 수도 있었다. 발각될 경우 회복조차 불가능한
실수. 가족들 얼굴을 다시 보지 못할 수도 있었다. 레베카를 잃고 직
장도 빼앗기리라. 어쩌면 평발이든 아니든, 당장 군대에 끌려가 아
무도 들어본 적 없는 어느 썩은 강가의 폭격당한 마을에서 나치와
싸우다 죽게 될 것이다. 자식도 남기지 못하고, 이 땅에 다녀갔다는
흔적도 남기지 못하고. 그저 인간쓰레기가 되어.

그런데 왜 자꾸 미소가 흘러나오는 거지?

조 커글린은 수상한 과거나 있음에도 그를 받아들여준 도시 이보
르를 위해 엄청난 은혜를 베푼 탬파의 사업가였다. 그는 그날 아침
수아레스 설탕회사의 자기 사무실에서 해군 정보국 매튜 비엘 중위

42

와 만나고 있었다.

젊은 비엘은 금발을 바짝 깎은 탓에 머리털 속의 분홍빛 두피까지 드러나 보였다. 카키색 바지는 칼같이 다려 입고 하얀 셔츠에 검은 색 스포츠 재킷을 받쳐 입었는데, 재킷 소매가 회색 격자무늬라 전 반적으로 대조적으로 보였다. 몸에서 녹말풀 냄새가 났다.

"민간인처럼 보이고 싶으면 J. C. 페니 카탈로그를 좀 더 연구해야 겠소."

조가 농을 걸었다.

"그곳도 직접 운영하십니까?"

조는 이 촌뜨기한테 자신이 J. C. 페니를 어떻게 생각하는지 말할 까 생각해 보았다. 맙소사, 지금도 리스본에서 맞춤 정장을 공수해 입고 있지 않은가! 조는 대답 대신 커피를 한 잔 따라 그에게 가져 갔다.

비엘은 고개인사로 커피를 받았다.

"지위에 비해 무척 소박한 사무실이군요."

조는 책상 의자로 돌아가 앉았다.

"설탕회사 부사장한테 이 정도면 과분하다오."

"수입회사도 세 곳이나 거느리고 계시지 않습니까."

조가 커피를 홀짝였다. 비엘이 미소를 지었다.

"증류소 둘, 인산염 채굴회사 하나, 고향 보스턴에도 은행을 포함 해 작은 사업체가 몇 개 있으시죠. 아, 그런데도 이곳에 와서 겸손해 보이려 애를 쓰시니 신기해서 그럽니다."

중위가 다시 사무실을 돌아보며 말했다.

조는 책상에 커피를 놓았다.

"용건부터 말합시다, 중위."

비엘이 상체를 내밀었다.

"어느 날 밤, 탬파 부두 선착장에서 한 남자가 폭행당했습니다. 들어보셨습니까?"

"탬파 부두라면 매일 밤 남자가 얻어맞는 곳이오. 선착장이잖소."

"에, 예, 그렇죠. 그런데 그 얻어맞은 남자가 우리 동료랍니다."

"누구?"

"해군 정보국. 부사장님의 아이들에게 질문을 많이 한 모양이더군요. 그래서……"

"내 아이들?"

비엘이 잠시 눈을 감고 호흡을 고르고 다시 떴다.

"좋습니다. 부사장님 친구인 디온 바르톨로의 아이들이죠. 항만 노동지부 126. 이제 감이 잡히십니까?"

그래, 디온의 애들이 맞다.

"그런데 당신 부하 수병이 무지하게 얻어터졌으니 나보고 세탁비라도 내라?"

"아뇨, 고맙지만, 세탁비는 우리도 있습니다."

"그럼, 난 걱정하지 않아도 되겠군."

"사실 그런 이야기는 전국에서 듣고 있습니다. 포틀랜드, 보스턴, 뉴욕, 마이애미, 탬파, 뉴올리언스…… 세상에, 뉴올리언스에선 우리 직원이 거의 죽을 뻔했죠. 한쪽 눈을 잃었습니다."

"이런. 나 같으면 뉴올리언스는 건드리지 않겠소. 부하 직원한테

44

가서 이렇게 전해요. 장님으로 죽지 않은 것만도 다행이라고."

"선창은 침투도 불가능하더군요. 요원을 심으려 할 때마다 머리를 얻어맞고 돌아오니, 원. 이제 우리도 압니다……. 부사장님은 부두를 소유하고 해안 지대를 지배하죠. 우리는 지금 따지자는 것도 아니고 뒤를 캐자는 것도 아닙니다. 전혀."

"나한테 이런 얘기를 왜 하는 것이며, 우리는 또 누구요? 난 그저 합법적인 사업가일 뿐이라오."

조가 따졌다.

비엘이 인상을 찌푸렸다.

"커글린 씨는 바르톨로 패밀리의 고문이자 플로리다 전체 조직폭력계의 대부 격이죠. 게다가 마이어 랜스키와 함께 쿠바를 통제하고, 남미에서 메인 주까지 아우르는 마약 루트도 장악하고 있습니다. 그런데도 귀하가 '은퇴했다는' 곳까지 찾아와 계속 말장난이나 해야겠습니까? 내가 멍청이로 보입니까?"

조는 책상 너머로 중위를 노려보았다. 불편한 정적이 이어졌다. 결국 비엘이 더 이상 참지 못해 입을 열었다. 하지만 이번에는 조가 선수를 쳤다.

"그럼 누구를 쫓고 있소?"

"나치 활동가, 일본 앞잡이. 부두에 침투해 반정부 폭력 행위를 일삼는 자들이죠."

"에, 일본 앞잡이들에 대해선 걱정할 필요 없을 것 같소. 어차피 드러나기 마련이니까. 아무리 샌프란시스코라도 마찬가지지."

"다행이군요."

"그보다는 토착 독일인이 더 문제 같군. 부모가 아일랜드인이나 스웨덴인이라고 속일 수 있으니까. 그런 놈들이 골칫거리지."

"그런 자들은 침투가 가능합니까?"

"그럴 것 같소. 쉽지는 않겠지만 가능성이 없지는 않으니."

"에, 그렇다면 미국은 부사장님의 도움이 필요합니다."

"미국은 보답으로 뭘 줄 생각이오?"

"귀하의 헌신에 감사하고 조금은 덜 괴롭히겠죠."

"뭐가 괴로운지는 아오? 당신 부하들이 툭하면 머리를 들이미는 게 문제요. 뭐, 주중이라면 얼마든 나를 괴롭혀도 좋소만."

"커글린 씨의 소위 합법적인 사업도 결국 정부 계약으로 버티지 않나요?"

"어느 정도는, 그래, 맞는 말이오."

"그 관계를 더 쉽게 만들 수 있습니다."

"중위, 당신이 이 사무실을 떠나고 30분 후에 전쟁부 간부와 만나기로 했소. 그쪽에서는 오히려 나와 거래를 늘리고 싶어 하더군. 줄이는 게 아니라. 그러니 허풍을 치고 싶으면 좀 더 공부를 하도록."

"좋습니다. 그럼 뭘 원하시죠?"

비엘이 물었다.

"내가 뭘 원하는지는 알잖소."

"아뇨, 모릅니다."

"간단해요, 찰리 루치아노를 풀어주시오."

비엘의 애플파이같이 생긴 얼굴이 어두워졌다.

"말도 안 됩니다. 럭키 루치아노는 평생 동안 댄모라에서 썩어야 해요."

"오케이. 그런데 그 친구는 찰리라고 불리는 걸 더 좋아하오. 아주 가까운 친구들만 럭키라고 부르지."

"뭐라고 부르든 간에 사면할 생각은 없습니다."

"사면 얘기가 아니오. 전쟁이 끝나면…… 그러니까 혹여 당신네들이 전쟁을 말아먹지 않는다면…… 그 친구를 추방해도 좋소. 다시는 이 땅에 발을 들이지 못하게."

"하지만."

"단, 그 친구가 어디든 원하는 대로 가고 원하는 방식으로 먹고살게 해줍시다."

비엘이 고개를 저었다.

"대통령이 허락하지 않을 겁니다."

"어차피 그 양반 결정이 아니지 않나?"

"대외 홍보 수준에서요? 당연히 대통령 결정입니다. 루치아노는 역사상 전국 최대의 폭력 조직을 이끌었어요."

비엘은 잠시 더 생각해 보다가 가열차게 고개를 저었다.

"다른 조건을 말해 보세요. 뭐든."

정부와 똑같군. 진짜 사업 거래는 어떻게 하는지 모르면서 공짜 돈으로 제멋대로 퍼주기만 하는 놈들. 우리는 공짜로 받는 걸 좋아해요. 그러니 내놓고 꺼지슈. 아, 덕분에 특권을 누렸으니 우리한테 고마워하슈.

조는 비엘의 얼굴을 바라보았다. 천진한, 전형적인 미국인 얼굴. 고등학교 시절엔 쿼터백을 하고 여학생들은 그의 학교 스웨터를 입고 싶어 환장했으리라.

"그 밖에는 아무것도 원치 않소."

조가 대답했다.

"그럼 끝인가요?"

비엘은 정말로 어이가 없어 보였다.

"끝이지."

조는 의자에 기대 담뱃불을 붙였다.

비엘이 자리에서 일어났다.

"그럼 이제부터 각오 좀 하셔야 할 겁니다."

"당신이 정부요. 무슨 짓을 하든 지금껏 내 약점이 된 적은 없소."

"분명히 경고했습니다."

"당신도 우리가 제시한 가격을 들었고."

비엘은 문에서 멈춰 서서 고개를 숙였다.

"커글린 씨, 우리한테 파일이 있습니다."

"당연하겠지."

"별로 두껍지는 않습니다. 워낙에 숨고 숨기는 데 귀재이시더군요. 당신처럼 교활하게 일을 처리하는 사람은 이제껏 본 적이 없습니다. 사무실에서 부사장님을 뭐라고 부르는지 아십니까?"

조가 어깨를 으쓱했다.

"불여우. 우리가 아는 한 사장님처럼 오랫동안 이 바닥을 지킨 사람은 없습니다……. 아바나에 카지노가 있죠?"

조가 고개를 끄덕였다.

"그럼 행운도 끝이 있다는 사실도 아시겠군요."

조가 미소를 지었다.

"충고는 고맙게 받겠소, 중위."

"정말입니까?"

비엘이 되묻고는 밖으로 나갔다.

비엘이 떠나고 10분 후 구내전화가 울렸다.

조는 통화 버튼을 눌렀다.

"무슨 일이오, 마거릿?"

마거릿 투미. 조의 비서였다.

"밖에 신사분이 찾아왔어요. 레이퍼드 교도소 간수라는데 긴히 드릴 말씀이 있대요."

조는 수화기를 집어 들고 부드러운 목소리로 말했다.

"꺼지라고 말해요."

"해봤죠. 이렇게도 해보고 저렇게도 해보고."

"그럼 정확하게 말해요. '꺼져!'라고."

"이렇게 전하라고 하네요. '테레사 델프레스코가 알현을 청한다.'"

"망할, 정말?"

조가 되물었다.

"망할, 정말요."

마거릿의 대답이었다.

조는 잠시 생각하다가 마침내 한숨을 내쉬었다.

"들여보내요. 그런데 촌놈인가? 아니면 빠삭이?"

"촌놈요. 그리고 벌써 들어갔고요."

젊은 남자가 문을 열고 들어왔는데 이제 막 놀이터에서 기어 나온 아이처럼 보였다. 머리는 흰색에 가까운 금발로 정수리에서 몇 가닥이 갈고리처럼 일어났다. 피부는 어찌나 깨끗한지 오늘 오후 처음으로 갈아입은 듯 보였다. 눈은 녹색에 아기만큼 초롱초롱했다. 치아역시 머리카락만큼이나 하얬다.

이 아이가 간수라고? 그것도 여죄수 수감동에서?

테레사 델프레스코라면 도시 고양이가 시골 쥐를 가지고 놀듯 이놈을 데리고 놀았겠구나.

조는 청년과 악수를 하고 의자를 가리켰다. 청년이 의자에 앉으며 무릎의 바지를 조금 추어올렸다.

청년이 자기소개를 했다.

"저는 레이퍼드의 주립 교도소 여성 교화동 간수입니다. 여죄수 4773호, 자유 사회에서는 테레사 델프레스코가 커글린 씨를 만나보라고 부탁해 이렇게 찾아왔습니다. 테레사는 선생님과 자기 목숨이 위험하다고 믿고 있습니다."

"선생님?"

조의 물음에 청년이 당혹스러워하며 조를 가리켰다.

"예, 선생님. 선생님 말씀입니다."

조가 웃었다.

"예?"

조가 더 크게 웃었다. 생각할수록 웃기는 얘기였다.

"그 여자 장난인가?"

키득거리는 웃음이 잦아들자 조가 물었다.

"장난이라뇨? 무슨 뜻인지?"

조가 손등으로 눈을 훔쳤다.

"아, 이런, 그래, 델프레스코 여사께서 내 목숨이 심각한 지경에 처했다고 생각한다?"

"그녀의 목숨도 그렇습니다."

"에, 그럼 적어도 여자가 이타적인 차원에서 자넬 여기로 보낸 건 아니로군."

"감히 말씀드리지만, 커글린 씨, 무척 당혹스럽습니다. 델프레스코 부인은 선생님과 자신의 목숨이 위험하다는 사실을 경고하기 위해 이 먼 곳까지 저를 보냈습니다. 그런데 선생님은 마치 정신 나간 농담으로 여기시는 것 같군요. 솔직히 말씀드리면, 에, 사실은 별로 웃기는 얘기가 못 됩니다."

조가 책상 너머 청년을 보았다.

"말 다 했나?"

소년은 모자를 이쪽 무릎에서 저쪽 무릎으로 옮기고 오른쪽 귓불을 잡아당겼다.

"에, 잘 모르겠습니다, 선생님."

조가 책상을 돌아 나와 청년 앞에 서서 담배를 한 개비 권했다. 청년이 담배를 받는데 손이 가볍게 떨렸다. 조는 담뱃불을 붙여주고 자기도 피워 물었다. 그리고 재떨이를 엉덩이 옆의 책상 위에 놓고는 깊게 한 모금 빤 다음 헨리 에임스에게 훈계를 시작했다.

"이봐, 테레사가 자네를 유혹해 쾌락의 연회를 보여주었겠지. 그리고 나는……"

"선생님, 저 자신이나 델프레스코 부인의 명예를 떨어뜨릴 생각이라면 저도 가만있지 않겠습니다."

"이런, 좀 닥치게."

조가 헨리의 어깨를 두드리며 부드럽게 말했다.

"어디까지 했더라? 그래, 테레사와 가진 잠자리가 지금까지 자네 인생에서 가장 중요한 경험이었을 거야. 당연히. 아니, 지금 표정으로 보니 죽을 때까지도 잊지 못하겠군그래."

청년의 얼굴이 백지처럼 창백해졌다. 그가 조를 노려보는데 마치 색전증에라도 걸린 환자 같았다.

"그러니까 감옥에서 빠져나오도록 돕는 대신 어떻게 해서든 붙잡는 쪽이 좋지 않겠어? 그래야 침대 위에서 질릴 때까지 용수철 운동을 하잖아, 응?"

그가 미소를 지으며 다시 청년의 어깨를 두드린 뒤 자기 의자로 돌아갔다. 그러고는 자리에 앉아 소년을 향해 손가락을 튕겼다.

"자, 이제 돌아가봐. 어서."

헨리 에임스는 몇 차례 눈을 끔벅이다가 자리에서 일어났다. 그리고 모자 안쪽을 만지작거리며 걸어가다가, 문가에 멈춰 설 때는 챙을 매만지고 있었다.

"벌써 테레사를 두 번이나 죽이려 했습니다. 한 번은 버스, 한 번은 샤워실이었죠. 삼촌이 평생을 레이퍼드에서 일했는데, 일단 죽이려고 들면 어떻게든 끝장을 본다더군요. 그러니까 끝내는……"

헨리가 문고리를 보다가 다시 바닥을 보았다. 마치 할 말이 있는 것처럼 우물거렸다.

"놈들은 테레사를 죽일 겁니다. 테레사도 알고 있습니다. 그다음엔 선생님을 죽이겠죠."

"그자들이 누군가?"

조가 재떨이에 담배를 털었다. 청년이 조를 노려보았다. 조가 처음에 생각했던 것보다 청년은 배짱이 있었다.

"테레사가 압니다. 다만 선생님께 이름 하나만 알려주라더군요."

"나를 죽이려고 하는 자의 이름? 아니면 그자를 고용한 인간?"

"전 모릅니다. 그냥 이름만 알려주라고 했으니까요."

조는 담배를 문질러 껐다. 저 애는 이제 나갈 궁리를 하고 있으리라. 조금이나마 조를 옭아맸다고 생각할 테니. 청년은 그의 친구들과 이웃들이 상상도 못 할 만큼 뱃심이 두둑했다. 저 친구를 몰아낼 수는 있지만 섣불리 구석으로 몰려고 들다간 기어이 큰 코를 다칠 것이다.

"그래서?"

조가 재촉했다.

"도와주실 겁니까? 이름을 알려드리면?"

조가 고개를 저었다.

"그런 말은 하지 않았다. 네 여자 친구는 야바위꾼으로 시작해서 사기꾼과 절도범을 거쳐 청부 살인자가 되었다. 친구가 없는 이유도 그 때문이야. 언제든 속거나 빼앗기거나 살해당할까 봐 무섭기 때문이지. 셋 다일 수도 있고. 그러니 미안하지만, 당장 저 문을 열고 꺼져도 좋아. 난 눈 하나 깜짝 않고 잠만 잘 잘 테니까. 그래도 얘기하고 싶다면……"

청년은 고개를 끄덕이고 문밖으로 나가버렸다.

조는 믿을 수가 없었다. 저 친구, 진짜 물건이잖아.

조는 전화기를 들고 리치 카벨리를 찾았다. 뒷문을 지키는 아이인데 대부분의 사업 건수가 그곳을 통해 건물로 들어왔다. 조는 리치에게 당장 현관에 가서 금발 아이를 붙잡으라고 지시했다. 그리고 의자 등받이에서 정장 외투를 벗겨 걸치고 사무실 밖으로 나갔다.

그러나 헨리 에임스는 응접실에서 기다리고 있었다. 모자는 여전히 손에 들고 있었다.

"테레사를 만나시겠습니까?"

조가 응접실을 둘러보았다. 마거릿은 코로나 타자기를 딸깍딸깍 두드리며 담배 연기 사이로 힐끔거렸다. 네이플에서 온 곡물 도매상 한 명, 전쟁부 직원 하나. 조는 그들 모두에게 고개인사를 했다.(그냥 잡지나 들추셔. 지금은 볼일 없으니까.) 그런 다음 청년과 눈을 마주쳤다.

"그래 좋다."

그가 대답했으나, 그저 사무실 밖으로 아이를 끌어내기 위한 대답이었다.

청년이 끄덕이며 다시 모자챙을 만지작거렸다. 그가 조를 올려다보았다.

"길 밸런타인."

조는 애써 미소를 지었지만 차가운 얼음덩어리가 심장과 불알을 동시에 공격하는 기분이었다.

"테레사가 알려준 이름인가?"

"길 밸런타인. 좋은 날 되십시오, 선생님."

청년이 이름을 다시 말해 주고는 모자를 썼다.

"자네도."

"곧 다시 뵙기를 기대합니다."

조는 아무 말도 하지 않았다. 청년은 마거릿에게 모자를 들어 인사하고 밖으로 나갔다.

"마거릿, 리치한테 전화해. 조금 전 지시를 무시하고 그냥 원래 위치로 돌아가라고 전해 줘요. 지금 현관 전화 옆에 있을 거야."

"예, 사장님."

조가 전쟁부 직원에게 미소를 지었다.

"데이비드 맞죠?"

남자가 일어났다.

"예, 커글린 씨."

"들어오세요. 미국에 알코올이 더 필요하다면서요?"

조가 물었다.

전쟁부에 이어 와일리 도매상과의 면담까지 마무리했건만 조는 길 밸런타인을 머리에서 떨쳐낼 수가 없었다. 길 밸런타인은 그쪽 세계에서는 본보기 같은 인물이었다. 다른 사람들처럼 금주법의 황금기에 두각을 나타내 증류업자와 밀주업자로 승승장구했으나 사실 그의 진짜 수입원은 귀였다. 익살극 뒷자리에 앉아 스무 명 중 스타가 될 한 놈을 골라내는 능력. 그는 세인트루이스, 세인트폴, 시세로, 시카고는 물론, 헬레나, 그린우드, 멤피스를 거쳐, 화려한 뉴욕과 마이애미까지 전국의 나이트클럽과 주크 주점을 돌아다니며 마피아

역사상 최고의 예술가 몇 명을 데리고 돌아왔다. 그리고 술이 다시 합법적으로 될 때쯤, 조와 마찬가지로 자연스럽게 합법적인 사업자로 변신했다.

길 밸런타인은 사업 전부를 서쪽으로 옮겼다. 불법적인 일에서 대부분 손을 떼었으나, 로스앤젤레스에 도착해서는 미키 코헨과 잭 드래그나에게 충분히 조공을 바쳤다. 큐피드애로 레코드사를 세워 끝없이 히트곡을 만들어내면서도, 캔자스 시에서 기회를 준 사람들에게 배당을 주었고, 스타를 발굴한 클럽이 속해 있던 패밀리를 찾아가 보답했다. 1939년 봄, 그는 순회공연을 꾸리면서, 하트시스터스를 조니스타크 오케스트라와 묶고, 엘모어 리처즈와 투츠 맥긱스, 그리고 당대 최고의 두 저음 가수 빅 보이어와 프랭키 블레이크를 엮어주었다. 쇼는 북미 역사상 가장 거대한 뮤직 투어였으며 도시마다 일정을 잡아두었음에도 이틀을 더 연장할 정도로 성원도 대단했다. 물론 캔자스를 비롯해 전국에 지분이 있는 두목들은 작건 크건 간에 모두 제 몫을 챙겼다.

길 밸런타인은 거의 미국 조폐국이었다. 금고가 아니라 현찰 유통의 보고라는 뜻이었다. 그는 친구들을 위해 닥치는 대로 돈을 벌었다. 다들 아무 일도 하지 않고 돈을 받았기에 길에게 적이 있을 리도 없었다. 홈비힐스에서 아내 메이지와 조용히 살며, 두 딸은 치열 교정을 하고 아들은 비벌리힐스 고등학교에서 육상을 했다. 정부를 두지도 않았고 정적도 없었고 마약도 하지 않았다.

1940년 여름, 누군가 서부 로스앤젤레스의 주차장에서 길 밸런타인을 납치했다. 6개월 동안, 코헨, 드래그나를 포함해 전국 각지의 식솔들이 마피아의 황금알을 낳는 거위를 찾기 위해 로스앤젤레스를 샅샅이 뒤졌다. 수도 없이 손을 부러뜨리고, 머리를 박살 내고, 무릎을 비틀었지만 아는 사람은 아무도 없었다.

어느 날은 수색대 대부분이 출처 불명의 소문을 쫓고 있었다. 길 밸런타인이 티후아나 남쪽 어촌 마을 푸에르토 누에보에서 맥주를 홀짝거리고 있다는 소문. 그런데 정작 그를 찾아낸 사람은 아들이었다. 이른 아침 심부름에서 돌아올 때였다. 길의 시신은 여러 캔버스 가방에 나누어 담긴 채 홈비힐스의 자택 뒷마당에 흩어져 있었다. 팔 하나마다 가방 하나, 손 하나마다 가방 하나. 가슴을 담은 대형 가방, 머리는 조금 더 작은 가방⋯⋯. 가방은 모두 열세 개였다.

그런데도 아무도 몰랐다. 캔자스와 로스앤젤레스의 두목들, 그를 찾아다녔던 수백 명의 조직원들, 합법적이거나 비합법적인 회사의 지인들⋯⋯. 왜 그가 죽었는지 아는 사람은 하나도 없었다.

3년이 지나자, 거의 아무도 그의 이름을 언급하지 않았다. 서반구에서 가장 강력한 기업 연합을 초월하는 세력이 있다는 사실을 인정하는 셈이기 때문이었다. 길 밸런타인의 죽음은 세월이 흐르면서 그 메시지가 더욱 분명해졌다. 아주 단순한 메시지. 누구든 살해당할 수 있다. 언제든, 무슨 이유로든.

와일리 도매상의 영업사원이 떠난 후, 조는 사무실에 앉아 창밖의 창고와 공장 들을 내다보았다. 건물들은 부두까지 난삽하게 흩어져 있었다. 이윽고 그가 전화를 집어 마거릿에게 다음 주 비어 있는 일정을 물었다. 어쩌면 황급히 레이퍼드에 다녀와야 할 수도 있겠다.

3장
아버지와 아들

조 커글린의 아들, 토머스는 이제 곧 열 살이 되고 거짓말을 하지 않았다. 아버지와는 당혹스러울 정도로 성격이 달랐다. 수백 년에 걸쳐 시인, 출판업자, 작가, 혁명가, 관료, 정치가, 즉 거짓말쟁이들로 가계도를 가득 채운 가문이 아니던가. 그런데 지금 아들이 나르시사 양 문제로 부자를 함께 곤혹에 빠뜨리고 있었다. 나르시사가 자기 헤어스타일에 대해 물었을 때 토머스가 가발 같다고 대답한 것이다.

나르시사 뤼젠은 이보르 집의 가정교사이며, 아이스박스를 채우고, 일주일에 두 번 시트를 세탁하고, 식사 준비를 하고, 사업상 자주 외출하는 조를 대신해 토머스를 돌봤다. 나이가 적어도 쉰은 되었지만 나르시사는 몇 달에 한 번씩 그런 식으로 머리를 염색했다. 그 나이 여자들도 종종 염색을 하지만 대개는 실제 나이에 맞춘다. 그런데 나르시사는 콘티넨탈 미용실에 갈 때마다 달 없는 밤의 비에 젖은 도로처럼 새까맣게 물을 들였고 그 바람에 흰 분필 같은 피부도 더욱더 도드라졌다.

"정말 가발 같아요."

토머스가 말했다.

일요일 아침 차를 몰고 탬파 읍내의 성심성당에 갈 때였다.

"그래도 그렇게 말하면 못써."

"아줌마가 물었는걸요."

"그래도 아줌마가 듣고 싶은 얘기를 해주렴."

"거짓말이잖아요."

"에, 선의의 거짓말도 있다. 둘은 달라."

조는 어떻게든 난감한 목소리를 감추려 했다.

"어떻게요?"

"선의의 거짓말은 가볍고 아무도 해치지 않는다. 악의의 거짓말은 크고 피해도 크지."

토머스는 눈을 가늘게 뜨고 아버지를 보았다.

사실 조 자신도 설명을 이해하지 못했다. 그래서 다시 시도해 보았다.

"네가 나쁜 짓을 했다고 해보자. 그럼 아빠나 수녀님, 아니면 신부님이나 나르시사 양이 네가 그랬는지 물을 거야. 그럴 때는 '예'라고 대답해야지. 그렇지 않으면 거짓말이고 나쁜 짓이니까."

"그건 죄예요."

"그래, 죄라고도 할 수 있지."

조도 인정했다. 아무래도 아홉 살짜리 아들한테 당하는 기분이었다.

"하지만 네 생각이 어떻든, 여자한테 옷이 잘 어울린다고 말하거나, 아니면 친구한테……"

조는 손가락을 튕기며 궁리했다.

"그래, 커다란 안경을 쓴 그 친구 이름이 뭐지?"

"매튜요."

"그래, 매튜. 만일 매튜한테 괜찮은 야구 선수라고 얘기해 주면 그 애도 좋아하지 않을까?"

"그런 말을 할 수는 없어요. 그 애는 때리지도 못하고 잡지도 못하는걸요. 던지면 머리 위로 2미터나 벗어난다고요."

"하지만 언젠가는 나아질 수 있겠느냐고 물으면?"

"어렵겠다고 대답해야죠."

조는 아들을 보며 도대체 누구를 닮았을까 고민해 보았다.

"넌 네 엄마를 닮은 모양이다."

"요즘엔 매일 그렇게 얘기하네요."

"내가? 에, 그럼 사실인가 보다."

토머스는 엄마처럼 머리가 검은색이었다. 전체적인 인상은 아빠 쪽을 닮았다. 코와 입도 가늘고 턱 선과 광대뼈는 뾰족했다. 눈은 엄마처럼 갈색인데 불행하게도 시력까지 닮아 여섯 살부터 안경을 써야 했다. 대체로 조용한 성격이나 그 안에는 역시 엄마처럼 극적인 삶을 향한 열정과 재능을 감추었다. 은밀한 유머 감각과 멍청이를 알아보는 안목도 숨겼는데, 조가 그 나이 때 딱 그런 식이었다.

트위그스로 접어들자 성심성당의 첨탑이 시야에 들어왔다. 도로는 범퍼끼리 맞닿을 정도로 막히고 성당까지 세 블록이나 가야 하건만 성당 주차장마저 만원이라 줄이 길거리까지 길게 이어졌다. 일요일에는 미사 30분 전에 도착하지 않으면 주차장은 아예 꿈도 꾸지 말아야 하나 사실 그렇게 일찍 와도 위태롭기는 마찬가지였다. 조는 시계를 보았다. 미사 45분 전이었다.

1943년 봄에는 누구나 기도를 했다. 성당은 800명까지 수용이 가능한데도 신도석에는 사람들이 동전 뭉치보다 빽빽하게 붙어 앉아야 했다. 어떤 어머니들은 파병 나간 아들을 위해 기도하고 다른 어머니들은 싸늘한 주검으로 돌아온 이들의 영혼을 위해 기도했다. 아내와 여자 친구 들도 마찬가지였다. 입대를 면한 남자들은 두 번째 입영 기회를 노리거나, 아니면 영원히 번호가 불리지 않기를 은밀히 바랐다. 아버지들은 아들이 집에 돌아오기를 기도했고, 돌아오지 못하면 전장에서나마 잘 지낼 수 있기를 바랐다. 주여, 나중에 어떻게 되든, 부디 겁쟁이는 되지 않게 하소서. 사람들은 남녀노소 할 것 없이 무릎을 꿇고는 전쟁이 이곳까지 닿지 않게 해달라며 기도했다. 일부는 종말을 예감하고, 주님이 우리를 굽어살피시고, 지금 이 모습 그대로, 독실한 신자이자 주님의 하인으로 받아달라고 간청했다.

조는 목을 내밀고 주차장 입구까지 차가 얼마나 남았는지 살펴보았다. 모건 스트리트의 주차장까지 아직 스무 대는 남아 있었다. 앞에서 브레이크 등이 깜빡이는 통에 조는 다시 급정거를 해야 했다. 경찰서장 부부가 국립 제일 은행장 랜스 턱스턴과 잡담하며 인도를 지나갔다. 그 뒤가 올아메리칸 식품점 체인의 주인 헤일리 그래머시와 그의 아내 트루디였다.

"와, 저기 디온 아저씨예요."

토머스가 손을 흔들었다.

"저기선 보이지 않아."

조가 말했다.

디온 바르톨로, 자신의 이름을 딴 범죄 조직의 보스. 그가 오른쪽 주차장을 빠져나가고 있었다. 주차장 입구에 세워둔 입간판에 '만차'라고 적혀 있었다. 양옆으로 경호원 마이크 오브리와 핀족 제프가 따라붙었다. 디온은 거인에 항상 뚱뚱했지만 최근에는 옷이 헐렁해지고 양볼도 홀쭉해졌다. 측근과 파트너 들 사이에는 병에 걸렸다는 소문도 있었으나 조는 그 누구보다 디온을 잘 알았다. 디온은 아픈 것과 상관이 없지만 그렇다고 다른 사람들이 사실을 알 필요는 없었다.

디온이 정장 재킷 단추를 잠그며 부하들에게도 재킷 단추를 잠그라고 지시했다. 성당을 향해 성큼성큼 걸을 때조차 그 셋은 잔인한 권력의 표상이었다. 조는 그런 식의 권력을 알았다. 그도 과거 밤마다 경호원을 두고 지냈지만 그렇다고 그때가 아쉽지는 않았다. 한순간도. 절대 권력의 비밀은 결코 절대적이 못 된다는 데 있었다. 절대 권력을 손에 쥐는 순간 누군가 빼앗기 위해 잔뜩 도사리기 때문이었다. 왕자는 편히 잘 수 있어도 왕은 불가능하다. 마룻바닥이 삐걱거리는 소리, 경첩이 흔들리는 소리에 늘 귀를 열어두어야 하기 때문이다.

앞쪽의 차를 확인해 보니 열 대 아니면 아홉 대였다.

신도석 앞 열의 명사들은 다들 거리에 있거나 성당 앞에서 어슬렁거렸다. 젊고 잘생긴 시장 조너선 벨그레이브와 그의 더 젊고 아름다운 부인 바네사가 앨리슨 피코트, 데보라 민쇼와 함께 의례적인 인사를 나누었다. 둘 다 남편이 국외에서 군 복무 중이었다. 사교계의 소문에 따르면, 설령 남편이 돌아오지 못한다 해도 앨리슨과 데보라는 다른 여자들보다 충격을 잘 이겨낼 것이었다. 둘 다 탬파 토박이 가문의 영애이며, 가문의 성을 딴 거리와 병원도 소유하고 있었다. 반면에 남편들은 결혼을 통해 신분 상승한 케이스였다.

토머스는 역사책을 넘기며 아버지한테 투덜댔다. 손에서 책을 놓지 않는 아이.

"내가 늦는다고 했죠?"

"늦지 않았어. 아직 시간이 남았으니까. 다른 사람들이 너무 빨리 와서 그래."

아들이 아버지한테 눈썹을 찡긋해 보였다.

다음 교차로의 신호등이 적색에서 녹색으로 바뀌었다. 기다리는 동안, 차는 한 대도 움직이지 못한 채 신호등만 황색에서 다시 적색으로 변했다. 조는 짜증을 달래기 위해 라디오를 켰다. 사실 전쟁 소식이 나올 줄 알았다. 사람들이 더 이상 기상 예보나 주식 시세에 관심이 없기라도 하듯 늘 전쟁 얘기뿐이었으니 말이다. 그런데 놀랍게도 어젯밤 이보르 시 교외에서 대규모 마약 제조 현장이 적발되었다는 소식이었다.

"11번 애버뉴 남쪽 흑인 구역에서 경찰 추산 6.5킬로그램의 마약을 압수하고 흑인과 이탈리아 국적자들로 이루어진 무도한 갱단과 총격을 치렀습니다. 탬파 경찰서장 에드슨 밀러는 체포한 이탈리아인들의 배경을 철저히 파헤쳐, 무솔리니가 보낸 스파이를 발본색원하겠다고 호언장담하였습니다. 용의자 넷은 경찰과 교전을 벌이던 중 죽고 다섯 번째 월터 그라임스는 수감 중에 스스로 목숨을 끊었습니다. 다시 밀러 서장의 말을 인용한다면, 경찰은 이 마약 창고를 수개월간 감시하다가 어제저녁 일망타진을……"

어리석은 놈들이 무서운 줄도 모르고 감히 얼씬거렸다는 투였다.

조는 라디오를 껐다. 거짓말까지 듣고 싶지는 않았다. 윌리 그라임스는 절대 자살할 위인이 아니고, '이탈리아 국적자들'은 모두 이곳에서 태어났으며, '마약 창고'는 창고가 아니라 단순 제조 시설이었다. 그것도 금요일 밤에 처음 가동했으니, 감시한 지 한 달은커녕 일주일도 채 되지 않았을 것이다.

하지만 저 끔찍한 거짓말보다 더 나쁜 것은 살해당한 조직원들이었다. 선임 제조원과 몇몇 유능한 거리의 행동 대원들. 용기와 능력을 겸비한 사내들을 구하기가 점점 어려운 시대가 아니던가.

"내가 깜둥이예요?" 토머스가 물었다.

조가 홱 고개를 돌렸다.

"뭐?"

토머스가 턱으로 라디오를 가리켰다.

"흑인이냐고요."

"누가 그래?"

"마사 콤스톡. 나를 스페인 놈이라고 부르는 애들이 몇 있는데, 마사가 그랬어요. '아냐, 쟨 깜둥이야.'"

"턱이 삼중이고 한시도 입을 다물 줄 모르는 꽃돼지 말이냐?"

64

토머스의 얼굴에 잠시 미소가 돌아왔다.

"맞아요."

"그런데 너를 그렇게 불렀어?"

"전 상관없어요."

아들의 대답이었다.

"당연히 기분 나쁘겠지. 문제는 얼마나일 테고."

"에, 내가 얼마나 깜둥이죠?"

"얘야, 내가 그 단어 쓰는 것 들어봤니?"

"아뇨."

"왜 그런지 알아?"

"아뇨."

"나는 상관없지만 네 엄마가 싫어했단다."

"에, 그럼, 내가 얼마나 흑인이죠?"

조가 어깨를 으쓱했다.

"엄마 조상 중에 노예 출신이 일부 있었으니까 혈통은 아마 아프리카에서 시작했을 게다. 그 후 스페인인과 섞이고 모르긴 몰라도 백인도 한둘 섞였겠지."

바로 앞의 차가 급정거를 하면서 조도 브레이크를 밟았다. 토머스는 잠시 좌석에 머리를 기댔다.

"네 엄마 얼굴에서 제일 마음에 드는 점이 뭐냐면, 그 안에 전 세계가 들어 있거든. 엄마 얼굴을 보면 이따금 스페인의 포도밭에서 백작 부인이 걸어오는 것 같았지. 때로는 강에서 물을 길어 나르는 원주민 여자를 보는 듯했고. 네 선조들이 사막과 바다를 건너오는 것도 보고, 펑퍼짐한 소매 옷차림으로 칼집에 칼을 차고 고대 도시의 거리를 걸어오는 모습도 보았단다."

앞차가 앞으로 나가자 조도 브레이크를 풀고 처음으로 가속 페달을 밟았다. 머리가 좌석에서 떨어져 나왔다. 한숨까지 내쉬었지만 너무나 작아 토머스가 들었을 것 같지는 않았다.

"엄마는 정말 정말 미인이었어."

"그런데 엄마 얼굴에서 그걸 다 봤어요?"

조가 아들을 돌아보았다.

"매일 그랬던 건 아니다. 보통 때는 그냥 엄마만 봤지. 하지만 술을 몇 잔 마시면 어떻게 될지는 아무도 모르는 법이야."

토머스가 키득거렸다. 조가 아들의 목을 다독여주었다.

"사람들도 엄마를 깜둥이라고 불렀어요?"

아버지의 눈에 냉기가 서렸다. 끓는 물이라도 얼릴 것처럼.

"내가 있을 때는 아니다."

"그래도 사람들이 그렇게 생각한다는 사실은 알았죠?"

아버지의 얼굴이 다시 온화해지고 누그러졌다.

"모르는 사람들이 어떻게 생각하든 별로 개의치 않았어."

"아빠가 다른 사람이 어떻게 생각하는지 신경 쓰시긴 해요?"

"너랑 네 엄마가 어떻게 생각하는지는 신경 쓴단다."

"엄마는 돌아가셨어요."

"그래, 그래도 엄마가 우리를 보고 있다고 생각하고 싶다."

조는 창문을 내리고 담뱃불을 붙였다. 담배는 왼손에 쥐고 팔은 창문 밖으로 늘어뜨렸다.

"디온 삼촌 생각도 신경 쓰지."

"진짜 삼촌도 아니잖아요."

조가 손을 올려 담배를 한 모금 피우고는 연기를 뱉어내며 다시 늘어뜨렸다.

"여러 가지 면에서 나한테는 진짜 형제보다 가깝다. 네 할아버지 생각도 중요했지만 정작 할아버지는 몰랐을 거다. 어차피 제일 끝 순번쯤 됐으니까. 다른 사람들한테는 신경 쓸 여력도 없어. 유감은 없지만 그렇다고 줄 마음도 없구나."

그가 아들에게 슬프게 웃어 보였다.

"전쟁에 나간 사람들도요?"

조는 창밖을 내다보았다.

"그 사람들은 몰라. 솔직히 말해서 죽든 살든 관심도 없다."

토머스는 유럽과 러시아, 태평양에서 죽은 사람들 생각을 했다. 때로는 꿈도 꾸었다. 수천 명이 어두운 전쟁터나 돌로 된 광장에 죽어 있는데 뼈는 부러지고 피는 철철 흐르고 수족이 아무렇게나 뒤틀리고 입은 쩍 벌린 채 굳어 있었다. 토머스는 총을 들고 그 사람들을 위해 싸우고 한 명이라도 구해 내고 싶었다.

반면에 아버지는 전쟁을 다른 일과 마찬가지로 보았다. 돈 벌 기회로만.

"그럼 나도 신경 쓰지 말까요?"

토머스가 한참 후에 물었다.

"그래. 다 쓸데없는 소리들이다."

"오케이, 해볼게요."

"당연히 그래야지."

아버지가 아들을 보며 자신 있게 미소를 지었다. 마치 그 말로 모든 문제가 해결됐다는 투였다. 자동차도 마침내 주차장 안으로 들어갔다.

주차장을 빠져나오다가 리코 디자코모를 지나쳤다. 6년 전만 해도 조의 경호원이었지만 어느 순간 조가 경호원이 필요 없다는 사실을 깨달았다. 설령 필요하다 해도 그 일에 묶어두기에 리코는 너무 똑똑하고 재능이 많았다. 리코가 손으로 조의 차 후드를 두드리며 특유의 미소를 보냈다. 야간 축구 경기장을 밝혀 결승전을 몇 번 치르고도 남을 그런 미소였다. 모친 올리비아와 형 프레디와 함께였다. 그리고 괴물 영화에나 나왔을 법한 노파도 있었는데, 온통 검은 옷인지라 모두가 잠든 동안 황무지를 떠다니는 마녀처럼 보였다.

리코가 떠나자 토머스가 물었다.

"주차할 곳이 없으면 어쩌죠?"

"우리 앞에 하나밖에 남지 않았어."

조가 대답했다.

"그 차가 마지막 자리를 차지하면요?"

"그런 생각 해봐야 무슨 도움이 되겠느냐?"

"그냥 가능성을 생각해야 할 것 같아서요."

조가 아들을 보았다.

"너, 내 아들 맞니?"

"그야, 아빠가 잘 알겠죠."

토머스가 심드렁하게 대답하고 다시 책을 읽기 시작했다.

4장
부재

조와 토머스는 성당 뒷자리에 앉았다. 늦게 도착해서가 아니라 조가 어느 곳이든 뒤쪽에 앉기를 좋아했기 때문이다.

디온(앞자리 왼쪽)과 리코 디자코모(오른쪽 다섯 번째 줄) 외에도 지인들 몇을 더 만났는데, 누군가에겐 모두 살인자였다. 예수님이 이곳을 굽어보며 저들 생각을 읽는다면 도대체 뭐라고 생각하실까?

어이, 잠깐, 아무리 생각해도 이건 아니잖아? 어쩌면 그렇게 말씀하실 수도 있겠다.

연단에서는 러틀 신부가 지옥에 대해 설교를 했다. 지옥불, 갈퀴를 든 마귀들, 간을 쪼아 먹는 새…… 그런데 어느 순간 열변은 전혀 예기치 않는 방향으로 흘러갔다.

"하지만 이 징벌들보다 뭐가 더 끔찍한지 압니까? 창세기에 보면 주님께서 아담을 내려다보며 이렇게 말씀하시죠. '남자가 혼자 있으

69

면 좋지 않으니라.' 그래서 주께서 이브를 만드셨습니다. 이제 이브는 낙원에 혼란과 배신을 가져오고 우리 모두에게 원죄의 고통을 덧씌우죠. 그건 사실입니다. 물론 주님께서는 이런 일이 있을 줄 알고 계셨습니다. 무엇이든지 아시는 분이니까. 그런데 주께서 아담을 위해 이브를 만드셨을까요? 왜죠? 한번 생각해 보세요……. 왜죠?"

조는 성당을 둘러보았지만, 토머스 외에는 아무도 질문에 관심이 없는 것 같았다. 대개는 채소 목록이나 저녁 반찬 걱정을 하고 있을 것이다.

"주께서 이브를 만드신 이유는 아담이 혼자 있는 모습을 참을 수 없으셨기 때문입니다. 아시겠지만 혼자야말로 지옥의 징벌 중에 최악이죠."

그가 주먹으로 연단을 때리자 신도들이 퍼뜩 정신을 차렸다.

"지옥은 신의 부재이자……."

다시 한 번 그가 주먹으로 연단을 치더니 목에 힘을 주며 눈앞의 신도 800명을 둘러보았다.

"빛의 부재이자 사랑의 부재입니다. 이해하시겠습니까?"

침례교도가 아니기에 대답할 필요도 없었으나 무리 가운데 여기저기 중얼거림이 들렸다.

"주님을 믿으세요. 주님을 찬양하고 여러분의 죄를 사하세요. 그럼 주님이 천국에 계심을 아실 겁니다. 그런데 참회하지 않으면?"

신부가 다시 청중을 둘러보며 소리쳤다.

"그럼 그분의 시야에서 추방당합니다."

이제 보니 사람들을 휘어잡는 건 신부의 목소리였다. 평소라면 건조하고 상냥하지만 그날 아침의 연설은 달랐다. 어조도 다르고 사람도 달라 보였다. 설교에서 절박함과 상실감이 배어 나왔던 것이다. 견고한 무저갱으로서의 지옥에 대해 설교하자니 너무도 처참해서 노쇠한 신부 역시 생각만으로도 감당하기 어려운 듯 보였다.

"모두들 일어나세요."

조와 토머스도 사람들과 함께 일어났다. 조는 한 번도 고해성사를 해본 적이 없었다. 그처럼 죄 많은 남자가 회개를 할 수는 없기에 병원, 학교, 보호소, 도로, 배관공사 따위에 수억 달러를 퍼부었다. 자신이 자라고 이해관계도 많은 보스턴이나 제2의 고향 이보르뿐만 아니라, 쿠바도 마찬가지였다. 그곳 서부의 담배 산지에서 매년 오랫동안 머물기 때문이었다.

조는 사제의 말에 일리가 있다고 생각했다. 조의 가장 깊은 비밀 중 하나가 외로움을 견디지 못한다는 사실이었다. 혼자가 두렵지는 않았다. 사실 좋아하기도 했으나, 그가 만들어낸 고독이란 늘 손가락을 튕기는 것만으로도 깨질 수 있는 종류였다. 그는 고독을 일과 자선과 양육으로 에워싸고 또 통제했다.

어렸을 때는 고독을 통제하지 못했다. 고독은 아이러니와 함께 그를 속였다. 그리하여 외로운 아이로 자라면서도 옆방에 크게 믿을 만한 사람들이 잠들어 있다고 믿었던 것이다.

그는 아들을 보고는 손으로 아이의 머리 뒤통수를 헤집었다. 토머스가 가볍게 놀란 표정으로 올려다보았지만 곧 부드럽게 웃어 보인 뒤 다시 연단 쪽으로 고개를 돌렸다.

아들아, 너는 자라면서 나에 대해 의심을 많이 할 것이다. 하지만 사랑을 받지 못한다거나 버림받았거나 혼자라는 느낌은 절대 없도록 하마. 조는 그런 생각을 하며 아들의 목덜미에 손을 얹었다.

5장
타협

미사 후에도 혼잡은 미사만큼이나 길게 이어졌다.

성당 밖 상쾌한 아침 햇빛을 받으며 벨그레이브 시장 부부가 계단 꼭대기에 서 있고 사람들이 주변으로 몰려들었다. 디온이 고갯짓으로 인사를 챙겨 조도 고갯짓으로 화답했다. 조는 토머스를 데리고 무리를 헤쳐 나와 성당 모퉁이를 돈 다음 뒷마당으로 향했다. 성당 뒤쪽 교구 학교에 울타리 친 운동장이 있는데 일요일이면 임원들이 만나 사업을 논의했다. 첫 번째 학교 마당 바로 옆 두 번째 마당이 하급생 아이들을 위한 소규모 놀이터인데 그곳에서는 아낙과 아이 들이 모였다.

조는 첫 번째 학교 마당 밖에서 멈추었다. 토머스는 두 번째 마당으로 달려가 아이들과 합류했다. 아들이 떠나는 모습을 지켜보는데 아련하나마 무력감이 뇌리를 헤집었다. 삶은 상실의 연속이다. 조도 그 정도는 안다. 하지만 최근의 느낌은 그 어느 때보다 통렬했다. 아들은 8년만 지나면 대학에 들어간다. 그런데 아들이 어딘가를 향해 걸어갈 때마다 마치 조 자신의 삶에서 빠져나가는 것만 같았다.

　조는 불안했다. 아이가 엄마 없이 자라면 너무 힘들고 너무 고달플까? 토머스의 주변엔 온통 남성적 영향뿐이었다. 나르시사 양도 성격이 무뚝뚝하고 표정도 딱딱했다. 디온도 여러 번 지적했는데, 그녀야말로 감수성이라면 학을 떼고 경멸하는 쪽이라 어느 누구보다 남성적이었다. 게다가 토머스는 조직원 문화에서 성장했다. 주변 어른들은 누구나 몸 어딘가에 총을 소지했다. 장님이 아니고서야 지금껏 눈치채지 못했을 리가 없지 않은가. 그중 두 명은 갑자기 사라지기까지 했지만 아무도 입에 올리지 않았기에 어디로 갔는지 토머스가 알 수 없었다. 조가 놀라는 이유는, 주변이 온통 거칠기만 한데도 아들이 저렇게 조용하고 상냥한 소년으로 자랐기 때문이다. 더위에 지친 도마뱀을 만나면(여름이면 종종 복도에서 도마뱀을 만나는데 대개는 이미 딱딱하게 굳은 뒤였다.) 그 아래 성냥갑을 밀어 넣고는 정원으로 데려가 무성한 잎사귀 아래 축축한 땅에 놓아주었다. 더 어렸을 때는 집이나 학교에서 학대를 당하는 아이들과 어울렸다. 운동선수 스타일은 아니었다. 적어도 관심은 없는 것 같았다. 학교 성적은 그저 그랬지만 학교 선생들은 나이에 비해 영리하다며 입을 모았다. 그림 그리기도 좋아하고 굵은 연필로 스케치하는 것도 좋아했다. 그림은 대개 도시 풍경인데 무너지는 땅 위에 서 있기라도 하듯 건물들이 하나같이 삐딱했다. 스케치는 예외 없이 엄마였다. 집에는 엄마의 사진이 한 장뿐이었다. 그마저 반쯤은 그늘이 졌지만 몇 년 동안 아들이 그린 그림은 신기할 정도로 엄마와 닮았다. 이제 겨우 아홉 살이고 엄마가 죽었을 때 불과 두 번째 생일을 맞이했건만.

언젠가 아들에게 물어본 적도 있었다.

"사진 하나로 어떻게 엄마 생김새를 알지? 엄마 얼굴이 기억나?"

"아뇨."

아이의 대답은 그랬다. 목소리에 상실감도 없었다. 흡사 어린 시절 얘기를 묻기라도 한 것 같았다. 아기 침대 기억나니? 테디 베어는? 쿠바에 있을 때 담배 트럭에 치인 개는? 아뇨.

"그런데 어떻게 그렇게 똑같이 그려?"

"아빠 때문이에요."

"나?"

토머스가 끄덕였다.

"툭하면 물건을 엄마와 비교했잖아요. '엄마 머리는 색깔은 저랬지만 더 진했어.' 아니면 '엄마도 매력 점이 몇 개 있었지만 대개 빗장뼈 주변이었지.' 이렇게요."

"내가 그랬어?"

다시 고갯짓.

"기억 안 나세요? 아빠는 옛날엔 엄마 얘기를 아주 많이 했어요."

"옛날엔?"

아들이 아버지를 보았다.

"지금은 안 해요. 옛날보다는."

조는 이유를 알았다. 아들은 모르겠지만. 그래서 그라시엘라에게 조용히 미안한 마음을 전했다. 그래, 여보, 당신…… 당신마저 잊히는구려.

디온은 경호원들을 옆으로 쫓아내고, 조와 악수한 뒤 성당의 기다란 그늘 안에서 디자코모 형제들을 기다렸다.

디온과 조는 어려서 사우스보스턴 거리를 누빌 때부터 친구였다. 처음에는 악동이었다가 함께 범죄자와 갱으로 성장했다. 한때는 디온이 조 밑에서 일했지만 지금은 조가 디온을 위해 일한다. 아무튼 겉으로는 그렇다. 자세히 들어가면 복잡해지지만. 조는 보스 자리에서 물러났으나 디온은 여전히 보스다. 조도 커미션의 실제 임원이었다. 보스는 커미션의 임원보다 힘이 세지만 커미션은 단일 보스보다 힘이 셌다. 그리고 그 때문에 가끔 일이 복잡해지곤 했다.

리코와 프레디가 늦지는 않았으나 리코는 그놈의 잘생긴 얼굴과 매력 덕분에 오는 길에 수도 없이 악수를 해야 했다. 그와 반대로 프레디는 늘 그렇듯 찌무룩하고 멍한 표정이었다. 프레디가 나이는 더 많았지만 대박 유전자는 동생이 다 독차지했다. 리코는 외모와 매력과 지능이 탁월했고, 프레디는 세상에 불만만 가득했다. 프레디가 돈을 잘 번다는 점에는 다들 동의하나(그래도 동생한테는 한참 미치지 못했다.) 필요 이상으로 폭력적인 데다 성적 취향에도 문제가 많다는 점을 고려하면, 동생 리코가 없었다면 프레디는 지금도 말단 조직원 신세였을 것이다.

다들 악수를 나누었다. 사업 얘기를 하기 전 리코는 조의 어깨를 살짝 때리고 디온의 군턱을 꼬집었다.

첫 번째 주제는 셸 골드의 가족을 어떻게 도와주느냐였다. 셸이

근육병에 걸려 휠체어 신세가 되었기 때문이다. 유대인이라 패밀리에 속하지는 않지만 지난 몇 년간 그 친구 덕분에 돈도 엄청 번 데다 워낙에 재미도 있었다. 처음에 별다른 이유 없이 넘어지고 한쪽 눈꺼풀이 처질 때에도 그저 사람들을 웃기려나 보다고 생각했다. 지금은 휠체어에 앉아 말도 잘 못하고 온몸을 심하게 씰룩거렸다. 이제 기껏 마흔다섯에 아이가 셋에 아내 에스더까지 있지만, 슬럼가 여기저기 아이가 셋이 더 있었다. 결론은 에스더한테 500달러를 찔러주고 파일 바구니를 하나 보내기로 했다.

다음 고려 사항은 커미션에 폴 바탈리아의 진급을 요구할지의 여부였다. 폴은 하수 설비 사업을 다시 일으켜 샐비 라프레토에게서 물려받은 장부를 불과 6개월 만에 두 배로 만들었다. 샐비는 일주일 동안 세 번의 뇌졸중을 맞고 숨을 거두었는데, 어쨌든 랠프 카포네 이후 가장 게으른 갱이었다.

리코 디자코모는 패밀리 간부로 부르기엔 폴이 너무 젊지 않느냐며 반대했다. 6년 전 조는 리코에게 좀 더 대범하게 생각하라고 조언했다. 6년 전, 맙소사, 그때만 해도 기껏 열아홉 정도의 꼬마였건만 지금은? 지금 리코는 다수의 도박업소와 두 곳의 매음굴, 인산염 수송회사를 차지했다. 게다가 가장 수지가 맞는 일은 부두 관리자들 거의 모두에게서 배당금까지 챙긴다는 것이었다. 그런데도 조와 마찬가지로 적도 거의 만들지 않았다. 이 사업의 기적은 물을 와인으로 만들거나 썰물에 바다를 가르는 것보다 신묘했다. 리코가 처음 시카고 마피아 일원이 되었을 때보다 폴이 한 살 많다고 디온이 지적했을 때는 다들 조를 보았다. 조 역시 아일랜드계라 커미션의 임원이 되는 데 어려움이 있었기에, 바탈리아가 처한 상황을 누구보다 잘 알았다.

"예외가 불가능하다는 말이 아니지만 유럽 문제가 지속되는 한 진급은 극히 제한적일 수밖에 없어. 문제는 폴이 예외가 될 것이냐 아니냐의 문제지."

조는 디온을 보며 물었다.

"예외일까?"

"1년 더 벤치에 있어도 돼."

디온이 대답했다.

옆 학교 마당에서 디자코모 형제의 모친이 어떤 아이를 때렸다. 너무 가까이 달라붙었다는 이유였다. 형제 중에서는 프레디는 좀 더 효자라 모친한테서 눈을 떼지 않았다. 아니면…… 조도 이따금 의아했지만, 프레디가 그곳에서 본 게 어머니뿐일까? 프레디는 종종 변명을 대고 모친 혼자 떠나기 전에 데려왔는데 그곳에서 나올 때면 늘 윗입술에 땀이 배고 눈은 멍하고 크게 흔들렸다.

하지만 오늘 아침 그는 어머니와 학교 마당(벌써 아이들로 가득했다.)에서 눈을 떼고 아침 신문을 붙들고 늘어졌다.

"이 얘기를 하고 싶은 사람 없습니까?"

1면 우측 하단 모퉁이에 브라운타운의 조리실 급습 기사가 실렸다.

"손해가 얼마지?"

디온이 조와 리코를 보며 물었다.

"지금 당장? 20만 정도."

조가 대답했다.

"뭐?"

조가 끄덕였다.

"두 달 분량을 쓸어 갔으니까요."

리코도 맞장구를 쳤다.

"나중에 경쟁자들이 빈 곳을 치고 들어와 고객을 채 갈 가능성은 계산하지 않았습니다. 게다가 인력 손실도 있죠. 먼투스와 우리 애들이 하나씩 죽고 아홉이 잡혀갔어요. 잡혀간 애들 가운데 절반은 마권을 돌리고 나머지는 숫자 도박인데, 그 애들 루트부터 메워야 해요. 어떻게든 교체하고 끌어올려서 메워야죠. 지금은 완전히 난장판입니다."

"놈들이 어떻게 알았을까?"

디온이 아무도 원치 않는 질문을 던졌다.

리코는 허탈하게 두 손을 들어 보였고, 조는 긴 한숨을 내쉬었다. 프레디는 뻔한 말을 뇌까렸다.

"빌어먹을 쥐새끼겠지. 보나 마나 뻔해. 범인은 깜둥이 새끼라고."

"근거가 있냐?"

조가 물었다.

프레디는 분위기 파악도 젬병이었다.

"깜둥이니까요, 조."

"20만 달러 정도 손해를 보면 제일 먼저 그 친구들을 의심해야 한다는 말이냐? 먼투스 딕스는 똑똑한 친구야. 말 그대로 전설급이지. 그런데 그 애가 우리를 팔아넘겨? 무엇 때문에?"

"누가 알아요? 그 새끼도 체포된 적 있어요. 여편네 하나도 그런

카드 없다는 이유로 잡혀갔고. 깜둥이가 쥐새끼로 돌변하는 데 이유가 따로 필요하겠습니까?"

조가 디온을 보았다. 디온은 프레디가 맞는 말을 했다는 듯 그저 두 손을 내밀기만 했다.

"우리 말고 조리실을 어디에 둘지 아는 사람은 먼투스 딕스와 윌리 그라임스뿐이었어."

디온이 말했다.

"윌리 그라임스도 죽었죠."

리코가 말했다.

"먼투스 딕스를 브라운타운의 숫자 도박과 마약업에서 쫓아낼 생각이라면 아주 편리하겠군."

조가 프레디를 보며 말했다.

"누군가 먼투스 딕스를 쥐새끼로 모함하려 든다는 말입니까?"

프레디가 묘한 미소를 지으며 되물었다.

"아니, 먼투스가 끄나풀일 경우 그 친구의 잔돈푼을 탐내는 자가 있다면 정말 기회 하나는 끝내주겠다 싶어서 하는 얘기다."

"나도 돈을 벌려고 여기 왔어요. 자비로운 주님께서 우리를 이 땅에 보내신 이유죠. 사과는 하지 않겠습니다. 먼투스 딕스는 돈을 엄청나게 벌고 있고 그래서 우리 모두에게 위협이 되니까요."

프레디가 재빨리 성호를 그으며 말하고는 어깨를 으쓱했다.

"너한테는 위협이겠지. 듣자하니 네놈 애들이 흑인 일부를 경찰에 넘기고 있다면서?"

"우리도 당했어요, 조. 가만있을 수는 없잖습니까."

"그 친구들도 똑같이 느낀다는 생각은 안 해봤냐?"

"하지만, 조, 그 새끼들은 깜둥이잖아요."

프레디가 당연하다는 듯 선언했다.

조 커글린은 허영심이 강하고 오만하고, 속으로는 자신만큼 똑똑한 자를 만나지 못했다고 자부하고 있었다. 게다가 살인을 하고 강도질에 폭력도 쓰고 상대를 불구로 만들면서 이 행성에서 37년을 버텼다. 당연히 다른 사람보다 도덕적으로 우월하다는 생각은 하지 않았다. 하지만 일백 번을 고쳐 살아도 저 한심한 인간은 도무지 이해가 불가능했다. 어느 인종이나, 역사상 어느 시점에서든, 어느 지역에서든 흑인으로 살았을 것이다. 흑인들이 존경을 받는 세상이 도래하는 순간, 그동안 차별받아 온 바로 그 검둥이들이 다음에 희생될 인종을 지목하게 될 것이다.

그런데 어쩌다가 저런 자식이 두목이 되었지? 과거에도 그런 생각을 했지만 이놈의 전쟁 때문에 다들 같은 고민이었다. 게다가 이 병신은 리코의 형이 아닌가. 빌어먹을, 좋은 것만 가질 순 없는 건가?

조가 디온을 보았다.

"그래서, 문제가 뭔데?"

디온이 시가에 불을 붙이며 한쪽 눈을 질끈 감았다.

"어떻게든 쥐새끼를 찾아내야지. 그때까지는 다들 죽은 듯이 지내. 말썽 부리지 말고. 알았나?"

그가 눈을 뜨고 프레디와 리코를 노려보았다.

"옙."

리코가 대답했다.

조와 토머스는 바깥 마당에서 만났다. 두 사람이 성당 앞으로 돌아가 트위그스로 향하는데 시장 부부가 두 사람 앞을 지나며 조에게 모자 인사를 했다. 젊은 아내는 조와 토머스에게 밝은 듯 차가운 미소를 보냈다.

"시장님."

시장이 활짝 웃으며 조와 악수를 나누었다.

1920년대와 1930년대 초반, 쿠바인들과 스페인인들이 그를 '이보르 시장'이라고 불렀다. 지금도 일부 신문에서 그를 언급할 때마다 그 별명을 들먹거렸다.

바네사 벨그레이브가 인상을 찌푸리는 것으로 보아 그 별명이 별로 마음에 들지 않는 눈치였다.

"누가 뭐래도 시장님께서 이 도시의 지도자십니다. 이쪽은 제 아들 토머스입니다."

조가 시장과 악수하며 말했다.

조너선 벨그레이브는 무릎을 굽혀 토머스와도 악수했다.

"안녕, 토머스."

"안녕하세요, 시장님."

"스페인어를 잘한다며?"

"예, 시장님."

"나중에 쿠바 클럽과 시가 노동조합하고 협상할 때 네가 내 옆에 앉아야겠다."

"예, 시장님."

"그래, 고맙다. 정말 고마워."

시장이 키득거리며 토머스의 어깨를 때리곤 몸을 일으켜 세웠다.

"물론 바네사는 아시죠?"

"예, 사모님."

"안녕하세요, 커글린 씨."

탬파의 엘리트 사회에 아무리 속물근성과 오만이 판을 친다지만, 함량 미달인 상대를 대하는 그녀의 태도는 가히 전설적이라 하겠다.

물론 조를 싫어할 이유는 충분했다. 언젠가 그녀의 요청을 거절한 적이 있었던 것이다. 이유는 그녀가 부탁하는 사람이 아니라 호의를 당연히 받아야 할 사람처럼 굴었기 때문이었다. 당시는 남편도 이제 막 시장에 당선한 터라 지금처럼 권력이 많지도 않았다. 어쨌든 새 급수 시설 건물 앞에 프랜시스 데이드 시장 동상을 세울 때 기중기를 빌려주는 식으로 시장과는 앙금을 씻었다. 요즘에는 둘이 가끔 식당에서 만나 함께 술과 스테이크를 먹기도 했지만 바네사 벨그레이브는 노골적으로 불쾌감을 드러냈고 그 태도는 앞으로도 바뀌지 않을 터였다. 그녀가 누군가에게 조를 일컬어 '양키처럼 매너 없고 양키처럼 감각도 없는 양키 조폭'이라고 부르더란 얘기도 들렸다.

시장이 재미있다는 듯 아내를 보며 활짝 웃었다.

"직접 여쭤보구려."

조가 고개를 갸웃하며 젊은 여인을 향해 돌아섰다. 악명이 어찌나 섬뜩한지 이따금 그녀가 엄청난 미인임을 잊기 일쑤였다. 입술은 머리카락과 마찬가지로 마른 피만큼이나 검붉었다.

"저한테요?"

바네사가 보기에도 조는 이 상황을 즐기고 있었다. 그 바람에 그

녀도 왼쪽 입꼬리를 살짝 비튼 다음 반짝거리는 파란 눈으로 그를
보았다.

"제 재단은 아시죠?"

"물론입니다."

조가 대답했다.

"다른 자선 단체와 마찬가지로 전쟁으로 어려움을 겪고 있어요.
이런 말 드려도 될까 모르겠지만……"

"유감이군요."

"그런데, 커글린 씨는 잘나가시는 것 같더군요."

"예?"

"커글린 씨, 여기 탬파의 자선 단체들 얘기예요. 보아하니 러츠에
코랄레스 여성의 집을 새로 지으셨더라고요."

"아, 전쟁 때문입니다. 남편 없이 아이들을 부양해야 하는 여성들
이 점점 늘고 있거든요. 많은 아이들도 아빠를 잃고 있죠."

조녀선 벨그레이브가 끼어들었다.

"물론입니다. 당연한 말씀입니다, 조. 하지만 그렇다 해도 전쟁 수
행에 도움이 되지 않는 자선 단체라면 자금에 심각한 타격이 있을
수밖에 없습니다. 그런데 당신 재단은 칙칙폭폭 잘도 달리더군요.
아, 크리스마스 직전에 열린 그 파티 말입니다. 그곳에서도 돈이 꽤
나 모였죠?"

조가 키득거리며 담뱃불을 붙였다.

"그래서, 뭘 원하십니까? 기부자 명단?"

"맞아요. 바로 제가 원하는 겁니다."

바네사가 대답했다.

조가 연기를 내뿜다가 기침을 했다.

"진심이십니까?"

"음, 지금 당장 명단을 달라고 하면 눈치 없는 짓이겠죠? 대신 슬론 자선 재단 위원회에 한자리 드리면 어떨까요."

바네사 벨그레이브는 바네사 슬론으로 태어나 애틀랜타의 아서와 엘리노어 슬론의 무남독녀로 자랐다. 슬론 가문은 제재업, 은행, 직물, 지킬 섬의 여름 별장을 소유한 것 외에도 남부 사교계의 축제에서도 철마다 신기록을 달성하는 축제를 운영하는 것으로도 유명했다. 1년에 2번 여는 축제를 2개나 주최했다. 독립전쟁과 남북전쟁에서 군 사령관을 배출하기도 했다. 슬론 가문이야말로 조지아 주 최고의 귀족 가문이었다.

"빈자리가 있습니까?"

시장이 고개를 끄덕였다.

"제브 토센이 죽었어요."

"안됐군요."

"아흔두 살인걸요."

시장이 말했다.

조는 바네사의 밝은 눈을 보았다. 당연히 피가 마르겠지만 지방 자선 단체들이 어디나 익사하고 있는 것만은 사실이었다. 반면에 조의 조직은 번창까지는 아니더라도 여전히 탄탄했다. 부분적으로는 조가 기금 모금에 재능이 있기 때문이지만 그보다는 물자와 건설 장비 대금절반을 후려쳐 제경비를 크게 줄일 수 있었기 때문이다.

"제 비서한테 사람을 보내세요."

그가 마침내 그렇게 대답했다.

"허락하신 건가요?"

바네사가 물었다.

"허락이나 다름없어요, 여보."

시장이 조에게 미소를 보냈다.

"우리는 부정의 부재가 항상 긍정이라고 믿고 있답니다."

바네사가 미소 지었다.

"사실, 전 늘 '예'라는 대답을 확인하고 싶어요."

조가 손을 내밀어 둘은 악수를 나누었다.

"아침에 제 비서한테 전화하세요. 함께 고민해 보죠."

여자가 그의 손을 더 단단히 잡았다. 그의 손이나 그녀의 이가 빠

각 소리를 내며 깨져 나갈지도 모르겠다는 생각까지 들었다.

"전화할게요. 이해해 주셔서 고맙습니다."

"당연히 해야 하는 일인걸요, 벨그레이브 부인."

6장

바람에 쓴 이름들

프레디 디자코모는 세인트조지프 병원 산부인과 병동에서 와이어트 페티그루를 만났다. 와이어트는 새로 태어난 딸을 안고 있었다. 그의 무릎 옆 재떨이에서 담배가 질식사하고 있었다. 딸의 이름은 아직 짓지 못했으나 아내 메이는 이미 자기 할머니 이름을 따서 벨마로 하겠다며 고집을 부렸다. 와이어트는 그레타가 좋다고 우겼지만, 남편이 《포토플레이》 표지에 나오는 그레타 가르보에게 군침을 흘린다는 사실을 알기에 메이도 절대 양보할 생각이 없었다.

메리 시어도어 수녀가 들어와 딸을 빼앗아 가자 와이어트는 둘이 떠나는 모습을 지켜보았다. 이 세상에 생명을 데려왔다는 자부심과, 우물에 빠진 돼지 새끼처럼 빽빽 울어대는 딸과 드디어 떨어졌다는 안도감이 묘하게 뒤섞였다. 아기를 안고 있는 내내 혹여 떨어뜨릴까 봐 불안하기도 했다. 더군다나 딸이 그를 좋아하지 않는다는 생각도 들었다. 아예 쳐다보지도 않으니 하는 말이다. 사실 아무것도 보지 못하겠지만 그래도 아빠의 체취가 맘에 안 들 수도 있지 않은가. 어떻게 해야 할지 난감하기도 했다. 어떤 식으로 생활 방식을 바꾸어야 하지? 이 작고 불합리한 생물의 존재를 어떻게 받아들이지? 물론 딸이 태어난 이상 메이도 남편한테 내줄 공간이 훨씬 줄었을 것이다.

맙소사, 그런데 셋을 더 낳겠다고? 그가 한숨을 내쉬었다.

프레디 디자코모가 축하를 했다.

"예쁜 딸이야, 와이어트. 커서 남자깨나 홀리겠는걸."

"고마워요."

"아버지가 되니까 기분 죽이지?"

"예."

프레디가 그의 등을 찰싹 때렸다.

"시가나 내놔라, 응?"

와이어트는 스포츠코트 주머니에서 시가를 찾아 조금 끊은 뒤 불까지 붙여주었다. 프레디가 몇 모금 빨자 끄트머리가 빨갛게 달아오르기 시작했다.

"지금 내 일을 해줘야겠다, 와이어트."

"지금요?"

"오늘 밤까지."

메이의 가족 전체가 지금 병실에 모여 있거나, 그가 집으로 돌아오기를 기다리고 있었다. 아이스박스도 채워야 했다. 어젯밤에 처가 식구들이 깨끗이 비웠다던데. 병실 식구들은 오늘 밤에는 그가 아내를 돌볼 거라고 믿고 있으리라. 아내는 난산으로 고생했다. 그러니까 주변에서 알짱거리기라도 해야 하지 않겠는가. 선택의 여지는 없었다. 처가 식구들은 이미 오래전부터 와이어트를 쓰레기로 여겼다. 처남 다섯, 처제와 처형 넷, 성질 까다로운 장모, 성질 더러운 장인…… 온 가족이 하나같이. 지금은 와이어트에게 관심을 보이지 않지만, 결국 그가 인간쓰레기임을 재확인하게 될 것이다.

"집사람한테 어떻게 일하러 간다고 말하죠?"

와이어트가 프레디한테 우는소리를 했다.

프레디가 미소 지었다. 표정도 너그러웠다.

"하나 알려주랴? 여자한테는 허락보다는 용서를 구하는 게 훨씬 쉽다."

그가 의자 등에서 레인코트를 집어 들며 재촉했다.

"안 가?"

와이어트 페티그루는 지난 몇 주간 이보르 시의 흑인 구역을 돌며 먼투스 딕스를 미행했다. 보통의 백인한테는 불가능한 임무였지만, 그에게는 어렸을 때부터 특별한 능력이 있었으니, 아무도 그에게 관심을 보이지 않았다. 학창 시절에 선생들이 호명한 적도 없고 두 번은 아예 까맣게 잊고 성적까지 주지 않았다. 버스는 그를 버려둔 채 떠났고 동료들은 늘 이름을 잘못 불렀다. ('윌리엄', '웨슬리', 이유는 모르겠지만 '로이드'도 있었다.) 심지어 아버지까지 손가락을 몇 번 튕긴 다음에야 간신히 아들 이름을 기억해 내지 않았던가. 지난 3주간 와이어트 페티그루는 매일 이보르까지 차를 몰고 11번 애버뉴의 백인과 흑인의 경계를 지나 거리를 활보하고 다녔다. 주민들이 지난 5년간 만난 백인이라고는 우유 배달부, 얼음 장수, 소방수, 경찰, 드물게 집주인이 고작인 동네를.

먼투스 딕스는 주로 당구장 2층 숙소를 중심으로, 10번 스트리트의 커피숍, 8번 애버뉴의 세탁소, 네브래스카의 잡화점, 메리디안의 치킨집, 그리고 9번 스트리트의 작고 깔끔한 공동묘지 등지를 돌아다녔다. 나중에 알았지만 묘지에는 먼투스 딕스의 아버지, 어머니, 이모 둘, 삼촌 하나가 묻혀 있었다. 그곳을 제외하면 먼투스에게 보호비 명목으로 돈을 지불하거나 숫자 도박 판돈을 모아두는 곳이었으며 아니면 불법 증류소 위장용이었다. 연방세 도장이 있든 없든 개의치 않고 술을 마시는 술꾼들이 있기에 증류소는 여전히 대박 사업일 수밖에 없었다. 먼투스 딕스의 고객들은 개의치 않았다. 와이어트보다 눈에 띄지 않는 사람이 있다면 당연히 먼투스 딕스의 고객들이었다. 이보르는 이미 분단의 도시나 진배없었다. 아프리카계 쿠바인들과 아프리카계 미국인들마저 검은 피부와 가무잡잡한 피부를 구분하는 식으로 서로 떨어져 나갔다.

먼투스 딕스는 그들의 시장이자 주지사이자 왕이었다. 그는 백성들에게 은혜를 베풀고 그 대가로 세금을 거두어들였다. 백성들이 파업을 하면 구사대로부터 지켜주고 병에 걸려 누우면 뒷마루에 식량을 놔두었다. 지난 10년간 전쟁과 기근이 이어지는 가운데, 남자들이 떠나 돌아오지 않으면 빚을 탕감해 주기도 했다. 때문에 백성 대부분이 그를 사랑했다. 그에게 빚이 있는 이들까지도 사랑했다.

1938년 경기 회복 이후로는 빚을 진 사람들이 더 많아졌다. 이달에도 벌써 두 번이나 채무자들이 주간 납기에 걸렸으면서도 돈이 없다며 우는소리를 하지 않았던가. 먼투스는 직접 계산을 챙기기로 했다. 9번가의 과일 가게 주인 킨케이드는 먼투스가 들어오는 즉시 두 손을 들었다. 먼투스는 185센티미터 장신에 모자까지 쓰는 버릇 때문에 키가 10센티미터는 더 커 보였으며, 더욱이 위압적이기까지 했다. 결국 킨케이드를 시작으로 채무자 둘이 기적적으로 돈을 마련해 곧바로 갚을 수밖에 없었다.

먼투스도 최근에 급격히 피로했다. 그냥 피곤한 게 아니라 망할 놈의 세상만사가 다 진절머리가 났다. 이런 식의 잔꾀를 다스리는 데도 진력이 났다. 그래서 빚진 놈들이 지난 2주 동안 현찰을 준비하는 일에 왜 태만했는지 그 이유를 묻기로 했다. 사실 부쩍 늙었다는 기분도 들었다. 나이를 먹으면서 깨달은 사실은, 사람들이 계속 바뀌면서 그 전의 멍청이들과 똑같이 어리석은 짓을 한다는 것이었다. 도무지 과거에서 배우는 것도 없고 발전하는 것도 없었다.

맙소사, 만사가 순조롭게 풀리던 시절이 그립군. 그때는 누구나 즐겁게 돈을 벌고 돈을 쓰고 다음 날 일어나 다시 그 짓을 했다. 조 커글린이 세상을 지배하던 시절에는. 오래전에 깨달았지만 그때가 황금기였다. 이놈의 전쟁이 최고의 인재들과 최고의 고객들을 이렇게 박박 긁어 가는 한 현상 유지가 만만치 않았다. 사실, 현상 유지가 나쁘지만은 않았다. 적어도 표면적으로는. 다만 그 때문에 다들 조바심을 내고 철망보다 더 비비 꼬이는 게 문제였다.

밤의 일과가 끝날 때쯤 10번 스트리트의 양복점 주인 펄 아이스 밀턴을 찾아갔는데, 펄 아이스가 돈을 내지 못하겠다며 거절했다.

"이번 주는 불가능합니다. 어쩌면 다음 주도요."

물론 그 대답이 먼투스 맘에 들 리가 없었다.

"펄, 나한테 왜 이래요?"

"왜 이러는 게 아닙니다, 딕스 씨. 아시잖습니까."

"아니, 몰라요."

"어쨌든 돈 없습니다."

먼투스는 바로 옆 선반에서 비단 타이를 꺼내 손바닥에 길게 늘어뜨렸다. 맙소사, 전쟁이 일어난 이후로는 비단이 얼마나 부드러운지도 잊고 살았다.

"돈이 왜 없는데?"

펄 아이스는 상냥한 노인이고 손자가 아홉이나 되었다.

"없으니까 없습죠. 어려운 시절이니까요."

먼투스가 카운터 아래 바닥을 내려다보았다.

"그래서 바닥에 10달러 지폐를 버리기까지 하나?"

"예?"

"10달러 지폐 말이야, 깜둥이 영감."

먼투스가 바닥을 가리키며 물러났다.

펄 아이스가 카운터에 두 팔꿈치를 대고 상판 너머로 머리를 길게 내밀자, 먼투스는 비단으로 영감의 목을 감고 조르기 시작했다. 그리고 고개를 숙여 펄 아이스의 분홍빛 털북숭이 귀에 대고 속삭였다.

"당신이 안 갚으면 누가 갚지? 응, 누가?"

"아무도 안 갚겠죠. 난 다만……"

먼투스는 타이 양 끝을 바짝 당긴 뒤 펄 아이스를 카운터 밖으로 잡아채 바닥에 떨어뜨렸다. 그가 타이를 놓자 영감은 바닥에 한 번

튕겼다가 한동안 끙끙 신음을 흘렸다.

먼투스는 다른 선반에서 손수건을 찾아내 바닥의 먼지를 닦고 펄 아이스 맞은편에 앉았다.

"여기서 뭘 팔아, 영감?"

"예? 예?"

노인은 계속 기침을 하고 침을 뱉었다.

"영감이 뭘 파는지 묻잖아요."

펄 아이스는 마치 살아 있는 뱀이라도 대하듯 조심조심 타이를 잡고는 재빨리 목에서 풀어 바닥에 던졌다.

"옷을 팝니다요."

먼투스가 고개를 저으며 쯧쯧 혀를 찼다.

"옷은 당신이 쌓아둔 물건이고, 당신이 파는 건 계급이지. 형제들이 저 문을 들어오는 이유는 우아해지고 싶어서야. 세련된 감각을 원하니까. 그러니까…… 당신이 입은 옷을 봅시다. 그 옷은 소매로 얼마요?"

노인이 다시 기침했지만 이번에는 소리가 더 탁했다.

"80달러쯤."

먼투스가 휘파람을 불었다.

"80달러라. 와우. 내가 아는 형제들은 월급도 그렇게 안 돼. 그런데 영감은 그런 옷을 입고 빚은 갚지 못하겠다고?"

"난……"

펄 아이스가 바닥을 내려다보았다.

"나한테 돈을 주고 싶은데 그 전에 누가 빼앗아 가기라도 하나?"

"아뇨, 그런 사람은 없습니다."

"좋아, 좋아."

먼투스가 일어나 문 쪽으로 걸어갔다.

"좋다고요?"

펄 아이스가 되물었다.

먼투스는 흰 셔츠로 덮인 테이블 옆에 서서 돌아보았다.

"어쩌면 오늘 밤, 우리 애가 당신 집에 들를 거야. 아침에 가게를 들를 수도 있지만, 어쨌든 늦지는 않을 거야. 내가 직접 할 수도 있는데 그럼 아무리 조심해도 옷에 피가 묻거든. 게다가 오늘 밤에 진진 클럽에서 중간 마누라와 데이트도 있고."

"피?"

먼투스가 고개를 끄덕였다.

"영감 얼굴 가죽을 벗길 거야. 소풍 가기 전 닭처럼 벗겨주지. 그 다음에 영감이 얼마나 계급과 우아함을 파는지 볼 거야. 잘 자슈."

그가 문으로 걸어가는데 회색 플리머스가 거리 맞은편에서 북쪽으로 향하고 있었다. 그런데 정확히는 모르겠지만 어딘가 수상했다. 그때 펄 아이스가 카운터 뒤에서 소리를 질렀다.

"리틀 라마르."

먼투스가 돌아보니 영감이 자리에서 일어나고 있었다.

펄 아이스가 목을 문질렀다.

"리틀 라마르가 그러더군요. 자기가 인수하겠다고. 당신 시대는 끝났으니 이 마을은 이제부터 새 보스가 맡는답니다."

먼투스가 미소 지었다.

"내가 그놈을 몰아내 무덤에 묻어버리면, 그땐 뭐라고 하려고?"

"리틀 라마르 말이, 뒤를 봐주는 이가 있댔소."

"뒤는 나도 있어."

"이봐요, 이제 당신 뒤에 등뼈뿐이라는 소문도 있습니다. 백인 세계에 어떤 뒷줄이 있는지는 모르지만 다 끝난 것 같구려."

노인의 말투에서 배어 나오는 피로와 동정이 먼투스의 간담을 서늘하게 했다.

먼투스가 지켜보는 가운데 영감이 터덜터덜 그에게 접근했다. 펄 아이스 밀턴은 다가오면서 소맷부리 밖으로 커프스를 드러냈다. 낡은 다이아몬드 커프스. 늘 차고 있던 물건인데 100년 전쯤 필라델피아의 부시장이었던 백인이 하고 다녔다고 했다. 펄 아이스는 커프스를 벗겨 먼투스에게 내밀었다.

"이놈이면 한 달 치 빚은 될 겁니다. 가져가시죠. 지금은 그게 다니까."

먼투스가 손을 펴자 펄 아이스가 커프스를 그 안에 떨어뜨렸다.

"라마르는 내가 처리하겠어. 영감이 들은 소리는 다 지나가는 바람이야."

"변화의 바람일 수도 있겠지. 나도 변화를 머리카락으로 느낄 만큼은 늙었어."

펄 아이스가 천천히 말했다.

"머리카락도 얼마 남지 않았잖아."

먼투스가 미소 지었다.

"바람이 벗겨 갔으니까."

펄 아이스는 그렇게 말하고는 뒤돌아 가게 안으로 돌아갔다.

먼투스가 양복점에서 나오자마자 회색 플리머스 P4가 따뜻한 밤을 뚫고 나왔다. 이번에는 남쪽으로 향했는데, 바로 눈앞에서 뒤쪽 창문까지 열린 터라, 창턱에 홰를 친 총구를 보려 애쓸 필요도 없었다. 그는 무조건 제일 가까운 차 뒤로 몸을 던져 엉금엉금 기기 시작했다.

금속 탄환이 자동차 반대편을 때리기 시작했다. 누군가 금속 나사를 한 양동이 쏟아붓는 듯한 소리. 총알은 등 뒤의 건물도 때려 벽돌 여기저기 스파크가 일었다. 자동차 창유리도 깨져 거리 위아래로 터져 나왔다. 먼투스는 엉금엉금 기어 골목으로 향했다. 전쟁 중에 기관총에 맞은 적이 있지만 벌써 20년 전 얘기다. 핑음, 죽음의 우박. 이 망할 놈의 동네를 뒤덮은 도탄들. 핑! 핑! 핑! 아무 생각도 할 수가 없었다. 맙소사, 기껏 찰나에 불과하건만 이 거리에 온 이유도, 자기 이름도 기억할 수가 없었다.

어쨌든 죽어라 움직이기는 했다. 아기가 배고프면 우는 것처럼, 본능적으로 기고 할퀴고 움켜쥐며 인도 위를 움직였다. 그리하여 이제 막 골목에 접근하려는데, 그 옆에 있는 자동차가 들썩하더니 주저앉았다. 놈이 기관총으로 조수석 쪽의 타이어를 모조리 터뜨린 것이다.

총격이 멈췄다.

가능성 하나, 개자식이 재장전 중이다. 가능성 둘, 먼투스의 위치를 짐작하고 골목 어귀를 겨눈 채 그가 대가리를 내밀 때를 기다린다. 먼투스도 총을 꺼냈다. 총신이 긴 44구경. 1923년 로메오 삼촌한테 받았는데 여전히 최고의 화기였다.

세 번째 가능성도 있다. 먼투스의 위치를 알아낸 총잡이 놈이 이제 차에서 내려 상황을 끝내려 할 수도 있다.

그야말로 최악의 시나리오다. 총잡이가 차에서 내려 세 걸음이면 먼투스 옆에 설 수 있다. 기관총을 들고. 얘기 끝. 귓속에서 총격의 메아리가 잦아들고 대신 플리머스의 엔진 소리가 들렸다. 이윽고 철컥! 새 드럼 탄창을 톰슨 리시버에 갈아 끼우는 소리.

개자식이 마침내 재장전을 마쳤다.

이런, 빌어먹을. 먼투스는 검은 하늘과 낮게 드리운 회색 구름을 올려다보았다. 후회는 아무리 빨라도 후회라던가?

먼투스는 피스톨을 주머니에 넣고 인도에 손바닥을 댔다가 치타처럼 쏜살같이 뛰쳐나갔다. 그렇게 골목 입구에 다다를 때쯤 뒤에서 백인 둘이 소리쳤다. 사실 그 말조차 들을 필요도 없었다. 그 순간 콩 볶는 소리가 다시 밤하늘을 찢기 시작했다.

먼투스가 달리는 동안 벽돌 조각과 먼지가 얼굴을 때렸다. 프랑스 참호 속에서 달아날 때처럼 달렸다. 허파가 영원히 터지지 않고 심장이 멈추지 않을 것만 같았던 젊은 시절처럼 달렸다. 저격수에게 묻고 싶었다. *꼬마, 내가 젊었을 때 네놈은 어디 있었냐? 네놈이 골백번을 고쳐 죽는다 해도 절대 내 애인들처럼 예쁜 여자는 꿈도 꾸지 못한다. 나처럼 쾌락을 누리지도 못하고 나처럼 오래 살지도 못해. 네놈은 쓰레기니까, 알아? 내가 바로 먼투스 딕스다. 이보르 흑인 구역의 지배자. 네놈은 그냥 하찮은 쓰레기.*

골목을 선택한 이유는 대형 쓰레기통 때문이었다. 양쪽에 수납통만 10여 개가 늘어져 있기에 그곳을 지난다 해도(골목의 3분의 2에 해당하는 거리다. 먼투스가 아는 한 어떤 차도 통과할 수 없다.) 싸구려 여인숙 리틀 보가 주변 건물보다 골목 쪽으로 3미터 정도 튀어나와 있었다. 저 골목 후미를 자동차로 통과하려면 그 건물을 절반으로 쪼개야 할 것이다.

핑 핑 핑 핑 핑 핑 핑 핑.

이윽고 엔진 속도가 빨라지는 소리. 흰둥이 놈들도 이 골목을 통과할 수 없음을 깨달은 것이다. 오늘 밤은 물론 앞으로도 영원히 불가능하다.

먼투스가 골목으로 반쯤 들어와, 안과와 푸줏간 옆 쓰레기통 뒤에 숨었을 때 플리머스가 전속력으로 후진하기 시작했다. 엔진 소리는 10번 스트리트에서 들렸다. 블록을 돌아가서 그가 여인숙으로 나올 때 잡으려는 속셈이리라. 먼투스는 왔던 길로 돌아가 입구에서 왼쪽으로 꺾은 뒤 왼쪽 첫 번째 건물로 들어갔다. 다른 건물들과 마찬가지로 지난 10년간 쫄딱 망한 후 아직 두 번째 부흥기를 만나지 못한 건물이었다. 창문은 모두 암녹색의 철판으로 바뀌고 문간 위 전구 소켓은 1938년부터 비어 있었다. 이곳 문간에 몸을 숨기면 60센티미터 높이에서 등대 조명을 받지 않는 한, 들킬 염려는 추호도 없었다. 설령 상대가 찾아낸다 해도 뭔가 시도하기엔 이미 때가 늦을 수밖에 없었다.

플리머스가 재차 확인하기 위해 블록을 돌아왔다. 골목에서 3미터까지 접근했을 때 먼투스는 거리로 나왔다. 그는 심호흡 하고 조심스레 겨냥한 다음 곧바로 차창을 향해 방아쇠를 당겼다.

블록을 돌아오면서 와이어트는 뒷좌석에서 톰슨을 겨눈 채 조금 전 자신이 맹포격한 차들을 모두 살펴보았다. 그 일을 자신이 했다니 도무지 믿기지가 않았다. 슬로셴 애버뉴의 꼬마 와이어트 페티그루가 어느새 어른으로 자라 사람들한테 기관총을 쏘다니. 하지만 이곳은 이상한 세계다. 정부의 부름을 받고 국외에 나가 이런 일을 했다면 금세 영웅이 되었을 터였다. 다만 이곳은 이보르이고 명령은 두목이 내렸다. 사실 세계야 어떻든 와이어트는 둘 사이에 어떤 차이도 느끼지 못했다.

운전사 커미트는 먼투스 딕스가 거리에 나오는 것조차 보지 못했다. 가랑비가 다시 내리기 시작해 와이퍼 스위치를 넣는 중이었기 때문이다. 왼쪽에서 인기척을 본 것도 와이어트였다. 아니, 그저 느꼈다고 해야 하나? 그것도 언뜻 총구의 섬광에 비친 먼투스의 얼굴에 불과했다. 얼굴은 마치 몸이 없기라도 한 듯 느닷없이 어둠 속에서 나타났다. 유령의 집에서 본 데스마스크가 저럴까? 순간 차창에 거미줄이 엉겼다. 커미트가 신음을 터뜨리고 그의 축축한 살점이 와이어트의 얼굴에 튀었다. 커미트는 앞으로 고꾸라졌지만 얼굴은 말 그대로 차내에 흩뿌려졌다. 그에게서 막힌 배수로 소리가 들렸으나 차는 점점 속도를 더했다. 커미트의 어깨를 밀어 가속 페달에서 발을 떼게 하려고 했지만 결국 차는 연석과 전봇대를 차례로 들이받고 말았다. 와이어트는 좌석 뒤에 부딪치며 코가 부러졌다. 그러고도 다시 뒤쪽으로 내동댕이쳐진 채 한참을 허우적거려야 했다.

머리카락에 불이 붙었다. 어쨌든 기분은 그랬다. 하지만 손을 올리자 그곳엔 불꽃 대신 손이 있었다. 커다란 손, 다섯 손가락이 머리카락 깊숙이 파고들더니 갑자기 잡아챘다. 와이어트는 플리머스 뒷자리에서 차창을 통해 밖으로 끌려 나왔다. 척추가 창턱에 긁히며 텅텅텅 튀었다. 두 발이 창문을 빠져나오는 순간 먼투스가 와이어트의 몸을 뒤집으며 바닥에 내팽개쳤다. 와이어트는 10번 스트리트 한가운데에서 무릎을 꿇었다. 고개를 들어보니 44구경 스미스의 총구가 내려다보고 있었다.

"삼촌이 준 총이다. 절대 실망시키는 법이 없다고 했는데 지금까지는 그랬어. 무슨 말이냐 하면, 이봐, 흰둥이, 나는 타깃을 맞추고 거리의 차를 모두 박살 내기 위해 수백 발을 쏠 필요가 없다 이거야. 누가 보냈냐?"

와이어트는 대답하는 순간 죽는다는 사실을 알았다. 먼투스한테 계속 말을 시키고 있으면 경찰이든 누구든 올 것이다. 지금껏 이 부근 거리를 완전히 뒤집어놓지 않았던가.

"두 번 묻지 않게 해."

먼투스 딕스가 위협했다.

"삼촌이 그 총을 주었다고요?"

와이어트가 물었다.

딕스가 고개를 끄덕였다. 눈 속에 조바심이 역력했다.

"몇 살 때?"

"열넷."

"당신이 그 양반 무덤을 찾아갈 때 봤어요. 두 번. 부모님 무덤도……. 부모는 소중하지요."

"그래?"

먼투스가 되물었다.

와이어트가 심각하게 고개를 끄덕였다. 거리의 축축한 기운이 무릎에 스며들었다. 아무래도 왼쪽 팔뚝이 골절된 모양이었다. 저 멀리 사이렌 소리 맞나?

"오늘, 아버지가 되었어요."

와이어트가 남자한테 말했다.

"그래?"

먼투스는 와이어트의 가슴에 두 번 쏘고 이마에 한 발을 더해 확인 사살까지 했다. 그리고 시신의 눈을 보며 거리에 침을 뱉었다.

"애초에 좋은 아버지 되기는 싹수가 노랗잖아?"

7장
107호실

세인트피터즈버그의 선다우너 모텔은 1930년대 중반에 문을 닫았다. 흰색 치장벽토의 단층 본관 건물 두 채와 작은 현관 건물이 말발굽 모양을 이루고, 가운데 타원형의 마당엔 키 작은 잡초들이 무성하고 종려나무가 뿌리를 내렸다. 건물 앞 간디 대로에는 칠팔 년 전부터 낚시 전문점이 자리를 잡았는데 그 부근은 잡초들이 더 크게 자랐다. 낚시점의 주인 패트릭과 앤드루 캔틸런 형제는 바로 옆 샌드위치 가게와 모텔 뒤의 보트 수리점까지 소유했다. 아니, 탬파 만의 해안선을 따라 있는 작은 잔교들 대부분이 캔틸런 형제의 소유였으며, 그곳에서도 어부들에게 얼음과 시원한 맥주를 팔아 떼돈을 벌어들였다. 어부들은 매일 새벽 햇빛이 하늘을 핥기도 전에 곳을 떠나 한낮에 돌아오는데 얼굴은 루비보다 붉게 타고 살갗은 배를 묶는 삭구보다 거칠었다.

캔틸런 형제는 과거에 조와도 사업을 했다. 플로리다 해협 전역에 럼주를 보급할 때였는데, 조는 형제의 개인 재산 형성 과정에서 제일 큰 몫을 담당했다. 패트릭과 앤드루는 작은 감사 표시로 이제는 손님을 받지 않는 선다우너 모텔에서 최고 좋은 방을 떼어내 오로지 조만 쓸 수 있도록 배려했다. 나머지 방들 역시 깨끗하게 유지했는데 주로 형제의 친구들 중에서 결혼에 실패했거나 도망자 신세가 되는 등, 곤경에 처한 이들이 사용했다.

107호실은 창밖으로 바다가 보이고 오로지 조만 사용이 가능했다. 월요일 아침 표백제와 세탁용 풀과 바닷소금 냄새가 나는 시트 위에서 바네사 벨그레이브와 섹스를 한 것도 그곳이었다. 밖에서는 갈매기들이 새우 꼬리와 생선뼈를 차지하려고 다투고 방 안에서는 검은 철제 선풍기가 삐걱거리고 철컥거렸다.

바네사와 섹스할 때면 종종 암류에 휩쓸리는 것만 같았다. 어둡고 따뜻한 세상에 갇힌 채, 다시 부상하리라는 보장 없이 부드럽게 휘몰아치는 것이다. 그리고 그 순간이면, 다시는 이 세계를 보지 않아도 된다는 기대감에 행복하기도 했다. 물론 아들이 없다고 가정했을 때의 얘기다.

사람들은 바네사 벨그레이브를 차갑고 오만하고 품위 있는 여자로 여겨서, 재미나 창의성과도 거리가 멀 거라고 생각했지만, 실제로는 전혀 그렇지 않았다. 닫힌 문 너머의 그녀는 세속적인 호기심과 기상천외한 견해로 가득했다. 조 또한 그렇게 재미있는 여자는 처음이었다. 때로는 너무 심하게 웃는 탓에 코를 씩씩거리기도 했는데 그럴 때면 기러기가 큰 소리로 우는 것만 같았다. 평소에 그렇게 우아한 사람이기에 더할 나위 없이 신기하고 우스울 수밖에.

그녀의 부모님은 그런 식의 웃음을 허락하지 않았다. 사춘기 시절
에는 바지도 입지 못하게 했다. 그녀에게는 동생이 없었다. 일곱 번
유산했을 뿐, 딸도 아들도 태어나지 못했다. 그리하여 그녀는 슬론
융합산업, 즉 150년 역사의 회사를 물려받을 딸이 되었다.

"거래 확인 보고서가 아니라 에밀리 디킨슨을 읽는 멍청한 여자라
는 사실을 남부 신사 주주들이 알면 당장 기업을 빼앗겠다고 선전포
고를 할 거예요. 그렇게 되면야 전쟁은 시작하기도 전에 끝나겠죠.
하지만 직원들은 내가 아버지와 똑같다고 생각해요. 이런 식으로 나
를 아버지만큼만 두려워한다면 회사는 앞으로도 100년은 더 굴러갈
거예요. 그 전에 아들이 있어야겠지만."

"하고 싶어? 가족 기업을 경영하는 일?"

"아뇨, 맙소사, 아니에요. 하지만 선택의 여지가 없잖아요. 수백만
달러 기업을 그냥 날려버려요? 내 멋대로 살겠다고 까불 만큼 어리
진 않아요."

"만약 손에 넣을 수 있다면, 원하는 게 뭐지?"

"당연히, 조 당신이죠. 촌놈 아저씨."

그녀가 속눈썹을 빠르게 깜빡거리다가 조 위에 올라타더니 베개
로 얼굴을 덮었다.

"솔직히 말해 봐요……. 그 얘기를 듣고 싶었죠?"

그가 베개 밑에서 고개를 저으며 코맹맹이 소리를 했다.

"아니."

바네사는 조의 머리를 몇 번 더 흔든 다음에야 베개를 치웠다. 조

를 공격하느라 조금 숨이 찼는지, 그녀가 와인을 한 잔 마시며 눈을 동그랗게 떴다.

"내 몸에 난 이 지긋지긋한 불이나 꺼주시죠, 오늘은 정말 가만두지 않을 거예요, 똑똑남 아저씨."

그녀는 남은 와인을 조의 가슴에 붓고 핥아나갔다.

석 달 전, 비가 시원하게 내리던 오후의 일이었다.

지금은 따뜻하고 청명한 날, 습도는 높지만 아직 푹푹 찔 정도는 아니었다. 바네사는 하반신을 시트로 두른 채 창가에 서서 커튼 틈으로 밖을 엿보았다.

조도 그 옆에 다가가 선박 수리점을 내다보았다. 버려진 엔진 블록들이 햇볕에 새까맣게 익어가고 아이스박스와 디젤 펌프는 껍질이 벗겨지고 있었다. 그 너머로 선창이 아지랑이처럼 흔들렸다. 검은색 벌레들이 떼를 지어 악취 지독한 바닷가를 떠돌았다.

조가 커튼을 놓고 상체를 애무하자 바네사는 금세 몸이 달았다. 불과 몇 분 전에 사정을 했건만 조의 성기도 단단해졌다. 그는 그녀의 허리에서 시트를 걷은 후 몸을 바짝 붙였다. 지금은 이 정도로 충분하다. 가슴으로 그녀의 등을 느끼고 허벅지에 둔부가 닿는 느낌을 만끽하는 것만으로. 그는 두 손으로 바네사의 복부를 쓰다듬고 코를 머리카락 속에 묻었다.

"어제 연기가 과했을까요?"

바네사가 물었다.

"무슨 연기?"

"서로 싫어하는 척했잖아요."

조가 고개를 저었다.

"그렇지 않아. 지금은 우리 '해빙기'의 시작이고, 다음 단계는……
'마지못한 존중'이 조금씩 싹터야겠지. 당신 재단을 성공으로 이끌
어야 하잖아. 사람들 앞에서 호감까지 드러낼 필요는 없겠지만 서로
를 향한 반감만 묻어둔다 해도 우리의 직업 정신에 다들 고개를 끄
덕일 거야."

그가 손가락으로 그녀의 치골 음모를 애무했다.

그녀는 고개를 뒤로 젖히며 그의 목에 대고 신음을 흘렸다.

"이제 지긋지긋해요."

"내 손이?"

그가 손을 떼어냈다.

그녀가 손을 잡아 다시 제자리에 놓았다. 그의 가운뎃손가락이 마
법의 장소를 건드리자 호흡도 살짝 거칠어졌다.

"그럴 리가요. 이 역할 놀이 말이에요. 거만한 유부녀, 부잣집 딸."

다시 달뜬 호흡.

"예, 거기요, 거기가 좋아요."

"여기?"

"으흠."

그녀가 코로 숨을 들이쉬자 갈빗대가 팽창했다. 이번에는 다시 입
으로 길고 느린 숨을 내뱉었다.

"역할 놀이가 싫으면 그만해도 돼."

그가 그녀의 귀에 속삭였다.

"그럴 수 없어요."

"이유는?"

"오, 이 악당, 알면서."

"아, 그래, 가족 사업이 있군."

그녀가 뒤돌아서서 조의 손을 잡아 다시 제자리에 돌려놓은 뒤 창턱에 걸터앉았다. 그리고 그의 눈을 보며 손가락에 치골을 밀착했다. 두 눈에 다시 갈망이 스멀거렸다. 조가 그녀의 현 하나를 건드린 것이다. 문득 역할에 어느 정도 진실이 섞여 있지 않다면 바네사가 그토록 완벽하게 연기를 할 수 없겠다는 생각이 들었다.

"그러는 당신은 당신 일에서 손을 뗄 건가요?"

그녀의 숨이 좀 더 거칠어졌다. 두 눈은 분노와 갈망이 복잡하게 뒤얽힌 채 불타올랐다.

"상황에 따라서."

그녀가 손톱으로 조의 둔부를 찔렀다.

"개소리."

"명분만 옳다면 손을 뗄 수도 있겠지."

"개소리."

그녀가 몸을 씰룩이며 입술을 깨물었다. 손톱은 그의 살갗을 더 깊이 파고들었다. 그녀가 양 볼에 바람을 넣었다가 내뿜었다.

"당신…… 아아…… 이봐요, 당신이 하지 않는데 내가 포기할 것 같아요? 꿈 깨시죠."

그녀는 옆으로 고개를 젖히며 조의 어깨를 움켜쥐었다. 그가 몸 안에 들어가자 그녀가 눈을 동그랗게 떴다. 그가 창턱에서 들어 올릴 때 그녀가 가볍게 입술을 깨물었다. 그라시엘라가 죽고 7년, 이런 일이 가능하리라고는 상상도 하지 못했지만 그래도 이 여자를 떨쳐 내고 싶지는 않았다. 이 방을 떠나고 싶지도 않았다.

두 사람은 침대 위로 쓰러졌다. 그녀는 일련의 작은 전율들과 한 번의 길고 나지막한 신음으로 절정을 드러냈다. 두 눈은 말똥말똥했다. 그녀는 조의 몸에 올라가 상하 운동을 이어가며 미소와 함께 그를 내려다보았다.

"웃어요."

그녀가 말했다.

"웃는 줄 알았는데."

"100만 와트짜리 미소 말이에요."

그가 미소 지었다.

"맙소사, 그런 눈웃음으로 범죄를 저질렀다니 믿을 수가 없군요. 어렸을 땐 그 웃음으로 위기도 많이 모면했겠어요."

"아니, 그렇지는 않아."

조가 부인했다.

"말도 안 돼."

그녀의 반응에 조가 고개를 저었다.

"그때는 이런 미소 자체가 없었으니까. 형은 나를 그랜드캐니언이라고 불렀는걸."

바네사가 웃었다.

"왜요?"

"앞니 두 개가 빠졌거든. 세 살도 채 되기 전에 뽑혀 나갔어. 기억은 나지 않는데 형 말에 의하면 내가 넘어지면서 얼굴을 도로 연석에 부딪쳤다더군. 응, 그래서 그랜드캐니언이 된 거야."

"당신 얼굴이 끔찍했다니 상상이 가지 않아요."

"오, 정말 끔찍했어. 우습게도…… 애들 영구치가 여섯 살 때 나잖아? 다른 이는 그랬는데, 앞니는 달랐어. 여덟 살이 다 되어서야 나더군."

"세상에!"

"정말. 지금 얘기지만 엄청 창피했지. 입을 열고 미소를 지은 것도 스무 살이 다 되어서야 가능했어."

"우리가 사랑하나요?"

바네사가 물었다.

"응?"

그가 그녀를 떨쳐내려 했다.

그녀는 더 집요하게 달라붙었다.

"아니면, 그냥 궁합만 좋은 건가요?"

"뒤쪽이겠지."

그가 대답했다.

"서로 사랑한다 해도……"

"당신은 나를 사랑해?"

바네사가 눈을 동그랗게 떴다.

"당신을요? 맙소사, 절대 아니에요."

"에, 그럼 됐어."

"하지만 내가 사랑한다 해도……"

"사랑 안 하잖아."

"당신도 안 하잖아요."

"딩동댕."

바네사는 조의 두 손을 잡아 그녀의 엉덩이로 가져갔다. 부드러우면서도 서글픈 미소.

"하지만 사랑한다 해도…… 우리를 구원하지는 못하겠죠?"

"무엇으로부터?"

"저 끔찍한 바깥세상으로부터."

조는 아무 말도 하지 않았다. 그녀가 상체를 굽히자 가슴이 조에게 닿았다.

"또 총격이 있었어요."

바네사의 손끝이 조의 빗장뼈 주변을 따라 오르내리고 숨결이 그의 목을 따뜻하게 해주었다.

"무슨 뜻이지? 또라니?"

"에, 그저께 밤 얘기예요. 경찰한테 총격을 당한 마약상들. 한 사람이 감옥에서 자살했잖아요."

"으흠……"

"그런데 오늘 아침에 차에서 들었는데, 어떤 흑인이 이보르의 백인 둘을 죽였다더군요."

먼투스 딕스, 빌어먹을. 성당 모임이 끝나자마자 프레디 디자코모 놈이 브라운타운으로 가서 벌집을 쑤셔놓은 거야.

이런, 망할. 빌어먹을.

"언제였지!?"

"조너선이 현장에 도착했을 때가…… 새벽 2시쯤?"

바네사가 조금 고민하다가 대답했다.

"브라운타운?"

바네사가 고개를 끄덕였다.

"남편은 진짜 시장이 되고 싶어 해요."

그런데 지금 조가 그의 여편네한테 손을 댔다. 조는 손을 치우려다가 마음을 바꾸고 천천히 그녀의 엉덩이를 어루만졌다. 지금 이보르의 흑인 구역에서 어떤 일이 있든 간에 조가 할 수 있는 일은 아무것도 없었다.

"이발소에 앉아 있으면 어느 문을 보나요? 앞문? 뒷문?"

망할. 해묵은 싸움. 둘이 처음 사랑을 나누고 5분이 채 지나지 않았을 때도 이런 얘기를 했다.

"난 총 맞을 이유가 없는걸."

조가 대답했다.

"총을 맞지 않는다고요? 도대체 정체가 뭔데요?"

그녀의 목소리는 밝고 호기심도 가득했다.

"사업가. 보통 사업가보다 조금 더 타락한 사업가."

조가 손바닥으로 그녀의 가슴께를 쓰다듬었다.

"신문은 당신을 지금도 갱이라고 불러요."

"신문 기자들이 상상력이 부족해서 그래. 그런데 정말 이런 얘기를 해야겠어?"

바네사가 그에게서 떨어져 나갔다.

"예."

"당신한테 거짓말한 적은 없어."

"내가 아는 한은요."

"바네사."

조가 부드럽게 불렀다.

바네사가 눈을 감았다가 다시 떴다.

"좋아요. 나한테는 한 번도 거짓말하지 않았어요."

"그래서 내가 갱이었냐고?"

그가 고개를 끄덕였다.

"그래요. 어쨌든 지금은 사람들한테 조언을 해 주는 사람이에요."

"범죄자들한테 해 주지."

그가 어깨를 으쓱했다.

"친구가 6년 전쯤 공공의 적 제3호이긴 했지."

그녀가 재빨리 일어나 앉았다.

"봐요, 내 말이 그 말이에요. 세상에 어떤 사람이 '내 친구는 공공
의 적'이었다는 말을 할 수 있죠?"

조가 무덤덤하게 대답했다.

"옆집 저택에 개자식이 하나 살고 있어. 대출을 갚지 않는다는 이
유로 사람들을 집에서 내쫓았지. 빚을 갚지 못한 이유는 1929년 은
행들이 이자 놀이를 하다 돈을 모두 잃었기 때문이야. 사람들이 저
축도, 직업도 없는 이유는 고용주나 은행이 그 사람들 저축과 집을
날려버렸기 때문이고. 하지만 그런 이들을 집에서 내쫓은 자들? 그
자들은 잘 먹고 잘살아. 내 친구 얘기도 할까? 경마를 조작하고 마약
을 팔았는데, 식당 옆에서 보트에 실었던 짐을 부리다가 FBI한테 총
을 맞았지. 그 옆집 사람은 또 어떤지 알아? 자기 집을 사고 지난주엔

신문에 사진까지 났어. 당신 남편이 훌륭한 시민상을 수여했기 때문에. 도둑과 은행가의 차이라면 내 눈엔 기껏 대학 학력이 전부야."

바네사가 고개를 저었다.

"은행가들은 거리에서 총을 쏘지 않아요, 조."

"정장을 구기고 싶지 않으니까. 바네사, 총이 아니라 펜으로 추악한 짓을 한다고 더 깨끗해지지는 않아."

바네사는 그의 얼굴을 찬찬히 보다가 불현듯 눈을 동그랗게 떴다.

"당신은 정말로 그렇게 믿는군요."

"그래, 정말로."

둘 다 잠시 아무 말도 하지 않았다.

바네사가 조의 나신 너머로 손을 뻗어 테이블의 시계를 집었다.

"늦었어요."

조도 시트 안에서 브래지어와 속옷을 찾아 건네주었다.

"당신 옷."

그녀가 그의 팬티를 넘겼다.

바네사가 속옷을 입고 브래지어를 걸치는 순간, 조는 다시 벗기고 싶었다. 이 방을 떠나고 싶지 않다는 불합리한 충동이 다시 한 번 그를 자극했다.

그녀가 미소를 지었다.

"이럴 때마다 우린 서로에게 깊이 빠지게 돼요."

"그게 문제야?"

"오, 그럴 리가요. 그런 생각일랑 아예 할 생각도 마요. 혹시, 블라우스 봤어요?"

그녀가 웃으며 침대 주변을 돌아보았다.

옷은 의자 뒤에 있었다.

"예, 당신 말대로 우린 궁합이 좋아요."

그녀가 블라우스를 받았다.

"그렇지? 하지만 어차피 시들 수밖에 없어."

"관심? 아니면 섹스?"

"그것도 그렇게 불러? 관심?"

그가 고개를 끄덕였다.

"에, 그렇다면 둘 다겠죠. 만일 그 두 가지가 모두 휴가를 떠난다면 우리 둘을 뭘로 묶을 수 있을까요? 성장 과정도 다른데?"

"가치관도 다르지."

"직업도 다르고요."

그가 키득거리며 고개를 저었다.

"맙소사, 도대체 우리가 왜 함께 있는 거지?"

"아, 알았다!"

바네사가 그에게 베개를 던지는 바람에 램프가 넘어졌다. 그녀가 블라우스 단추를 마저 채웠다.

"조지프 커글린, 우린 제길 연놈이잖아요. 아, 램프 값은 당신이 내요."

두 사람은 각자 치마와 바지를 찾고 구두를 신고 얼간이처럼 서로에게 웃어주고 가볍게 끌어안으며 음탕한 시선을 교환했다. 주차장에서 어슬렁거리는 짓 따위는 삼가야 하기에 마지막 키스는 늘 방에서 나누었다. 이번 키스는 오늘 아침 첫 키스만큼이나 간절했다. 그리하여 서로 헤어질 때는 그녀도 눈을 꼭 감은 채 문고리를 잡았다.

바네사는 눈을 뜨고 방을 둘러보았다. 침대, 낡은 의자와 낡은 라디오, 하얀 커튼, 세면대, 쓰러진 램프.

"이 방, 맘에 들어요."

"나도."

조가 대답했다.

"어쩌면 이 방이…… 정말로 이 방에 있을 때만큼 행복해 본 적은 한 번도 없었어요."

그녀는 조의 손을 잡아 손바닥에 키스하고 자신의 턱과 목덜미를 쓰다듬게 했다. 그리고 손을 놓고 다시 방을 둘러보았다.

"하지만 오해는 하지 마요. 언젠가 아버지가 이렇게 말하겠죠. '애야, 이제 네가 슬론 가문을 넘겨받아 새 시대로 이끌 때가 되었구나. 아이들도 낳아 네가 떠난 후 가업을 떠맡을 수 있게 하려무나.' 그럼 나도 할 일을 할 거예요."

그녀가 그를 올려다보았다. 눈이 어찌나 차가운지 청동이라도 자를 것만 같았다.

"틀림없이. 반드시."

바네사가 먼저 방을 나섰다. 조는 10분 정도 여유를 두었다가 나가려고 창가에 앉아 라디오 뉴스를 들었다. 창밖에서 선창이 괜스레 삐걱거렸다. 산들바람이나 세월 때문이리라. 이미 흰개미와 물과 습한 곰팡이 덕분에 형편없이 망가진 터라, 다시 한 번만 강풍이 불면 불구가 되고 열대 폭풍이 오면 아예 사람들의 기억에서 사라질 것이다.

소년은 그 끝에 서 있었다.

일이 초 전만 해도 아무도 없었건만.

소년. 12월 파티장에서 길게 늘어선 나무들을 따라 뛰어놀던 소년. 이유는 모르겠지만 조는 그가 다시 나타날 줄 알았다.

소년은 뒤로 돌아서 있었다. 모자는 쓰지 않았다. 예전의 까치집은 가지런해졌지만 한쪽 머리는 여전히 작은 봉분처럼 봉긋 솟아올랐다. 머리카락은 흰색에 가까운 금발이었었다.

조가 창문을 올리고 아이를 불렀다.

"어이!"

따뜻한 바람에 파도가 일렁였지만 소년의 머리카락은 꿈쩍도 하지 않았다.

"이봐!"

조가 다시 불렀다. 목소리도 더 컸다.

소년은 반응이 없었다.

조가 고개를 숙이고 창턱의 균열을 내려다보며 다섯을 세었다. 다시 고개를 들었을 때 소년은 그 자리에 서 있었다. 이제 막 조에게서 시선을 거두는 참이었다. 얼핏 어디선가 봤다는 생각이 들었으나 인상은 여전히 모호하고 불분명하기만 했다.

조는 방을 나와 건물 모퉁이를 돌아 선창으로 향했다. 소년은 그 자리에 없었다. 선창은 위태롭게 흔들리고 더 크게 삐걱거렸다. 파도에 휩쓸려 당장에라도 무너질 것만 같았다. 새로 지어야겠어. 아니면 그냥 놔두거나.

이 선창은 인간이 지었다. 말뚝을 박고 치수를 재고 자르고 구멍을 뚫고 망치질을 했다. 일을 마친 후 발을 제일 먼저 디딘 것도 인간이었다. 사람들은 자부심을 느꼈다. 크지는 않아도 분명 자부심이 있었으리라. 그리하여 다른 구조물을 계획하고 또 지었다. 구조물이 존재하는 이유는 인간이 존재하기 때문이다. 지금은 그들도 저세상으로 떠났다. 언젠가 선창도 그 뒤를 따라 세상을 떠나고 이 모텔도 불도저로 밀어버리리라. 시간을 빌릴 수는 있어도 소유할 수는 없다.

선창 맞은편, 30미터쯤 떨어진 거리에 모래곶과 나무 몇 그루가 있었다. 작은 파도에도 늘 씻기는 작은 모래톱. 소년은 거기 서 있었다. 소년과 금발과 모호한 인상. 아이는 조와 마주 섰지만 두 눈은 감고 있었다.

잠시 후 키 큰 갈대와 여린 나무 들이 소년을 삼켰다.

골치 아픈 일도 산더미 같건만…… 이제 유령까지 보다니. 조가 마음속으로 투덜거렸다.

8장
가문의 아이

레이퍼드로 떠나려던 계획은 장애에 부딪히고 말았다. 선다우너 모텔에서 돌아왔더니 토머스가 수두에 걸린 것이다. 나르시사 양은 아들을 2층으로 옮기게 한 뒤, 집 안을 돌아다닐 때도 젖은 수건으로 코와 입을 가렸다. 어렸을 때도 수두에 걸린 적이 없는데 어른이 되어 고생하고 싶지 않다는 얘기였다.

"싫어, 싫어, 싫어, 싫어."

그녀는 마구 삿대질을 하며 항상 가지고 다니는 캔버스 가방에 물건을 챙겨 넣었다.

"당연히 걸리면 안 되죠."

조가 대답했지만 솔직히 이미 전염됐으면 하는 마음도 없지 않았다. 아들을 문둥병 환자처럼 취급하니 기분이 좋을 리 없었다.

그래, 문둥병이나 걸려라.

나르시사는 사흘 치 식사를 만들어 아이스박스에 넣고, 정장 네 벌을 다리고 집 청소를 했다. 그러고 보니 그녀가 집에 있으면 만사가 편하기는 했다.

조는 그녀를 배웅하며 애써 실망감을 감추었다.

"그래서…… 언제 다시 옵니까?"

나르시사가 그를 돌아보았다. 얼굴이 프라이팬만큼이나 평평했다.

"토머스가 다 나으면요."

조는 어렸을 때 수두에 걸린 적이 있기에 별걱정 없이 토머스 방에 올라가 침대 옆에 앉았다.

"어쩐지 어제 혈색이 안 좋더라니."

토머스는 뒤마의 『20년 후』의 페이지를 넘겼다.

"지금 많이 나빠 보여요?"

"책도 보지 않는 게 좋겠다."

토머스가 책을 내려놓고 아버지를 보았다. 아이 얼굴은 벌 떼의 공격을 받은 뒤 강한 햇볕에 통째로 구운 것처럼 보였다.

"좋아 보여. 겉으로는 멀쩡하다."

조가 대답했다.

"하하."

토머스는 다시 책을 들어 얼굴을 가렸다.

"오케이, 정말 형편없다."

토머스가 책을 내리고 아버지한테 눈썹을 찡긋해 보였다.

"정말이다. 정말 끔찍해."

"엄마가 없어서 아쉬울 때가 있어요."

토머스가 인상을 찡그렸다.

조가 의자에서 일어나 침대 위로 깡충 올라가 아들 옆에 누웠다.

"오, 아들, 많이 아프냐? 따뜻한 우유라도 가져다줄까?"

토머스가 아버지를 찰싹 때렸다. 조가 간질이자 토머스는 책을 바닥에 떨어뜨렸다. 조가 침대에서 빠져나와 책을 집어 돌려주는데 아들이 머뭇머뭇 이상한 눈초리로 아버지를 보았다.

"왜 그래?"

조가 물었다. 그의 얼굴에 미소가 돌아왔다.

"책 읽어줘요, 아빠."

"뭐?"

"옛날엔 늘 그랬잖아요. 기억 안 나요?"

당연히 기억한다. 그림 형제, 이솝, 그리스 로마 신화, 쥘 베른, 로버트 루이스 스티븐슨, H. 라이더 해거드, 그리고 알렉상드르 뒤마까지. 그는 아들을 보며 뒤통수 까치집을 매만져주었다.

"좋아."

조는 신발을 걷어차 벗고는 침대에 올라가 책을 펼쳤다.

토머스가 잠든 후, 조는 1층 안쪽의 사무실에 돌아갔다. 레이퍼드의 촌놈이 금요일 사무실에서 한 얘기를 고민하는 것도 주로 밤에 혼자 있을 때였다. 물론 얼빠진 얘기다. 도대체 어떤 멍청이가 자신을 죽이려 한단 말인가. 하지만 그럼에도 조는 프랑스식 창문마다 커튼을 쳤다. 사실 유리도 두껍고 뒤쪽 벽도 높기 때문에 거리에서라면 애초에 안을 들여다볼 수 없었다.

하지만 누군가 라이플을 들고 벽을 타 넘는다면? 그럼 유리를 통해 쉽게 조의 머리를 식별해 낼 것이다.

"맙소사, 이제 그만. 오케이? 그만 생각하는 거야."

조는 유리병에서 스카치 한 잔을 따르며 거울을 보았다.

마음속으로는 커튼을 다시 걷고 싶었다.

대신 책상에 앉아 아무 생각 없이 바네사와의 만남을 음미하려는데 하필 그때 전화벨이 울렸다.

"망할."

그가 책상에서 발을 내리고 수화기를 들었다.

"여보세요."

"나야."

디온이다.

"이런, 이런, 요즘 어때?"

"지금은 완전히 개판이다, 조지프."

"얘기해 봐, 디오니시우스."

디온이 키득거렸다.

"아하, '조'라고 부르라 이 얘기지?"

"그래. 늘, 언제나."

조는 두 발을 다시 책상 위에 올렸다. 조와 디온은 열세 살부터 친구였으며, 서로의 생명을 한 번 이상씩 구해 주었다. 서로의 기분과 마음도 웬만한 부부보다 더 잘 이해했다. 조도 깨닫는 바이지만 디온은 보스로서 기껏해야 중간 정도의 수준을 드러내고 있었다. 최고의 행동 대원들은 종종 그런 모습을 보였고, 디온이야말로 최고의 행동 대원이었다. 디온의 발작적인 분노는 세월이 지나면서 더욱 나빠져 제정신이 있는 사람이라면 다들 그를 두려워했다. 게다가 한 달에 한 번 볼리비아에서 코카인이 들어오는데, 아직 아는 사람은 많지 않지만 그 바람에 특유의 변덕스러운 기질과 폭력성까지 악화하는 듯 보였다. 조는 친구들 일이라면 누구보다 샅샅이 알고 있었다. 디온은 물론 친구다. 가장 오래된 친구다. 고급 정장을 걸치고 4달러짜리 이발을 하고 음식과 술에 대해 고급 취향을 얻기 전부터 그를 알았던 유일한 친구. 디온은 조가 누군가의 아들이자 누군가의 막냇동생일 때부터 알았고 섣부른 풋내기일 때부터 알았다. 조 역시 디온이 훨씬 쾌활하고 뚱뚱하고 짓궂을 때부터 친구였다. 물론 지금도 그때의 디온이 그리웠다. 그래도 아직은 그 시절의 모습이 어딘가에 남아 있다고 믿었다.

"브라운타운 얘기 들었어?"

디온이 물었다.

"옙."

"어떻게 생각해?"

"프레디 디자코모가 돌대가리 개자식이라고 생각한다."

"내가 모르는 얘기 중에 하고 싶은 말은?"

"먼투스는 14년 동안 우리한테 큰돈을 벌어줬어. 디온 너와 내가 이곳에 왔을 때부터."

"사실이지."

"제대로 된 세계라면, 우리가 괴롭혔으니까 사과도 해야 해. 프레디의 돌대가리를 돌덩이로 까부수고 놈을 바다에 처넣어 보상도 해야 하고."

"그래, 제대로 된 세계라면. 하지만 우리 애가 둘이나 죽었어. 적어도 그 얘기는 해야지. 내일 모임을 열어야겠다."

"몇 시?"

"4시 정도가 좋겠어."

레이퍼드에 갔다가 돌아오면 몇 시가 될까?

"5시로 미루면 안 될까?"

"안 될 이유가 뭐가 있겠어?"

"그럼 나도 참석할게."

디온이 시가를 빨았다. 시가는 도무지 그의 입에서 떨어지는 법이 없었다.

"좋아. 그래, 내 친구는 어떻게 지내나?"

"수두에 걸렸다."

"설마?"

"설마가 사람 잡는다. 게다가 나르시사는 애가 나을 때까지 집에 오지 않겠다며 가버렸어."

"그 집은 누가 누굴 위해서 일하는 거야?"

"그래도 지금까지 최고의 가정부야."

"당연히 그래야지. 자기 편할 대로 일하면서 그것도 안 하면."

"넌 어때?"

디온이 하품을 했다.

"매일 똑같다. 온통 오물과 쓰레기뿐."

"이런, 왕관이 버겁냐?"

"옛날에 너한테야 무거웠겠지."

"아냐, 찰리는 내가 이탈리아 놈이 아니라서 쫓아낸 거야."

"그야 네 생각이지."

"생각이 아니라 사실이다."

"흠. 내 기억엔 누군가 더 이상 참지 못하겠다며 징징댔는데? 피도 많이 흘리고 어깨도 무겁고, 구시렁구시렁."

조가 키득거렸다.

"잘 자라."

"잘 자."

전화를 끊고는 커튼을 열어둘까 생각했다. 밤이면 대부분 문을 열고 박하와 부겐빌레아 향을 맡고 수영장과 어두운 정원, 치장벽토 벽과 담쟁이덩굴, 수염틸란드시아를 내다보았건만.

하지만 누군가 라이플을 들고 숨어 있다면······.

그런다고 뭐가 보일까? 실내등을 꺼두었는데? 적어도 안에서는 밖을 내다볼 수 있다.

그는 의자를 돌려 커튼 사이로 손가락을 찔러 넣고 그 틈으로 먼저 벽부터 확인했다. 치장벽토는 새로 찍은 동전 빛이 났다. 오렌지 나무도 한 그루 볼 수 있었다.

소년은 나무 앞에 서 있었다. 하얀 세일러복에 같은 색 반바지 차림이었다. 아이는 마치 조를 봐서 의외라는 듯 고개를 갸웃하고는 슬며시 사라졌다. 걷는 것이 아니라 말 그대로 사라진 것이다.

조는 자신도 모르게 화들짝 커튼을 걷고 마당을 내다보았다. 마당은 조용하고 텅 비었다.

다음 순간, 라이플에서 총알이 발사하는 순간을 상상하고 황급히 의자를 뒤로 밀었다. 커튼이 흘러내리며 창문을 덮었다.

그는 창가에서 물러 나와 책장 두 개가 만나 V 자를 이루는 곳에 멈췄다. 그리고 그곳에 앉아 있는데 소년이 사무실 문을 지나 계단으로 향했다.

조는 의자에서 일어나 복도 끝 텅 빈 계단을 올라갔다. 토머스는 여전히 잠이 들어 있었다. 조는 침대 아래와 벽장을 확인했다. 무릎까지 꿇고 침대 밑을 들여다보았으나 아무것도 없었다.

다른 침실도 모두 확인하는데 턱 아래 혈관이 씰룩거렸다. 척추 부근은 개미가 살갗 아래로 기어 다니는 기분이고 집 안 공기는 어찌나 차가운지 이가 덜덜 떨릴 지경이었다.

조는 집 안을 샅샅이 뒤진 다음에야 침실에 들어갔다. 그곳에서 소년을 만날 줄 알았으나 방은 비어 있었다.

조는 밤을 꼬박 앉아서 샜다. 소년이 사무실 문을 지나갈 때 소년의 이목구비를 그 어느 때보다 또렷이 알아보았다. 분명 가족의 특징을 볼 수 있었다. 커글린 가문처럼 턱이 길고 귀가 작았다. 그 순간 아이가 돌아섰다면 틀림없이 그에게서 아버지의 얼굴을 보았을 것이다.

하지만 아버지가 왜 어린아이 모습으로 나타나겠는가? 어렸을 때조차 아이답지 않았을 양반인데?

지금껏 유령과 마주친 적은 없었다. 별로 생각도 하지 않았다. 그라시엘라가 죽은 후, 어떤 형태로든 돌아오리라 기대도 하고 기도도 했지만 그녀는 꿈에서조차 나타나기를 거부했다. 드물게나마 그녀를 꿈꾼다 해도 내용은 하나같이 평범하기만 했다. 대개는 그녀가 죽던 날이고 아바나에서 타고 온 배가 무대였다. 토머스가 겨우 두 살이라 제멋대로였기에 배 위에서 내내 뒤를 쫓아다니느라 정신이 없었다. 그라시엘라는 뱃멀미에 시달렸다. 토악질도 한 번 했지만 그 후에도 내내 숨을 거칠게 몰아쉬어 젖은 수건으로 이마를 식혔다. 탬파 시의 들쭉날쭉한 윤곽이 하늘을 더듬고 하늘은 잔뜩 부푼 채 플로리다 해협과 맞닿았다. 조가 젖은 수건을 새로 가져갔지만 아내가 손을 저어 물리쳤다.

"마음이 변했어요. 둘이면 충분해."

꿈속에서는 젖은 수건들이 갑판에 널브러지고 난간에 걸리고 깃대마다 매달렸다. 젖은 수건과 마른 수건, 흰 수건과 붉은 수건, 손수건만 하거나 매트리스만큼 거대한 수건.

현실에서는 아무리 기억을 헤집어도 새로 들고 간 수건은 생각이 나지 않았다. 그저 아내의 이마를 덮은 수건뿐.

얼마 지나지 않아, 그라시엘라는 부두에서 피를 흘리며 죽어갈 것이다. 살인자는 석탄 트럭에 깔려 박살이 났다. 아내의 옆에 무릎 꿇고 얼마나 오래 있었는지도 기억나지 않았다. 토머스는 품속에서 꼼지락거리다가 이따금 낑낑거리며 울었다. 아내의 눈에서 빛이 빠져나갔다. 아내는 채광창을 가로질러 이 세상 저편의 세계 또는 공허 속으로 떠나갔다. 죽기 전 마지막 30초 동안 아내의 눈꺼풀이 아홉 번 파르르 떨렸다. 그러고는 영원히 움직이지 않았다.

경찰이 도착했을 때 조는 여전히 무릎을 꿇고 있었다. 구급차 운전사가 아내의 가슴에 청진기를 대고 선임 형사를 건너다보며 고개를 저을 때도 그대로였다. 검시관이 도착할 때쯤에는 일어나 포스턴

형사와 그의 파트너의 질문에 대답해야 했다. 아내를 비롯해, 세페 카르보네와 엔리코 포체타의 시신에서 몇 발짝 떨어진 위치였다.

아내의 시신을 수습할 때가 되어 검시관이 다가왔다. 추레한 복장에 피부는 누렇게 뜨고 검은 머리가 잔뜩 헝클어진 젊은이였다.

"제퍼츠 박사입니다. 부인을 다른 곳으로 옮겨야 하는데, 아드님께 좋은 광경이 되지 않을 것 같아 미리 말씀드립니다."

젊은이가 부드럽게 말했다.

조는 젊은 사내와 구겨진 정장을 보았다. 셔츠의 타이에는 여기저기 음식 얼룩이 덕지덕지 말라붙었다. 처음에는 저렇게 추레한 인물이 아내의 부검을 맡는다는 사실이 마음에 들지 않았으나, 다시 남자의 눈을 들여다보니 생전 처음 보는 어린아이와 슬픔에 잠긴 아비를 향한 동정심이 가득했다. 조는 고개를 끄덕여 감사를 표했다.

조는 아들을 들어 꼭 끌어안았다. 토머스는 아버지의 어깨에 턱을 걸쳤다. 아직 울지는 않았지만 내내 엄마만 찾았다. 마치 주문이라도 외우듯이. 그리고 그렇게 한참을 조용히 있다가 다시 엄마를 찾았다. 엄마, 엄마, 엄마……

"고인은 고이 모시겠습니다, 커글린 씨. 약속드리죠."

조가 악수를 했지만 아직 말을 할 자신은 없었다. 그는 아들을 안고 잔교를 빠져나왔다.

이제 그 치욕의 순간으로부터 7년의 세월이 흘렀다. 그리고 여전히 아내의 꿈을 꾸지 못했다.

마지막 꿈은 네댓 달 전이었다. 그때는 젖은 수건 대신 자몽을 하나 가져다주었다. 아내는 갑판 의자에 앉아 그를 올려다보았다. 얼굴이 너무 말라 해골처럼 보였다. 대사는 똑같았다.

"마음이 변했어요. 둘이면 충분해."

아내의 의자 주변과 갑판을 둘러보았지만 어디에도 자몽은 없었다.

"자몽이 또 어디 있다고 그래?"

아내가 당혹스러운 표정을 지었다. 아니, 그보다는 경멸에 가까웠겠다.

"농담할 일이 따로 있지."

그녀의 드레스에서 피로 된 꽃이 피어나더니 눈꺼풀이 파르르 떨다가 멈췄다.

꿈을 꾼 후 조는 스카치 한 잔을 들고 복도로 나가 담배 반 갑을 피워댔다.

오늘 밤에도 그는 스카치와 담배를 찾았다. 그러나 밖에 나가지도 않았고 담배를 많이 피우지도 못했다. 그리고 그렇게 소년을 기다리다가 앉은 자세로 잠이 들었다.

9장
솔숲, 솔숲

1929년 교도소에서 나온 이후, 조는 절대 돌아오지 않겠다고 맹세했다. 보스턴의 찰스타운 교도소에서 3년을 복역했는데 전국에서도 악명이 높은 곳이었다. 14년이 지났건만 밤 8시 감방 문을 닫을 때의 철컹 소리는 지금도 꿈을 어지럽혔다. 그는 식은땀을 흘리며 공포에 질려 꿈에서 깨어나 자신의 침실에 있다는 걸 확인하기까지 주변을 두리번거리곤 했다. 악몽을 꾸는 이유에 대해서는 오로지 그라시엘라에게만 얘기했다. 아내도 그럴 만하다고 인정해 주었다. 아내는 조를 만난 이후, 한 번도 조가 가만히 앉아 있는 모습을 본 적이 없었던 것이다. 감방은 고사하고 집에 갇혀 있는 것조차 상상할 수 없는 사람이 아닌가.

조는 토머스와 함께 수아레스 설탕회사 화물기를 타고 잭슨빌 인근의 크리스털 스프링스 활주로에 착륙한 뒤, 차를 몰고 50킬로미터 남쪽의 레이퍼드로 향했다. 그 지역 담당자는 알 버터스, 번스퍼드 갱의 밀주업자이자 초특급 도주 운전사였다. 번스퍼드 패밀리는 듀발 카운티와 조지아 주 북부의 소구역을 관장했다. 알을 배정한 이유는 어렸을 때 수두에 걸렸다고 했기 때문이다. 토머스가 뒷좌석에서 꾸벅꾸벅 잠들자 알은 관련자들을 모두 매수하고 조치도 확실하게 해두었다고 장담했다. 덕분에 레이퍼드에 도착하자 커밍스라는 이름의 부소장이 게이트 밖까지 나와 펜스를 따라 교도소 서쪽으로 안내했다. 500미터쯤 걷자 작은 공터에 도착했는데 그곳에 테레사 델프레스코가 있었다. 오렌지 상자를 옆으로 돌려놓고 걸터앉았는데 체구가 작았다.

"예, 두 분이 얘기하세요."

커밍스 부소장은 이렇게 말하고는 100미터 정도 작은 경사를 올라가 파이프를 피워 물고 기다렸다.

테레사가 작다는 얘기는 늘 들었지만 직접 보니 50킬로그램도 나가지 않을 것 같았다. 그래도 상자에서 일어나 펜스 쪽으로 걸어오는 모습은 오히려 퓨마를 떠올리게 했다. 조도 탬파의 미편입 지역인 늪지에서 딱 한 번 본 적이 있었다. 꿈틀거리며 느릿느릿 걷는 모습이 인상적이었다. 그녀도 같은 방식으로 걷고 있었다. 세상 모든 남자들에게 여지를 주려는 듯이. 조의 눈에는 잠깐 시계 보느라고 한눈만 팔아도 그녀가 둘 사이의 펜스 정도는 훌쩍 뛰어넘을 것 같았다.

"오셨군요."

테레사가 인사했다.

조가 고개를 끄덕였다.

"그럴 만한 메시지였으니까."

"뭐라고 하던가요?"

"당신…… 친구?"

"맘대로 부르세요."

"그 친구, 기저귀는 떼었나?"

"아우, 커글린 씨, 수준 떨어져요."

조가 담뱃불을 붙이고 혀에서 담뱃잎을 털어냈다.

"누군가 자네를 청부 살인하려 한다더군……"

"그런 단어를 쓰던가요? 청부?"

"아니, 그 애는 촌놈이야. 어떤 단어를 썼는지 모르겠지만 요점은
자네가 죽으면, 누가 나를 죽이려 하는지 아무도 말해 주지 못한다
는 거였네."

"전달은 정확하게 했군요."

"테레사. 테레사라고 불러도 괜찮겠나?"

"물론입니다. 전 뭐라 부르죠?"

"조라고 부르게. 테레사, 그게 누구든 왜 나를 죽이려 하지?"

"나도 잘 모르겠습니다. 금발의 소년이기 때문일까요?"

"이제는 오히려 반백의 중년이라네."

그녀가 미소 지었다.

"왜 웃나?"

"아무것도 아닙니다."

"대답이 틀렸어. 왜 웃었지?"

"허영심이 많았다고 들었거든요."

"30대에 반백이라고 말하면 허영심이 많은 건가?"

"말씀하시는 방법이 그래요. 다시 말씀드리면 조는 반백과도 거리가 멀어요. 게다가 그렇게 파란 눈이면 처녀들 가슴에 커다란 구멍이 뚫릴 거예요."

조가 키득거렸다.

"나는 자네가 말을 잘한다고 들었는데…… 둘 다 제대로 들은 듯하군그래."

테레사도 담배를 물었고 둘은 나란히 걷기 시작했다. 펜스를 사이에 둔 채로. 부소장 커밍스가 뒤에서 따라왔지만 100미터 거리는 꾸준히 유지했다.

"누가 자네를 죽이려 하는지부터 얘기해 볼까?"

여자가 끄덕였다.

"짐작하기로는 내 두목이에요."

"루시어스가 왜 자네를?"

"석 달 전 키웨스트에서 독일 배를 털었거든요."

"뭘 털어?"

테레사는 여러 차례 고개를 끄덕였다.

"세인트토머스 인근에서 유니언잭을 달고 항해 중이었어요. 소문으로야 북아프리카의 우리 군대에 보급품을 나르는 배였죠. 연료 때문에 키웨스트에 잠시 정박했는데 실제로는 몇 달 전 독일에서 다이아몬드를 밀수입해, 아르헨티나를 지나 세인트토머스로 실어 나르고 있었어요. 키웨스트에서 물건을 내린 뒤 뉴욕에 있는 정보원에게 가져가 앞으로 몇 년간 파업 활동 자금으로 쓸 생각이었는데 짐을 부릴 때 우리가 친 거예요. 여덟 명을 모두 죽였죠. 모두 독일 놈들이었고. 예, 우리한테 고마워해야 할 얘기죠. 전세에 유리하도록 도움을 준 셈이니까."

"고맙군. 훌륭한 일을 했네."

테레사가 가볍게 절을 했다.

"루시어스가 그 일에 돈을 댔나?"

그녀가 끄덕였다.

"그래서 그 친구가 얼마나 벌었지?"

"엄청난 액수예요."

"말해 봐."

"200만 달러."

맙소사. 평생 그런 거액은 들어본 적도 없다. 지금껏 웬만한 액수라면 들어도 보고 만져도 봤지만 200만 달러라고? 그 정도면 철도 회사와 석유회사의 연간 순이익에 버금가는 수준이다. 바르톨로 패밀리가 지난해 벌어들인 총액도 기껏해야 150만 달러밖에 되지 않건만……. 거의 돈다발 속에서 헤엄치는 식으로 벌었는데도.

"그래서 자네 몫은?"

조가 물었다.

"5퍼센트."

지금까지의 인생을 벗어던지고 여생을 화려하고 안락하게 살아도 남아돌 액수였다.

"그런데 그자가 주지 않을까 봐 걱정인가?"

"절대로 안 주지요. 미친년 둘이 벌써 나를 죽이려고 했는데 기껏 지난주에 선고를 받았거든요. 도무지 모르겠는 일은 왜 검사가······ 아치 볼, 그자를 아세요?"

조가 고개를 끄덕였다.

"왜 그자가 그렇게 나긋나긋했는지 모르겠어요. 망할, 남편 토니의 머리를 완전히 짓이겨서 살점이 부엌 맞은편 찬장에 달라붙기까지 했어요. 그런데도 과실치사 정도로 유죄를 인정하게 했거든요? 그래서 아치 볼이 나를 먹으러 올 줄 알았죠. 이곳으로 보내기 전날 밤에 유치장에 찾아올 거라고 말이에요. 그런데 아니더라고요. 그래서 의문이 들기 시작한 겁니다. 나한테 거래를 제안했을 때 물어봤어야 했는데, 빌어먹을."

"왜 물어보지 않았나?"

"선물로 주는 말 입까지 검사하는 사람이 어딨어요? 난 전과가 있고 이탈리아 년이고, 예, 몽둥이로 남편을 때려잡았어요. 전기의자에 앉힐 수도 있었는데 대신 5년을 때리더군요. 내가 나가면 아들은 여덟 살이니까 충분히 함께 새 출발 할 수 있어요. 하지만 여기저기 물었다면 내막을 눈치채기야 했겠죠. 조도 지금은 아시겠지만요."

그녀가 자기 혼자 고개를 끄덕이고는 철망 너머 조를 보았다.

그도 고갯짓을 하고 조용히 대답했다.

"아치 볼은 내내 킹 루시어스의 수족이었지."

"옙."

"말인즉슨, 자넬 이 안에 처넣는 것만으로도 족했다는 뜻이야."

다시 고갯짓. 그리고 쓸쓸한 담배 연기.

"내가 토니를 죽이자마자, 킹 루시어스는 10만 달러를 더 챙길 건수라고 생각했겠죠. 아니면 누군가 곧 따라붙어 감형을 미끼로 거래를 제안할 수도 있다고 여겼을 거예요. 어느 쪽이든, 내가 살아봐야 그한테 좋을 리 없다고 본 겁니다. 내가 죽는다? 그럼, 하늘은 푸르르고 항해는 순풍을 맞겠죠."

"그래서 나보고 그 친구한테 얘기 좀 해달라고?"

테레사가 손거스러미를 잘근잘근 씹었다.

"어느 정도는…… 예, 그래요."

"목숨 값으로는 뭘 내놓을 생각인가?"

테레사가 숨을 깊이 들이마시다가 내뱉었다.

"90퍼센트. 킹에게 아들 계좌에 1만 달러만 넣고 나를 죽이지 말라고 하세요. 그 정도라면 9만 달러는 포기할 수 있어요."

조가 잠시 생각해 보았다.

"거액이야. 엄청난. 자네가 염두에 둘 일은, 루시어스가 제안을 받아들인다 해도 몇 달 동안 이런저런 궁리를 할 수도 있네. 이렇게 생각할 수도 있지. '테레사가 감옥에서 나오면 꼭지가 돌아 가만히 있지 않을 거야. 본인이야 아니라고 해도 처음부터 억울한 거래였잖아? 지금은 아니더라도 그때는 또 다르지. 결국 나한테 좋을 일이 하나도 없어.'"

그녀가 고개를 끄덕였다.

"그 생각도 했어요."

"그래서?"

"킹과 거래를 하려면 증인을 데려가야 해요. 그럼 소문이 나겠죠.

이 바닥이 원래 그러니까. 다들 알게 될 겁니다."

"그럼 그 친구가 10만 달러 때문에 자넬 죽이려 했다는 사실도 알게 돼."

"하지만 누군들 죽이지 않으려 할까요? 10만 달러를 줘야 할 부하가 붙잡혀 가요. 나라도 청부를 넣겠죠. 이건 단순히 거래이자 사업이에요."

맙소사, 루시어스의 부하들은 진짜 골통들이로군.

"내가 돈으로 목숨을 사고 엄청난 거액을 지불했는데, 그런데도 루시어스가 나를 죽였다는 소문이 새어 나가면요? 조, 아무리 이 바닥이 더러워도, 이곳에도 윤리는 있습니다."

테레사가 말했다.

조는 생각을 해보았다.

"그럴까? 그래, 내가 보기에도 자네는 핵심을 정확히 알고 있네. 아무튼 배짱이 두둑한 아이를 찾아 함께 루시어스의 배에 올라가 자네 제안을 전하지. 그래서 그 친구가 제안을 받아들인다고 가정하고, 그럼 나한테는 뭐가 돌아오나?"

"그냥 선의로 한 사람의 목숨을 구해 줄 생각은 없나요?"

"누구 목숨이냐에 따라 다르겠지. 자넨 사람들을 많이 묻었어. 그중엔 내가 아는 친구도 둘이나 있고. 자네 죽음이 자네 생각만큼 비극인지는 잘 모르겠군그래."

"그럼 내 아들을 봐서라도."

"누가 키우든 아버지 살해범보다야 못하겠나?"

"그럼 왜 오신 거죠?"

"호기심. 자네가 왜 나한테 부탁하려 했는지 죽어도 모르겠거든."

테레사가 슬며시 승리의 미소를 지었다.

"예, 바로 그래서예요. 죽어도 모를 테니까. 조, 당신 아들도 마찬가지예요. 내 아들처럼 고아원에서 크지도 못할 겁니다."

조도 미소로 화답해 주었다.

"내 목숨이 위험하다는 사실을 믿으라고? 난 돈을 버네. 파장을 일으키는 게 아니라. 내가 죽으면 탬파, 아바나, 보스턴, 메인 주의 포틀랜드까지, 큰 손해가 불가피해. 그런데 누가 나를 죽이려 들겠나, 응?"

"탬파, 아바나, 보스턴, 포틀랜드에서 크게 손해 보기를 원하는 자겠죠."

조는 그 말을 생각해 보았다.

"그럼 밖에서의 위협이라는 얘기인데, 이 바닥에선 그다지 먹히는 방식이 못 돼."

"솔직히 어느 곳인지는 모르겠어요. 내부, 외부, 독일 고위층? 전혀. 내가 아는 건 이름과 날짜뿐이에요."

조가 웃었다.

"내가 죽기로 한 날짜? 어떤 놈이 길일까지 골랐다고?"

그녀가 끄덕였다.

"재의 수요일."

"나를 죽이려는 놈이 종교인가? 아니면 그냥 뉴올리언스 출신?"

"그렇게 농담하다가 무덤에 묻히는 수가 있어요, 조지프. 원하신

다면 상관이야 없겠지만.”

두 사람은 다시 모퉁이를 돌았다. 주차장은 바로 왼쪽이었다. 알과 토머스는 차 안에 있었다. 알은 모자로 눈을 가리고 토머스는 아빠를 지켜보는 중이었다. 조가 가볍게 손을 흔들자 아들이 화답했다.

“그러니까 자네도 자세히는 모르는군. 이 청부 살인 운운에 대해.”

“누가 처리할지는 알아요. 애초에 누가 그 일을 도급 계약했는지도 확실하고.”

토머스는 다시 책을 읽기 시작했다.

“그래, 자네가 그 얘기를 들었다면 루시어스가 그 서류를 쥐고 있겠군. 그런데 나보고 사자 굴에 들어가라고? 아니 굴도 아니라 곧바로 사자 아가리로 직행하는 거잖아. 자네를 자유롭게 해주기 위해?”

“루시어스는 더 이상 살인하지 않아요.”

“그 얘기는 그 두 친구한테 하지그래. 그 배에 탔다가 아직 돌아오지 못한 아이들 말이야.”

“그럼 죽을 수 없는 인물을 데려가요. 아무도 감히 건드리지도 못하는 인물.”

조가 씁쓸하게 미소를 지었다.

“이틀 전만 해도, 내가 그런 사람이라고 말했을 걸세.”

“길 발렌타인도 1940년에 그런 말을 했을 겁니다.”

“그래서 누가 길을 죽였나?”

“저야 모르죠. 짐작도 안 가요. 내가 그 이름을 거론한 이유는 그래야 이 바닥에서는 아무도 안전하지 않다는 사실을 깨달…… 아니 기억하실 테니까요……. 조, 아무리 당신이라도 마찬가지예요.”

그녀가 담뱃재를 풀밭에 털고 철망 너머 그에게 미소를 지었다.

"그래서 누가 내 청부 건을 맡았는지 말해 주겠나?"

까딱. 고갯짓 한 번.

"내 돈의 10퍼센트가 은행 계좌에 들어오는 즉시."

"나를 죽일 만한 친구는 별로 많지 않아. 내가 추리력을 최대한 발휘해 누군지 알아낸다면?"

"그래서 틀리면요?"

테레사 뒤쪽, 운동장 맞은편에 있는 펜스 너머 밝은 녹색의 언덕 위에서 소년이 두 사람을 지켜보고 있었다.

"테레사."

"예, 조지프."

"미안하지만 돌아서서 12시 방향에 뭐가 보이는지 얘기해 주겠나?"

테레사는 이상하다는 듯 눈썹을 찡긋하더니 뒤로 돌아 펜스 너머 언덕을 보았다.

소년은 오늘 군청색 멜빵 반바지에 깃이 넓은 흰색 셔츠를 입었다. 테레사가 돌아서서 봐도 사라지지 않았다. 아이가 풀밭에 앉아 양 무릎을 안아 가슴에 붙였다.

"철망이 보여요."

테레사가 대답했다.

"철망 너머엔."

테레사가 손가락으로 가리켰다.

"저기요?"

조가 끄덕였다.

"바로 저 앞 언덕에 뭐가 보이나?"

테레사는 그를 돌아보며 미소 지었다.

"물론이죠."

"뭐지?"

"시력이 나쁘세요?"

"뭐가 보이지?"

조가 재차 물었다.

"새끼 사슴. 귀엽네요, 저기 가고 있어요."

소년은 언덕을 올라가 그 너머로 사라졌다.

"새끼 사슴."

테레사가 고개를 끄덕였다.

"아기 사슴. 밤비 아시죠?"

"밤비."

조가 되뇌었다.

테레사가 어깨를 으쓱했다.

"예, 펜 있어요? 계좌번호를 불러드릴게요."

토머스는 패커드 뒷자리에 앉아 있었다. 얼굴이나 팔을 긁지 않으려 애는 썼지만 쉬운 일은 아니었다. 그러다 다시 잠들기도 했다.

아이는 아버지와 오렌지색 죄수복 차림의 작고 날씬한 여자가 얘기하는 모습을 지켜보았다. 그 전에도 그랬지만 또다시 아버지 직업이 정확히 뭔지 궁금해졌다. 아버지가 사업가이고 에스테반 삼촌과 설탕회사와 럼주회사를 운영한다는 것 정도는 알았다. 물론 디온 삼촌처럼 에스테반 삼촌도 진짜 삼촌은 아니지만. 그 사람들 삶에서는 뭐든 보이는 것과 실제가 완전히 다른 것 같았다.

아버지가 돌아서서 철망을 따라 왔던 길을 다시 걸어가자 여자도 안쪽에서 나란히 움직였다. 여자의 머리카락이 진한 검은색이어서 토머스는 문득 엄마를 떠올렸다. 엄마에 대해 남은 기억이라고는 검은 머리뿐이었다. 얼굴을 엄마 목에 대면 풍성한 머리카락이 두건처럼 얼굴을 덮었다. 엄마는 비누 냄새가 났고 종종 콧노래를 불렀다. 토머스는 그 곡조도 기억했다. 다섯 살 때는 아버지 앞에서 부르기도 했는데 그 때문에 아버지가 너무 놀라 눈물이 그렁그렁했다.

"아빠 이 노래 알아요?"

"그럼 알고말고."

"쿠바 노래죠?"

아버지가 고개를 저었다.

"미국 노래. 슬픈 노래이긴 해도 엄마가 무척 좋아했지."

가사도 한두 가지뿐이라 토머스는 여섯 살이 되면서 다 외웠지만, 오늘날까지 의미는 제대로 이해하지 못했다.

검은 여인아, 검은 여인아, 내게 거짓말 말고

어젯밤 어디에서 잤는지 말해 주련.

솔숲, 솔숲

햇빛이 비치지 않는 그곳에서

나는 밤새도록 떨며 지새웠어요.

가사는 또 하나 있었다. 소녀의 남편일 수도 있고 아닐 수도 있는 남자의 이야기인데 기차에 치여 죽었다는 내용이었다. 아버지 말로는 그 노래 역시 「솔숲」 또는 「검은 여인」이라는 제목으로 알려졌으나 때로는 「어젯밤 어디에서 잤니」라고 하는 사람도 있다고 했다.

늘 느끼는 바이지만 섬뜩한 노래다. 가수가 "내게 거짓말 말고."라고 노래할 때가 특히 그랬다. 토머스가 좋아하는 이유도 즐겁기 때문이 아니라 오히려 전혀 즐겁지 않기 때문이었다. 빅트롤라 축음기로 들을 때마다 마음이 아팠지만 바로 그 슬픔 속에서 어머니의 손길을 느낄 수 있었다. 어머니야말로 솔숲의 소녀이며 지금은 혼자 덜덜 떨며 밤을 새우고 있었다.

엄마가 솔숲에 있지 않다고 믿을 때도 있었다. 밤새도록 떨고 있지도 않다. 엄마는 밤과 추위 저편의 세상에 살고 있다. 아주 따뜻한 곳. 태양이 벽돌 거리를 뜨겁게 달구는 곳. 어머니는 그곳에서 장날의 광장을 어슬렁거리며 남편과 아들을 다시 만나 함께 살 날을 위해 필요한 물건을 사 모으고 있다.

엄마가 토머스에게 빨간 비단 스카프를 건네며 말한다. "나 대신 지니고 있으렴, 꼬마 왕자님." 그리고 엄마는 「솔숲」을 부르며 다른 스카프를 고른다. 이번에는 밝은 남색이다. 엄마가 스카프를 길게 늘어뜨리며 돌아서서 막 토머스한테 주려는데, 갑자기 차 문이 열리고 토머스는 화들짝 깨어났다. 아버지가 뒷좌석으로 들어왔다.

자동차는 교도소에서 멀어져 주도로에 접어들었다. 태양은 낮고 뜨겁고 사방을 달구었다. 아버지가 차창을 내리고 모자를 벗자 바람에 머리카락이 헝클어졌다.

"엄마 생각하는구나."

"어떻게 알아요?"

"얼굴에 적혀 있어."

"얼굴에요?"

"그래, 마음의 얼굴."

"엄마는 행복할 거예요."

"다행이로구나. 전에 네가 말할 땐 엄마가 어둠 속에 혼자 있었다."

"상황은 변해요."

"당연히 그래야지."

"엄마가 행복할 것 같아요, 아빠도? 어디에 있든지?"

아버지가 돌아앉아 아들을 마주 보았다.

"솔직히 말해서, 그래."

"그래도 외롭겠지요?"

"상황에 따라 다르겠지. 시간이 여기처럼 움직인다면, 그럼 외로
울 거야. 친구라고는 외할아버지뿐일 텐데 엄마는 외할아버지는 별
로 좋아하지 않았거든."

그가 토머스의 무릎을 두드리며 물었다.

"하지만 죽고 난 후의 세계에 시간이란 게 없다면?"

"무슨 말인지 모르겠어요."

"분도, 시도, 시계도 없는 거지. 밤이 끝나고 낮이 오지도 않고. 그
럼 난 엄마가 외롭지 않다고 생각하고 싶다. 우리를 기다릴 필요도
없을 테니까. 우린 이미 그곳에 있는 거야."

토머스는 아버지의 자상한 얼굴을 들여다보았다. 가끔 그런 생각

을 하지만 아버지는 놀라울 정도로 신념이 확고한 사람이었다. 그런 식의 믿음을 모두 이해할 수도 없고, 뭐든 함께 느낄 필요도 없겠지만, 아버지가 뭔가를 결정하면 토머스 또한 다른 생각을 하기가 쉽지 않았다. 토머스도 그런 식의 확신이 그 자체로 문제를 낳을 수 있다는 정도는 이해했지만 아버지와 함께 있다 보면 다른 사람들하고 있을 때보다는 마음이 놓였다. 아버지는 냉소적이고 매력적이고 이따금 지나치게 예민했다. 그래도 흔들림 없는 자기 확신으로 타인에게까지 영향을 미치는 인물이었다.

"우리가 이미 엄마와 함께 있어요?"

토머스가 물었다.

아버지가 상체를 구부려 아들의 이마에 입을 맞추었다.

"그래."

토머스는 미소를 지었다. 여전히 졸리기도 했다. 몇 번 눈을 끔벅이자 아버지가 가물거리기 시작했다. 그러고는 아버지가 이마에 해주는 입맞춤이 아주 작은 새의 발 같다는 생각을 하며 잠이 들었다.

누군가 당신을 죽이려 해요.

아무리 해도 그 말을 떨쳐낼 수가 없었다. 합리적으로 볼 때 전혀 말이 되지 않았다. 바르톨로 패밀리에 대체 불가의 자산이 있다면 당연히 조 자신이었다. 바르톨로 패밀리뿐만 아니라 랜스키의 사업에도 없어서는 안 될 존재이며, 그 점에서는 루치아노도 다르지 않았다. 뉴올리언스의 마르첼로, 클리블랜드의 모 디에츠, 뉴욕의 프랭크 코스텔로, 마이애미의 리틀 오기와도 관계가 긴밀했다.

난 아냐.

물론 과거에도 누가 그를 죽이려 했으나 그때는 그래도 타당한 이유라도 있었다. 어느 마을 유지는 조가 오만하기 짝이 없다고 여겼고, KKK 단원들은 희멀건 양키 놈이 자기들 구역에 들어와 돈 자랑하며 거들먹거리는 꼴락서니가 아니꼬웠고, 조에게 애인을 빼앗긴 갱도 있었다.

그래도 그런 식의 미움에는 근거가 있었다.

왜 나지?

아무리 생각해도 특별히 누군가를 엿 먹인 적은 없었다. 디온은 사람들을 건드렸다. 적을 만들고 또 만드는 대로 죽였기에 숙면에 아무런 지장이 없었다. 1935년 조한테서 탬파 조직을 인수한 이래 디온은 수도 없이 피를 흘렸다. 그나마 조가 고문을 맡고 있기에 훨씬 줄어들기는 했지만 아무리 그렇다 해도 분명 상당한 양이었다. 어쩌면 청부는 디온을 겨냥했을 수도 있었다. 그 일을 하기 위해 디온의 싱크탱크도 처리해야 한다고 판단했을 것이다. 하지만…… 그것도 아니다. 디온 같은 보스를 죽이려면 반드시 허가가 있어야 한다. 그리고 그 일을 허가할 사람들은 모두 조의 측근들이다. 조 덕분에 떼돈을 벌었고 앞으로도 조가 잘나가기를 기대하고 있는.

테레사의 말에 의하면, 루시어스의 변호인은 타깃으로 조를 구체적으로 짚었다. 여러 타깃 가운데 하나가 아니라 딱 하나.

하지만 테레사는 킬러이자 사기꾼이며, 조의 주변에서 사기 칠 이유가 누구보다 많은 여자다. 조야말로 킹 루시어스에게 접근해 마음을 바꿀 수 있는 극소수의 인물이 아니던가. 테레사의 입장에서 살해 음모를 미끼로 조를 건드릴 수 있다면 그보다 좋은 꽃놀이패가 없을 것이다. 게다가 이런 식으로 모호하면서도, 마음 한구석에 시한폭탄을 걸어둘 만큼 구체적이라면 더 무엇을 바라겠는가. 재의 수요일까지는 8일이 남았다. 그때까지라면 현실적으로 그를 죽일 작자가 없다는 사실을 밝혀낼 수 있다. 혹여 있다손 치더라도, 이 사업에 친구가 많으니 누구든 음모에 대해 듣고 귀띔이라도 해줄 것이다. 악덕 변호사와 킬러 사이의 교도소식 농담 따먹기가 아니라면, 이놈의 루머는 이 담배 끝에서 모락모락 피어오르는 연기만큼이나 실속도 실체도 없다. 타깃이 조 자신이 아니었다면 그 정도 음모는 웃어넘겼을 것이다. 그러니까, 힘이 있는 사람한테 붙어 어떻게든 목숨을 부지하려는 절박한 시도?

하지만 이 소문은 아무리 막연하고 비현실적이고 근거가 빈약해도 조 자신의 죽음에 대한 것이었다.

그는 옆자리에 앉은 아들을 보고 미소를 지었다. 토머스는 졸음에 겨워 눈을 끔벅이다가 애매한 미소로 답을 하고는 다시 눈을 감았다. 조는 고개를 저으며, "아무것도 아냐. 다 괜찮을 거야."라고 말하고 싶었다. 토머스는 눈을 감고 고개를 떨구었다. 조는 머리를 열린 창에 기댄 채 담배를 피웠다.

운전석의 알 버터스가 돌아보더니 잠시 멈춰서 소변을 봐야겠다고 했다.

조는 좋다고 대답했다. *악어와 뱀은 조심하게.*

"이미 늙은 시체 꼴이라 놈들도 관심은 없을 겁니다요."

알은 도로 가에 차를 세웠다. 조수석의 타이어가 갓길의 수풀 속으로 푹 꺼져 들었다.

알은 차에서 내려 몇 걸음 걸은 후 지퍼를 열었다. 지퍼를 열었다고 생각하는 이유는, 등을 진 채라 그의 손이 정확히 뭘 꺼내는지 알지 못했기 때문이다. 권총이 아니라고 누가 말하겠는가.

초록색 억새밭과 참나무와 비쩍 마른 솔숲 사이로 희고 밝은 도로가 길게 이어졌다. 하늘도 도로만큼이나 하얬다.

그 일을 청부했다면 번스퍼드 일당일 가능성이 높다. 그렇다면 알버터스도 피스톨을 들고 돌아서서 먼저 조를 잡고 두 번째 총알을 아들의 이마에 박을 것이다. 그런 다음 그 자리에 빈둥거리며 도주용 차를 기다리면 그만이다. 지금쯤 저 모퉁이 너머 도로 가에 엔진을 켜두고 기다리고 있을 것이다.

알 버터스가 돌아서서 지퍼를 올리며 자동차로 돌아왔다.

조는 그가 차에 올라타 갓길을 벗어날 때까지 기다렸다가 모자를 눌러쓰고 두 눈을 감았다. 나무 그림자가 얼굴을 가로지르고 눈썹을 애무했다.

그다음엔 그라시엘라가 얼굴을 다독였다. 손길은 처음엔 부드러웠으나 차츰 거칠어졌는데 토머스가 태어난 날 그를 깨울 때도 그랬다. 조는 에스테반과 함께 남미 북단까지 출장을 다녀오느라고 며칠동안 잠도 제대로 이루지 못했다. 두 눈을 뜨고 아내의 얼굴을 보니 상황을 충분히 알 수 있었다. 바야흐로 부모가 되는 것이다.

"진통?"

아내가 시트를 끌어당겼다.

"응, 진통. 첫애가 나올 것 같아."

조는 옷을 입은 채 잠이 들었다. 그는 일어나 앉아 얼굴을 문지른 다음 손을 아내의 배에 댔다.

진통이 오자 아내가 움찔했다.

"어서, 어서."

조는 침대에서 내려 그녀를 따라 층계로 향했다.

"이제 첫애가 나오는 거야?"

그녀가 그를 돌아보며 다시 움찔했다.

"그래, 맞아요, 내 사랑."

그녀가 왼손으로 난간을 잡았다.

조는 아내의 오른손을 잡아주었다.

"그래? 우리 이제부터 몇 명이나 낳을까?"

"최소 셋."

조가 눈을 떴을 때 얼굴이 뜨거웠다.

마지막 날 아내는 수건 얘기를 하지 않았다. 자몽 얘기도 하지 않았다.

아내는 아이들 얘기를 했다.

바르톨로 패밀리 본부는 아메리칸 담배 기계 서비스 회사 꼭대기 층에 있었다. 탬파 부두 6번 잔교 끄트머리, 건물은 진한 갈색, 납틀 창은 낙타색이었으나 지금은 먼지가 짙게 덮여 회색으로 보였다. 조가 도착했을 때 리코 디자코모가 대기실에 앉아 있었다.

대기실은 그 너머에 있는 사무실만큼이나 훌륭했다. 바닥은 벌꿀 색 소나무 판자를 넓게 잘라 깔고 가죽 팔걸이의자와 소파 들은 전쟁 전에 버마에서 들여왔다. 망가나로의 풍경을 찍은 커다란 총천연색 사진들이 벽돌 벽을 장식했는데 바로 디온 바르톨로가 태어난 시실리의 어느 작은 마을이었다. 패밀리 보스가 되고 2년 후 《라이프》의 사진 기자에게 엄청난 거액을 주고 망가나로에 가서 이 사진들을 찍어 오게 했다는데, 폴라로이드 사진 속 호박 색조의 이미지들이 가죽 의자들과 벌꿀 색 바닥만큼이나 풍성하고 따뜻했다. 한 남자가 당나귀를 끌고 터덜터덜 산길을 올라가고 오른쪽 들판으로 햇살이 드리웠다. 정육점 앞에서 노파 셋이 웃는 사진도 보였다. 작은 성당 주랑의 개가 한 마리 잠들고 소년은 자전거를 타고 올리브 나무 길을 달려갔다.

조는 향수병 따위에 시달려본 적이 없지만, 저 사진들이 늘 디온의 욕망에 호소한다는 생각을 했다. 자신이 거의 본 적도 없는 세상, 맛을 보지도 못하고 제대로 냄새를 맡기도 전에 사라져버린 세상을 되찾으려는 욕망. 디온은 네 살 때 이탈리아를 떠났다. 따라서 사진이 보여주는 세계를 기억도 하지 못하지만 그 향기만은 평생 그와 함께 머물렀다. 향기는 그가 기억하는 고향이자, 어릴 적의 모습이었다.

조는 리코와 악수를 나누고 바로 옆 소파에 앉았다. 리코가 사진 하나를 가리켰다.

"저 노인과 당나귀가 매일 저렇게 언덕을 걸어서 오른다고 생각합니까?"

"지금은 어떨지 모르겠다. 전쟁이다 뭐다 해서."

리코가 사진을 노려보았다.

"그럴 것 같아요. 지금도. 저 양반, 우리 꼰대 같거든요. 매일 하는 일이 그랬죠. 아무리 머리 위에 폭탄이 떨어져도 말입니다. 조, 저 양반과 당나귀? 지금쯤 폭탄에 날아갔을 수도 있어요. 그런데도 자기 천직을 위해 일하러 나가야 했겠죠."

"천직이 뭔데?"

"그림으로 보아하니, 저 망할 당나귀를 매일 언덕 위로 산책시키는 일을 했겠죠?"

조가 키득거렸다. 리코와 어울리면 이렇게 재미있다는 사실을 종종 잊곤 했다. 저놈을 개인 경호원에서 훨씬 더 수지맞는 지위로 승진시키는 데 장애가 있었다면, 리코가 없으면 조 자신이 심심하다는 것이었다.

둘은 함께 디온 사무실의 떡갈나무 문을 보았다.

"지금 누가 같이 있나?"

리코가 고개를 끄덕였다.

"형이 들어갔어요."

조가 나지막이 한숨을 내쉬었다.

"또 무슨 일인데?"

리코가 어깨를 으쓱하고 모자를 다른 무릎 위로 옮겼다.

"형 부하 둘이 10번 스트리트에서 먼투스와 부딪쳤답니다."

"백인 애들이?"

"예. 커미트……"

"요즘은 커미트 같은 애들을 쓰냐?"

리코가 어깨를 으쓱했다.

"상황이 상황인걸요. 이탈리아 애들 절반이 국외 파병이에요. 아시잖습니까."

조는 두 눈을 감고 코끝을 꼬집으며 한숨을 내쉬었다.

"그래서, 커미트 놈들이 밤 10시에 할 일 없이 브라운타운을 어슬렁거렸다고? 백인 놈들이?"

리코가 슬며시 미소를 짓고 다시 어깨를 으쓱했다.

"어쨌든 거리에서 싸움이 붙고 깜둥이가 총을 꺼내 쏘기 시작했어요. 그다음은 뻔하죠. 놈이 와이어트 페티그루를 골로 보냈습니다."

"페티그루? 3번 애버뉴의 꼬맹이? 몽골인 채소 가게 옆에 사는?"

"지금은 꼬맹이가 아닙니다, 조. 에, 빌어먹을, 이제는 아무것도 아니군요. 어쨌든 스물한 살인가요? 얼마 전에 아버지가 됐어요."

"맙소사."

3번 애버뉴와 6번 스트리트에서 그 애가 구두를 닦아준 적이 있다. 구두닦이 소질은 별로였지만 우스갯소리는 잘했는데……. 게다가 아침 신문의 주요 기사들을 줄줄 외워 들려주기도 했다.

"그래서, 지금은 블레이크 장례식장에 있습니다. 가슴에 두 발, 얼굴에 한 발이었죠. 딸은 태어난 지 겨우 3일이고요. 예, 슬픈 일이고말고요."

두 사람은 동시에 문 위의 시계를 보았다. 정각에서 10분이 지났다. 디온 바르톨로 왕국의 특징. 모임은 절대 정각에 시작하지 않는다.

조가 다시 말문을 열었다.

"그래서 먼투스가 우리 애 둘을 보냈는데…… 그 친구는 어떻게 됐지?"

"오, 아직 살아 있습니다. 얼마나 갈지는 모르지만요. 프레디가 저렇게 열 받았으니."

"너도 한배를 타는 거냐?"

조가 물었다.

리코가 잠시 머뭇거리다가 큰 소리로 한숨을 내쉬었다.

"아니면 어쩌겠습니까? 사고뭉치 아들 같은걸요. 의절할 수도 없고. 프레디 형은 얼간이고요. 아시잖습니까. 그런데 먼투스 구역에 들어가 그곳을 접수하겠다고 개소리를 했답니다. 먼투스도 만만치 않으니까, '꺼져'라고 했겠죠. 뭐, 저도 잘못은 있습니다."

"왜?"

"이 지경이 되도록 방치했으니까요. 몇 달 전 고름이 곪기 전에 개입했다면 이렇게 터지지는 않았을 텐데 가만있었죠. 이제 먼투스가 형 애들 둘을 죽였어요. 결국 형이 죽인 셈이지만 그냥 넘어가겠습니까?"

조가 고개를 끄덕이다가 젓다가 다시 끄덕였다.

"모르겠군. 모르겠어. 프레디가 먼저 집적거렸으니 먼투스 입장에서 달리 뭘 어떻게 할 수 있었겠어?"

리코가 두 손을 내밀었다. 무슨 말인지는 알지만 어쩌겠느냐는 하소연인 셈이다.

"그래도 백인을 두 명이나 죽이면 안 되죠."

조가 다시 고개를 저었다. 맙소사, 이런 부질없는 싸움이라니.

리코가 조의 정장을 살폈다.

"어디 다녀오셨습니까?"

조가 고개를 끄덕였다.

"티가 많이 나?"

"평생 조에게서 주름을 보지 못했는데 지금 정장은 입고 주무신 것 같은걸요."

"고맙군. 머리는 어때?"

"괜찮습니다. 타이는 손 좀 보시면 되겠고. 어디 다녀오신 겁니까?"

조는 타이를 매만지며 레이퍼드 방문 얘기를 해주었다. 그가 곧 죽는다는 테레사의 주장에 대해서도 설명했다.

"청부? 조를요? 별 웃기는 소리 다 듣겠군요."

리코가 낄낄거리며 웃었다.

"나도 그렇게 얘기했어."

"어쨌든 그래봐야 정신 나간 년 얘기일 뿐이잖아요."

"그래. 그래도 테레사 쪽이라면, 그 정신 나간 얘기가 맞아떨어졌어."

"에, 그랬겠죠, 그래도 그런 일로 킹 루시어스한테 가면 지옥불에 뛰어드는 격이에요. 어차피 먹고 먹히는 관계니까."

리코가 자신의 매끄럽고 뾰족한 턱을 톡톡 두드렸다.

"그런데 신경 쓰이는 거죠? 누군가 저 밖에서 조를 겨누고 있다는 얘기가?"

"말도 안 되는 개소리지만…… 사실이 그래."

리코가 눈을 크게 뜨고 그를 보았다.

"누군가 살생부에 이름을 올렸을지 모른다는데 기분 좋을 리가 있겠습니까? 하지만 말은 안 됩니다, 조. 아시잖아요."

조가 고개를 끄덕였다.

"절대 안 돼요. 망할, 조의 판사 리스트만 해도 탬파의 매음굴을 다 합한 것보다 가치가 큽니다. 조는 황금 거위예요."

리코가 웃었다.

"그런데 왜 안전하다는 생각이 안 들지?"

"누가 했는지는 모르겠지만 머릿속에 박혔기 때문이겠죠. 그래서 일 겁니다."

"좋아. 하지만 누가?"

리코가 말을 하려다가 말았다. 그리고 잠시 방 한가운데를 보다가 조를 보며 비릿한 미소를 짓고 고개를 저었다.

"저라고 알겠습니까? 그냥 개소리 같은데요."

"너도 자려고 누웠는데 누가 잡으러 온다고 생각해 봐라."

"클라우디오 프레체티가 내가 자기 여편네랑 잤다고 지랄할 때 기억나세요?"

"정말로 잤잖아."

"어쨌든 밝혀내진 못했죠. 그런데 확실하다고 생각하고는 나를 죽이겠다고 난리였죠. 내가 진급하기 전이라, 그때는 내가 조무래기고 그 새끼가 거물이었죠. 맙소사, 같은 곳에서 이틀 밤을 자지 못했어요. 무려 6주일 동안. 잠자리로 배역을 따내는 여배우보다 더 많이 소파 신세를 졌죠. 그런데 어느 날 클라우디오와 직접 부딪쳤어요. 렉솔 읍내에서 나오던 중이었는데 양쪽 눈에 다크서클이 장난이 아니었어요. 어깨까지 썰룩이고. 누군가 청부를 걸었다는 얘기를 들었다더군요. 그 바람에 내 생각은 눈곱만큼도 하지 못한 거예요. 6주 내내 숨어 다녔건만 그 인간은 그동안 자기 이름이 새겨진 총알 걱정이나 했던 거죠."

"총알은 1주일 후에 도착했지?"

리코가 고개를 끄덕였다.

"돈을 횡령했다고 들었는데, 사실인가요?"

조가 고개를 저었다.

"밀고 때문이었어."

"클라우디오가요?"

조가 끄덕였다.

"그 당시 41번가에서 짐을 모두 잃은 것도 그 때문이었어. 5만 킬로그램이 마약국 뒷마당에서 불에 타버렸으니 누군가는 대가를 치러야 했지."

두 사람이 다시 시계를 보는데 다시 리코가 입을 열었다.

"두 주 정도 떠나 있으면 어떻습니까? 쿠바 같은 곳으로? 소파에서 주무실 필요는 없잖아요."

조가 그를 보았다.

"하지만 작전일 수도 있잖아. 킬러가 그곳에서 기다리면 그야말로 악어 아가리에 뛰어드는 꼴이야."

"그렇다면 정말 대단한 작전일 텐데. 누가 그렇게 똑똑하죠?"

"킹 루시어스의 이름이 계속 나오잖아."

"그럼 가서 얘기해 보시죠."

"내일 갈 생각이야. 무슨 작전이라도 있나?"

리코가 활짝 웃었다.

"옛날처럼요?"

"옛날처럼."

"끝내주겠네요."

"그렇지?"

"예, 죽이겠어요."

육중한 떡갈나무 문이 열리고 마이크 오브리가 둘을 들여보냈다. 핀족 제프가 문 바로 안쪽에서 대기했다. 정장 재킷을 벗은 터라 어

156

깨 총 지갑과 피스톨이 드러났다. 마이크와 핀족 제프는 굳은 표정으로 손님을 맞았지만, 조가 보기에 1930년대 디온과 조가 처했던 상황에 닥칠 경우 저 둘은 제대로 서 있지도 못할 것으로 보였다.

조와 리코는 직접 마실 것을 챙겼다. 5번 분서의 데일 바이너 서장도 나타나 자기 술을 따랐다. 바이너는 경사가 된 이후로 앞잡이가 되었다. 언젠가는 국장이 되겠지만 그렇다고 특별히 썩어서가 아니라 어떻게든 평화를 유지하고 싶어 할 뿐이었다. 저런 친구들을 쥐고 흔들 수는 없었다. 똑똑하지만 돈 욕심 없는 친구들. 저런 친구들이야말로 완벽한 조합이다.

조가 디온의 책상 맞은편 소파에 앉자 프레디가 바로 옆에 앉았다. 무릎이 닿을 정도로 가까운 자리였기에 조도 신경이 거슬렸다. 빌어먹을, 프레디가 이렇게 앉으니 둘이 같이 무슨 피해자나 깔개에 또 실수를 저지른 애완견처럼 보이지 않는가. 마치 호소하는 것 같았다. 나도 어쩔 수 없었습니다. 잘해 보자고 한 짓이 이렇게 되었을 뿐이에요.

디온이 담뱃불을 붙이고 연기 너머로 프레디를 보았다.

"좋아, 네 변명부터 해봐."

프레디는 디온의 말을 믿을 수가 없었다.

"변명이라고요? 먼투스 딕스가 내 아이 둘을 죽였어요. 그러니까 그놈도 가야죠. 그뿐입니다. 아주 간단하죠."

경찰서장 데일 바이너가 끼어들었다.

"몇 달 전부터 소문이 있었다, 프레디. 네가 그 친구를 벼랑으로 내몰고 있다고."

"그 친구? 엘크스에서 둘이 술이라도 마신 것처럼 얘기하네요, 바이너. 그 새끼가 당신 동네에 나타나면 보는 즉시 쏴버리슈."

"먼투스 딕스는 1929년 내가 이곳에 왔을 때부터 브라운타운에서 숫자 도박을 돌렸다. 항상 사업가였고 거래도 공정했어. 2년 전 올즈마의 집단 성폭행 이후엔 수쿨로프스키 형제를 숨겨주기도 했지. 경찰들이 총동원해서 찾아다녔는데도 그랬어. 먼투스는 우리 편에선 시원한 감로주 같은 존재였어."

조가 끼어들었다.

"수쿨로프스키 형제가 그렇게 빠져나간 거예요?"

바이너 서장이 물었다.

"옙."

조가 담뱃불을 붙였다.

"그 후에 어떻게 됐죠?"

조가 성냥을 재떨이에 던졌다.

"알아봐야 속만 상하지 않겠어요?"

"자, 자, 여러분, 나도 두 양반하고 생각이 같습니다. 프레디 형은 개자식이 맞아요. 처음부터 먼투스를 못 잡아먹어 안달이었으니까."

리코가 끼어들었다.

프레디는 가뜩이나 마음이 상했는데 동생마저 편을 들어주지 않으니 완전히 우거지상이었다.

"형은 개자식이 맞아."

리코가 프레디의 눈을 보며 오른손 엄지와 검지로 동그라미를 만들었다.

"개자식 중에서도 개자식이지."

리코가 다른 사람들을 돌아보았다.

"하지만 여러분, 그래도 흑인이 백인을 죽일 수는 없습니다. 아무리 우리가 좋아하는 흑인이라고 해도 마찬가지예요. 나도 먼투스 딕스를 좋아합니다. 식사도 함께 했지만…… 그래서 뭐요? 게다가 다른 조직이 우리 애를 죽이지 않았습니까? 절대 용납해서는 안 되죠. 디온? 조? 두 분이 그렇게 가르쳤잖습니까? 패밀리를 건드리면 누구든 패밀리가 응징한다. 그 말은 경전 아닙니까?"

디온이 한참 동안 조를 보았다.

"어떻게 생각해? 감정적으로 말고 사업적으로."

"내가 감정에 흔들린 적이 있던가?"

디온이 뭐라고 대답하려는데 조가 그의 입을 막았다.

"지난 10년간."

디온이 결국 고개를 끄덕였다.

"그렇다면 몰라도."

"사업적 관점에서 보면, 재앙의 가능성이 많아. 먼투스 애들이 전부 우리한테 등을 돌린다? 헤로인, 숫자 도박, 시가 공장 지분, 모조리 말아먹을 수 있지. 매춘업도 그래. 그쪽에서 자메이카와 아이티 루트를 잡고 있는데 그 정도면 이곳 사업 절반에 해당한다. 겉으로야 늘 별개의 영역처럼 굴었지만 사실은 그렇지가 못해. 지난 20년간 먼투스의 자리를 노린 자는 모두 참혹하게 죽었다. 후계자로 지명한 자도 없고. 말인즉슨, 바람이 어느 쪽으로 불든 그 자리마다 권력 공백이라는 악몽이 남을 거야. 물론 우리한테 와야 할 소득은 모두 애먼 녀석들이 차지하겠지."

"그 새끼한테 아들이 몇 있어요."

프레디가 지적했다.

조가 프레디를 돌아보았다. 욕이 나오려는 걸 애써 참았다. 지금은 어느 때보다 논리적이고 합리적으로 보여야 하고 또 예의를 지켜야 했다.

"그중 브리지만 쓸 만하다. 브리지가 제왕 자리를 넘겨받으면 적어도 세 놈은 달려들 거야."

"누가 개기는데?"

디온이 물었다.

다들 리코를 보았다. 결국 그곳은 그의 영역이기 때문이었다.

"아뇨."

그가 고개를 젓다가 잠시 망설이더니 다시 고개를 저었다.

"아뇨, 개기진 않을 거예요."

"누군데 그래?"

디온이 다시 물었다.

리코가 조를 보며 확인을 구했다.

"그 새끼 생각하고 있나?"

조가 물었다.

리코가 고개를 끄덕이고는 둘이 함께 디온을 돌아보며 입을 모았다.

"리틀 라마르."

"중국인 장사하는 놈?"

조가 고개를 끄덕였다.

"브리지가 왕좌를 빨리 넘겨받아 부족을 통합할 때 거치적거릴 놈은 그 새끼밖에 없어."

"그쪽에서 그렇게 신뢰가 큰가?"

디온이 물었다.

조가 고개를 저었다.

"그 정도로 두려워하지."

"그래서 그를 다룰 수 있는 사람이 있나?"

디온이 물었다.

이번에는 프레디와 리코가 서로를 보았다.

"돈만 많이 주면 충분히 얘기가 통할 겁니다."

리코가 말했다.

프레디가 고개를 끄덕였다.

"그 새끼는 사업가입니다. 그리고……"

"교활한 뱀 새끼이기도 하고요."

다들 바이너 서장을 돌아보았다.

"10달러만 걸리면 자기 동생이라도 죽일 놈이오. 20달러면 그 시체하고도 자고."

바이너는 상체를 기울이고 술잔을 채우며 계속 말을 이었다.

"그 새끼가 한다는 '중국인 사업'? 작년에 바다 밑바닥에서 선적 컨테이너를 찾아냈는데 그 안에 남자 아홉, 여자 일곱, 아이 일곱이 있었소. 이것저것 조사해 봤더니 컨테이너 안의 남자 하나가 바로 15번 스트리트에서 라마르가 팔아먹은 여자애 아버지였더군. 여자는 다른 중국인 놈이랑 샌프란시스코로 달아났는데, 라마르 놈이 아버지가 건너온다는 얘기를 들은 거요. 그것도 그 새끼가 매수한 배를 타고. 결국 컨테이너를 바다에 던지라고 시켜 스물세 명을 죽였지. 기껏 창녀가 하나 도망쳤다는 이유로. 여러분이 힘을 보태려는 자가 바로 그런 놈이오."

"제길, 그 아가리 닥치슈, 예? 아가리 닥치고 있으란 말이오."

프레디가 바이너에게 으르렁거렸다. 딱 똥 씹은 표정이었다.

"이봐, 프레디, 언제든 조용히 만나자. 네놈이 내 아가리를 닥치게 할지 확인해 봐야겠으니까. 어때, 정말 해보지그래?"

"그만들 해, 망할."

디온은 한 잔을 길게 들이켠 후 잔으로 조와 리코를 가리켰다.

"결국 두 사람 문제야. 브라운타운 거리에 대해 내가 더 알아야 할 일이 있나?"

조는 사람들의 마음속 비아냥을 들을 수 있었다. 탬파 거리 어디든 더 이상 네가 아는 게 없잖아?

하지만 지난번 공개적으로 디온에게 보스로서 너무 관심이 없는 거 아니냐고 한 놈은 결국 디온의 두 손에 목을 졸려 숨통이 끊기고 말았다.

조는 눈짓으로 리코에게 순서를 양보했다.

리코는 손바닥에서 땅콩 가루를 털어내고 상체를 기울였다.

"대안이 있었으면 좋겠지만 없네요. 딕스는 처리해야 합니다. 그리고 보복을 최소화하려면 아들이 그다음이어야겠죠. 그다음 라마르를 진급시켜야 하는데 만일 그 미친놈이 너무 설치고 다니면 그때쯤 대안이 나와야 하겠죠. 아니면 우리가 힘들어집니다. 그 와중에 잠정적으로 손실이 발생은 하겠지만 먼투스의 마권을 손에 넣는 것만으로도 보상하고도 남을 겁니다. 그곳 숫자 도박요? 완전히 종교입니다. 말했듯이 대안이 있으면 좋겠지만 지금은 없네요."

리코는 다시 땅콩에 손을 뻗으며 말을 마쳤다.

다들 조를 보았다.

조는 담배를 짓이겨 껐다.

"라마르를 통제하지는 못해. 어차피 미친놈이니까. 문제는 브리지 딕스가 아직 힘이 부족하기 때문에 아버지 자리를 이어받고 리틀 라마르와 대적할 수는 없어. 고로 내가 보기엔 리코 생각보다 손실은 훨씬 클 수밖에 없다. 먼투스는 공정하고 공평한 친구야. 그래서 그곳에서 존경을 받고 있지. 1920년 이후 이보르 흑인 구역은 평화를 이어왔는데 순전히 먼투스 딕스 덕분이야. 그래서 내가 하고 싶은 얘기는 프레디한테 원하는 걸 주자는 거야. 프레디가 먼투스의 마권을 갖고 대신 먼투스에게 하급 파트너 몫을 지불하는 거야. 그래도 먼투스는 기꺼이 받아들일 거야. 거부하면 죽음이라는 것 정도는 알 테니까."

조는 소파에 등을 기댔다. 디온은 잠시 방을 둘러보았지만 아무도 말을 하지 않았다. 디온이 일어나 술잔과 시가를 집더니 거대한 원형 창가로 걸어가 크레인들과 곡물 사일로들과 완만한 수로를 내다보았다. 마침내 그가 돌아섰을 때 조는 그의 얼굴에서 해답을 보았다.

디온이 어깨를 으쓱했다.

"깜둥이는 죽어야 해. 우리 애 둘을 죽였는데 가만 놔뒀다고 소문이라도 나봐라."

"쉽지는 않을 거요. 요새에 틀어박혀 있으니까. 비상식량까지 비축한 데다 문과 창마다 행동 대원들이 지키고 있어요. 지붕에도 몇 명 있고. 당장은 난공불락이오."

바이너 서장의 지적이었다.

"불 질러서 끌어내면 돼요."

프레디가 말했다.

"맙소사, 제길, 형은 도대체가."

리코가 고개를 저었다.

"내가 뭐?"

"그 안에 딕스의 마누라가 셋이나 있어."

리코가 지적했다.

"애도 여섯이고."

조가 덧붙였다.

"그래서?"

이번에는 디온도 학을 떼었다. 최근에 그 어느 보스보다 피를 많이 흘린 디온이건만.

"그래서요? 예, 여편네나 애새끼 한둘 불에 타 죽겠죠. 전쟁이잖아요. 전쟁엔 나쁜 일도 일어나는 법 아닌가요? 내가 뭘 잘못했죠?"

프레디가 반발했다.

"이 방에 개새끼들만 있냐? 돼지들만 보여? 우린 짐승이 아니야."

디온이 몰아붙였다.

"내 말은……"

"한 번만 더 애들 죽인다는 얘기해 봐라. 프레디, 그럼 넌 내 손에 죽어."

조가 나지막이 중얼거리고는 곧바로 고개를 돌려 프레디의 눈을 보며 미소 지었다.

리코가 두 손을 들어 보였다.

"이런, 이런, 우선 열기부터 가라앉히죠, 예? 형, 아이들 죽이는 얘기는 하지 않은 거야. 그리고 조, 프레디 형 죽인다는 얘기도 없었던 겁니다. 프레디, 오케이?"

리코가 디온을 돌아보며 채근했다.

"그냥 지시를 내려주세요, 보스. 어떻게 할까요?"

"건물에 총잡이 몇 명 대기시켜 두었다가 그 새끼가 대가리 내밀면 날려버려. 숨어서 버텨봐야 몇 주 못 간다. 그 전에 갑갑해서 돌아버릴 테니까. 어쨌든 그 새끼는 죽인다. 그때까지 애들하고 조율부터 해. 그래야 일 끝나자마자 자연스럽게 세력 개편이 되잖아. 말되지?"

"달리 보스겠습니까?"

리코가 고개를 끄덕였다. 소년 같은 얼굴에 미소까지 활짝 피었다.

11장
무한한 능력

힐스버러 카운티 부검실, 던컨 제퍼츠가 뒷문을 잠그는데 누군가 바로 옆 영구차에서 걸어 나오며 인사를 했다.

"안녕하십니까?"

그로서는 다시 보리라고는 상상도 하지 못한 인물이었다.

제퍼츠는 하역장 위에 있고 조 커글린은 천천히 경사로를 올라왔다. 은퇴한 갱, 지금은 크림색 정장에 같은 색 파나마모자를 쓰고 빳빳한 흰색 셔츠를 입고 넥타이가 완벽할 정도로 가지런했다. 구두는 또 얼마나 광을 냈는지 하역장 조명들이 모조리 비칠 정도였다. 그나마 얼굴은 7년 전보다 다소 지친 듯했으나 눈만은 여전히 아이처럼 순진해 보였다. 홍채가 반짝반짝 빛이 났는데 가까이 들여다볼수록 뭔가 대단한 약속을 해줄 것만 같았다. 하지만 처음 조 커글린을 만나던 날은 그 빛이 까맣게 죽어가고 있었다. 커글린의 아내가 세상을 떠난 날, 제퍼츠는 처음 조 커글린을 만나 자신을 소개했다. 커글린은 생명력도, 빛도 없는 눈으로 그를 바라보았다. 그 순간이 어찌나 긴지 영원처럼 느껴졌다. 커글린이 다음 순간 제퍼츠의 목을 그을지도 모른다는 엉뚱한 생각도 들었다. 하지만 사내는 눈에서 죽음의 기운을 걷어내고 아들을 걱정해 준 것에 대한 감사의 눈빛을 보내주었다. 조 커글린은 어깨를 들먹이고 머리를 흔든 다음, 아들을 잔교에서 데리고 나갔다.

악명 높은 은퇴한 갱, 조 커글린을 만난 얘기는 거의 아무한테도 하지 않았다. 아내한테 말해 볼까도 했지만 그저 버벅거리기만 했다. 도저히 번잡해서 말로 표현할 수가 없었던 것이다. 비록 만남은 짧았으나, 전후를 막론하고 그렇게 슬픔과 애정과 권력과 카리스마는 물론, 악행의 가능성이 온몸에서 뿜어져 나오는 사람은 본 적이 없었다.

아내한테 조 커글린을 한마디로 설명하고자 했을 때 나온 단어는 '무한한 능력'이었다.

"어떤 능력?"

아내가 물었다.

"뭐든지 가능한 능력."

그가 대답했다.

조는 하역장 위로 올라와 악수부터 청했다.

"나를 기억합니까?"

제퍼츠가 손을 잡았다.

"예, 기억합니다. 커글린 씨, 무역업을 하셨죠."

"검시관인 제퍼츠 박사이지요?"

두 사람은 문 위에 달린 거친 조명 아래 서서 서로 어색한 미소를 지었다.

"에……"

"예?"

"뭘 도와드릴까요?"

"글쎄요. 도와주시겠습니까?"

"글쎄요……"

"글쎄요라뇨?"

"이 야심한 시각에 여긴 웬일이시죠?"

"지금이 몇 시인데요?"

"새벽 2시입니다."

"내 아내 말입니다."

남자가 갑자기 모자를 살짝 젖혀 이마를 드러내며 그를 보았다.

"선생님 아내가 왜요?"

"박사님이 내 아내를 부검하셨죠?"

"아시는 대로입니다."

"아니, 모릅니다. 그저 박사님이 아내의 시신을 데려갔다는 사실만 알죠. 이곳에 다른 부검의가 있을 수도 있으니까요. 아무튼 직접 부검하셨던가요?"

"예."

조는 하역장 가장자리의 철제 난간에 걸터앉아 담뱃불을 붙이고 담뱃갑을 내밀었다. 제퍼츠도 한 개비를 받았다. 그가 불을 피우려고 상체를 숙이는데 커글린이 말했다.

"지금은 박사님도 결혼했군요."

제퍼츠는 일할 때 반지를 끼지 않는다. 한번 시신 속에서 잃고는 찾는 데 30분이 걸렸다. 그런 다음 헤집어놓은 내장을 복구하기 위해 다시 네 시간을 투자해야 했다.

"어떻게 아십니까?"

"외모가 단정해졌어요. 추레한 사내는 결혼하지 않는 한 절대 단정해질 수 없죠."

"아내한테 전하겠습니다. 기뻐할 거예요."

조가 고개를 끄덕이고 혀에 묻은 담배 가루를 뱉어냈다.

"임신했었나요?"

"예?"

"내 아내 얘깁니다. 그라시엘라 코랄레스 커글린은 1935년 9월 29일에 죽었죠. 임신 중이었던가요?"

그가 제퍼츠를 보며 미소를 지었으나 파란 눈은 어둡기만 했다.

제퍼츠는 잠시 주차장을 보았다. 이 대화에 도덕적인 문제가 있을까 생각해 보았으나 그렇지는 않아 보였다.

"예."

"아들? 딸?"

제퍼츠가 고개를 저었다.

"7년 전 일입니다. 당연히 기억하실 거예요."

조가 재촉했다.

"그건……"

제퍼츠가 숨을 내쉬고는 담배를 하역장 밖으로 던졌다.

"예?"

그가 돌아서서 조의 시선을 받아주었다.

"……제 첫 부검이었습니다. 당연히 하나하나 모두 기억하죠. 태아는 아주 작았죠. 기껏 6주 정도에 불과했으니까요. 생식 결절이라고 아시나요? 음경이나 음핵으로 전환하는 기관이지요. 그게 성을 결정하기엔 한참 미발달 상태였습니다."

조는 담배를 마저 피우고 밤하늘 속으로 던졌다. 그러고는 난간에서 깡충 뛰어내려 다시 손을 내밀었다.

"감사합니다, 박사님."

제퍼츠도 고개를 끄덕이고 악수를 받아주었다.

조가 주차장에 이르렀을 때 제퍼츠가 물었다.

"태아의 성을 왜 궁금해하십니까?"

커글린은 두 손을 주머니에 넣은 채 한참 동안 박사를 보았다. 그리고 어깨를 으쓱하고는 어둠 속으로 사라졌다.

12장
본 계곡

그들은 킹 루시어스를 만나기 위해 차를 몰았다. 5번 국도에서 남쪽으로 향하다가 32번 국도에 다다른 다음 동쪽의 습한 시골길을 달렸다. 보라색 하늘이 어찌나 짙은지 검은색으로 보였다. 동쪽으로 더 달리자 비구름이 흩어지며 비를 뿌리기 시작했다. 큰 상처 안에서 피를 흘리는 작은 상처 같은 구름. 비를 만나는 건 시간문제겠지만 조가 보기엔 비가 내리면 오히려 따뜻해질 것 같았다. 신들이 흘린 땀처럼 따뜻하고 기름진 빗물. 오전 10시나 되었건만 헤드라이트를 켜야 했다. 플로리다의 날씨는 놀랍도록 예측이 가능하다가 갑자기 엉망이 된다. 그때면 황당할 정도로 가혹해지는데 천둥이 하늘을 찢고 바람은 유령 군대처럼 비명을 질러대고, 태양이 작렬하는 바람에 가을 들판마저 이글이글 들끓고 만다. 이곳의 날씨는 조 자신을 미물로 만들어버렸다. 아무리 권력이라는 미망에 빠져 있다 해도 기

171

껏 인간이라는 미물에 불과했던 것이다.

템파를 벗어난 지 30분, 리코가 조에게 물었다.

"이제 제가 운전할까요?"

"아니, 지금은 이대로가 좋아."

조가 대답했다.

리코는 의자에 푹 파묻힌 채 중절모를 이마 절반까지 내렸다.

"대화할 시간이 생겨서 다행입니다."

"그래?"

"예. 내 말은…… 먼투스 제거 건이 못마땅하신 것 압니다. 조를 모시면서 늘 염두에 두는 일이 있어요. 갱이야 얼마든지 만났지만 조는 그중에서 제일 도덕적인 분입니다."

조가 인상을 찌푸렸다.

"도덕이 아니라 윤리야. 프레디가 그의 영역을 건드리기 전까지 먼투스는 잘해 왔어. 그런데 이제 먼투스가 죽어야 한다고. 제길, 단순히 프레디가 개자식이기 때문에?"

리코가 한숨을 내쉬었다.

"예, 압니다. 압니다. 프레디는 내 형이고 개자식이고 얼간이죠. 그래도 조, 그렇다고 제가 어떻게 하겠습니까?"

둘 다 한동안 아무 말도 하지 못했다.

"그래도 먼투스는 지금 당장 큰 문제가 아니라고 봅니다."

리코가 마침내 입을 열었다.

"뭐가 큰 문젠데?"

"입단 조직에 밀고자가 있어요. 다른 대원들보다 우리 쪽에서 당

172

하는 비율이 두 배가 넘는데 다른 조직에서 한 일이 아니에요. 연방검찰이나 지방검찰 짓이죠. 아, 아직 한동안은 버틸 수 있습니다. 수익이 좋은 패밀리니까요. 그러니까, 우리는 수익을 좇고 또 조가 있죠."

조가 리코를 보았다.

"너도 있어."

리코가 항변하려 하다가 그냥 어깨만 으쓱했다.

"예, 그렇다고 하죠. 나도 돈을 버니까요."

"리코, 넌 패밀리 자금의 20퍼센트를 벌고 있다."

리코는 모자를 다시 올리고 상체도 곧추세웠다.

"현재 캠프파이어 주변에서 지저분한 얘기들이 난무합니다. 조, 한둘이 아니에요."

"밀고자 얘기?"

"조직 전체에 대해서요. 우리가 약해 보이는 겁니다. 빼앗을 기회로 보고 있어요."

"누가?"

"어디겠습니까? 우선 산토 새끼들이 있겠죠."

조는 반박하지 않았다. 산토는 7번 애버뉴의 이탈리아 사교 클럽에 기반을 두고 있는데 최근에 부쩍 굶주려 보였다. 굶주림과 조바심. 늘 최악의 조합이다.

"그 밖에는?"

리코는 담뱃불을 붙이고 성냥개비는 창밖으로 던졌다.

"마이애미 놈, 뻔하잖아요."

그가 손가락 관절을 꺾어 뚝 소리를 냈다.

"앤서니 크로?"

리코가 손가락으로 조를 가리켜 정확하다는 표시를 했다.

"닉 피사노가 지금 당장에라도 구역을 하나 떼어줘야 할 겁니다. 아니면 앤서니가 찾아갈 거예요. 그럼 앤서니한테 직접 우리를 먹으라고 친절하게 일러줄 테죠."

"크로는 이탈리아 순종이 아니야. 인수는 불가능해."

"실망을 드려서 미안하지만 순종이 맞습니다. 부모가 이곳으로 건너오면서 크로체티 어쩌고 하는 이름을 버렸는데 이미 시실리가 뿌리임을 증명했어요. 똑똑하고 비열한 놈이라 더 이상 식탁·한자리 차지한 것만으로는 성에 차지 않나 봐요. 식당을 통째로 갖고 싶어 하죠."

조가 가만히 생각해 보았다.

"우리가 그렇게까지 약하지는 않아. 지금 당장이야 조금 흔들리지만, 다른 곳은 안 그런가? 독일 놈들과 빌어먹을 전쟁 탓에 소득이 조금 떨어졌을 뿐이다. 그래도 이 나라에서 제일 부유한 지역을 장악하고 있어. 전국 마약의 절반과 도박의 4분의 1을 장악하고 운송도 거의 전국을 장악하다시피 했어."

"집안이 개판인걸요. 그것도 모르는 사람이 없습니다."

조는 천천히 담뱃불을 붙이고는 창문을 내려 연기를 내보냈다.

"지금 반역 얘기냐, 리코?"

"예?"

"보스를 제거하자는 얘기를 하는 거냐고?"

리코가 한참 동안 조를 노려보다 두 손을 들었다.

174

"말도 안 됩니다. 디온은 두목이고 그 점이라면 더 할 얘기는 없습니다."

"그래, 할 얘기가 있으면 안 되겠지."

"압니다."

"그런데?"

"누군가 보스한테 얘기해 줘야 해요, 조. 말발이 먹히는 사람이어야겠죠. 누구든……"

"무슨 얘기?"

"다시 고삐를 조여야 합니다. 조직을 장악하고. 다들 보스를 사랑했어요. 지금도 그렇지만, 문제는 옛날처럼 집안을 살피지 않아요. 아세요? 여기저기 나쁜 소문이 장난이 아니에요. 내가 하고 싶은 얘기는 그뿐입니다."

"얘기해 봐."

리코가 잠시 뜸을 들였다.

"다들 알다시피, 보스한테 카드 문제가 있습니다. 말도 있고 자동차도 있죠."

"그 얘긴 들었다."

"지난 몇 년 동안 살이 얼마나 빠졌는지 아시죠? 다들 아픈 줄 알아요. 죽어간다고 생각한다고요."

"죽지 않아. 아무 상관 없다."

"압니다."

리코는 콧날을 몇 번 두드렸다.

"하지만 패밀리 밖에서야 누가 알겠습니까? 사람들한테는 뭐라고 얘기하죠? 죽지 않는다고? 그냥 코카인에 취했을 뿐이라고?"

리코는 다시 손을 들어 보였다.

"조, 그냥 우리 사이에 하는 얘기입니다. 이상한 뜻은 없어요."

조는 조용히 차를 몰았다. 리코는 그동안 안절부절못했다.

조가 마침내 대답했다. 옆자리를 흘긋 보며.

"네 말에 일리가 있다는 데는 동의한다. 그런데 너한테 누가 그런 말 할 권리를 줬지?"

리코는 창밖으로 담배를 털고 느린 한숨을 길게 내쉬었다.

"제가 몰라서 그랬겠습니까? 아시겠지만 전 이 일을 사랑합니다. 젠장 맞게 사랑해요. 매일 아침 일어나 시스템에 엿 먹일 방법을 궁리하니까요. 누구한테 무릎을 꿇을 필요도 없고 줄을 설 필요도 없습니다. 직접 삶을 만들고 규칙을 만들고 삶의 길을 만들죠."

리코가 검지로 계기반을 누르며 상체를 숙였다.

"제길, 갱이라서 지랄염병하게 좋습니다."

조가 가볍게 키득거렸다.

"왜 웃어요?"

"아무것도 아니다."

"아뇨, 말해 주세요."

조가 리코를 보았다.

"나도 지랄염병하게 좋아하거든."

"그래서, 그래서…… 아시겠지만 이렇게 건방지게 말씀을 드리는 겁니다. 보스의 문제에 대해……"

리코가 숨을 고르며 말했다.

"네가 보는 문제겠지."

"예, 맞습니다. 보스에 대해 걱정하는 바를 말씀드리는 이유는 이 일을 놓치고 싶지 않기 때문이에요. 머리에 두 방을 맞고 싶지도 않고, 감방에 들어가고 싶지도 않아요. 형기를 마치고 나왔는데 아무도 나를 모르면요? 그럼, 제길, 뭐든 사회에서 일자리를 구해야 하는데 평생 정직하게 돈을 벌어본 적이 없습니다. 어떻게 버는지 알고 싶지도 않고요."

조는 고개만 끄덕이고 아무 대답도 하지 않았다. 어느새 차는 새러소타를 빠져나가고 있었다.

"디온한테 말해 보겠다. 밀고자를 찾고 집안도 다잡을 필요가 있다고 하면 알아들을 거야."

조가 마침내 입을 열었다.

"그럼 보스도 느낄 겁니다."

"어쩌면."

조가 어깨를 으쓱했다.

"아니, 느낍니다. 조가 한 얘기니까요. 제가 보기엔, 보스는 아직 조를 우러러봅니다."

"차에서 내려."

"아뇨, 정말입니다."

"디온에 대해 하나 얘기해 주마. 우리가 어렸을 때부터 디온은 우리 패거리 우두머리였어. 우리 중에서 제일 거칠고 잔인했으니까. 나한테서 지시를 받게 된 이유는 단 하나, 은행털이가 잘못되었기 때문이었다. 디온은 도망자가 되었고 나는 권력자들과 친구가 되었지. 그것만 아니라면…… 언제나 어디서든 디온은 내 두목이었어. 그 반대가 아니라."

"아무리 그렇다고 해도, 보스는 지금도 조가 어떻게 생각하는지 신경 씁니다. 보스가 신경 쓰는 유일한 인물이죠."

조는 아무 말 하지 않고 황량한 도로를 달려 마침내 보랏빛 비구름을 만났다.

"토머스 말이에요. 애들은 정말 잡초처럼 크더군요. 며칠 전 토머스를 보고 놀랐습니다."

리코가 말했다.

"그렇더라고. 엄마도 컸고 삼촌도 키가 큰 덕분이지."

"조도 작은 키는 아니에요."

"그래도 언젠가 아이 옆에 서면 난쟁이처럼 보일 거야."

"기분이 어떻습니까?"

리코의 목소리가 조금 더 심각해졌다.

"아버지 노릇?"

"예."

"난 맘에 들어. 솔직히, 대부분은 엉망이야. 생각보다 화도 많이 내게 되고."

"언성을 높이는 것도 들어본 적이 없는걸요."

조가 고개를 저었다.

"알아, 알아. 사람들이야 못 듣겠지. 하지만 아들은? 벌써 여러 번이다. 내가 큰 소리를 내면 두 눈을 굴리는데 그럼 나도 열이 받거든. 이제 다 컸는데도 헛간 지붕에 올라간다니까. 지붕이 약해서 수리해야 한다는 사실도 알면서도 그래. 작년엔 쿠바 농장에 갔다가 팔을 부러뜨리기도 했지. 아장아장 걸음마를 했을 때는 항상 작고 날카로운 돌멩이를 삼키려고 했어. 목욕하다가 잠시 한눈이라도 팔면 자리에서 일어나 춤을 추는 거야. 그러다가는 물에 풍덩 빠지고 말지. 결국 무슨 생각을 하게 되냐면, 그래, 튼튼하게만 자라다오. 또다시 팔을 다치거나 한쪽 눈을 잃지 않게 지켜주마. 망할, 그러려면, 욕조에서 춤은 추지 말아야 하잖아, 응?"

리코가 키득키득 웃었다. 조도 함께 웃었다.

"지금은 믿지 못하겠지만 한 놈 낳아봐. 그럼, 식겁할 테니까."

"그렇게 될 것 같습니다."

조가 리코를 보았다.

리코가 눈썹을 찡긋해 보였다. 조는 리코의 어깨를 때렸다.

"아파요."

리코가 어깨를 주물렀다.

"여자가 누구야?"

"캐스린 콘타리노. 다들 캐트라고 부르죠."

"사우스탬파 출신?"

자부심에 찬 소년 같은 미소.

"예."

"미인이야. 축하한다."

"고맙습니다. 예, 난…… 에…… 운이 좋았습니다."

그가 창밖을 보며 중얼거렸다.

"그래, 넌 운이 좋은 놈이야. 홀딱 빠진 거냐?"

조가 물었다.

리코가 두 눈을 굴리다가 고개를 끄덕였다.

"사실…… 결혼할 겁니다."

"뭐?"

조는 살짝 운전대를 틀었다.

"뭐가 어때서요? 다들 결혼하잖아요."

"넌 다를 줄 알았지."

리코는 셔츠를 바지 안으로 밀어 넣었다. 차를 오래 탄 탓에 삐죽 빠져나온 것이다.

"다르긴요. 성깔머리가 더럽다는 얘기죠? 그러는 조는요?"

조가 웃었다.

"아뇨, 정말입니다. 7년 동안 여자와 사귀는 모습을 본 적이 없어요. 어디 기막힌 미인이라도 몰래 숨겨둔 건가요?"

"아니."

"정말요?"

"있으면 당연히 얘기하지."

조가 솔직한 표정으로 말했다.

리코는 엄지를 세워 보였다.

"창녀한테도 거의 가지 않잖아요, 조. 만나는 여자들 얘기를 들어보면, 저녁 식사도 하고 고급 옷과 귀걸이도 사주는데 대부분 같이 자지 않는다더군요."

"쿠바에 여자가 하나 있다. 아바나는 아니고, 농장 가까이 서쪽에 사는 시골 여자야. 요리도 잘하고 아주 미인이지만, 무엇보다 편하게 드나들어도 된다. 사랑 같은 건 아니지만 나쁘지 않아."

조가 대답했다. 더 이상 성가신 질문은 사양하고 싶었다.

"에, 잘됐군요. 형한테도 여자를 하나 찾아줘야겠어요."

그 새끼는 아주 어린애나 좋아하겠지. 아니면 남자아이나. 조가 속으로 중얼거렸다.

"그래, 나도 그 생각을 해봐야겠다."

조가 대답했다.

졸포 스프링스 서쪽을 30분 정도 달리다가 리코가 물었다.

"우리가 지금 준비는 제대로 한 겁니까?"

"루시어스?"

리코가 고개를 끄덕이고 살짝 입을 열었다. 눈은 평소보다 더 커졌다.

"우리 둘 다 전에 그자를 다룬 적이 있잖아."

"그 새끼 구역에서는 아니죠. 그 새끼 보트에 가본 적이 있나요?"

조가 고개를 저었다.

"이곳에 들어왔다가 나오지 못한 애들도 많아요. 아드로케일즈인가 뭔가 하는 애들 얘기 들었죠?"

"안드로파이."

조가 지적해 주었다. 루시어스의 친위대. 그와 만나기 위해 거쳐야할 스무 명의 정예다.

"루시어스가 시체를 내버리면 아무도 찾지 못한다던데 그 이유가 그 새끼들이 다 먹어치웠기 때문이라더군요."

조가 애써 키득 웃음을 흘렸다.

"안드로파이가 그런 뜻이기는 해."

리코가 조를 보았다.

"무슨 뜻인데요?"

"식인종."

"맙소사."

그 단어를 한 음절마다 서너 음절은 되게 늘이며 되뇌던 리코가 물었다.

"도대체 이런 이상한 단어를 어떻게 알아요?"

"예수회 고등학교. 그리스 신화를 엄청 배운다."

조가 대답했다.

"그리스 놈들이 사람을 먹었어요?"

조가 고개를 저었다.

"안드로파이는 비밀 군대야. 아프리카 출신이라는 얘기도 있고 핀족이나 러시아인이라는 주장도 있는데, 어느 쪽이든 다리우스 황제가 남러시아를 침공할 때 도와주었지. 에, 모르긴 몰라도 사람도 잡아먹기는 했나 봐. 그러니까 루시어스가 겁을 주기 위해 안드로파이라고 이름을 붙였겠지."

조는 일부러 가벼운 어조로 말했다.

"그럼 성공한 거네요."

앞으로도 2킬로미터는 더 가야 한다.

"같이 갈 필요까지는 없다. 그냥 나를 내려주고 넌 적당히 거리를 두고 대기해."

조가 말했다.

리코는 고개를 저으며 쓴웃음을 지었다.

"그냥, 마음을 가라앉히려고 한 얘기예요. 내가 위험에 처한 친구를 버릴 놈으로 보입니까? 우리 둘이 가잖아요? 우리 둘만으로도 저 안드로케일 부대 놈들은……"

"안드로파이."

"안드로파이든 안드로메다든 상관없습니다. 놈들도 우리 같은 무데뽀는 상상도 하지 못했을 거예요."

리코가 플라스크를 꺼내 조에게 건네며 말했다.

"화끈한 싸움을 위해 건배."

조가 플라스크를 들었다.

"함께 있어줘서 고맙다, 리코."

조가 술을 마신 후 플라스크를 돌려주었다.

"조와 함께 와서 좋습니다. 우리 같은 다운타운 건달 둘을 엿 먹이려 들면 촌놈들한테 한두 가지 제대로 맛을 보여줘야죠."

리코가 크게 코웃음을 쳤다.

졸포 스프링스에서 몇 킬로미터 못 미쳐 드디어 비가 쏟아졌다. 비는 자동차를 때리고 도로를 물바다로 만들었다. 담배 연기 때문에 내렸던 차창도 모두 다시 올렸다. 지붕에서 빗물 소리가 요란하고 도로는 타이어 아래서 자르르 구르는 소리를 토했다. 돌풍이 제멋대로 휘몰아칠 때마다 폰티액 차체가 부르르 몸을 떨었다.

졸포 스프링스에 다다라 주도로를 벗어난 다음에는 리코가 지도 방향을 일러주어야 했다. 조가 둘 사이에 놓아두었던 지도를 꺼내 보면서. 여기서 우회전, 다음 좌회전. 아뇨, 그다음에 좌회전. 아, 잘못 봤네요. 구름은 낮고 야자나무는 가지를 아래로 늘어뜨려 자동차 주변으로 터널을 만들었다. 비는 잦아들었으나 빗방울은 더욱 굵어져 흡사 묽은 수프 속을 달리는 기분이었다.

언젠가 찰리 루치아노가 직접 말한 적이 있다. 킹 루시어스는 자기 수문장 격이지만 그놈처럼 악랄하다면 절대 가까이 가고 싶지 않다고. 마이어 또한 루시어스와 대면할 기회를 피했고, 조 역시 지난 15년간 어떻게든 그자를 피하려 애를 썼다.

킹 루시어스가 현장에 등장한 것은 1923년 플로리다에 부동산 열풍이 한창일 때였다. 소문으로는 러시아에서 뉴올리언스를 거쳐 들어왔다지만, 억양이 터무니없을 정도로 희미한 탓에 판단은 사실 불가능했다. 러시아가 아니라 몬테네그로일 수도 있고 심지어 알바니아도 가능했다. 다만 루시어스가 눈썹과 손톱에 공을 들이는 것으로 미루어 귀족 출신은 분명한 듯했다.

지난 몇 년간, 그의 패거리들은 전국 이곳저곳에서 여타의 조직보다 엄청난 수익을 거두었다. 하지만 어디에서 영업을 하든 상관없이(산타바바라, 캘리포니아, 심지어 키웨스트까지) 킹은 해당 지역의 보스들에게 빠짐없이 조공을 바쳤다. 탬파의 바르톨로 패밀리, 마이애미의 피사노, 잭슨빌의 니콜로 형제도 예외는 아니었다. 작전마다는 아니더라도 수익이 90퍼센트는 넘을 것이다. 플로리다의 패밀리 세 곳은 덕분에 거액을 벌어들였다. 킹은 그곳에서 편안하게 지낼 권리를 얻었고 실제로도 그렇게 했다. 1936년 엘리엇 퍼그스가 루시어스의 여성 취향을 두고 비아냥거렸을 때는 엘리엇 소유의 주유소 뒷방까지 찾아가 직접 때려 죽였다. 1938년 늦가을, 킹은 제러미 케이를 악어 밥으로 던졌다. 한 달 후쯤 제러미의 형이 찾겠다며 킹 루시어스의 배에 올라갔지만 내리는 모습을 본 사람은 아무도 없었다.

다른 사람이 패밀리의 식구 셋을 죽였다면 무사할 수 없었을 것이다. 심지어 커미션에 불려 가지도 않았다는 것만으로도 킹 루시어스의 위력은 대단했다. 다만 1939년 제러미 케이의 형이 사라진 직후, 조가 직접 센트럴플로리다로 달려가 킹 루시어스를 만나 그에게 세 명의 빚이 있으며 넷은 절대 불허한다고 경고했다.

킹 루시어스는 무엇보다 인산염의 제왕이었다. 그의 왕국은 피스 강을 따라 포트미드에서 샬럿 부두까지 100킬로미터에 걸쳐 있었다. 몇 년 동안 루시어스는 센트럴플로리다의 본밸리 강바닥을 파내고 채굴하는 데 그동안 부정한 방법으로 번 돈을 쏟아부었다. 본밸리 비료 공장의 대주주로 유령회사들을 만들어 피스 강 주변에서 조업 중인 열두 개의 소규모 탄광들을 조금씩 사들이기도 했는데, 모두 인산염을 확보하는 데 주력했다. 그 인산염은 비료를 만드는 데 쓰이다가 전쟁 발발 이후엔 탄약 제조에 쓰였다.

조도 본밸리 비료 공장의 소주주였으며, 이는 디온 바르톨로, 리코 디자코모도 마찬가지였다. 대주주는 아니었지만 플로리다의 인산염 문제라면 사실 그럴 필요도 없었다. 그 일은 절반이 채굴이지만 나머지는 운송이다. 1930년대 초반 금주법이 흐지부지되자, 조 같은 사업가들은 쓰지 않고 놀리는 트럭, 선박, 수상 비행기들로 골머리를 앓았다. 살 사람도 없고 운반할 불법 수송물도 없어졌기 때문이다. 1935년, 조, 에스테반 수아레스, 디온 바르톨로, 리코가 합류

해(당시 리코는 탬파 부두에서 자란 똑똑한 꽃미남 아이에 불과했다.) 베이 지구 운송회사를 만들었다. 그리고 10년 후, 조의 지도와 리코 디자 코모의 관리 덕분에 지금은 베이 지구 운송회사가 아니면 자갈 하나 피스 강을 떠날 수가 없게 되었다.

킹 루시어스의 몫이 아무리 크다 해도 결국 본밸리 비료회사를 넘지는 못했다. 베이 지구 운송회사엔 지분이 하나도 없는 탓에 결국 가치도 상대적일 수밖에 없었다. 인산염이야 멋대로 캘 수 있겠지만 만일 철도에 싣거나 바다를 건너지 못하면 말짱 도루묵이었다.

킹 루시어스는 네이플의 코모도 호텔과 세인트피터즈버그의 비노이에 각각 스위트룸이 있으나 밤이면 대부분 주거용 선박에서 지냈다. 배는 모터를 달아 피스 강을 오르내렸다. 선박은 2층이고 인도에서 수입했는데 건조한 지가 무려 100년도 넘었다. 케랄라 지역의 안질리 나무로 만들어 냉동 토피 사탕만큼이나 부드럽고 색이 짙으며, 나사나 못은 하나도 쓰지 않고 캐슈 수액을 끓여 코팅한 야자 섬유로 묶었다. 대나무와 야자 잎으로 둥근 지붕을 만들고, 침실은 여섯 개, 2층 식당은 열네 명이 앉을 수 있을 정도로 커서, 피스 강의 은빛 수면에서 보면 대단히 인상적이었다. 만일 그 배를 본다면 갠지스 강둑으로 순간 이동한 기분마저 느낄 수 있으리라.

조와 리코는 조개껍데기 가루가 깔린 주차장에 차를 세우고 빗물 사이로 배를 보았다. 마침내 알 버터스가 등 뒤의 작은 밀림 숲의 경사를 타고 내려와 탄광 지대로 들어섰다. 놈들은 닥치는 대로 나무를 베어내고 숲을 불 지르고 삼나무와 뱅골보리수를 쓰러뜨렸다. 수백 년 전 사람들이 나무의 이름을 짓거나 나무를 벨 도구를 가지기 전부터 그 자리에 서 있던 숲이건만. 알은 바로 옆에 차를 댔다. 지난번 만났을 때 조를 태웠던 낡은 녹색 패커드였다. 차 끝은 조의 차 트렁크에 맞추어 두 차의 차창이 평행이 되게 했다.

비가 그쳤다. 누군가 비의 스위치를 내린 것처럼 뚝 그친 것이다.

알 버터스가 차창을 내리고 조도 내렸다.

배를 건너다보니 킹 루시어스의 오랜 부관 오그던 셈플이 뒷갑판으로 나와 두 차를 바라보았다.

"두 분과 함께 가겠습니다."

사지에 들어가는 줄 알면서도 알은 무척이나 담담한 목소리였다.

조는 혀를 돌려 입안에 침이 고이게 했다.

"안 돼. 트렁크에 톰슨이 한 정 있다. 우리가 보트에서 내리지 못할 경우에 대비해서야."

"그 총으로 뭘 하죠? 찾으러 들어가요?"

조의 목구멍 깊이 뭔가 걸렸다. 딱정벌레가 기어 다니는 기분.

"아니, 저 배를 난사해 버려. 우리를 죽인 놈들이 죽을 때까지. 총 옆에 휘발유 통도 있으니까 저 망할 배에 불을 질러서 가라앉을 때까지 지켜보라고. 해줄 수 있지, 알?"

조는 알을 바라보았다.

"저 안에 군대가 있을 텐데요."

"너한테는 톰슨이 있잖아. 우리가 죽으면 복수해."

리코가 차창 쪽으로 상체를 내밀며 끼어들었다.

알이 결국 고개를 끄덕였지만 입술은 삐죽이고 두 눈은 왕방울만 해졌다.

"왜 그래? 할 말 있으면 해."

조가 다그쳤다.

"아무도 악마를 죽이지 못합니다."

"그 친구는 악마가 아니야. 악마는 매력이나 있지."

조와 리코가 차에서 내렸다. 조는 타이를 바로 매고 정장 매무새도 가다듬은 다음, 모자를 벗어 공단 같은 하늘 위로 들어 보였다. 검은색 비단 띠를 두른 밀짚으로 된 중절모였다. 해가 비록 백랍 같은 구름 뒤에 숨어 보이지는 않았으나, 햇빛이 잠깐 반짝 빛을 발했다. 강 건너 황폐한 강변 뒤쪽 불타버린 황무지 안쪽에서 작은 섬광이 한 번, 두 번 반짝였다. 리코도 그 빛을 보았다.

"몇 명입니까?"

"여섯. 모두 장거리 라이플 전문가야. 배에서 내가 타이를 벗으면 바닥에 엎드려."

"그런다고 무사하겠습니까?"

리코가 모자를 바로 썼다.

"어림도 없겠지. 그래도 일이 틀어질 경우 몇 놈은 데려갈 수 있어. 빌어먹을, 해보자고."

"좋죠."

조는 모자를 다시 쓰고 리코와 함께 배다리 위를 걸어갔다.

오그던 셈플이 배 위에서 둘을 맞이했다. 10여 년 전 칼싸움으로 오른쪽 눈을 잃은 탓에 지금은 아래위 눈썹을 영원히 꿰매고 봉했다. 남은 눈도 백태가 끼고 시야가 흐릿했는데, 그래도 집중력 하나는 대단했다. 그는 모든 사물을 망원경 보듯 찡그린 눈으로 보았다.

조는 오그던에게 32구경 새비지 자동 권총을 주고 앞주머니에서는 잭나이프를 꺼내 넘겼다. 리코도 스미스앤드웨슨 38구경을 맡겼다.

"부디 두 분도 걸리기를."

오그던이 말했다.

두 사람이 돌아보았다.

"걸리다니?"

"킹의 감기요. 지금 침대에 누워 쉬셔야 하는데 회의가 잡힌 겁니다. 당신 고집 때문에. 더 나빠질 수도 있으니 당신도 독감에 걸려 개고생 좀 하시죠."

놈은 무기를 가죽 주머니에 담았다.

다들 오그던이 킹 루시어스의 연인인 줄 알지만 사실 이자는 창녀를 사랑하고 있었다. 여자 이름은 마틸다, 조가 운영하는 탬파의 창녀 집에 있다. 오그던은 침대에 누워 여자에게 책을 읽어주고, 목욕을 하면 몸을 닦아주었는데, 마틸다의 보고에 따르면, 친절하고 진중하게 여자를 대했으며 백악관 샹들리에처럼 물건도 실했다. 유일한 기벽이라면 끝까지 마틸다를 루스라고 부른다는 점이었다. 마틸다 말에 따르면, 비록 증거는 없지만 루스는 오래전에 죽은 여동생 또는 딸의 이름인 듯했다. 조에게 이런 얘기를 하는 동안 마틸다의 눈에도 슬픈 빛이 감돌았다. 조가 여자의 방을 떠날 때는 이렇게 묻기까지 했다.

"우리가 아는 사람들은 모두 망가지나요?"

조는 그녀를 돌아보며 솔직하게 대답해 주었다.

"대개는."

배에 오르자 오그던이 손짓으로 사다리를 타고 2층 갑판에 오를 것을 주문했다. 정작 자신은 아래에 남아 총 주머니를 발밑에 둔 채 주차장에 있는 알 버터스를 바라보았다. 잠시 후 배는 선착장에서 떨어져 강 하류로 이동했다.

13장
독감

2층 갑판에 오르자 20인조가 조와 리코를 벽처럼 막아섰다. 그리고 둘이 나와 몸을 수색하는 동안 나머지는 연갈색 닫집 아래 생기 없는 눈으로 꼼짝도 않고 서 있었다. 대부분 장신이고 셔츠를 입은 자는 하나도 없어 두 팔의 주사 자국이 그대로 드러났다. 아스팔트에서 타 죽은 벌레처럼 새까만 자국들. 갈빗대가 하나같이 툭 튀어나왔다.

인종은 다양했다. 터키인, 러시아인, 동양인 둘, 서넛은 미국의 전형적인 백인 쓰레기처럼 보였다. 조를 수색한 자는 언청이였으며, 초콜릿색 피부에 밀짚처럼 노란 머리를 바짝 깎았다. 허리춤에는 기다란 언월도를 찼는데 가죽 칼집 위로 상아색 칼자루가 드러났다. 리코를 상대한 자는 슬라브족 특유의 각진 인상으로 머리가 밤하늘처럼 어두웠다. 공통점이라면 둘 다 손톱을 길렀다. 아니, 자세히 보니 그 밖에 열여덟 명도 하나같이 손톱을 기르고 몇 명은 끝을 뾰족하게 갈기까지 했다. 대부분 누더기 바지를 입고 허리띠에 칼을 찼으나 일부는 그 자리를 피스톨이 차지했다. 둘이 몸수색을 마치자 경호대의 벽이 갈라지며 반대편에서 루시어스가 나타났다. 그는 마호가니 의자에 앉아 있었다.

아바나의 도박장 감독 말에 의하면 킹 루시어스는 '몸무게는 150킬로그램에 가깝고 엄청난 대두에 완전 빡빡이'였다. 그 후 다시 탬파의 바텐더가 술꾼 셋에게 하는 말을 엿들었는데, 그 말이 사실이라면, 루시어스는 '젓가락보다 마르고 전봇대보다 큰' 사람이었다.

조는 무려 15년 가까이 알고 지냈건만 종종 루시어스의 외모가 기억이 나지 않아 놀라곤 했다. 루시어스는 170센티미터가 조금 넘어 조와 비슷한 수준이었다. 머리는 복숭아처럼 생기고 뺨과 귀가 빨갰다. 머리는 옅은 색이고 점점 벗어졌다. 입술이 두툼한 터라 여자였다면 무척이나 감각적이었을 것이다. 이는 작고 회색이었다. 연두색 눈은 늘 뭔가에 가볍게 놀란 표정이었으나 평온할 때조차 조금씩 흔들렸다. 그래서일까? 종종 그 눈에 포위된 기분이 들기도 했다.

루시어스는 펑퍼짐한 흰색의 쿠바 과야베라 셔츠에 헐렁한 무명 천 바지를 입고 분홍색 발에는 두꺼운 샌들을 신었다. 표정은 더할 나위 없이 온화했다.

바로 옆 침대 의자에 여자가 엎드려 있었다. 루시어스가 자리에서 일어나며 여자의 엉덩이를 찰싹 때렸다.

"자, 자, 비달리아. 오늘 해야 할 사업이 있다."

여자가 일어나자 루시어스가 조와 리코에게 다가오며 손을 내밀었다.

"어서들 오시오."

여자가 비틀비틀 그들을 향해 다가왔다. 아직 잠이 덜 깼거나 뭔가에 잔뜩 취한 모습이었다.

"친구분들께 인사해야지, 비달리아."

"안녕하세요, 여러분."

여자가 다가오며 중얼거렸다. 여자는 검은색 수영복 위에 흰색 비단 가운을 벨트 없이 걸쳤다.

"악수도 해드리고."

이름을 듣지 않았다면 알아보지도 못했으리라. 하지만 비달리아라는 여자는 평생 한 번밖에 본 적이 없다. 지난해 보비 오의 여자친구였는데…… 분명 같은 여자였다. 그 사실을 확인하자 불현듯 슬퍼졌다. 보비 오의 여자 친구가 다 그렇듯, 12~14개월 이전의 비달리아 랭스턴은 엄청난 미인이었다. 기억이 정확하다면 아이오와나 아이다호 출신이었다. 힐스버러 고등학교 졸업반 때 치어리더이자 학급 총무였다. 그녀가 조에게 고백한 바에 따르면 반장을 맡기엔 다소 거칠었단다. 실제로 비달리아 랭스턴은 그때도 고삐 풀린 망아지였다. 활달한 웃음소리, 클럽에서 즉흥적으로 춤을 출 때 엉덩이를 쑥 내밀던 모습, 검고 풍성한 머리와 한쪽 눈을 살짝 가렸던 헤어스타일……

비달리아와 사귈 때 애를 많이 먹었는지 그 덕분에 보비 오도 미인 병을 고친 듯싶었다. 비달리아와 헤어진 후 바비 오는 중년의 커피숍 여급한테 빠졌다. 미모에 비해 두뇌가 한참 떨어지는 애들과 자는 문제라면, 조 커글린이야 거리가 멀지만, 그럼에도 비달리아 옆에 있으면 묘하게 흔들린 적이 여러 번이었다.

하지만 이제 악수를 나누고 보니 그녀의 매력도 늙었다는 생각부터 들었다. 입이 마르기라도 한 듯 쩍쩍 입맛을 다시고 몸은 가볍게 좌우로 흔들렸다. 솔직히 조를 기억하는 것 같지도 않았다. 그녀는 악수를 마친 후 다른 갑판으로 건너가 닫집 옆 침대 의자에 누웠다. 어깨에서 비단 가운이 흘러내리자 등뼈가 드러났다. 머리카락이 척추에서 흘러내려 거의 골반까지 닿았다. 루시어스는 늘 그런 식으로 여자들을 골랐다. 숱이 많고 머리가 긴 어린애. 하지만 여자들의 처음과 끝은 완전히 달랐다. 1년 전에 만났을 때 미처 비달리아에게 경고해 주지 못했지만, 고삐 풀린 꿈은 종종 이런 식으로 끝이 난다. 영원히 고삐에 묶이고 마는 것이다.

루시어스가 두 사람을 닫집 안으로 불러들이고는 손짓으로 자기 왼쪽과 오른쪽 의자를 권했다. 모두 자리에 앉은 다음에는 만사가 잘됐다는 듯 한 번 손뼉을 쳤다.

"내 파트너들."

조가 고개를 끄덕였다.

"다시 만나 반갑군요."

"조 당신도."

"몸은 어떠십니까?"

리코가 물었다.

"나야 건강하지, 엔리코. 그건 왜 물어?"

"감기 걸렸다는 얘기를 들어서요."

194

"그 얘기는 어디에서 들었는데?"

리코는 괜히 물었다는 생각에 슬며시 빠져나가기로 했다.

"쾌차하시기를 빕니다. 여름 독감이 최악이죠."

"감기 안 걸렸어."

옆 테이블에 따뜻한 차, 레몬, 휴지 상자가 놓여 있었다. 루시어스가 그쪽을 보는데 얼굴에 거의 독감이라고 적혀 있었다.

"어쨌거나 건강해 보이십니다."

리코가 말했다.

"표정이 어째 아깝다는 것 같은데?"

"그럴 리가요."

"누가 그래? 내가 아프다고?"

"아닙니다."

리코가 대답했다.

"아프고 허약하고 병에 걸려 쓰러졌다고?"

"아닙니다. 그냥 좋아 보인다는 말씀이에요."

"너도 좋아 보여, 리코."

루시어스는 고개를 돌려 조를 훑어보았다.

"그런데, 조, 당신은 피곤해 보이는구려."

"왜 그렇게 보일까요?"

"잠은 푹 잤소?"

"아주 잘 잤습니다."

그가 회색 이를 드러내며 활짝 웃었다.

"에, 그럼 우리 모두 좋아 보인다고 합시다. 그래서 군대도 돈 먹여서 빠져나왔지. 그런데 어쩐 일이오? 급한 일이라고 했는데?"

테레사 델프레스코가 청부 살해의 표적이 되었으며 그래서 두려워하고 있다는 얘기를 전하는 동안 안드로파이들은 세 사람 사이에 커다란 커피테이블을 놓고, 식탁보를 덮고 접시와 식기를 배열했다. 그다음에는 양주잔, 리넨 냅킨, 물주전자가 들어오고 얼음 양동이에 담긴 화이트와인 병이 나왔다.

루시어스는 조의 얘기를 들으면서 한쪽 눈썹을 가볍게 치키고 이따금 입을 동그랗게 만들어 놀라움을 표시했다. 어딘가를 향해 고갯짓을 하자 부하가 나와 각자에게 와인을 따라주었다.

조가 얘기를 마치자 루시어스가 말했다.

"당혹스럽군. 테레사가 그랬소? 내가 죽이려고 한다고? 당신도 그렇게 생각하는 거요?"

"물론 아니지요."

루시어스는 리코를 향해 미소를 지었다.

"아니라네? 사람들은 말이야. 뭔가를 팔려고 할 때 대부분 호의적으로 얘기하더라고."

그는 다시 조를 보았다.

"이 터무니없는 일과 내가 관계없다고 믿으면서 여기는 왜 온 거요?"

"살해 시도를 막을 수 있는 사람이 루시어스 당신밖에 없으니까."

"당신한테도 권력자 친구가 많잖소. 당신도 힘이 있고."

"내 영향력은 한계가 있지요."

"난 한계가 없고?"

"유니언 카운티라면."

루시어스는 자기 와인 잔을 잡고 다들 한 잔 들라고 손짓을 했다.

"영원한 파트너를 위해."

리코와 조는 고개를 끄덕이고 잔을 들어 마셨다. 안드로파이가 식사를 들고 돌아왔다. 구운 닭고기 둘, 삶은 감자, 통째로 삶은 옥수수. 남자 하나가 식탁에서 닭고기를 썰었는데 긴 칼을 빛줄기가 동굴을 관통하듯 부드럽게 놀렸다. 잠시 후 식탁 한가운데 큰 접시에 고기가 잔뜩 쌓이고 뼈만 남은 닭은 도로 치워졌다.

"그래서 테레사 델프레스코의 목숨을 사고 싶어 오셨다?"

"그래요."

"이유는?"

루시어스가 치킨을 포크로 찍어 자기 접시에 담고는 조가 대답도 하기 전에 식사부터 재촉했다.

"어서, 어서 들어, 리코, 옥수수도 먹고. 조, 당신도 감자 좀 들어요."

그다음은 주로 식사를 했다. 식사를 하는 동안 비달리아가 비틀비틀 루시어스에게 다가오며 아래층에서 잠깐 눈을 붙이겠다고 말했다. 조와 리코에게도 넋 나간 듯 미소를 보내고 루시어스한테는 가볍게 손 인사를 했다. 전에도 그랬지만 여자가 계단을 향해 가는 모습을 보며 조는 이런 생각을 했다. 이 바닥 사내들은 이 세계에 들어온 여자들을 모조리 망가뜨리는 걸까? 아니면 여자들이 망가지고 싶어서 이 세계에 발을 디디는 걸까? 비달리아에게 저런 미소가 가능하리라고는 1년 전만 해도 상상하지 못했다. 그때 그녀의 웃음이라면 그 어떤 그물로도 잡지 못했을 것이다. 그 웃음소리는 평생 조의 기억에 남을 것이다. 하지만 정작 그녀는 기억할까?

"내가 왜 왔는지 물었나요? 그 질문이었죠?"

조가 루시어스에게 물었다.

"잘 알지도 못하는 여자를 왜 도우려 하는 거요?"

"나한테 부탁했으니까요. 사업 파트너에게 손을 내미는 일이니 별로 어려운 부탁 같지도 않았고."

루시어스는 입을 손으로 막고 몇 번 기침을 했다. 축축하고도 처절한 기침. 루시어스는 기침이 멎을 때까지 한 손을 들고 있더니 잠시 의자에 등을 기대고 한 손을 가슴에 댔다. 이윽고 눈에 초점이 돌아오고 그가 목청을 가다듬었다.

"그래서 도와주면 나한테 대가를 지불하겠다고?"

"그래요."

"그럼 당신한테는 어떤 보상을 주겠다고 했소?"

"내 목숨과 관련해 중요한 정보가 있다고 하더군요."

"어떻게?"

"나한테도 청부가 걸렸다고 했습니다."

조는 살짝 겁이 난 시늉을 했다.

루시어스는 리코를 보고 조를 돌아보고 다시 자기 접시를 보았다. 배는 한가로이 강을 따라 내려갔다. 강변을 따라 인산석고 무더기들이 젖은 재를 쌓아둔 것처럼 보였다. 언덕 너머에는 죽은 나무들과 까맣게 말라비틀어진 야자 잎들이 즐비했다. 백열의 태양이 돌아와 그 광경 모두를 강타하고 있었다.

루시어스가 술잔을 홀짝이며 술잔 너머로 조를 보았다.

"도통 이해가 가지 않는군."

"왜요? 어차피 험악한 사업 아닙니까?"

"당신 같은 골든보이한테야 어디 그런가? 누굴 협박하는 것도 아니잖소. 지금이야 권력에 관심도 없다고 들었는데? 성질이 더럽다거나 도박 문제가 있는 것 같지도 않고, 다른 놈 여편네를 건드리는 것도 아니고……. 적어도 이 업계에 있는 놈들 여편네는 아니지. 옛날에 있던 정적들도 하루에 다 날려버렸으니 그 점에서라면 아무도 당신을 가볍게 보지 않을 텐데?"

그가 와인을 조금 더 마시더니 상체를 숙였다.

"당신도 당신이 악인이라고 생각하는 거요?"

"그런 생각은 별로 해본 적이 없지요."

"당신도 매춘, 마약, 고리대금, 불법 도박으로 돈을 챙기……"

"쿠바에서는 대부분 합법이죠."

"그렇다고 합법이 도덕은 아니지."

조가 끄덕였다.

"그런 논리라면야, 불법이 꼭 비도덕은 아니지요."

루시어스가 미소를 지었다.

"몇 년 전에 중국인 밀입국자들을 아바나를 통해 탬파로 끌어들이지 않았소? 수천까지는 아니지만 수백은 될 텐데?"

조가 끄덕였다.

리코가 끼어들었다.

"우리 둘이 했죠. 합작 투자였습니다."

루시어스는 리코의 말을 무시했다. 그의 시선은 절대 조를 떠나지 않았다.

"그중 일부가 죽었다고 들었는데?"

조는 잠시 도요새 무리들을 올려다보았다. 새들은 안개 낀 강변을 따라 날아갔다. 그가 루시어스를 돌아보았다.

"예, 한 번 그런 적이 있었죠."

"여자들? 아이들? 내 기억이 맞는다면 한 살짜리 아기가 화물칸에서 햄처럼 익혀 죽지 않았소?"

조가 끄덕였다.

"자 그럼. 인간 장사를 당신 장부에 더해 봅시다. 물론, 살인도 했지. 당신 후원자를 죽이고 아들과 부하 몇 명까지 죽이라고 지시했고. 그것도 하루 사이에."

"우리 애들을 죽였으니까."

비릿한 미소. 루시어스가 다시 술잔 너머로 노려보았다.

"그래서 악당이 아니다?"

"이런 대화가 왜 필요한지 잘 이해할 수가 없군요, 루시어스."

루시어스가 강물을 보았다.

"당신이 보기에 자기 죄를 후회하면 좋은 사람이 될 것 같소? 하지만 그런 착각 자체를 혐오하는 사람도 있지."

그는 다시 두 사람을 돌아보았다.

"누군가 당신을 죽이려 한다는 얘기를 듣고 처음엔 믿지 못했소……. 내가 보기엔 당신도 못 믿었을 것 같은데? 리코, 너도?"

"그렇습니다."

리코가 대답했다.

"어쩌면 순진한 생각일 수도 있겠어. 조지프, 당신은 이 세상에 수 없이 죄를 흘려보냈소. 그 죄가 조수를 타고 돌아오는지도 모르지. 우리 같은 사람들…… 우리 같은 사람이 되려면 마음의 평화는 영원히 날 샜다고 봐야지."

"그럴지도. 다음 달에도 내가 살아 있다면 한가로울 때 한번 생각해 보리다."

루시어스가 손뼉을 치면서 상체를 숙였다.

"먼저 논리적으로 따져봅시다. 당신한테 청부가 있다는 얘기를 어디에서 들었다고?"

"테레사."

"그 여자가 왜 그런 정보를 당신한테 알려줬을까? 이득이 없으면 평생 뭐든 해본 적이 없는 여자인데?"

"나를 보내 자신을 보호해 달라고 얘기하려고."

부하 하나가 말없이 와인 병을 새것으로 바꿔놓았다.

"그래, 그랬지……. 에, 테레사가 나한테는 뭘 주겠답디까?"

"당신 부하들이 키웨스트에서 독일 배를 쳤다더군요. 자기 몫의 90퍼센트를 포기하겠다고 했습니다."

"90퍼센트라."

조가 끄덕였다.

"나머지 10퍼센트는 내가 받아 자기 아들을 위해 계좌를 만들어 달라고 했어요. 그럼 테레사가 감옥에 있는 동안 할머니가 알아서 한다고."

"90퍼센트라."

루시어스가 다시 되뇌었다.

"교도소에 있는 동안 100퍼센트 안전을 보장하는 조건이고."

"약간의 문제가 있소."

킹 루시어스는 의자에 등을 기대고 왼쪽 발목을 오른쪽 무릎 위로 올렸다.

"어떤 문제?"

"그 여자가 주겠다는 돈은 이미 나한테 있는 건데 당신은 아무것도 내놓지 않고 있잖소. 이 대화가 나한테 무슨 이득이 있을지 아직은 잘 모르겠어."

"당신과 나는 파트너예요. 인산염이야 얼마든지 캐낼 수 있지만 내가 아니면 어디에도 내갈 수 없어요."

"꼭 그렇지만도 않다오. 그럴 리야 없지만, 혹여 당신한테 재앙이 닥치면, 당신 동료들도 마냥 슬퍼할 수만은 없지 않겠소? 어쨌든 장사는 해야겠지. 현재 우리 계약이 공정하다고 생각하시오?"

"당연히."

루시어스가 웃었다.

"당신이야 그렇게 생각하겠지! 당신한테 이득이니까. 하지만 내가 착취라고 생각한다면?"

"그렇게 생각합니까?" 리코가 물었다.

"그 때문에 한두 번 잠을 설쳤다고 얘기해 두지."

"당신은 평균 사용료보다 훨씬 싸게 우리 트럭을 쓰고 있습니다. 청구 비용이 그러니까……"

조가 리코를 보았다.

"킬로그램당 50센트. 킬로미터당 2.5달러."

"그 정도면 특혜요." 조가 말했다.

"킬로그램당 40센트." 루시어스가 말했다.

"45센트."

"그리고 킬로미터당 2달러."

"말도 안 돼."

"2.2달러."

"요즘 기름값이 얼마인지는 아는 겁니까? 2.4달러로 합시다."

"2.3달러."

"2달러 35."

루시어스가 접시를 내려다보며 음식을 조금 씹더니, 리코를 돌아보며 씩 웃었다. 그가 나이프로 조를 가리켰다.

"리코, 너도 이런 걸 배워야 해. 조는 늘 이렇게 현명했다."

루시어스가 나이프를 놓고 식탁 너머로 손을 내밀었다.

조도 악수를 받기 위해 상체를 수그려야 했다.

"나로 말하자면 당신이 오래 살았으면 좋겠소, 조. 적어도 나만큼은."

둘은 악수를 마쳤다.

강가를 따라 흑인 아이 몇이 방파제 기슭에서 낚시를 했다. 강물은 인산 부스러기 때문에 분필 가루를 탄 것처럼 탁했다. 흑인 아이들 뒤, 녹색과 황색의 정글 위로 작은 오두막들이 작은 종기처럼 박혀 있었다. 오두막 뒤로 교회와 십자가가 보였지만 사실 오두막보다 더 크지도 좋지도 않았다. 반대편 강변으로도 숲은 거의 모두 잘리고 강둑을 따라 도로가 이어졌다. 조는 알 버터스가 차를 타고 털털

거리며 따라오는 모습을 한눈에 알아보았다.

"너는 어때?"

루시어스가 리코에게 물었다.

"저요?"

"아직도 형 뒤치다꺼리하냐?"

"아뇨, 지금은 아닙니다."

"그런데 왜 여기 온 거야?"

리코가 루시어스에게 멋쩍게 웃어 보였다.

"하루 정도 도시를 벗어나 시골 구경을 하고 싶었습니다. 어떤지 아시잖아요."

"아냐, 잘 몰라. 너도 소두목이지?"

루시어스는 웃지도 않았다.

"예."

"조직 내 최연소에다가."

"그럴 겁니다."

"여기 네 보스처럼 비범하군."

"그냥 조무래기입니다, 루시어스. 조의 사업을 도와주는."

"이 일이 사업인가? 너도 여기 사업차 온 거야?"

리코가 담뱃불을 붙이며 대수롭지 않은 척했다.

"아뇨. 그냥 지원차 따라왔습니다."

루시어스가 조를 가리켰다.

"조를 지원하려고?"

"예."

"조한테 왜 지원이 필요하지?"

"필요는 없습니다."

"그럼 넌 왜 온 거야?"

"말씀드린 대로입니다."

"다시 말해 봐."

"이를테면 운전사 자격이죠."

루시어스의 얼굴은 여전히 무덤덤했다.

"아니면 증인이 되고 싶나?"

"증인이라뇨?"

"오늘 이곳에서 일어나는 일들."

리코는 살짝 자세를 바로 하고 눈을 가늘게 떴다.

"오늘 이곳에서 일어나는 일이라고 해봐야 사업과 관련해 몇 가지 처리하는 것밖에 더 있나요?"

"거기에 제삼자를 보호해 달라고 사업 파트너를 매수하는 건도 있지."

"예, 그렇죠."

루시어스는 와인을 세 잔째 따랐다.

"내가 보기엔 네가 여기 온 이유는 증인이 되기 위해서야. 그렇다면 내가 나중에 딴소리를 할지 모른다고 생각한 거지. 그것도 아니면, 네 상전을 보호하기 위해서 왔다는 얘기인데, 그 경우는 나를 개자식으로 봤다는 얘기지, 손님들한테 음식과 와인과 보호를 제공한 다음 처치해 버리는. 제기랄, 개자식도 그런 식으로는 배신 안 해. 어느 쪽이든, 엔리코, 네가 여기 온 건 나에 대한 모독이다."

그는 조를 돌아보고 말을 이었다.

"그리고, 조, 당신은 더 나빠. 저 숲 속의 저격수들을 내가 모를 줄 알았소? 저긴 내 숲이야. 여긴 내 강이고. 아빌카!"

노랑머리 안드로파이가 나타나 루시어스 옆에 무릎을 꿇었다. 루시어스가 귓속말을 했다. 아빌카는 몇 차례 고개를 끄덕이다가 일어나 아랫갑판으로 내려갔다.

루시어스가 조에게 미소를 지었다.

"빌어먹을 번스퍼드 마피아 새끼를 보내 나를 감시하다니. 조, 존경심은 어디 있는 거요? 예의는 다 밥 말아 먹었나?"

"루시어스, 당신을 존중하지 않아서가 아니라, 번스퍼드에 예를 보인 겁니다. 지난주에 그쪽 구역에 비행기를 착륙했기 때문에."

"그렇다고 내 땅까지 악취를 몰고 들어와?"

루시어스가 와인을 좀 더 마셨다. 그는 턱을 우물거리고 두 눈을 좌우로 굴리다가 배 안팎을 연신 두리번거렸다.

"다행인 줄 아쇼. 난 쉽게 상처받지 않으니까."

오그던 셈플과 아빌카가 뱃머리 옆에 나타났다. 오그던이 다가와 커다란 마닐라 봉투를 루시어스에게 건넸다.

루시어스는 봉투를 조의 무릎 위로 던졌다.

"테레사의 10퍼센트요. 세어봐도 좋소."

"그럴 필요까지야."

조가 대답했다.

보트는 방향을 강가로 돌리다가 오른쪽으로 한 바퀴를 돌았다. 이제 강물을 거슬러 가는 터라 모터도 더 세게 돌고 소리도 더 컸다.

"나를 엿 먹일 생각은 아니리라 믿소, 조."

"어떻게 그런 생각을 할 수가 있죠? 난 아예 상상도 할 수 없군, 루시어스."

"그런 놈들이 있었지. 그런 얘기를 들으면 신기합니까?"

"예."

조가 대답했다.

루시어스는 담배 케이스를 열었다. 그가 담배를 입으로 가져가기도 전에 오그던 셈플이 그 아래 라이터를 가져갔다.

"그런 소리를 들으면 너도 신기하냐, 오그던?"

오그던이 라이터 뚜껑을 닫았다.

"물론입니다, 보스."

"왜 그렇지?"

"아무도 보스를 엿 먹이지 않기 때문이죠."

"그건 왜?"

"보스는 왕이시니까요."

루시어스가 끄덕였다. 처음에는 그저 오그던의 말에 동의한다는 뜻으로 여겼으나, 잠시 후 안드로파이 둘이 무리에서 빠져나오더니 하나가 오그던의 등을, 다른 자가 가슴을 찔렀다. 둘은 신속하게 움직여 16~17초 내에 그 수만큼 구멍을 냈다. 오그던은 날카롭게 단말마의 비명을 내지르곤 끙끙 가벼운 신음만 뱉어냈다. 살인자들이 물러나자 오그던의 피가 맨가슴에 흥건했다. 오그던은 갑판에 무릎을 꿇고 이해하지 못하겠다는 듯 루시어스를 올려다보았다. 한 손은 배에 난 구멍들에서 흘러내리는 내장을 막으려 했으나 역부족이었다.

루시어스가 오그던에게 말했다.

"살건 죽건, 다시는 다른 사람들한테 까발리지 마라. 내가 몸이 안
좋다고."

오그던이 뭐라 대답하려 했으나 아빌카가 등 뒤에 무릎을 꿇더니
언월도로 목을 끊어놓았다. 목에서 피와 체액이 쏟아져 난장판을 이
루었다. 오그던은 갑판 위로 넘어져 남은 한 눈마저 감았다.

강에서는 하얀 왜가리가 커다란 날개를 펄럭이며 배를 지나갔다.

루시어스가 조와 눈을 마주치며 시체를 가리켰다.

"이러고 나면 내 기분이 어떨 것 같소? 좋을까 나쁠까?"

"난들 어떻게 알겠습니까?"

"짐작으로."

"나쁘겠지."

"이유는?"

"오랫동안 당신 밑에서 일했으니까."

루시어스가 어깨를 으쓱했다.

"사실은, 아무 느낌이 없어. 저 친구. 세상의 생명체들. 언제 느낌
이 있었는지 기억도 나지 않소. 그런데 말이야. 하느님이 아무리 노
려본다 해도…… 난 잘 먹고 잘 살거든?"

그가 새우 눈으로 태양을 흘겨보았다.

14장
타깃

"놈들이 오그던을 먹었을까요?"

32번 국도를 운전해 서쪽으로 가며 리코가 물었다.

"그 문제라면 할 말 없다."

길가에서 인디언 아이 둘과 노파 하나가 과일 가판대에서 호밀 위스키를 팔기에 한 병 사서 이제 막 한 모금 들이켠 터였다. 술병을 리코에게 넘기자 그도 병째로 꿀꺽꿀꺽 마셨다.

"그 새끼 뭐가 잘못된 거죠?"

"그 문제도 난 도저히 모르겠다."

둘은 한참을 말없이 운전하며 술병을 계속 넘기기만 했다. 덕분에 주변의 식물들도 더 섬세해지고 짙어졌다.

"나도 사람들을 죽였지만 그래도 여자하고 아이는 건드리지 않았어요."

리코가 말했다.

조가 그를 보았다.

"알고 죽인 적은 없습니다. 중국 아이는 그냥 운이 없었죠. 조도 사람을 죽였잖아요, 예?"

"물론."

"그래도 분명 이유는 있었어요."

"그때는 그렇다고 생각했지."

"이번엔 아예 이유 자체가 없어요. 그저 보스가 감기 걸렸다고 했을 뿐인데 그 때문에 죽은 겁니다. 도대체 기준이 뭐죠?"

조는 땀구멍마다 그 배의 기운을 느꼈다. 당장에라도 박박 문질러 벗겨내고 싶건만.

"그 여자도 어딘가에서 본 적이 있어요. 조지 비와 뒹굴던 그년 아닌가요?"

조가 고개를 저었다.

"보비 오."

리코가 손가락으로 딱 소리를 냈다.

"예, 맞아요, 그 이름."

"칼립소 클럽에 자주 다녔지."

"예, 아, 이제 기억납니다. 망할, 정말 다리가 후들거릴 정도의 여자였는데, 정말로."

"이제는 아니야."

"예, 이제는 아니죠."

리코가 느리게 나지막이 휘파람을 흘렸다.

"죽이는 여자였는데."

조가 고개를 끄덕였다. 그리고 둘이 마주 보며 함께 말했다.

"이제는 아니야."

"이제는 아니에요."

"여자는 자기 거기에 권력이 있다고 생각해요. 어쩌면 그렇기도 하겠죠. 한동안은. 우리는 불알과 근육을 믿고. 예, 우리는 맞을 겁니다. 한동안은."

리코가 서글프게 고개를 저으며 덧붙였다.

"아주 아주 잠깐 동안은."

조가 고개를 끄덕였다. 권력이라. 적어도 비달리아가 가졌던 것 같은 권력은 대부분, 자신을 독수리로 여기는 파리와도 같다. 그 힘은 오로지 쓰레기들만 다룬다. 파리를 독수리로 보고, 고양이를 호랑이로, 사람을 왕으로 보는 자들밖에 통치할 수가 없다.

백색의 도로. 백색 태양 아래 뜨거운 김이 모락모락 피어올랐다. 도로 양쪽으로 삼나무가 빗물을 떨구고, 늘어지고, 미친 듯이 물결쳤다. 이 구간은 아직 아무도 개발하려 들지 않아 그야말로 야생의 밀림 그대로였다. 악어, 표범, 기름진 늪이 옅은 녹색 안개 아래 번들거렸다.

"재의 수요일까지는, 에, 일주일 남았죠?"

리코가 물었다.

"그래."

"오, 세상에. 맙소사."

"왜?"

"아뇨, 아무것도 아닙니다."

"말해 봐."

"조의 지성에 대한 모독이 될 겁니다."

"말 안 해도 마찬가지야."

리코는 잠시 고심하다가 도로를 노려보았다.

"루시어스를 겪을 때까지는 나도 믿지 않았습니다. 그러다가 그 새끼가 얼마나 꼬이고 미친놈인지 기억이 났죠. 오늘 오그던을 죽이지 않았다면 대신 알 버터스가 죽었을 겁니다. 아니면 그 여자나 우리 중 하나가 죽었겠죠. 요는, 어차피 누군가 죽였을 거예요. 그냥. 그보다 좋은 이유는 없습니다. 그가 조의 청부와 조금이나마 관계가 있다면 연기가 걷힐 때까지 피하세요. 빌어먹을, 그냥 농장에서 한두 주 정도 엎드려 있으면 됩니다. 애들 데리고 누가 청부했는지, 왜 그랬는지 알아내고 어떻게든 처리하겠습니다. 절 믿고, 제발 그렇게 하시죠."

리코가 조를 바라보았다.

"제안은 고맙다."

조의 대답에 리코가 운전대를 때렸다.

"'하지만'은 안 됩니다. 제발 그러지 마세요, 조."

"하지만 나도 읍내에 처리할 일이 있어."

리코가 조를 보았다.

"나중에 해도 돼요. 아무래도 느낌이 좋지 않아요. 정말입니다. 나도 평생 청부를 했고 그러면서 감도 많이 키웠어요. 예, 본능이 그러네요. 제발 숨어 지내시라고."

조는 창밖만 보았다.

"체면 깎일 것 없습니다, 조. 달아나는 것도 아니고 그냥 휴가잖아요."

"생각해 보자. 내 문제를 해결하는 데 뭐가 필요한지."

"좋아요. 아무튼, 하나만 약속해 줘요. 나도 좋고 디온도 좋으니까, 누구든 시켜서 댁에 경호원을 붙이세요."

"경호는 내 집에 붙이는 거다. 내가 아니라. 경호원 없이 다니고 싶으면 그렇게 해도 되기로. 오케이?"

"예, 좋아요."

리코가 조를 보며 미소를 지었다.

"또 왜?"

"이제 알겠어요. 같이 노는 여자가 있죠? 누굽니까?"

"운전이나 해."

"예, 예, 그럽죠. 그럴 줄 알았다니까."

리코가 나지막이 키득거렸다.

둘은 한동안 아무 말 없이 운전했지만 리코가 갑자기 입술을 오므리고 한숨을 내쉬었다. 리코가 누굴 생각하는지 알 만했다.

어느새 운전대를 잡은 손에 힘이 들어갔다.

"예, 저도 사람을 죽였습니다. 하지만 그 새끼요? 그 새끼는 완전히 야만인입니다."

조는 창밖으로 태고의 식물들을 내다보며, 자기도 그 점이 마음에 걸린다고 머릿속으로 중얼거렸다. 바로 그 점이 그의 영혼을 괴롭히고 있었다. 나는 얼마나 야만인이 아니지?

분명 차이가 있어. 그는 그렇게 다짐하고 또 맹세도 했다.

분명히 달라.

분명히.

위스키를 몇 모금 더 마시자, 그 말을 믿을 수 있을 것도 같았다.

레이퍼드. 리코는 차에서 기다리고, 조와 부소장은 교도소 주변의 더러운 오솔길에서 만나 다시 악수를 나누었다. 그리고 조가 언덕 위 철망으로 올라가는 동안 부소장이 망을 보았다. 테레사가 철망 쪽으로 다가오자 조가 봉투를 열어 그녀가 볼 수 있게 해주었다.

"네 몫인 10퍼센트야. 아침에 은행에 넣어주지."

테레사가 고개를 끄덕이고 철망 너머로 조를 보았다.

"술 마셨어요?"

"왜 그렇게 생각하지?"

"올라오는데 무척 조심하더군요."

조가 담뱃불을 붙였다.

"몇 잔 했어. 좋아, 본론부터 얘기하자고."

테레사가 철망에 손가락을 걸었다.

"빌리 코비치. 청부는 이보르에서 시행할 거예요. 당신이 집에 있을 때."

"빌리 코비치를 절대 내 집에 들이지 않겠어."

"라이플을 쓸 거예요. 귀신같은 스나이퍼니까. 세계대전에서 어떻게 싸웠는지 들은 적이 있죠."

서재 창가에 앉는 것도 이제는 마지막이로군.

"오, 거리에서 쏠 수도 있어요. 좋아하는 커피숍 주변, 아니면 뭐든 일상적인 일을 할 때겠죠. 그러니까 갑자기 일정을 취소하면 당신이 눈치챘다고 생각할 거예요."

"그럼 포기하나?"

테레사가 차갑고 앙칼지게 웃으며 고개를 저었다.

"일정을 앞당기겠죠. 아무튼 나라면 그래요."

조가 고개를 끄덕이며 시선을 떨구었다. 오지를 헤맨 덕에 구두가 엉망이었다.

"휴가를 떠나지 그래요?"

테레사가 물었다.

조가 잠시 그녀를 보았다.

"마을 밖에서 기다릴 수도 있잖아. 퍼즐 조각들이 너무 깔끔하게 맞아떨어지고 있어."

"당신을 죽일 사람이 없다고 생각하는 건가요?"

"합리적으로 보면, 가능성은 2대 1 정도로 보고 있지."

"그래서 그 가능성에 의존하겠다?"

"말도 안 돼. 난 지금 똥도 못 쌀 정도로 무섭다고."

"그럼 달아나요."

조가 어깨를 으쓱했다.

"내 불알보다 머리가 더 도움이 된다는 생각으로 지금껏 살아왔는데, 이번만은 둘 중 어느 쪽이 결정을 내리려는지 도무지 모르겠군 그래."

"버틸 생각이군요."

조가 고개를 끄덕였다.

"에, 아무튼 만나서 반가웠어요. 혹시 괜찮으시면 은행 예치는 되도록 빨리 해주세요."

테레사가 조가 들고 있는 가방을 가리키며 덧붙였다.

조가 미소를 지었다.

"내일 아침 제일 먼저 그 일부터 처리하지."

"잘 가세요, 조."

"잘 있게, 테레사."

조는 언덕을 내려갔다. 누군가 등과 가슴, 이마 한가운데를 겨누는 기분이었다.

조가 도착했을 때 바네사는 107호실이 아니라 선창에 내려가 있었다. 그가 올라가자 널빤지가 삐걱거리며 신음을 토했다. 지난번 이곳에서 소년이 기다렸다는 생각이 떠올랐지만 조는 그냥 성큼성큼 걸어가 그녀 맞은편에 앉았다. 얼굴에도 한껏 미소를 머금었다.

"오늘 그럴 기분이 아니라고 하면, 마음 상할 건가요?"

그녀가 물었다.

"아니."

그가 대답했다. 우스운 얘기지만 그 역시 진심이었다.

"그래도 옆에 앉아 있을 수는 있어요."

그녀가 엉덩이 옆 널빤지를 두드렸다.

그는 게걸음으로 건너가 그녀 옆에 앉았다. 둘의 엉덩이가 닿았다. 조는 바네사의 손을 잡았고 둘은 함께 호수를 내다보았다.

"뭐, 힘든 일 있소?"

그가 물었다.

"오, 그렇기도 하고 아니기도 하고."

바네사가 대답했다.

"얘기하고 싶소?"

바네사가 고개를 저었다.

"별로. 당신은?"

"음?"

"당신 문제에 대해 얘기하고 싶어요?"

"누가 그래요? 나한테 문제가 있다고?"

바네사가 가볍게 키득거리며 그의 손을 꼭 쥐었다.

"그럼 그냥 아무 말 하지 말고 앉아 있어요."

두 사람은 그렇게 앉아 있었다.

한참 후 조가 입을 열었다.

"좋군."

"예, 좋죠?"

바네사가 깜짝 놀라 대답했는데 목소리에서 울음기가 묻어났다.

15장
의사의 유령

그날 밤, 잠을 이루지 못했다.

눈을 감을 때마다 안드로파이가 두 손에 언월도를 들고 다가왔기 때문이다. 아니면 총알이 어둠을 가르며 이마 정중앙을 향해 날아왔다. 눈을 뜨면 집이 삐걱거리고 벽이 우르릉거리고 계단에서 발소리가 들렸다.

밖에서는 나뭇가지들이 웅성거렸다.

식당 시계가 2시를 때렸다. 문득 눈을 뜨자(눈을 감고 있었다는 것조차 몰랐건만) 금발 소년이 문간에 서 있었다. 손가락 하나를 입술에 댔다가 어딘가를 가리켰다. 처음에는 조 자신인 줄 알았지만…….. 아니, 그가 가리키는 곳은 등 뒤쪽이었다. 침대에서 몸을 돌려 오른쪽 어깨 너머를 보니 난로였다.

어느새 소년은 그곳에 서 있었다. 텅 빈 얼굴과 보이지 않는 눈.

흰색 잠옷을 입었지만 발은 맨발에 시퍼렇게 멍이 들었다. 소년이 다시 가리키기에 문간을 돌아보았다.

아무도 없었다.

다시 난로를 보았다.

그곳에도 아무도 없었다.

"손가락을 봐요."

네드 레녹스 박사가 검지를 들더니 조의 면전에서 오른쪽에서 왼쪽으로, 다시 왼쪽에서 오른쪽으로 움직였다.

네드 레녹스는 조가 운영할 때부터 바르톨로 패밀리의 주치의였다. 한때 세인트루이스에서 잘나가는 의사였지만 왜 포기했는지에 대해서는 소문이 열두 가지는 되었다. 음주 상태에서 수술하고, 의료 과실로 미주리 부호의 아들을 죽이고, 여자와 바람을 피우고, 남자와 바람을 피우고, 아이를 겁탈하고, 약을 훔쳐 몰래 되팔기까지……. 탬파 지하세계에 이런저런 소문이 무성했지만 사실 모두 거짓이었다.

"좋아, 좋아. 이제 그 팔 좀 봅시다."

조가 왼쪽 팔을 들었다. 노쇠하고 점잖은 의사는 두 손가락으로 팔꿈치 바로 위를 잡아 팔 안쪽을 위로 향하게 하고 반사 망치로 팔꿈치 안쪽 힘줄을 두드렸다. 다른 팔과 양쪽 무릎도 마찬가지였다.

네드 레녹스는 세인트루이스에서 쫓겨난 게 아니라 스스로 나왔다. 한창 전성기에 평판도 최고였기에 세인트루크 병원의 고참 의사들도 이따금 1919년 가을 그가 왜 갑자기 사라졌으며 지금은 어디에서 뭘 하는지 수군거렸다. 물론 젊은 아내가 임신 중에 죽는 사고가 있기는 했다. 하지만 그 사건은 당국뿐만 아니라 주 의학협회에서도 검토한 사항으로, 그레이트인프루엔자 시기에 지칠 줄 모르고 치료에 헌신한 영웅 레녹스 박사는 아내와 태아의 죽음과 관련해 어떠한 잘못도 없음이 확인되었다. 자간전증(子癎前症)은 여러모로 독감과 증상이 같다. 젊은 아내와 태아가 실제 어떤 병에 걸렸는지 깨달았을 때는 이미 때가 늦었다. 그 당시 매일 열다섯 명꼴로 사람이 죽고 도시의 30퍼센트가 독감을 앓았다. 아무리 의사라도 병원이 전화를 받게 하거나 동료 의사가 왕진을 오게 할 수는 없었다. 때문에 아내가 숨을 거둘 때 네드 레녹스는 집에 혼자 있었다. 최고 명성의 의사가 아내를 구하지 못했다는, 잔혹한 아이러니를 견디지 못한 것일까? 모르긴 몰라도 산부인과 의사들이 무더기로 왔어도 실패했을 텐데 말이다.

"지난주에 얼마나 자주 두통에 시달렸다고?"

"한 번요."

"심했나?"

"아뇨."

"두통을 일으킬 만한 일이라도?"

"줄담배."

"그럼 최신 치료법이 있지."

"예?"

"금연."

"정말로 일류 의대 나왔어요?"

조가 투덜댔다.

조는 그 얘기를 네드한테서 직접 들었다. 1933년 럼주 전쟁이 한창이던 무렵, 이런저런 싸움을 끝내고 돌아온 대원들을 불러 밤새 위문한 자리였다. 조가 비어 있는 호텔 무도장을 임대해 임시 극장으로 개조해 둔 터였다. 다음 날 아침, 조는 잔교에 앉아 어선과 럼주 배 들이 바다로 떠나는 광경을 지켜보았다. 네드는 아내를 처음 만났을 때 무척 가난한 여자였다고 운을 떼었다. 사회적 지위도 그보다 한참 아래였다.

이름은 그레타 팔란드. 그라보이스 크릭 인근, 어느 소작농가에서 자랐다. 가족은 깡마른 어머니와 깡마른 아버지, 그리고 깡마른 형제들 넷이었다. 그레타를 제외하면, 모두 어깨는 게처럼 구부정하고 턱은 뾰족하고 이마는 호우용 배수벽만큼이나 높고 반반했으며 눈빛은 모질고 굶주렸다. 하지만 그레타만은 엉덩이와 가슴과 입술이 보기 좋게 도톰했다. 우윳빛 살갗은 가로등 아래서도 빛이 나고, 미소는 고귀할 뿐만 아니라, 이제 막 여성의 욕망을 깨달은 소녀 같았다.

"테이블에서 뛰어내리게."

조는 시키는 대로 했다.

"걸어."

"예?"

"걸어보라니까. 일직선으로. 이쪽 벽에서 저쪽 벽까지."

조는 그렇게 했다.

"이제 돌아오게."

조는 다시 방을 가로질렀다.

그레타는 구애를 받아들이지 않았으나 네드는 포기하지 않았다. 그 덕분에 팔자를 고칠 수 있다는 사실을 알면 마음을 바꾸리라 믿었기 때문이다. 두 사람의 교제는 짧았다. 그레타의 아버지 생각에, 네드 같은 사내가 더베이슨에서 자란 가난뱅이 백인 여자에게 반하는 경우는 그야말로 천재일우이기 때문이었다. 그레타는 네드와 결혼해, 이내 주변 환경에 익숙해졌다. 디너 포크와 샐러드 포크의 차이도 배웠다. 가끔 하녀도 때렸다. 그녀는 사나흘간 네드에게 잘해주다가도 이따금 성질을 부리곤 했다. 그래도 네드는 포기하지 않았다. 아내는 곧 미혹을 벗어나 이곳이 꿈이 아니라 현실임을 깨닫게 될 것이다. 더 이상 음식이나 집은 물론, 명망 있는 신사의 사랑에 굶주릴 필요가 없기에, 그런 식의 우울증도 사라질 것이다. 인류를 향한 무자비한 비판도 공감으로 바뀌리라.

네드는 안경을 고쳐 쓰고 진료서 양식에 뭔가 적었다.

"긴장 풀어도 돼."

"소매 내려요?"

조가 물었다.

박사가 계속 기록하며 대답했다.

"얼마든지. 귀 아픈 데 없지? 호흡 곤란이나 코피도 없고?"

"없고, 없고, 없어요."

레녹스 박사가 잠시 그를 보았다.

"체중이 줄었어."

"나쁜 거예요?"

그가 고개를 저었다.

"몇 킬로그램쯤 빠져도 죽지 않아."

조가 끙 신음을 흘리며 담뱃불을 붙이고 담뱃갑을 건넸다. 박사는 고개를 젓고 자기 담배를 꺼내 한 대 물었다.

그레타가 임신했을 때 긍정적인 변화가 머지않았다고 믿었으나, 임신은 아내를 더 추하게 만들었다. 그녀에게 행복한 순간이 있다면 (그나마도 절망적이고 혹독한 행복이었지만) 자기 가족과 있을 때뿐이었다. 팔란드 가족은 대체로 서로에게 절망적이고 혹독할 때면 더 행복했다. 처가 식구들이 찾아오면 가보와 은식기가 사라졌다. 네드를 싫어하는 것도 분명했다. 세상에, 평생 구경도 하지 못한 보물들이 모조리 이곳에 있으니! 하지만 가져간들 그 물건을 어떻게 해야 할지 알지도 못할 것이다.

네드는 담배 연기를 내뿜고 담뱃갑을 셔츠 주머니에 넣었다.

"그래, 다시 말해 보게."

"되풀이하고 싶지 않아요."

"헛것이 보인다고?"

조의 얼굴이 붉어졌다. 조가 인상을 찡그렸다.

"뇌종양일까요?"

"뇌종양 징후는 어디에서도 나타나지 않았네."

"그렇다고 뇌종양이 아니라는 얘기는 아니잖습니까."

"그렇기는 하지만 가능성이 극히 희박하다는 뜻은 돼."

"얼마나 희박하죠?"

"청명한 날 고무 농장에 번개 떨어질 정도."

네드는 놀라지 않았다. 충격은 받았을지 몰라도 놀라지는 않았다. 집에 돌아와보니, 그레타가 침대에 있었다. 임신 4개월의 몸이건만, 장인이 뒤에서 그녀에게 펌프질을 해대고 있었다. 둘은 돼지처럼 흥분해 있었다. 그것도 3대 동안 레녹스 가문과 함께해 온 바로 그 침대 위에서. 심지어 약혼 선물로 사준 전신 거울을 통해 네드의 아연한 표정을 보면서도 멈추지 않았다.

"그래, 이제 잠 얘기를 해볼까? 잠은 자나?"

"잘 못 잡니다."

그가 다시 양식에 긁적거렸다.

"그 눈에 다크서클만 봐도 알겠어."

"친절도 하셔라. 이제 대머리가 되는 겁니까?"

레녹스가 안경 너머로 다시 조를 보았다.

"그래. 하지만 대머리는 오늘 우리 주제와 상관이 없네."

"주제가 뭔데요?"

"마지막으로 본 게 언젠가? 환각?"

"이틀 전."

"어디에서?"

"집에서요."

"그때 신변에 무슨 일이라도 있었나?"

"아뇨. 별로……"

"얘기해 봐."

"아무것도 아닙니다."

"자넨 이유가 있어서 여기 왔어. 말해."

"동료 하나가 나한테 크게 열 받았다는 소문이 있습니다."

"왜?"

"모르죠."

"자네하고 얘기가 통할 만한 친구인가?"

"그것도 모릅니다. 누군지도 모르니까."

"자네와 같은 사업을 하는 친구겠지? 자네 동료들은 갈등이 있을
때 절대……"

레녹스는 조심스럽게 얘기하며 적절한 단어를 궁리했다.

"품위 있게 대화를 하지는 않겠죠."

조가 도와주었다.

레녹스가 고개를 끄덕였다.

"그래, 맞아."

장인인 에제키엘 팔란드는 잠시 후 거실로 네드를 찾아왔다. 그는

사위 맞은편으로 의자를 끌어당기며, 식당에서 집어 온 복숭아를 우
걱우걱 씹었다.

"할 말이 많다고 생각하겠지만 나와 내 새끼들한테는 다 개소리고
헛소리다. 우리도 나름대로 방식이 있어. 자네도 그 방식을 배우는
게 좋을 거야."

"다 필요 없소. 방식이든 뭐든 배울 생각 없으니 당신 딸을 당장
이 집에서 데려……"

에제키엘은 칼끝을 네드의 음낭에 대고 다른 손으로 목을 잡았다.

"그랬다간 봐라. 네놈도 나를 그리워할 때까지 똥구멍을 박아주
마. 애들도 불러서 똑같이 해주지. 하나씩, 하나씩. 알았나? 넌 이제
내 가족이야. 우리 세계의 일원이고. 그게 네가 우리와 한 계약이다."

그리고 그 말을 새겨주려는 듯, 그가 네드의 살을 깨끗하게 베어
냈다. 고환 바로 위, 성기 오른쪽 자리.

"의사니까, 네가 고쳐."

장인은 네드의 셔츠로 칼날을 닦았다.

조는 오른쪽 소맷부리 구멍으로 커프스단추를 끼웠다.

"그래서 환각이 뭐하고 관계가 있다는 얘깁니까?"

"스트레스."

커프스단추가 바닥에 떨어지는 바람에 조가 상체를 굽혀 주워야
했다.

"망할, 망할, 빌어먹을…… 정말이에요?"

"정말이냐니? 정말 자네가 스트레스 상태냐고? 아니면 스트레스

때문에 헛것이 보인다는 얘기냐고? 솔직하게 말해 줄까?"

조가 다시 커프스단추를 만지작거렸다.

"예."

"누군가 미지의 인물이 자네를 해치려 한다고 했지? 자네는 아내가 끔찍하게 세상을 떠난 후 홀로 아들을 키우고 있어. 게다가 너무 자주 돌아다니고 줄담배를 피우고, 술도 죽어라 퍼마시잖아. 잠도 제대로 못 자고. 오히려 유령 군단을 보지 않는다니 신기할 따름이구먼."

그 후 한 달간 네드는 걷고 먹고 일하러 갔지만 의지는 하나도 없었다. 아무리 생각해도 30일 동안 그의 수족은 시켜서가 아니라 단순히 기억으로 움직였다. 식사는 젖은 재를 먹는 기분이었지만 그 역시 기계적인 절차에 불과했다. 왕진도 하고 근무 시간도 지켰다. 도시는 독감 창궐로 산산조각이 난 터라 어느 정도 대가족이라면 적어도 한 사람은 감기에 걸리고 그중 절반이 목숨을 잃었다. 네드는 그중에서도 가장 위독한 환자들을 돌보았다. 일부는 완치하고 아니면 공식적으로 사망을 선고했으나 하나도 기억하지 못했다. 매일 밤 집으로 돌아오고 매일 아침 출근했다.

매일 아침 아내도 검진했는데 혈압이 매일매일 치솟았다. 일단 그날은 개의치 않기로 하고 일하러 나갔다. 퇴근해 보니 그레타는 상황이 크게 나빠졌다. 소변 검사 결과 신부전이었다. 아내한테는 괜찮을 거라고 얘기했다. 청진기를 대본 결과 심장은 질주하듯 뛰었고 허파에서도 피가 제멋대로 뛰었다. 그는 아내의 손을 잡고 지금 기분은 제2삼분기의 임신부에게 나타나는 정상적인 징후라고 안심시켜 주었다.

"그래서 스트레스라고요?"

조가 되물었다.

"그래, 스트레스."

"스트레스 같은 거 못 느끼는데요?"

의사가 콧구멍으로 긴 한숨을 내쉬었다.

"에, 내 말은, 평소하고 다를 바 없다 이겁니다. 그러니까, 10년 전에 비하면 정말 새 발의 피죠."

"럼주 전쟁에서 밀수입할 때 얘기로군."

"다 소문일 뿐이에요."

"그때는 자네한테 의지하는 아들이 없었어. 게다가 열 살이나 어렸고."

"젊은 놈은 죽음이 두렵지 않답니까?"

"두려워하는 친구도 있겠지. 하지만 대부분 자신이 정말로 죽는다는 생각은 하지 않지."

그가 담배를 문질러 껐다.

"그래서 자네가 만들어낸 소년에 대해 하고 싶은 말이 뭐지?"

조는 망설였다. 레녹스의 얼굴에서 장난기를 찾아보았으나 온통 탐욕스러운 호기심뿐이었다. 소년 얘기를 해도 되겠구나 하는 기대감이 갑자기 커졌다는 사실을 깨달았다면 조도 크게 당혹했을 것이다. 그는 두 번째 커프스단추를 채우고 레녹스 맞은편에 앉았다.

"대개 아이 얼굴은 쓰던 지우개 같아요. 코도 입도 눈도 있는데 실제로는 볼 수가 없거든요. 왜 못 보는지도 모르겠지만 어쨌든 그래요. 그러다가 한번 옆얼굴은 봤는데 그냥 우리 가족이더군요."

"가족? 아들 같던가?"

레녹스가 새로 담뱃불을 붙였다.

조가 고개를 저었다.

"아뇨. 그보다는 아버지나 한 번 본 사촌들 쪽이에요. 형이 어렸을 때 사진 같기도 하고."

"그 형은 살아 있나?"

"예, 지금은 할리우드에 있죠. 영화 시나리오를 써요."

"아버지일 가능성은?"

"그 생각도 해봤지만 아닌 것 같아요. 아버지는 자궁에서 나왔을 때부터 어른이었을 것 같으니까요. 그런 타입 아시죠?"

"하지만 자네 마음이 자네한테 하려는 얘기는 아냐."

레녹스가 말했다.

"무슨 말씀이죠?"

"자네, 유령을 믿나?"

"에, 아뇨."

레녹스가 그 말에 담배 든 손을 저었다.

"문제가 생겼을 때 자네는 무당이나 점쟁이가 아니라 나를 찾아왔어. 의사를. 종양을 걱정했지만 난 스트레스라고 진단했지. 무엇을 보든 당연히 자네한테 중요한 문제라네. 자네 아버지가 자신을 소년으로 생각했든 아니든, 자네는 그분의 소년 시절 모습을 상상했을 수도 있어. 아니면 사촌한테 정말로 문제가 생겼을지도 모르고. 오래전에 자네가 정리하지 못한 어떤 일 말이야."

"아니면, 빌어먹을 진짜 유령일 수도 있겠죠."

"그렇다면 마음을 놓게나. 신도 있을 테니까."

"예?"

조가 인상을 찌푸렸다.

"유령 같은 존재가 있다면 당연히 내세도 있겠지. 내세든 뭐든. 내세가 있다면 초월적 존재가 있다고 해도 말이 될 거야. 고로, 유령은 신의 증거가 되지."

"유령을 믿지 않는 줄 알았는데요."

"안 믿어. 고로 신도 믿지 않지."

그레타가 큰 소리로 비명을 지르기 시작했을 때 네드는 그녀에게 재갈을 물리고 몸을 침대에 묶었다. 두 발목도 묶었다. 그때쯤 그레타는 신열이 심해 헛것을 보고 헛소리를 했다. 네드는 이마를 닦아주며 그녀의 귓속에 자신의 증오를 속삭이고 의대에서 배운 온갖 통계치를 줄줄 외웠다. 그러니까 근친상간으로 태어난 아이들의 지적 장애, 다운 증후군, 자살 경향, 중증 우울증 발생 빈도 같은 것들 말이다.

"탯줄이 끊어졌나 봐."

네드는 그녀의 귀를 잘근잘근 깨물며 속삭였다. 부어오른 가슴을 주무르고 얼굴을 때리고, 최초의 경기가 치고 들어와 자리를 잡을 때까지 목을 꼬집으며 잠도 못 자게 했다. 확신하건대, 3시간 11분 동안 산고에 시달리다 죽은 이 여자보다 더 아름다운 여자는 평생

본 적이 없었다.

아이는 사산했다. 너무도 추악하다는 이유로 이 세상 모든 문명으로부터 금지된 유일한 죄의 산물. 두 눈은 아이를 기다렸을 공포에 질려 완전히 짓이겨진 채였다.

레녹스는 스툴 의자에서 허리를 곧추세우고 무릎의 바지 주름을 폈다.

"내가 유령을 믿지 않는 이유는 따로 있네. 따분하거든."

"예?"

"따분해. 유령이 되면 따분하다고. 그래서? 어떻게 시간을 때우겠나? 새벽 3시에 낯선 곳을 떠돌고 고양이나 아가씨를 기절초풍하게 만들고 벽 속으로 사라진다고 쳐. 시간이 얼마나 걸릴까? 기껏해야 1분? 그럼 나머지 시간은 뭐 하지? 말했듯이, 유령을 믿으면 내세도 믿어야 해. 당연하지, 둘은 같이 가니까. 내세가 없으면 유령도 없고, 우린 그저 썩은 고기에 구더기 먹이일 뿐이라네. 하지만 유령이 있고 내세가 있으면 영적 세계도 있어야 하는데, 영적 세계는 천국이든 연옥이든, 그곳이 어디든 간에, 하루 종일 집에서 빈둥거리다가 자네가 집에 돌아오면 빤히 쳐다보며 아무 말도 안 하는 것보다는 재미있어야 하지 않겠어?"

조가 키득거렸다.

"선생님이 그런 식으로 말씀하시니까……"

레녹스가 처방전에 긁적였다.

"이건 7번가의 약국에 가져가."

조가 처방전을 주머니에 넣었다.

"어떤 약입니까?"

"클로랄하이드레이트. 진정제야. 과용하지는 말게. 그랬다간 한 달 동안 잠만 잘 테니까. 그렇지만 않으면 밤에 도움이 될 거야."

"낮에는 어쩌고요?"

"휴식만 충분하다면야 밤이든 낮이든 헛것이 보일 리가 없잖아. 환각이나 불면증이 이어지면 전화해. 더 독하게 지어줄 테니까."

레녹스의 안경이 코에서 흘러내렸다.

"오케이, 그러죠. 고맙습니다."

"천만에."

조가 떠난 후, 네드 레녹스는 담뱃불을 붙였다. 새삼스러운 얘기 지만, 니코틴 때문에 오른손 검지와 중지 사이의 살갗이 노랗게 물이 들었다. 손톱도 마찬가지였다. 진료 테이블에 아이가 떨면서 앉아 있었지만 무시했다. 아이는 조 커글린이 와 있는 동안 그곳에 앉아 몸을 앞뒤로 흔들고 부들부들 떨면서, 사후 세계가 유령이 살기엔 너무 따분하다는 아버지의 거짓말을 들어야 했다. 하지만 살아 있을 때와 달리, 아이는 눈을 뜨고 있었고 얼굴도 일그러지지 않았다. 특히 턱 선이 엄마를 닮았지만 나머지는 어디를 보나 아빠를 빼닮았다.

네드 레녹스는 딸의 맞은편 바닥에 앉았다. 딸이 얼마나 머물지 모르지만 함께 있으니 좋기는 했다. 딸과 어미를 죽이고 처음 몇 년간, 딸은 밤에만 찾아왔다. 바닥과 침대를 기어다녔고, 몇 번은 벽에도 올라갔다. 첫해에는 아무 소리도 없었으나 1년이 지나자 갓난아이처럼 울기 시작했다. 앙칼지면서도 굶주림에 지친 울음소리. 네드는 집을 피하기 위해, 사무실에서 죽어라 일만 했다. 왕진도 자주 갔다. 그러다가 결국 지하세계까지 들어가 바르톨로 패밀리의 야전 의무관이자 친구가 되었다. 지하세계 사람들과 친구로 지내는 건 무척 재미있었다. 사실 조 커글린 같은 친구나 그 세계의 삶에 대해 낭만적 갈망 따위는 전혀 없었다. 결국 탐욕과 징벌의 삶에 불과하지 않은가. 그 세계의 사람들은 처참하게 죽거나, 아니면 다른 사람들을 죽였다. 철저한 규칙이나 도덕규범 따위는 없었고 기껏해야 사리사욕을 채우기 위해 환상을 강화하는 거짓 명분들뿐이었으며, 그것도 오로지 패밀리의 이익을 위해서만 적용하였다.

그럼에도 이 세계엔, 다른 곳에서 찾기 어려운 진술함이 존재했다. 이곳에 들어와 만난 사람들은 누구나 자신들이 지은 죄의 죄수이자, 망가진 삶의 볼모였다. 영혼이 무구하고 삶이 자유로워서, 조 커글린이나 디온 바르톨로, 엔리코 디자코모가 된 것은 아니었다. 그보다 이 세계의 일원이 된 까닭은 죄와 슬픔이 너무도 크기 때문에 다른 유형의 삶과 어울릴 수 없기 때문이었다.

1933년 3월 15일, 탬파 럼주 전쟁에서도 가장 처참한 날이었다. 스물다섯 명이 죽었다. 총에 맞거나 목을 매거나 칼에 찔렸으며, 일부는 자동차에 치였다. 모두 조직원들이자 어른들이었다. 스스로 이런 삶을 선택했지만 일부는 비명을 지르며 죽었고, 다른 자들은 아내와 아이들을 봐서 목숨만은 살려달라고 애원했다. 멕시코 만의 어느 배에서는 열두 명을 학살한 후 바다에 던져 상어 밥으로 만들었다. 그런 식으로 폭주하는 광기에 대해 들었을 때 네드 레녹스는 열두 명이 바닷물에 닿기 전에 이미 죽었기를 기도했다. 그들을 죽이라고 지시한 사람은 조 커글린이었다. 병원을 찾아와 환각에 대해 불평하던, 저 합리적이고, 자상하고, 흠 하나 없는 옷차림의 바로 그 커글린.

죄가 정말로 크다면 죄의식은 줄어들기는커녕 점점 커진다. 또 다른 형태로 진화할 때도 있다. 이따금 불법이 불법을 낳고, 그 일이 빈번해지면, 우주의 구조를 위협하고, 결국 우주는 물러나고 만다.

네드는 다리를 꼰 채 아기를 보았다. 아기도 그를 보았다. 비틀리고 사악한 유아. 아이가 치아 없는 입을 열어 24년 만에 처음으로 말을 했다. 네드는 전혀 놀라지 않았다. 목소리가 엄마와 똑같다는 사실도 담담하게 받아들였다.

"나는 당신 폐 속에 있어요."

16장
럭키 스트라이크

베이팜스 택시회사 배차 요원 일을 마치고 퇴근한 후, 빌리 코비치는 모리슨의 타이니탭에 잠깐 들러 위스키와 맥주 한 잔씩을 마셨다. 위스키는 늘 올드톰슨, 맥주는 슐리츠. 빌리 코비치는 절대 두 잔 이상은 마시지 않았다. 타이니탭에서는 차를 몰고 고리 초등학교에 가서 아들 월터의 밴드 연습이 끝날 때까지 기다렸다. 월터는 테너 드럼을 연주했는데 사실 장학금을 받을 만큼 잘하지도 못했지만 밴드에서 쫓겨날 만큼 실력이 부족하지도 않았다. 어쨌거나 초등학생이라 음악 장학금이 필요하지도 않았다. 월터는 열두 살에 벌써 근시였지만 빌리 코비치의 삶에서는 최고의 기적이었다. 다른 두 아이, 에델과 월리가 고등학교에 다닐 때 페넬로페가 월터를 임신했다. 마흔두 살의 산모가 너무나 작고 허약한 터라 아이를 낳으면 위험하다고 빌리도 의사도 걱정했다. 한 의사는 어쩌면 아기가 조산할 수도 있다며 조심스레 경고까지 했다. 월터는 달수를 채우고 세상에 나왔고 출산은 아주 순조로웠다. 다만 월터가 두 달만 늦게 태어났다면 병원에서는 아내의 난소 종양을 발견했을 것이다.

아내는 월터가 겨우 한 살, 이제 막 걷기 시작했을 때 세상을 떠났다. 아이는 엄마의 장례식에서 술 취한 인디언처럼 이리저리 뒤뚱거렸다. 아이는 내성적이라기보다 폐쇄적이었다. 그래도 무척 총명해 3학년도 월반했다. 올해 아르테미스 게일이라는 젊은 선생이 밴더빌트에서 새로 부임했는데, 다음 해에 빌리를 탬파 가톨릭 학교에 보낼 생각이 있는지 의사를 타진했다. 게일 말처럼, 월터는 지적으로는 아무 문제가 없었다. 정서적으로 전학을 이겨낼지만 따지면 그만이었다.

"월터는 거의 감정을 드러내지 않아요."

빌리가 대답했다.

"에, 이곳에서는 더 이상 가르칠 게 없습니다."

빌리는 오비스포의 네덜란드인 거주 마을로 차를 몰았다. 그곳 집에서 아이 셋을 모두 키웠다. 빌리는 월터에게 넌지시 가을에 고등학교에 들어가지 않겠느냐고 물었다. 아들은 교재를 무릎에 올려놓고 보다가 고개를 들더니 안경을 매만지며 아버지를 보았다.

"상관없어요, 빌리."

월터는 아홉 살 때부터 빌리를 '아빠'라고 부르지 않았다. 어버이의 우위를 가정할 경우 아이가 불이익을 받을 수 있다며 조목조목따지는데 딱히 틀린 말도 아니었다. 에델과 윌리가 그런 주장을 했다면 평생 '아버지'라고 부르지 않으면 죽도록 매질을 하겠다고 엄

236

포를 놓았을 것이다. 월터에게는 그런 식의 협박이 전혀 먹히지 않았다. 빌리가 아들을 때린 적이 딱 한 번 있었다. 그때 아들은 놀라움과 분노를 넘어 노골적으로 당혹과 경멸의 표정을 드러내어 당시는 물론 지금까지 빌리를 괴롭혔다. 지난 세월 그가 죽인 사람들의 얼굴을 모두 합친 것보다 훨씬 더.

둘은 오비스포 집의 차고에 차를 세우고 안으로 들어갔다. 월터가 드럼과 책을 2층으로 옮기는 동안 빌리는 간과 양파를 굽고 완두콩과 감자칩을 살짝 튀겼다. 빌리는 요리를 좋아했다. 군 복무 때부터였다. 입대 첫해인 1916년에 캠프 커스터의 주방에서 근무했던 것이다. 하지만 전쟁이 터지면서 프랑스로 옮겨 갔고, 그곳 지휘관은 윌리엄 코비치 하사가 장거리 라이플로 사람을 기가 막히게 죽인다는 사실을 발견했다.

전쟁이 끝난 후 빌리는 뉴올리언스로 돌아와 술집에서 싸움을 하다 엄지로 사람의 숨통을 끊었다. 툭하면 사람들이 실려 나가는 술집이었지만 누군가 죽은 경우는 6년 만에 처음이었다. 경찰이 도착했을 때 손님들은 넬슨 미첼슨의 살인자로 부드로라는 이름의 혼혈을 지목하며 이미 그곳을 빠져나가 알제로 돌아갔으리라고 증언했다. 빌리도 나중에 안 사실이지만, 문제의 혼혈, 필립 부드로는 몇 달 전 카드 게임에서 살해당한 터였다. 다섯 번째 잭으로 사기를 치려다 걸렸기 때문이었다. 시체는 보름달이 떴을 때 악어에게 던져주었다. 그 이후, 그는 그 지역에서 일어난 거의 모든 살인 사건과, 스토리빌에서 일어난 두 건의 살인 사건의 용의자가 되었다. 그날 밤 술집 주인은 모퉁이 테이블에 앉아 있었다. 그는 자신을 루시어스 브로주올라("친구들은 나를 킹 루시어스라고 부르네.")로 소개하며, 그 마을은 곧 돈이 씨가 마르겠지만, 저 멀리 남쪽의 탬파에 가면 돈을 벌 수 있다며 빌리를 유혹했다. 자신과 함께할 인물을 찾고 있다는 얘기였다.

그래서 빌리는 탬파로 이사해 조용하고 버젓한 중하층의 삶을 누렸다. 이따금 돈을 받고 사람을 죽이기는 했다. 수입은 1920년대 초 플로리다 토지 붐 당시 그가 투자한 땅에 들어갔다. 다른 사람들이 늪지와 임해지를 사들이는 동안 빌리는 다운타운 탬파, 세인트피터즈버그, 클리어워터의 쪼가리 땅을 닥치는 대로 사들였다. 그가 사모은 땅은 예외 없이 주변에 법원, 경찰서, 병원이 있었는데, 그는 그런 곳에 사람들이 모인다고 판단했다. 때가 되면 공동체가 커지고, 그럼 빌리의 작은 땅들을 살 수밖에 없을 것이다. 땅은 미개발 상태였지만 누군가 사겠다고 나설 날을 위해 적절하게 관리했다. 거래하는 과정에는 절대 살인하지 않았으나 그래도 늘 수익은 톡톡히 챙겼다. 가장 중요한 사실은 그 덕분에, 베이팜스 택시회사의 배차 직원이 딸을 마이애미의 헌터티처스 칼리지에, 아들을 에모리 대학에 보내고, 자신은 3년마다 닷지를 새로 구입할 수 있었다는 것이다. 거래하는 도시에서도 좋은 땅을 적당한 가격에 넘기는 한, 쓸데없이 상대방의 재정 상태를 들여다볼 이유는 없었다.

저녁 식사 후, 빌리와 월터는 설거지를 하며 다른 가족들처럼 국외의 전쟁 얘기를 나누었다. 승전까지 얼마나 시간이 걸릴까?

마지막 접시를 행주로 닦으며 월터가 물었다.

"이기지 못하면요?"

독일 놈들이 러시아에서 고전을 면치 못하는 상태에서 오랫동안 버틸 수 있을 것 같지는 않았다. 계산은 지극히 간단했다. 석유. 독일이 러시아에서 석유를 많이 쓸수록 북아프리카와 루마니아의 석유가 줄어들 수밖에 없었다.

이 공식을 설명하자 막내는 일하는 동안 곰곰이 그 얘기를 곱씹었다.

"히틀러가 바쿠의 소련 유전을 장악하면요?"

"에, 그럼…… 그래, 소련은 지고 유럽도 어쩌면 넘어가겠지. 하지만 그렇게 된다고 해도 우리와 무슨 상관이 있지? 이곳으로 곧바로 진격하지는 않을 텐데?"

"왜요?"

빌리도 그 질문에는 할 말이 없었다.

지금 당장 막내의 고민은 그런 문제들이었다. 위대한 부기맨 아돌프가 결국 바다를 건너 이곳으로 진격할 것이다.

빌리는 아들의 목덜미를 가볍게 주물렀다.

"그 지경이 되면 우리도 저 다리에서 뛰어내려야겠지만, 그럴 가능성은 너무도 낮고 너한테는 해야 할 숙제가 있단다."

둘은 함께 2층으로 올라갔다. 월터는 자기 방으로 돌아가 곧바로 책상에 앉았다. 그러고는 교재를 책상에 나비처럼 펼치고 참고서 세 권도 그 옆에 놓았다.

"너무 늦게까지 하지는 말고."

아버지가 아들에게 말했다. 아들은 고개를 끄덕였지만 그 충고는 무시하겠다는 대답에 가까웠다.

빌리는 자기 방으로 들어갔다. 페넬로페가 아이 셋을 잉태한 방,

마지막 숨을 거둔 방……. 죽음이라면 그 누구보다 잘 안다. 대충 계산해 봐도 지금까지 살아오면서 스물여덟 명을 죽였다. 수아송에서 4일간의 혈전 동안 그의 총알과 다른 전우들의 총알을 따져본다면, 어쩌면 쉰 명까지 될 수도 있다. 그의 뺨과 코로 죽어가는 사람의 마지막 호흡을 느낀 것만 대여섯 번이었고, 사람의 눈에서 생명의 빛이 꺼져가는 과정을 지켜본 것만 열두 번이 넘었다. 아내의 마지막 눈빛도 참아냈다.

그런데도 죽음에 대해 할 수 있는 말이라고는 죽음이 두렵다는 것뿐이었다. 이 세상 너머에 또 다른 세상이 있다는 징후는 전혀 보지 못했다. 죽어가는 사람의 눈이 평온해지는 것도, 평생의 의문에 대해 대답을 얻었다는 식의 안도감도 없이 그저 마지막뿐이었다. 언제나 너무 이른 종말이었으며, 충격인 동시에 평생의 의문에 대한 암울한 확인에 불과했다.

아내와 함께했던 침실. 그는 소매를 잘라낸 낡은 스웨트 셔츠와 페인트 얼룩이 묻은 바지로 갈아입은 다음 아래층으로 내려가 샌드백을 때렸다.

샌드백은 차고 바로 옆 체인에 매달려 있었다. 빌리의 타격은 기교는 없었지만 어느 정도 유연하기는 했다. 특별히 세지 않고 특별히 빠르지 않아도 30분 정도 지나자, 두 팔에 젖은 모래가 가득 찬 듯했고, 심장은 미친 듯이 폭주했다. 셔츠도 온통 땀으로 젖었다.

그는 재빨리 샤워를 하고 파자마로 갈아입었다. 요즘에는 샤워도 간단히 할 수밖에 없다. 월터에게 가서 들여다보니, 너무 늦게까지 있지는 않겠다고 약속하며 문을 닫아달라고 했다. 그는 아들을 지리학 책에 맡기고 맥주 두 캔을 챙기러 아래층으로 내려갔다. 샌드백을 때린 후에는 늘 두 캔까지만 마셨다.

조 커글린이 부엌에 앉아 있었다. 손에는 총이 들렸는데 맥심 소음기가 달렸다. 조는 아이스박스에서 맥주 두 캔을 꺼내 테이블 위 캔따개 옆에 놓았다. 뒤쪽에 빈 의자가 하나 있어 빌리는 어디에 앉아야 할지 알 수 있었다. 조가 그의 야간 일정을 연구했다는 사실도 분명해졌다. 조가 의자를 향해 눈을 끔벅였고 빌리는 그곳에 앉았다.

"맥주 한 캔 따요."

조가 말했다.

빌리는 캔 위에 구멍을 뚫고 반대편에도 구멍을 하나 더 내 맥주가 잘 나오게 한 다음, 한 모금 마시고 내려놓았다.

"내가 왜 왔는지 물을 필요는 없겠지?"

빌리는 잠시 생각하다가 고개를 끄덕였다. 오른쪽 무릎 바로 위, 테이블 아래, 나이프를 하나 끈으로 묶어놓았다. 그가 앉은 곳에서는 별로 소용이 없지만, 소매 위로 떨어뜨린 뒤 몇 분쯤 대화를 편하게 가져가며 접근한다면 충분히 승산은 있었다.

"내가 온 이유는, 당신이 나를 죽이라는 청부를 받았다고 들었기 때문이오."

"청부를 받지는 않았지만…… 그 얘기를 듣기는 했지."

"당신이 청부를 받지 않았다면 누가 청부를 받았지?"

"나보고 추측하라고? 그럼 맨크겠지."

"그 양반은 지금 펜사콜라의 요양원에 있소."

"그럼 아니겠군."

"아니고말고."

"왜 내가 청부를 받았다고 생각한 거요?"

"나한테 가까이 접근할 자를 원했으니까."

빌리가 코웃음을 쳤다.

"당신한테 가까이 갈 수는 없어요. 내가 어느 날 갑자기 당신 주류 회사에 나타나거나 이보르 같은 곳 커피숍에서 우연히 당신과 마주친다면? 어차피 의심을 사지 않겠어요? 당신은 근접 타깃이 아니라 장거리용이라고요."

"당신은 장거리 사격도 기가 막히지 않소, 빌리?"

위에서 부스럭거리는 소리가 들렸다. 월터가 의자 위치를 옮긴 것이다. 두 사람이 소리를 향해 고개를 드는 순간, 빌리는 오른손을 테이블 아래로 넣었다.

"내 아들이에요."

빌리가 알려주었다.

"알고 있소."

"저 애가 우유 한 잔 마시러 내려오기라도 하면? 그 생각도 해봤어요?"

조가 끄덕였다.

"계단 소리가 들리겠지. 특히 저 위에서는 심하게 삐걱거리니까."

이 집에 대해 그 정도로 잘 알고 있다? 그 밖에 또 뭘 알까?

"그래도 내려오는 소리를 들으면?"

조가 가볍게 양어깨를 으쓱했다.

"당신이 여전히 위험하다고 생각되면 곧바로 얼굴을 쏘고 난 저 옆문으로 빠져나갈 거요."

"그렇지 않으면?"

"그럼, 아들이 내려와 두 친구의 대화 장면을 보겠지."

"어떤 대화?"

"택시 사업."

"당신은 80달러짜리 정장을 입고 있소."

"110달러짜리요. 내가 차주라고 합시다."

다시 부스럭 소리에 이은 발소리. 월터의 문이 삐걱거렸다. 침실을 나왔다는 뜻이다. 이윽고 발소리는 복도를 따라 계단으로 향했다.

빌리가 나이프를 향해 손을 올렸다.

위층에서는 월터가 화장실에 들어가 문을 닫았다.

테이블 밑에는 아무것도 없었다. 그저 나무뿐. 그가 손을 빼낸 뒤 그 손으로 대신 맥주를 들었다. 조가 그를 지켜보고 있었다.

"칼은 연장 창고에 있소. 아이스박스 뒤쪽의 22구경, 접시 위 선반의 22구경, 거실 소파 아래의 38구경, 침실의 32구경, 벽장의 스프링필드까지 모두."

조가 다리를 꼬아 오른쪽 발목을 왼쪽 무릎에 올려놓았다.

위층 변소에서 물 내리는 소리가 들렸다.

"내가 빠뜨린 무기가 있다면, 일부러 그랬는지 아닌지 고민해 보도록 하시오. 전반적인 상황을 보자면, 무기나 나이프를 손에 넣으려고 애쓰지 않고 내 질문에 대답만 잘해도 대화가 빨리 끝날 것 같소만."

빌리는 맥주를 한 모금 마셨다. 월터는 화장실을 나와 계단을 지났다. 그리고 다시 문소리. 이번에는 문 닫는 소리에 이어 의자 소리가 났다.

"그럼 질문을 해요, 커글린 씨."

"조."

"질문하세요, 조."

"누가 당신을 고용했소?"

"고용하지 않았다고 했잖아요. 그저 들었을 뿐이지. 당신이 걱정해야 할 자는 맨크라니까요."

"누가 고용하려 했지?"

"킹 루시어스. 하지만 내가 보기엔 그 양반도 배후는 아니에요."

"그럼 그 위는?"

"나도 몰라요."

"그래서 당신은 수요일에 날 처리를 하기로 했소?"

빌리가 그 말에 고개를 갸웃했다.

"그렇지 않소?"

"아뇨. 우선, 난 청부를 받지도 않았고 요청도 없었어요. 그나저나 그 날짜는 도대체 어떻게 알게 된 겁니까?"

"글쎄, 어쨌든 청부를 재의 수요일에 행한다고 들었소."

빌리가 웃으며 맥주를 좀 더 마셨다.

"뭐가 우습소?"

빌리가 어깨를 으쓱했다.

"아무것도 아닙니다. 그냥 터무니없어서요. 재의 수요일? 왜 종려주일이나 식목일은 아니죠? 우리가 누군가를 죽여야 한다면 그날이 만우절이든 빌어먹을 농담 따먹기 축제 주간이든 상관없습니다. 맙소사, 조, 커미션에 계시니 잘 아시잖습니까?"

빌리는 첫 번째 슐리츠를 마저 비우고 두 번째 캔을 따려고 오프너를 사용했다. 지금은 진솔한 표정이다. 저 얼굴을 잠깐이라도 보면 긴장은 풀어질 수밖에 없다. 천진난만한 동시에 수수한 얼굴. 견실한 노동자의 얼굴. 펑크 난 타이어를 갈아야 할 때 도와주고, 맥주 한 잔 제안에 좋아하고, 2차, 3차는 오히려 자신이 돈을 내는 친구. 고등학교 축구 감독이나 마을 정비공이라고 해도, 철물점을 경영한다고 해도, 고개를 끄덕이며 수긍할 수 있는 남자.

1937년, 킹 루시어스가 메시지를 보내려 했을 때, 빌리 코비치는 에드윈 무산테를 배에 태워 두 손을 뒤로 묶고 두 다리도 묶고, 면도날로 두 다리와 배를 저민 다음 양쪽 겨드랑이 사이를 사슬로 묶었다. 빌리 코비치가 그를 바다에 던진 뒤 사슬을 늘어뜨리고 천천히 탬파 만을 돌아다닐 때에도 에드윈 무센테는 살아 있었고 의식도 있었다. 그날 그 배에 포드릭 딘도 함께 타고 있었는데, 잔뜩 겁에 질린 목소리로 상어가 나타났을 때의 모습을 증언했다. 먼저 상어 두 마리가 나타나 일단 시험 삼아 한 입씩 뜯어먹기 시작했다. 상어들은 에드윈 무산테의 째질 듯한 비명에 잠시 멈추기는 했으나, 100미터 거리에 상어 세 마리가 또 나타나자 마구 물어뜯었다. 다섯 마리가 모두 모여 게걸스럽게 향연을 즐길 때 빌리는 사슬을 풀고 부두로 배를 돌렸다. 5년 후 포드릭 딘 역시 빌리 코비치의 희생자로 전락했다.

빌리는 맥주를 마셨다. 모르긴 몰라도 저렇게 상냥한 표정은 평생 만나기 어려울 것이다.

"소문이 목적이라는 생각은 안 해봤나요?"

빌리가 물었다.

"무슨 말이오?"

"알잖아요, 조."

"누군가 나로 하여금 청부가 붙었다고 믿게 하려 한다고?"

"예."

"왜지?"

"머릿속을 복잡하게 만드는 거죠. 국자로 막 휘저어서."

"무엇 때문에?"

빌리가 어깨를 으쓱했다.

"제길, 내가 어떻게 압니까? 저 양반들이 나를 위원회에 불러들여 그림 전체를 설명할 리도 없고. 난 그냥 일벌이에요. 그것도 목이 마른 일벌. 한 캔 더 해도 되겠죠?"

그가 빈 캔을 들었다.

조는 탐정 마스톤을 고용해 지난 며칠간 이 집을 감시했다. 그의 보고에 따르면 빌리는 매일 밤 정확히 맥주 두 캔이었다. 세 번째는 없었다.

조가 그 사실을 지적했다.

빌리가 고개를 끄덕였다.

"보통 때라면요, 예, 딱 두 캔뿐이죠. 하지만 누군가 내 집에 앉아 총으로 겨눌 때라면 얘기가 다르죠. 아들까지 위층에 깨어 있잖아요? 게다가 그 누군가는 내가 자신을 죽이라는 청부를 받았다고 생각하고요. 한 캔 하실래요?"

"좋지."

조가 대답했다.

빌리는 아이스박스로 건너가 그 안을 뒤졌다.

"살이 조금 붙은 것 같은데, 그런가요?"

"1킬로그램 정도? 모르겠소, 저울이 없으니."

"하나 사세요. 조는 조금 날씬할 때가 더 보기 좋습니다."

그는 아이스박스에서 한 손에 맥주 한 캔씩을 잡아 두 캔을 꺼냈다. 꺼낸 맥주를 식탁에 올려놓고 아이스박스를 닫은 다음 캔 오프너를 향해 손을 내밀었다.

"아이가 몇 살이지요?"

빌리가 물었다.

"아홉."

캔에 구멍을 내자 칙 소리가 새어 나왔다.

"우리 아들하고 별 차이 없군요."

"월터가 아주 똑똑하다고 들었소."

빌리가 조를 향해 맥주를 밀어주며 활짝 웃었다.

"8학년을 건너뛰고 곧바로 고등학교에 가라고 하더군요. 탬파 가톨릭 고등학교. 대단하죠?"

"축하하오."

빌리가 자신의 캔에 구멍을 두 개 내고는 건배를 청했다.

"아이들을 위해."

"아이들을 위해."

조가 마셨다. 빌리도 마셨다.

"애들 본성이 대부분 첫날에 결정된다는 사실 아시죠?"

조가 끄덕였다.

빌리가 가볍게 웃으며 고개를 저었다.

"그러니까, 사람들 말로야, 부모가 이렇게 하라면 저런 아이가 되고 저렇게 하라면 이런 아이로 자란다고 하는데. 실제로는 모두 자궁에 있을 때 그대로지요."

조가 고개를 끄덕여 동의하고 둘은 술을 마셨다. 뒤이은 정적은 편안했다.

"부인 소식은 안됐소. 지난 이야기지만."

"장례식에 오셨지요? 고맙습니다. 저도 부인 소식은 유감입니다. 장례에 참석해야 했는데 시외에서 발이 묶여 있었죠."

빌리가 고개를 끄덕였다.

"얘기 들었다오. 그래도 당신이 보낸 꽃은 예뻤소, 빌리."

"템플 테라스의 화원을 이용했죠. 솜씨가 좋습디다."

"그랬군."

"담배 피워도 되겠죠?"

"담배 피우는지 몰랐는데?"

조가 물었다.

"아들은 몰라요. 병원에서 아이 천식에 나쁘다고 하고 또 월터가 담배 냄새를 싫어하거든요. 그래도 가끔, 에 그러니까 살짝 긴장할 때는……"

빌리가 웃었다.

조 역시 키득거렸다.

"난 럭키를 피웁니다."

조가 안주머니에서 던힐과 은제 지포 라이터를 꺼냈다.

"재떨이는 있소?"

"그럼요."

빌리가 일어나 부엌 카운터 중간 서랍으로 향했다.

"열어도 될까요?"

조가 끄덕였다.

빌리가 서랍을 열고 안에 손을 넣었다. 조를 등진 자세. 잠시 후 식탁 쪽으로 돌아섰는데 손에는 작은 유리 재떨이가 들렸다. 그가 식탁에 재떨이를 놓고 서랍을 닫았다.

"당신이 죽기를 바라는 사람은 없어요, 조. 말이 안 됩니다."

"그래서 누군가 내 머릿속을 뒤집어놓으려고 장난을 치고 있다는 얘기요?"

"예, 당신 머릿속을 뒤죽박죽으로 만들려는 거죠."

빌리는 다시 의자에 앉아 테이블 너머 조에게 미소를 지었다.

조는 던힐 담뱃갑을 열고 빌리에게 건넸다.

"무슨 담배죠?"

"던힐. 영국 제품이오."

"고급 같군요."

"그럴 거요."

"난 럭키를 피웁니다. 늘 그랬죠."

조는 아무 말도 하지 않았다. 담뱃갑은 여전히 둘 사이에 놓여 있었다.

"괜찮겠어요?"

"뭐가?"

"럭키 스트라이크 담배를 가져오고 싶은데?"

조가 손을 거두어들였다.

"얼마든지."

위층에서 의자 끄는 소리가 들렸다.

빌리는 벽 찬장으로 건너가 문을 열고 어깨 너머로 조를 돌아보았다. 그 안에는 시리얼 그릇과 커피 잔 두 개뿐이었다.

"아이가 모르게 감춰두고 있거든요. 저 안에 손을 넣어야 해요."

빌리가 말했다.

조가 고개를 끄덕였다.

"이유가 없어요, 조."

빌리가 오른쪽 깊숙이 손을 넣었다.

"이유라니?"

"누군가 당신을 죽일 이유가 없다고요."

"그럼 정신 나간 소문에 불과하다고 칩시다."

조가 살짝 왼쪽으로 몸을 틀었다.

"내가 보기엔 그래요."

빌리의 팔이 찬장에서 나오는데 들어갈 때보다 훨씬 빨랐다. 부엌 불빛에 빌리의 손에서 언뜻 금속이 번뜩였다. 조는 빌리의 가슴을 쏘았다. 에, 가슴을 겨냥하긴 했으나 총구가 올라가는 바람에 총알은 남자의 울대뼈를 뚫었다. 빌리는 찬장에서 미끄러져 부엌에 주저 앉았다. 눈꺼풀이 미친 듯이 퍼덕이고 시선은 굶주림과 광기로 번들거렸다.

조는 그의 손에 들린 은제 담뱃갑을 보았다. 빌리가 엄지로 뚜껑을 열고 조에게 럭키 스트라이크의 하얀 필터들을 보여주었다.

"럭키 스트라이크."

조가 중얼거렸다.

빌리는 더 이상 눈꺼풀을 떨지 않고 찢어진 목 위로 턱을 떨구며 입으로는 O 자 모양을 그렸다. 조는 맥주를 싱크대에 버리고 캔을 헹군 다음 코트 주머니에 넣었다. 그리고 행주로 수도꼭지를 씻어내고 역시 행주를 이용해 부엌 여닫이문을 열었다. 그리고 행주를 다른 주머니에 넣고 건물을 빠져나왔다.

그는 거리를 걸어 내려가 자동차로 돌아왔다. 코트를 뒷좌석에 넣고 모자도 벗어 조수석에 놓았다. 그리고 차 문도 닫고 반대편 인도로 오비스포를 다시 걸어 올라가 전신주에 기댄 채 월터 코비치의 방 조명을 지켜보았다.

몇 분 후, 조는 담뱃불을 붙였다. 그도 자신의 행동이 비정상이라는 것 정도는 알았다. 분명 경솔하기 짝이 없었다. 지금쯤 이곳에서 20킬로미터, 아니 30킬로미터는 달아나야 했다.

아이들 생각도 했다. 자신 같은 사람들이 존재한다는 이유 때문에 아버지 없이 자라야 하는 아이들. 아들도 아버지의 직업 때문에 엄마를 잃지 않았던가. 10년 전, 탬파 마피아 역사상 가장 참혹했던 날. 정오와 자정 사이에 스물다섯 명이 쓰러졌고, 그중 적어도 열 명이·아버지였다. 조가 오늘이나 내일 죽는다면 아들은 고아가 될 것이다. 이 업계에도 규칙은 있다. 절대 가족을 끌어들이지 말 것. 이는 신성 법칙이며 무슨 짓을 해서라도 돈을 벌라는 규칙을 제외하면 그 어느 규칙보다도 앞선다. 게다가 그 법칙 덕분에 자신이 짐승과 다르다고 자위할 수도 있었다. 즉 잔인성과 사리사욕에 한계를 두는 고등 율법인 셈이었다.

그들은 가족을 존중했다.

하지만 진실은 그와 사뭇 달랐다. 물론 가족을 죽이지는 않았다. 그건 사실이다. 다만 가족을 갈라놓을 뿐이었다.

조는 월터 코비치의 방 불이 꺼질 때까지 기다리기로 했다. 아이가 마지막 하룻밤이라도 평화롭게 잠들기를 바랐기 때문이다. 부엌에서 아버지의 시신을 발견하면 한동안 평화는 불가능할 것이다. 물론 평화로운 잠도 마찬가지.

내일 아침, 이제 열두 살에 8학년을 건너뛰려고 계획 중인 월터 코비치는 아래층으로 내려가 아버지가 목이 날아간 채 부엌에 앉아 있는 모습을 볼 것이다. 여기저기 피 얼룩은 검게 변색하고 찐득거릴 것이다. 파리도 있을 것이다. 월터는 학교에 가지 못할 것이다. 그리고 내일 밤 이맘때쯤, 침실은 더없이 황량하고 그의 집은 당혹스러운 유령의 집으로 변하리라. 아이는 이제 아버지가 차려주는 음식을 맛보지 못한다. 아버지와 대화도 나누지 못하고, 아버지가 왜 자기 곁을 떠났는지조차 알지 못한다.

조가 죽는다면 그의 아들도 마찬가지가 된다.

월터 코비치한테 돌봐줄 이모나 삼촌이 있을까? 할아버지나 할머니는? 조는 알지 못했다.

그가 창문을 돌아보았다. 불은 여전히 켜져 있었다.

늦은 시간이라 아마도 책상 위에 쓰러져 잠든 모양이었다. 교재에 뺨을 댄 채.

조는 연석에서 내려와 맞은편 자동차를 향해 걸어갔다. 운전을 하는데 거리가 무척이나 조용했다. 그가 떠나는데도 개 짖는 소리 하나 배웅하지 않았다.

17장
제도

1943년 3월 8일, 월요일. 재의 수요일 이틀 전.

빌리 코비치가 검시소에 누워 있건만, 이상하게도 아침에 깨어나도 안전하다는 기분은 들지 않았다. 그래서 디온이 전화를 걸어 자신은 리코의 경호원을 그렇게 많이 고용하고도 경호원이 출입을 통제하지 않는 집에서는 살지 않는다며 설득했을 때 조는 의외로 순순히 그의 제안을 받아들였다.

그는 한 시간 뒤 토머스와 함께 이보르를 떠나 디온의 집으로 향했다. 토머스는 조간신문을 펼쳐놓았는데 절반은 계기반에, 절반은 무릎에 걸친 채였다. 위쪽의 기사는 비스마르크 해에서의 전투, 그 아래 오른쪽은 빌리 코비치의 죽음이었다. 지하세계 인물들과의 관계가 의심스러운 택시 배차원.

"제도(諸島)가 뭐예요?"

조가 아들을 보았다.

"뭐?"

토머스가 신문을 향해 고개를 끄덕였다.

"제도 말이에요."

"아, 제도."

조가 대답했다.

"예."

"제도는 섬들이 모인 곳을 말한다."

"그럼 왜 그냥 섬 모임이라고 안 해요?"

조가 미소 지었다.

"열둘을 다스라고도 하잖니. 개새끼를 강아지라고도 하고."

"말 새끼는 망아지."

"애 새끼는 아기."

일단 둘이 시작하면 하루 종일 이런 식으로 보내곤 했지만, 사실은 이미 시간이 부족했다.

다행히 토머스는 별로 농담할 기분이 못 되었다.

"뉴귀네아?"

"뉴기니."

토머스가 지명을 몇 번 되뇌자 발음은 금세 정확해졌다.

지난 이틀간 신문에선 그 얘기만 떠들었다. 미국과 호주 공군이 비스마르크 제도 인근의 일본 해군 호위함을 맹폭격했다. 오늘은 솔로몬 제도의 부건빌 섬 주변에서 새 전선이 열렸다는 기사가 떴다.

"에, 당연히 대가를 치러야겠지, 응?"

"언젠가 군인이 되고 싶어요."

조는 하마터면 차로 연석을 들이받을 뻔했다.

"정말이냐?"

그가 가볍게 물었다.

"예."

"왜?"

"조국을 위해 싸워야죠."

"네 조국이 널 위해 싸워줄까?"

"무슨 말인지 모르겠어요."

"우리가 왜 이보르에 사는지 아니?"

"좋은 집이 있으니까요."

"그래. 하지만 쿠바인들이 하층민 대접을 받지 않고 살 수 있는 곳이 이곳밖에 없기도 하단다. 하층민이 무슨 뜻인지는 알지?"

토머스가 고개를 끄덕였다.

"못사는 사람."

"맞다. 엄마도 이곳에 살았는데 다들 엄마를 하층민 취급했어. 식당이나 호텔에도 들어가지 못했지. 읍내 극장에 가면 유색 인종 식수대에서 물을 마시게 했단다."

그 얘기를 하는 것만으로도 목이 멨다.

"그래서요?"

토머스가 물었다.

"이 나라는 네 엄마를 환영하지 않았어."

"그건 알아요."

대답은 그렇게 했으나 조가 보기엔 토머스가 다소 충격을 받은 듯했다. 식수대 얘기는 처음이었다.

"정말?"

토머스의 눈이 커졌다. 그 바람에 고통도 더욱 선명해졌다.

조는 화제를 바꾸기로 했다.

"잠깐, 그런데, 어느 나라를 위해 싸울 거지?"

"어느 나라요?"

조가 끄덕였다.

"이 나라 아니면 쿠바?"

토머스는 한참 동안 창밖을 보았다. 자동차가 디온의 집에 도착해 정문 경비원들을 지나 좁은 길을 통과할 때도 아무 말이 없었다. 길 양쪽으로 야자나무와 키 큰 목련나무 들이 즐비했다. 사실 아들에게 한 번도 하지 않았던 질문이기는 했다. 이유는? 대답을 두려워했기 때문에. 그라시엘라는 순수 쿠바인이었다. 토머스의 할머니와 이모들도 모두 쿠바인이고 토머스 자신도 1~2학년을 아바나에서 다녀 스페인어도 영어만큼 잘했다.

토머스가 다시 입을 연 것은 그때였다.

"여기, 미국요."

그 대답에 어찌나 놀랐던지 디온의 집 앞에 차를 대면서 계속 클러치를 밟고 있을 뻔했다. 자동차가 덜커덩거리기에 조가 얼른 변속기를 중립으로 옮겼다.

"미국이 네 조국이야? 내 생각엔……"

토머스가 고개를 저었다.

"쿠바가 내 조국이에요."

"헷갈리는구나."

토머스가 문 손잡이를 향해 손을 내밀었다. 정작 자신은 헷갈릴 게 하나도 없다는 표정이었다.

"미국은 목숨을 걸 가치가 있어요."

"조금 전에 미국이 네 엄마를 어떻게 취급했는지 말했잖아."

"알아요. 그래도 아빠……"

토머스는 머릿속으로 타당한 근거를 찾느라 두 손이 평소보다 분주하게 움직였다.

"그래, 얘기해 봐라."

조가 재촉했다.

"누구도 완벽할 수는 없어요."

토머스는 그렇게 대답하고 차 문을 열었다.

토머스가 차에서 내리자 디온도 현관문을 열었다. 아침 8시이건만 입꼬리엔 벌써부터 시가가 매달려 있었다. 그는 인사도 없이 토머스를 빵 덩어리처럼 들어 자기 허리께에 얹은 다음 함께 집 안으로 들어갔다.

"너 아팠다며?"

"내려줘요, 디온 삼촌."

"아파 보이지 않는데?"

"아픈 게 아니라 수두에 걸려서 그랬어요."

"그래, 서커스 표범처럼 보였다는 얘기도 들었다."

"아니에요."

조도 두 사람을 따라 안으로 들어갔다. 둘의 농담에 아침 내내, 아니 어쩌면 한 달 내내 쌓였던 두려움이 거의 잦아들었다. 단순히 암살자가 저 밖에서 노리고 있기 때문만은 아니었다. 유령 소년 때문에 두려운 것만도 아니었다. 물론, 암살자에 대한 두려움이 내내 가슴을 짓누르고, 빌어먹을 유령이 또다시 나타나 그나마 남은 인내심마저 바닥 낼까 봐 불안했다. 하지만 두려움은 그보다 더 크고 더 다루기 어려웠다. 지난 몇 달 동안 전 세계가 재편하고 있으며, 노예 마귀들이 밤낮으로 끊임없이 그 심장부부터 뜯어고치는 기분이 아니었던가. 빌어먹을 노예 마귀들은 불구덩이 속에서 일하는데 절대 잠을 자는 법도 없었다.

발밑에서 세상이 온통 흔들렸지만 조가 보려고 들면 지구는 전혀 미동도 않은 듯했다.

"그래서 서커스에 들어갈 거니?"

디온이 토머스에게 물었다.

"서커스에 안 들어가요."

"원숭이도 키울 수 있는데?"

"그래도 서커스엔……"

"오, 그래, 아기 코끼리는 어때? 무척 재미있을 거야."

"아기 코끼리는 못 키워요."

"왜?"

"너무 크게 자라니까."

"오, 그래서 코끼리 똥 다 치우라고 할까 봐 무섭구나?"

"아뇨."

"아냐? 똥이 엄청나게 많은데도?"

"너무 커서 집에 안 들어가요."

디온은 한 손으로 토머스를 추스르고 다른 손으로는 시가를 다시 물었다.

"그래. 그래도 쿠바에 농장이 있잖아. 어쨌든 서커스는 그만둬야 할 게다. 코끼리는 엄청 손이 많이 가거든."

디온은 부엌에 들어가서야 토머스를 내려주었다.

"너한테 선물이 있다."

디온은 싱크대에서 농구공을 꺼내 토머스에게 던졌다.

"와, 멋지다. 그런데 이걸로 뭘 해요?"

토머스가 손바닥으로 공을 이리저리 굴렸다.

"고리 안에 던져 넣기 하려무나."

토머스가 인상을 찌푸렸다.

"그 정도는 알아요. 그런데 고리가 어디 있는데요?"

"고리가 어디 있을까?"

디온이 말하고는 눈썹을 찡긋했다. 토머스도 마침내 눈치를 챘다.

"세상에."

조가 탄성을 흘렸다.

"왜?"

디온이 조를 보았다.

"어디요? 어디?"

토머스가 제자리에서 펄쩍펄쩍 뛰었다.

"저 뒤, 풀장 바로 옆에."

디온이 유리 미닫이문 쪽으로 고갯짓을 했다.

토머스가 달려 나갔다.

"아들."

조가 불렀다.

토머스가 멈추었다.

"인사부터 해야지."

"고마워요, 디온 삼촌."

"별말씀을요."

토머스는 집 뒷마당으로 나갔다.

조가 풀장 너머를 보았다.

"세상에, 농구장이라니."

"제대로 된 농구장이 아니라 겨우 흉내만 냈다. 연못과 장미밭을 없애고 바닥을 포장했지. 물고기와 꽃…… 다 죽이기는 했지만 뭐, 대수로울 것도 없고."

디온이 어깨를 으쓱했다.

"네 손자도 아니면서 응석이나 받아주고."

"나 젊다. 할아버지로 몰지 마."

디온은 샴페인 잔에 오렌지주스를 따르고 잔을 들어 보였다.

"한잔할래?"

조는 고개를 저었다. 둘은 거실로 들어갔고 조가 그곳 사람들한테 고개인사를 했다. 핀족 제프와 석상 마이크 오브리. 핀족은 맨정신 일 때는 위대한 행동 대원이었으나 이제는 그런 모습을 보기가 어려 웠다. 오브리는 무용지물이었다. 그를 석상 마이크라고 부르는 이유는 돌을 깎아 만든 것처럼 보였기 때문이었다. 필로의 헬스장이라면 그에게 적수는 없었다. 농담도 잘하고 담배나 시가에 불도 재빨리 붙여주지만, 근육만 있고 두뇌가 없는 데다, 설상가상으로 배짱도 없었다. 자동차 엔진이 역화하는 소리에 경기를 일으킨 적도 있으니 말이다.

디온이 이런 애들을 곁에 두는 이유는 웃게 만들어주는 데다, 술이면 술, 스테이크면 스테이크, 그와 죽이 잘 맞기 때문이었다. 하지만 조가 보기에 디온은 부하들과 너무 격의 없이 지냈다. 부하들을 야단치거나 본분을 일깨워주려 들면 놈들은 개인적 친분을 무기로 반발하곤 했다. 혹여 놈들의 얼굴에서 반감이 드러나는 날에는 디온은 배신이나 배은망덕이라 간주하고 꼭지가 돌아버렸다. 디온의 분노를 두 번 다시 보고 싶은 사람은 없었다. 아니, 대부분은 그 전에 이미 황천길에 올랐다.

"요즘 마음이 무겁겠지만 아직 쥐새끼에 대해선 전혀 진척이 없다."

디온이 한 모금 마시며 말했다.

"그 정도는 나도 안다."

"그럼 너도 뭔가 해보지그래."

디온이 말했다.

"난 네 부관이 아니야. 고문이지."

"어쨌든 나를 위해 일하잖아. 그러니 유한 책임을 주장할 수는 없다."

두 사람은 당구실로 들어가 의자에 앉아 텅 빈 테이블을 보았다.

"디온, 너한테는 미안한 얘기지만……"

"오, 이제 나도 끌어들이겠다는 얘기냐?"

"너도 몇 달 전부터 알고 있었잖아. 쥐새끼가 집안에 있어."

"아니면 북쪽일 수도. 도니 패밀리."

"도니는 널 위해서 보스턴을 운영한다. 어차피 쥐새끼는 우리 집 안에 있어. 게다가 더 이상 지하실에 있을 생각도 없고. 지금은 아예 찬방을 휘젓고 있다."

"그럼 빗자루 들고 가서 잡아."

"거리는 내 일이 아니다. 난 아바나에 있고 빈타운에 있고 애플에 있고, 어디에나 있다. 디온, 나는 얼굴마담이야. 합법적인 가게와 도박장을 운영한다. 거리는 네 책임이야."

"하지만 쥐새끼가 집안에 있어."

"그래. 그래도 어차피 시궁창에서 나왔지."

"나한테 여편네가 있으면 좋을까?"

디온이 미간을 꼬집으며 한숨을 내쉬었다.

"뭐?"

"이를테면 요리도 하고 애들도 낳아줄 여자 말이야."

디온이 정원을 내다보았다.

세계대전 직후 두 사람이 보스턴 거리의 무단 결석 학생 지도원을 피해 다닐 때부터 디온은 여점원, 쇼걸, 담배팔이 여자들을 마구 건드렸다. 몇 주 이상 한 여자와 지낸 적은 맹세코 없었다.

"여자는 본질적으로 귀찮은 존재야. 네가 사랑하지 않으면 한 여자와 오래 못 간다."

"넌 한 여자와 오래 지냈잖아."

"그래. 에, 사랑했으니까."

디온이 시가를 깊이 빨아들였다. 뒷마당에서 토머스 소리가 들렸다. 농구공이 텅 소리를 내며 백보드를 때렸다.

"다른 여자와 같이 살 생각은 없냐?"

조는 디온의 괴물 같은 집을 둘러보았다. 디온은 혼자 살았다. 하지만 경호원들도 어딘가에서 잠을 자야 하기에 본관은 250미터에 달했다. 그런데도 부엌을 사용한 적은 싱크대에 농구공을 숨긴 게 고작이었다.

"아니, 안 해봤어."

"떠난 지 벌써 7년이다."

"지금 친구로서 대화 중이냐? 아니면 보스와 고문이냐?"

"친구."

"그라시엘라가 떠난 지 7년인 줄은 나도 알아. 7년을 매일매일 세고, 그렇게 매일매일을 살아왔으니까."

"오케이, 오케이."

"하루도 빠짐없이."

"알았다니까."

둘은 한참을 아무 말 없이 앉아 있었다. 마침내 디온이 끙 하고 길게 신음을 토했다.

"그렇지 않아도 골치 아픈 일투성이다. 월리 그라임스는 땅속에 묻히고, 먼투스 딕스는 요새에 처박히고, 이보르의 조합 문제는 계속 터지고, 매음굴 세 곳은 장염으로 엉망이고, 망할 전쟁이 최고의 고객 절반을 데려갔어."

조는 소형 바이올린을 연주하는 시늉을 했다.

"어려운 사업이잖아. 난 가서 잠 좀 자야겠다. 며칠 동안 한숨도 못 잤어."

"그렇게 보여."

"꺼져."

"사돈 남 말 하네."

낮잠은 자지 못했다. 자기 이름을 새긴 총탄이 아니면 조직의 배신자 문제로 안달복달하거나, 배신자가 아니면 아들 걱정을 하다 보면 도저히 잠을 이를 수가 없었다. 나한테 문제가 생기면 토머스는 어떻게 살아가지? 결국 그러다 보면 자신의 이름을 새긴 총탄에 대한 걱정으로 돌아오고 말았다.

분위기 전환을 위해 바네사 생각도 해보았지만 역시 예전처럼 위안을 주지는 못했다. 둘 사이가 예전 같지 않았다. 그녀가 변한 걸까? 여자들이라니. 그 속을 누가 알겠는가? 선창에 함께 앉았을 때 분명 바네사는 이전과 달랐다. 후회하는 걸까? 이유 모를 당혹감이 그녀 주변을 맴돌았는데, 일시적이 아니라 근본적인 감정의 변화를 느낄 수 있었다. 둘은 선창에 앉아 손을 잡고 한 시간 동안 거의 아무 말도 하지 않았다. 하지만 바네사가 자기 차로 돌아가기 위해 자리에서 일어났을 때 마치 여행이 모두 끝난 기분이었다. 그녀가 앉아 있던 그 시간 동안.

그녀는 손바닥을 가볍게 그의 뺨에 대며 작별 인사를 했다. 두 눈은 그의 얼굴 여기저기를 훑으며 찾고 또 찾았는데…… 그런데 뭘 찾은 걸까?

모르겠다.

그리고 바네사는 떠났다.

그렇게 낮잠은 실패하고 조는 남은 하루를 반수면에 들뜬 상태로 지내야 했다. 저녁 식사 후에는 어느 정도 안정을 찾아 디온과 함께 브랜디를 들고 디온의 서재로 들어가 처음으로 빌리 코비치 얘기를 했다. 토머스는 2층 침실에서 잠들었다.

디온은 두 사람의 잔에 술을 따랐다.

"선택의 여지가 없었잖아."

"정말로 담배를 꺼냈어."

조가 인상을 찌푸리며 꿀꺽꿀꺽 잔을 들이켰다.

"그래봐야 결과론이야."

디온이 상기시켰다.

"그래, 그래. 알아."

조가 인정했다.

디온은 책상 뒤 창가로 걸어가 창을 열고 조를 돌아보았다.

"괜찮지?"

조는 친구를 올려다보고 다시 창 너머 검은 나무들을 보았다.

"응, 괜찮아. 솔직히 나 자신을 걱정할 때는 지났어. 그것보다 토머스가 내 곁에 있다가 총에 맞을까 봐 더 불안하다."

디온이 창문을 열자 산들바람이 두 사람을 휘감았다. 웨스트플로리다의 3월치고는 시원하고 기분 좋은 바람이었다. 어둠 속 야자 잎이 바스락거리는 소리가 여고생들의 수다처럼 들렸다.

"아무도 토머스를 건드리지 못해. 너도 마찬가지고. 목요일 아침에 너끈하게 일어나 도대체 왜 쓸데없는 걱정을 했는지 후회할 거다. 그 미친년이 루시어스한테서 살아남기 위해 장난을 친 것뿐이야. 망할, 루시어스 놈이 애초에 덫을 놓았을 수도 있지. 똑똑한 놈이니까. 9만 달러를 챙기고 테레사를 살리는 대신, 너한테 장난친 게 그년이라고 생각하게 만들었을 수도 있어. 그 바람에 넌 일주일 내내 잠을 못 자고……"

"2주일이야."

"그래, 2주일. 살도 빠지고 눈 밑에 다크서클이 생기고…… 망할 머리카락까지 빠지잖아. 뭣 때문에 그래? 부자 놈을 더 부자로 만들고 그 새끼 창녀 목숨을 구해 주려고? 제길, 그년은 죽어도 싼 년이야."

"정말로 농간이라고 생각해?"

디온이 책상 끄트머리에 걸터앉아 잔 속의 브랜디를 흔들었다.

"농간이 아니면? 제길, 아무도 네가 죽기를 원치 않아. 이건 바보 짓이다. 넌 기껏 네 꼬리나 쫓고, 놈들은 계획대로 깡그리 잇속을 챙기겠지."

디온이 상체를 숙이더니 잔으로 조의 무릎을 살짝 건드렸다.

조가 의자 깊숙이 몸을 기댔다가 술잔을 협탁에 내려놓고 담배를 꺼내 불을 붙였다. 이제 얼굴에서도 어둠을 느낄 수 있었다. 숲 사이로 뭔가 크고 빠른 짐승이 쏜살같이 달아났다. 다람쥐 아니면 쥐새끼?

"에, 목요일 새벽 12시 1분에 살아 있다면 네가 내 앞에 돼지 생간을 갖다 놓는다 해도 먹겠다. 그것도 게걸스럽게. 하지만 그때까지는 어디를 가든 등 뒤에서 발소리를 들을 수밖에 없어."

"이해한다. 어쨌든 내일은 그 문제에서 잠깐 벗어나지그래?"

디온이 두 사람 잔에 브랜디를 따랐다.

"그래서 어디를 가는데?"

"먼투스 딕스."

디온이 조의 술잔에 자기 잔을 부딪쳤다.

"그자가 왜?"

"그 새끼는 이미 죽은 시체야. 어차피 처리해야 하니까. 우리 애둘이 당했는데 저렇게 숨어 지내면서 숨 쉬고 있으면, 제기랄, 주변에서 나를 얼마나 호구로 보겠어?"

디온은 책상 위 시가 보관 상자를 열었다.

"하지만, 네 말처럼, 숨어 있잖아. 나도 가까이 못 가."

디온이 시가에 불을 붙인 후 열심히 빨았다.

"브라운타운은 너를 존경한다. 이 도시 다른 곳에서도 마찬가지지만. 너라면 현관으로 들어갈 수 있어. 난 너를 안다. 네가 가서 그 새끼한테 밖으로 나오라고 전해. 그럼 빨리 끝내버려야지. 언제 죽었는지도 모르게 말이야."

"그래서 싫다면?"

"그럼, 제길, 내가 찾아가야지. 어쨌든 더 이상 끌 수는 없다. 체면이 깎이는 데도 한계가 있어. 끝까지 나오지 않으면 그 새끼가 숨은 건물을 완전히 날려버리겠어. 독일 놈들이 레닌그라드를 쳤듯이. 애새끼들도 그 안에 있지? 여편네들도? 그때는 눈곱만큼도 상관 안 할테다. 건물을 제길, 완전히 주차장으로 만들어줄 테니까."

조는 잠시 아무 말도 않고 브랜디만 홀짝였다. 야자 잎이 바스락

거리고 마당 북서쪽 모퉁이에선 분수 물이 재잘거렸다.

"얘기해 보겠다. 최선을 다해서."

그가 대답했다.

기름진 화요일. 재의 수요일 전날. 머릿속에서 시계 소리가 재깍거리더니 어느새 심장 박동으로 메아리쳤다. 조는 먼투스 측근들에게 전화를 넣어 다음 날 아침 회합을 갖기로 했다.

그날 밤도 거의 잠을 자지 못했다. 15분간 꾸벅꾸벅 졸기는 했으나 갑자기 화들짝 깨어나고 만 것이다. 두 눈은 천장을 노려보았다. 금발 소년을 기다렸으나 끝내 나타나지 않았다. 그러고 보니 조가 동요하는 만큼이나 유령의 방문도 불규칙적이었다. 때로는 일주일씩 뜸을 들이다가 때로는 같은 날 여러 번 나타나기도 했다. 놈이 언제 나타날지는 짐작조차 불가능했다. 사후 세계에서 뭔가 전할 메시지가 있다 해도 조로서는 도무지 알 도리가 없었다.

조는 토머스가 잠자는 방으로 내려가 침대에 앉아 아들을 지켜보았다. 가슴이 쌔근쌔근 오르내렸다. 너무도 작고 연약한 가슴. 조는 젖은 손바닥으로 아들의 까치집을 고쳐주고 코를 아들 목 가까이로 가져가 한껏 냄새를 들이마셨다. 토머스는 미동도 하지 않았다. 아들을 흔들어 깨우고 자신이 좋은 아버지였는지 묻고 싶었지만 간신히 충동을 억눌렀다. 조는 얼굴을 아들 얼굴 옆에 두고 침대에 누웠다. 잠시 아득해지면서 비몽사몽으로 빠져들었다. 토끼 한 마리가 울타리 꼭대기를 따라 달렸는데 조는 놈이 어디서 왔는지 알지 못했다. 그때 토끼가 사라지고 문득 잠든 아들을 바라보고 있었다. 정신은 말똥말똥했다.

다음 날 아침 조는 토머스를 태우고 성심성당에 가서 800명의 신도와 함께 줄을 섰다. 러틀 신부가 엄지를 성배에 담갔다가 젖은 재를 두 사람의 이마에 찍어주었다.

성당 밖에 사람들이 모였다. 일요일보다는 수가 적었으나 다들 어딘가 불안한 표정이었다. 러틀 신부는 엄지가 두툼한 터라 사람들 이마의 십자가도 두꺼웠다. 날씨가 더운 탓에 검은 땀자국이 생기기도 했다.

디온의 집으로 돌아간 조는 손을 씻고 나와 부엌으로 갔다. 디온과 토머스는 식탁에서 콘플레이크를 먹고 있었다.

조는 아들 옆에 웅크려 앉았다.

"두 시간 후에 돌아오마."

토머스가 담담한 표정으로 조를 보았는데 눈빛이 완전히 그라시엘라였다.

"두 시간? 아니면 다섯 시간?"

조가 미소를 지었지만 결국 멋쩍은 웃음에 그쳐야 했다.

"디온 삼촌 말 잘 듣고 있어."

토머스가 고개를 끄덕였다. 짐짓 진지한 체하지만 초조한 표정.

"설탕 너무 많이 먹지 말고. 삼촌이 너를 빵집에 데려간다는 얘기는 들었지?"

"빵집? 무슨 빵집?"

디온이 물었다.

"토머스?"

조는 토머스의 눈을 바라보았다.

"설탕 많이 안 먹어요."

토머스가 고개를 끄덕였다.

"조금 이따가 보자."

조가 아들의 양어깨를 쥐었다.

"내가 빵집에 데려간다는 건 또 어찌 알았노?"

디온이 시리얼을 입에 가득 문 채로 물었다.

"수요일이잖아. 너한테 파운드케이크의 날 아냐?"

"파운드케이크가 아니다, 이 무식한 놈아. 토르탈 카푸치노야. 스펀지케이크를 카푸치노에 담그고 리코타 치즈를 씌운 다음 휘핑크림을 위에 붓는 거야. 게다가 이젠 수요일마다 만들지도 않는다. 빌어먹을 전쟁 때문에. 지금은 한 달에 한 번 수요일에 만들고 오늘이 바로 그 수요일이야."

디온은 아예 수저를 밀치더니 손가락까지 펼쳐 들고 일장연설을 했다.

"그래, 그래. 어쨌든 내 아들이니까 너무 많이 주지는 마라. 아일랜드산 위장이잖아."

"쿠바산 아니고요?"

"너는 혼혈이야."

조가 상기시켰다.

"혼혈 아드님께 스폴리아텔레를 조금 맛보여주마. 그 이상은 없어. 우선 농구부터 하자. 입맛 돋우기용으로."

디온이 수저로 토머스를 가리켰다.

"좋아요."

토머스가 활짝 웃었다.

조는 아들 이마에 마지막으로 키스를 하고 밖으로 나섰다.

18장
사나이는 떠난다

조가 이보르 시의 흑인 구역에 들어갈 때 사전에 동의한 대로 디온의 경호원들은 뒤에 남았다. 백인 깡패들이 차 두 대에 나눠 타고 11번가 남쪽으로 달리는 광경을 누군가 본다면, 필경 휴전이 끝났다고 판단해 모조리 날려버리려 했을 것이다. 그래서 조는 마지막 몇 블록을 혼자 운전했다.

운전을 하는 동안 점점 화도 났다. 세상에, 이런 식으로 먼투스를 엿 먹이려 들다니. 어쩌면 그 남자를 정말로 좋아하기 때문일 수도 있겠다. 아니면 그 옛날 아예 목숨을 내놓고 살던 누군가와 동일시했을 수도 있었다. 조가 받은 부탁은 먼투스를 설득해 밖으로 나오게 만드는 것이었다. 조 자신도 최후의 심판을 어떻게든 벗어나려 발악을 하는 판에 말이다. 애초에 먼투스가 무슨 죄를 저질렀지? 그를 죽이기 위해 마을에 침입한 놈들한테서 자신을 보호했을 뿐이 아니던가.

조 또한 도덕적 판단과 거리가 한참 멀지만 그렇다 해도 패악질이 지독하면 악취는 나게 마련이었다. 먼투스에게 행하려는 짓거리는 그 범주에 들어갔다.

먼투스 딕스와 가족은 5번가 자기 소유의 당구장 위에 살았다. 건물은 4층이고 넓이가 블록 하나에 달했다. 먼투스, 슬하의 자녀 아홉, 아내 셋, 경호원들이 위 세 개 층을 차지했지만 여유가 많기에 좁다는 느낌은 전혀 없었다. 공간은 넓고 조명은 약한 탓에 길을 찾기도 만만치가 않았다. 먼투스는 짙은 색 암막 커튼을 좋아해(대개 적색과 갈색) 창문이 모두 깜깜했다.

조는 당구장 밖에 차를 세웠다. 정문 바로 앞에 등나무 의자로 자리를 맡아두었다가 먼투스의 부하가 나타나 치워주었다. 사실 이 동네든 탬파 전역이든, 먼투스의 집 앞에 주차할 명청이가 있을 것 같지는 않았다. 먼투스의 차가 서 있는 곳이면 어디라도 불가능했다. 카나리아 색 31년도 패커드 디럭스8, 길이가 소형 요트에 버금가고 먼투스의 자녀 아홉을 모두 태우고도 남을 만큼 컸다. 물론 세 아내를 태우는 건 불가능했다. 하나같이 거구인 데다 소문에 따르면 서로 경멸하기 때문이었다. 조는 패커드를 지나, 그 뒤에서 후진해 안으로 들어갔다. 먼투스의 번쩍이는 자동차 휠 캡에 조의 차체가 비쳤다.

먼투스의 부하가 손짓으로 조를 주차 구역으로 유도했다. 의자는 여전히 손에 들고 있었다. 마을 위험 지역의 흑인 대부분이 주트 정장, 투톤 구두, 그리고 넓은 챙 모자 차림이었으나 먼투스의 부하들

274

만은 10년 동안 특유의 복장을 고집했다. 빳빳한 흰색 셔츠 위에 빳빳한 검은 정장을 걸치고, 정장의 맨 위 단추는 풀되 두 번째는 반드시 잠그고, 타이는 매지 않고, 당구장 앞에 있는 구두닦이 스탠드에서 반짝반짝 광을 낸 검은 구두를 신었다. 먼투스의 부하 둘이 의자에 앉아 구두를 거울처럼 빛나게 광을 내고 있었다.

조는 천천히 차에서 내렸다. 모두의 시선이 그에게 쏠렸다. 건물 앞쪽뿐 아니라 몇 블록 전부터 그를 쫓아온 눈들까지. 당신은 이곳 사람이 아니야. 이곳에 당신을 원하는 자는 하나도 없다. 눈은 하나같이 그렇게 말하고 있었다. 물론 어느 정도는 조가 흑인 동네에 나타난 백인이기 때문이지만, 이보르라면 인종 차별은 별로 환영받지 못했다. 이 동네에 처음 정착한 사람들은 스페인인과 쿠바인, 곧이어 이탈리아인과 흑인이 들어왔다. 조의 아내는 쿠바인이고 장인은 스페인계이며 장모는 아프리카 흑인이 조상이었다. 조의 아들은 아일랜드인, 스페인인, 아프리카 흑인의 혼혈이므로, 사실 조로서는 흑인들과 하등 문제 될 일이 없었다. 그런데도 몇 년 만에 처음으로 차에서 내리는 순간 그가 마지막으로 백인을 본 것이 일곱 블록 전이었다는 사실을 깨달아야 했다.

먼투스의 부하들이 번갈아 조에게 달려들어 파이프로 두개골을 박살 낸 후 보도에서 씰룩거리다가 죽게 내버려두지 않으리라는 보장은 어디에도 없었다. 먼투스와 프레디 디자코모는 전쟁을 치렀다. 말인즉슨 탬파의 흑인 조직과 백인 조직이 모두 전쟁 중이라는 얘기였다.

먼투스의 부하가 의자를 구두닦이 옆 벽에 기대고는 조에게 다가

와 몸수색을 했다.

수색이 거의 끝났을 때 놈이 조의 사타구니를 힐끗 보았다.

"거시기도 확인해야 합니다. 얘기를 들었거든요."

언젠가 데린저를 숨긴 채 팔메토 카운티의 존 형제한테 접근한 적이 있다. 총을 불알 밑에 감췄다가 10분 후 빼내 테이블 맞은편, 형제의 아비를 겨누었다.

조가 고개를 끄덕였다.

"너무 주무르지는 마라."

"커지게 만들지만 않으면 되겠죠?"

놈이 조의 허벅지 사이에 손을 넣어 손바닥으로 고환을 쓰다듬고 성기 주변을 더듬었다. 구두닦이 스탠드에 앉아 있던 놈의 동료가 슬며시 미소를 지었다. 정작 몸수색을 하는 놈은 얼굴을 돌린 채 잔뜩 인상을 구겼다.

"다 됐습니다. 주무르지도 않았고 거기도 커지지 않았죠."

"어쩌면 제일 큰 게 그 정도일 수도 있다."

"신이 술에 취해서 만드신 모양이군요. 심심한 조의를 바칩니다."

조는 정장 재킷을 추스르고 타이를 매만졌다.

"어디 계시냐?"

"위층에 계십니다. 올라가면 곧 만나실 겁니다."

조는 건물로 들어갔다. 오른쪽으로 당구장 문이 보였다. 기껏 아침 8시 30분이건만 안에서 담배 연기 냄새가 나고 당구공이 딱딱거리는 소리도 들렸다. 이곳은 마라톤 도박과 거액의 판돈으로 이름 높은 곳이었다. 조는 혼자서 계단을 올라갔다. 저 위 붉은 철문 안으로 황량한 방이 드러났다. 짙은 색의 나무 바닥과 같은 색의 벽. 어느 창문이나 벨벳 커튼을 드리웠는데, 보라색 그림자가 짙어 거의 검은 색으로 보였다. 방 안쪽의 창문 사이에 짙은 녹색 페인트칠을 한 소나무 옷장이 있었다.

그곳에 의자 두 개와 탁자 하나가 있었다. 에, 더 정확히는 의자 하나, 탁자 하나, 왕좌 하나.

먼투스는 왕좌에 앉아 있었는데, 하얀 비단 파자마와 하얀 공단 가운, 하얀 슬리퍼가 선명했다. 먼투스는 밤낮으로 옥수수 곰방대로 마리화나를 피웠다. 그는 지금도 마리화나를 빨며 조를 지켜보고 있었다. 조는 그의 맞은편에 앉았다. 주차 구역을 지키던 것과 똑같은 종류의 의자였다. 가운데 탁자엔 술 두 병이 놓여 있었다. 먼투스는 브랜디, 조는 럼주. 먼투스의 브랜디는 세계적인 최고급품인 헤네시 파라디였지만 조의 럼주도 만만찮은 고가였다. 바르반크르. 조와 에스테반 수아레스가 제조한 술은 아니었지만 카리브 해 최고의 럼주였다.

"경쟁사 술을 마셔야 하다니."

조가 술병을 보며 고개를 끄덕였다.

"경쟁이 늘 그렇게 단순했으면 좋겠군. 그런데 당신네 백인들은 왜 이마에 십자가를 그리고 거리를 활보하는 건가?"

먼투스가 마리화나 연기를 가늘게 내뿜고는 다시 한 모금을 빨았다.

"재의 수요일이니까."

조가 대답했다.

"부두교라도 믿는 줄 알았네. 집마다 닭이 사라질까 봐 불안하더라고."

조가 미소 지으며 먼투스의 눈을 보았다. 한 눈은 굴 색, 다른 눈은 마룻바닥 같은 갈색. 좋아 보이지는 않았다. 적어도 15년이나 알고 지냈던 먼투스 딕스는 아니었다.

"당신이 이길 방법은 없소."

먼투스가 그게 무슨 대수냐는 듯 어깨를 으쓱했다.

"그럼 전쟁이지, 뭐. 거리마다 당신네들을 죽이고, 당신네 클럽도 모조리 날리고, 당신네 피로……"

"그럴 가치가 없소. 여기 애들만 잔뜩 죽어나가겠지."

"우리만은 아니야."

"그렇다 해도 우리 애들이 훨씬 더 많지요. 결국 당신 조직 전체가 망가지고 말 거요. 조직은 회복 불능이 될 거고. 어차피 당신도 죽게 될 거요."

"그래서 나한테 선택의 여지가 있나? 모르겠군그래."

"여행을 떠나는 게 어떻겠소?"

조가 말했다.

"어디로?"

"여기만 아니면 어디든. 상황이 조용해질 때까지만."

"프레디 디자코모가 살아 있는 한 절대 조용해질 수가 없어."

"그야 두고 볼 일이지. 그냥 부인들 모시고 떠나시오."

그 말에 먼투스가 큰 소리로 키득거렸다.

"여편네들을 데려가라. 도망 좋아하는 여자 본 적 있나? 그런데 나보고 미친년 셋을 배에 태워서 함께 떠나라고? 이봐, 나를 죽이고 싶으면, 더 확실한 방법도 얼마든지 있잖아."

"내 말은, 이제 상황을 둘러볼 때란 말이오."

"말이 되는 소릴 하라고, 이 거리에 어머니와 내 땅을 남겨두고 떠날 수는 없어. 세계대전에서 369보병연대에 있었지. 할렘의 헬파이터. 들어는 봤나? 정부에서 깜둥이한테 무기를 준 경우도 유일하지만, 그 밖에 또 왜 유명한지는 아나?"

조는 알고 있었지만 고개를 저었다. 먼투스가 직접 얘기하고 싶을 것이다.

"우리는 6개월을 내리 총격을 받고 1500명이 죽었는데도 한 발짝도 물러나지 않았어. 한 사람도. 포로로 잡힌 놈도 없었고. 한번 생각해 보라고. 놈들이 죽다가 지칠 때까지 우리는 빌어먹을 고지를 지켰어. 우리가 아니라 놈들이 죽었다니까. 내 군화가 놈들 피로 물들다 못해 군화 속에서도 피가 찰랑거렸지. 6개월간 전투를 치르면서 잠도 안 자고 대검에서 놈들의 살점을 뜯어먹으면서 버텼어. 그런데 지금 나보고 뭘 하라고? 도망?"

그가 파이프 재를 탁자 위 재떨이에 털고 재떨이 옆의 놋쇠 그릇에서 대마를 집어 다시 채웠다.

"전쟁이 끝나고 다들 달라질 거라고 말했지. 우리도 영웅으로 귀국해 인간 대접을 받을 줄 알았어. 결국 깜둥이의 개꿈에 불과했더군. 그래서 떠난 거야. 파리도 보고 독일도 보고. 사람들이 왜 죽어나가는지 알려고. 1922년에 여기 돌아왔을 때? 난 이탈리아도 보고 아프리카도 신물 나게 봤어. 아프리카가 왜 빌어먹게 웃기는지 알아?

거기에선 나를 아프리카 사람으로 안 봐. 그 친구들은 미국인이 어떻게 생겼는지 너무나 잘 알거든. 피부색하고는 상관없이. 이곳에 돌아와 반쪽짜리 미국인 소리나 듣는 게 그나마 나은 선택이었어. 그래, 난 세상을 봤어. 이곳에서 원하는 것도 모두 얻었고. 당신이 나한테 줄 게 더 있던가?"

"생각 중이오. 내가 어찌해 볼 여지를 남겨놓지 않았잖소, 먼투스."

"옛날에, 당신이 이곳을 다스렸을 때라면, 뭐든 할 수 있었을 거야."

"아직도 힘은 있다오."

"그래도 내 목숨은 못 구하잖아."

먼투스가 상체를 숙였다. 조의 입으로 직접 듣고 싶다는 뜻이었다.

"그렇소, 당신 목숨은 어렵지."

먼투스는 그 말을 마지막 확인으로 받아들였다. 프랑스 전선에서 6개월 동안 매일같이 죽음과 맞섰다고 해도, 이미 20년 전 일이다. 지금은 죽음이 조보다 더 가까이 그의 곁에 앉아 있다. 어깨에 앉아 손으로 머리카락을 쓰다듬고 있는 것이다.

"그래도 거물의 귀는 남아 있소."

조가 말했다.

"문제는, 그 거물이 더 이상 자신이 생각하는 것만큼 거물이 아닐지도 모른다는 거지."

먼투스가 다시 상체를 세웠다.

조가 터무니없는 지적에 미소를 짓는 동시에 인상을 찌푸렸다.

먼투스도 비슷하게 미소를 지었다.

"오, 지금도 거물이라고 믿는 건가?"

"당연히 거물이지."

먼투스가 의자에 등을 기댔다.

"나와 프레디 사이의 일이 처음부터 도박이라고 생각하지? 어느 백인이 이 마을 숫자 도박을 돌리지?"

"디온이오."

먼투스가 고개를 저었다.

"리코 디자코모야."

"디온을 위해 일하오."

"그럼 부두는 누가 운영하는데?"

"디온이오."

먼투스가 다시 천천히 고개를 저었다.

"리코야."

"역시 디온을 위해서요."

"이런, 디온은 좋겠군. 스스로는 아무것도 하지 못하는데 다들 대신 나서서 돈을 벌어주니."

오전 내내 불안했던 이유가 이것 때문이었을까? 아니, 한 주 내내, 한 달 내내? 눈을 뜨자마자 기억에서 지워지는 꿈에서 화들짝 놀라 깨었을 때 심장을 짓누르던 공포가?

지금껏 이 땅에서 살아오면서, 무엇보다 권력에 대해 한 가지 배운 바가 있다. 권력을 잃으면 권력이 완전히 바닥날 때까지 깨닫지 못한다.

조가 머릿속을 정리하기 위해 담배에 불을 붙였다.

"선택은 두 가지요. 그중 하나가 달아나는 것이고."

"거부하면 그다음은?"

"당신이 그 이후의 상황을 결정할 수 있소."

"후계자를 결정하라는 얘긴가?"

조가 끄덕였다.

"아니면 프레디 디자코모가 모두 차지할 테니까. 당신이 세운 전부를."

"프레디와 그 인간 동생 리코가 말이지."

"리코는 개입하지 않았소."

"정말? 프레디가 그렇게 똑똑한 형이라고 생각하나, 응?"

조는 아무 말도 하지 못했다.

먼투스가 허공에 두 손을 던졌다.

"망할, 당신 한 달 전에 어디 있었어?"

"쿠바에 있었소."

"당신이 있었을 때는 이곳도 좋았지. 정말 유례없이 잘나갔어. 다시 당신이 해보지그래?"

조는 두 뺨의 주근깨를 가리켰다.

"인종이 맞지 않거든."

"하나 말해 주지. 당신은 스페인계와 아일랜드계를 잡고 있어. 알잖아. 우리 깜둥이들과 손을 잡으면 이 도시를 되찾을 수 있어."

"멋진 꿈이로군."

"문제 될 게 뭔데?"

"우리는 구멍가게고 저쪽은 대기업이오. 한두 주 버텨봐야 결국 박살 나기만 할 거요. 말 그대로 개죽음이지."

먼투스가 한 잔을 따르고 조의 병을 향해 고개를 끄덕였다. 한 잔 원하면 따라 마시라는 제스처였다. 먼투스는 조가 술잔을 채울 때까지 기다렸다가 잔을 들었다.

"뭘 위해 건배할까?"

먼투스가 물었다.

"원하시는 대로."

먼투스는 잠시 술잔을 바라보다가 주변을 돌아보았다.

"바다를 위해."

"이유는?"

그가 어깨를 으쓱했다.

"늘 바다를 보는 게 좋았거든."

"그건 나도 좋소."

조는 먼투스와 술잔을 부딪쳤고 둘은 함께 마셨다.

"바다를 보면 그 너머에 뭐가 있든 틀림없이 더 나은 세상이 있을 거라는 생각이 들지. 나를 환영하고 인간 대접을 해줄 곳이 있을 거라고 말이야."

"세상사가 그렇게 돌아가야 말이지."

조가 투덜댔다.

"그래. 그래도 기분은 어쨌든 그래. 바다를 보면. 세상 어디든 갈 수 있었건만, 이젠 그마저도 끝이 났군. 다른 것들과 마찬가지로."

그가 다시 한 잔을 마셨다.

"여행을 마감한 것 아니오?"

"그랬지. 현실이 어떤지 아니까. 저기 세상들도 여기와 다를 바가 없어. 그래도 끝없이 펼쳐진 파란 바다를 보고 있으면……"

먼투스가 혼자서 나직이 킬킬거렸다.

"보고 있으면?"

"내가 미쳤다고 생각하나?"

먼투스가 손을 저었다.

"얘기해 보시오."

"지구가 대부분 물이라는 사실은 알지?"

먼투스가 어깨를 펴는데 두 눈이 갑자기 초롱초롱해졌다.

조가 끄덕였다.

"사람들은 하느님이 저 하늘에 산다고 생각하지만 나한테는 그냥
개소리야. 어차피 하늘은 저 멀리, 멀리 있으니까. 우리와 함께가 아
니라, 응?"

"그런데 바다는?"

조가 물었다.

"바다는 세상의 살갗이야. 내 생각에 하느님은 물방울 속에 들어
있네. 그래서 물거품처럼 파도를 뚫고 움직이지. 바다를 보면 신도
나를 보고 있음을 느끼게 된다네."

"이런, 빌어먹을. 그 말에 다시 한 번 건배해야겠소."

둘은 건배를 했고 먼투스는 빈 잔을 탁자에 내려놓았다.

"브리지를 후계자로 정했다는 얘기는 알고 있지?"

조가 고개를 끄덕였다. 브리지. 먼투스의 차남은 은행가 100명을
모아둔 것보다 총명했다.

"짐작은 했소."

"그 아이가 감당해야 할 타격은?"

조가 어깨를 으쓱했다.

"많지는 않소. 나와 같은 수준."

"그 애는 피를 좋아하지 않아."

조가 끄덕였다.

"어쨌든 프레디를 상대하려면 좋아해야 할 거요. 하지만 놈이 브리지를 권좌에서 몰아내고, 자기 부하를 시켜 흑인 지역을 운영할 수 있다고 생각한다면 더 서두를 수도 있고."

"프레디의 깜둥이가 누구지?

조가 인상을 찌푸렸다.

"먼투스, 제발."

먼투스는 다시 한 잔을 따른 뒤, 병을 내려놓고 조의 병을 들어 그에게도 한 잔을 따랐다.

"리틀 라마르인가 보군."

먼투스가 말했다.

조가 끄덕였다. 리틀 라마르는 종종 프레디 디자코모의 흑인 쌍둥이라고 불렸다. 둘 다 그 지역에서 태어나 자랐고 둘 다 아무도 원치 않는 일을 떠맡는 식으로 경력을 쌓았다. 리틀 라마르의 경우 헤로인을 주로 다루고, 밀입국 중국인들을 속여 여자 절반을 마약 중독자 창녀로 만들어 동부의 방갈로에서 몸을 팔게 만들었다. 리틀 라마르가 더 이상 똘마니로 만족하지 않는다는 사실을 알았을 때는 이미 먼투스 딕스가 다루지 못할 만큼 세력이 막강했다. 3년 전 라마르가 떨어져 나간 이후로 지금껏 위태롭기 짝이 없는 휴전 상태였다.

"빌어먹을. 프레디 놈이 내 마권을 빼앗고 내 머리를 자르고 내 왕국을 빼앗아 그 구더기 놈한테 준다는 얘기로군."

"대충 그렇소."

"게다가 내가 죽은 다음엔 내 아들까지 노리겠다고?"

"그렇소."

"빌어먹을, 이건 말도 안 돼."

"맞는 말이오. 하지만 어차피 그런 세계요."

그가 술잔을 마저 비웠다.

"제길, 더러운 세계라는 건 안다. 그렇다고 악마는 아니잖아. 놈들이 정말로 내 아들을 죽일까?"

조는 럼주를 한 잔 마셨다.

"맞소, 그럴 거요. 부딪칠 수밖에 없다고 생각하면."

먼투스는 탁자 너머 조를 바라볼 뿐 말은 하지 않았다.

"웨스트탬파는 흑인 없이 돌아가지 않소. 따라서 프레디도 자기 대신 누군가를 앉힐 수밖에 없지. 지금 그 새끼 계획은 아무래도…… 당신을 죽이고 당신 아들을 죽이고, 리틀 라마르를 권좌에 앉히려 들 거요. 하지만 이 점을 생각해 보시오, 먼투스. 라마르, 당신, 브리지가 모두 죽으면 누가 권좌에 앉을 수 있겠소?"

"아무도 없지. 그럼 여기는 지옥이 될 거야. 피투성이 지옥."

"그럼 물건은 화장실 변기에 버려지고 창녀들은 떠나고 사람들은 도박을 그만둘 거요. 무서워서."

"그렇게 되겠지."

"그 점은 프레디도 우려하는 바요."

조가 고개를 끄덕였다.

"그래서 우리 셋이 모두 죽으면……"

"재앙이오."

조가 두 손을 내밀었다.

"나는 예외고. 어쨌든 죽어야 하니까."

조가 고개를 끄덕여 먼투스 딕스가 상황을 직시하게 했다.

먼투스는 옥좌에 등을 기댄 채 굳은 얼굴로 조를 보았다. 얼굴은 점점 어두워지고 창백해지다가 어느 순간 미미한 미소를 그렸다.

"문제는 내가 살고 죽느냐가 아니야. 어떤 개자식이 떠맡느냐지. 아들 아니면 리틀 라마르?"

조가 무릎 위에 두 손을 교차했다.

"지금 이 순간 라마르가 어디 있는지 누가 알고 있소?"

"아침 이 시간이면 언제나 같은 곳에 있어."

조가 창문을 향해 고개를 젖혔다.

"12번가의 이발소?"

"그래."

"민간인은 없소?"

먼투스가 고개를 저었다.

"이발사는 커피를 마시러 가지. 리틀 라마르는 매일 아침 그곳에서 부하들의 보고를 받아. 면도도 부하가 하고."

"얼마나 되지?"

"셋. 모두 발가락까지 무장을 했어."

"에, 리틀 라마르는 의자에 있고. 부하 하나는 면도 때문에 바쁘고. 그럼 현관문에는 총잡이 둘만 남는군."

먼투스가 잠시 궁리하다가 고개를 끄덕였다. 의미를 알아차린 것이다.

"부인들을 멀리 보냈소?"

"왜 그런 말을 하나?"

"보통 때라면 지금쯤 누군가의 목소리를 들었을 테니까."

먼투스가 잠시 파이프 너머로 조를 노려보다가 고개를 끄덕였다.

"왜 보낸 거요?"

조가 물었다.

"당신이 나를 죽이러 왔다고 생각했다. 누군가가 온다면 당신일 수밖에 없으니까. 오늘 새벽쯤."

"1933년 이후로 아무도 죽이지 않았소."

조가 거짓말을 했다.

"그래. 하지만 그날 왕을 죽였지. 그것도 스무 명을 거느리고 아침 일과를 시작한 왕을."

"스물다섯. 그래서 죽이러 오지 않았다는 걸 알았으니 부인들을 다시 부를 거요?"

먼투스가 인상을 찌푸렸다.

"작별 인사 따위는 한 번이면 족해."

"이미 작별 인사를 했군."

위층에서 분명치 않은 발소리가 들렸다. 먼투스가 위를 올려다보았다. 가벼운 발소리. 아이의 발소리.

"거의 다. 조금만 더 하면……"

"리틀 라마르는 이번 주 잭슨빌에 일이 있소. 정오 기차를 타고 떠나죠. 놈이 돌아올 때면…… 누가 알겠소? 바람이 어떻게 불어올지."

조가 고개를 저었다.

먼투스가 다시 천장을 보며 턱을 씰룩였다. 발소리가 사라졌다.

"숙제를 잘했군."

"숙제는 늘 잘하지."

"그래서, 지금이라는 얘긴가?"

"지금 아니면 영원히 기회는 없소. 그 경우, 당신은 그냥 여기 죽치고 앉아 누군가 찾아와 끝내주기만 기다리겠지. 의지도 선택도 없이."

조가 의자에 기대앉았다.

먼투스가 코로 크게 숨을 들이쉬었다. 두 눈은 왕방울만 해졌다. 그러다가 몇 차례 손바닥으로 허벅지를 때리더니 우두둑 소리가 나도록 목을 돌렸다.

먼투스가 일어나 암녹색 옷장으로 걸어갔다.

그는 실내복을 벗고 옷걸이에 건 다음, 옷의 주름을 매만졌다. 슬리퍼도 벗어 안에 넣고 파자마 바지도 벗어 개켰다. 윗도리도 마찬가지. 그는 한동안 팬티 바람으로 서서 옷장을 보며 숙고했다.

"갈색을 입어야겠어. 갈색 정장의 갈색 인간은 쉬운 타깃이 아니지."

그는 황갈색 셔츠를 꺼냈다. 어찌나 빳빳하게 풀을 먹였는지 바닥에 떨어뜨려도 그대로 서 있을 것처럼 보였다.

"아들이 몇 살인가?"

먼투스가 옷을 입으며 어깨 너머로 물었다.

"아홉."

"엄마가 필요할 나이야."

"생각하기 나름이오."

"정말이야. 사내아이들은 누구나 엄마가 필요하지. 아니면 늑대 새끼로 자라거든. 여자를 우습게 여기고 감수성은 우물처럼 말라버려."

"감수성?"

먼투스 딕스는 옷깃 아래로 군청색 타이를 늘어뜨려놓고 매기 시작했다.

"아들을 사랑하나?"

"세상에서 제일."

"그럼 당신 생각은 때려치우고 엄마를 선물하게."

먼투스는 옷장에서 갈색 바지를 꺼내 입었다.

"아들은 언젠가 떠나. 늘 그래. 평생 같은 방에 앉아 있다 해도 아버지 생각은 눈곱만큼도 안 하니까."

먼투스는 바지 고리에 혁대를 꿰어 넣었다.

"나도 아버지한테 그랬소. 당신은?"

조가 럼주를 한 모금 홀짝였다.

먼투스는 가죽으로 된 총 지갑을 어깨에 찼다.

"비슷해. 그렇게 어른이 되잖아? 아이들은 매달리고 사나이는 떠나고."

먼투스는 44구경 소총을 좌우 총 지갑에 하나씩 찼다.

"그 총으로는 어디도 통과하지 못할 거요."

조가 지적했다.

"그럴 생각도 없어."

먼투스는 45구경 자동 소총을 허리춤에 하나 더 차고 정장 외투를 입고, 다시 황갈색 레인코트와 모자를 걸친 뒤 챙을 어루만졌다. 그리고 레인코트 주머니에 피스톨 두 개를 더 넣고 제일 높은 선반에서 샷건을 꺼낸 다음에야 방을 가로질러 조에게 돌아왔다.

"어때 보여?"

"리틀 라마르에게는 저승사자 같겠군."

"망할, 제대로 맞혔어."

먼투스가 탄성을 내뱉었다.

두 사람은 뒤쪽 계단을 통해 골목으로 내려갔다. 조의 몸수색을 했던 놈이 다른 경비원과 함께 그 아래 서 있었다. 골목 맞은편 차 안에도 둘이 있다가, 보스가 세계대전이라도 치를 듯 중무장하고 건물을 나서자 일제히 고개를 이쪽으로 돌렸다.

"체스터."

먼투스가 경비 하나를 불렀다. 조를 수색했던 놈.

체스터는 보스한테서 눈을 뗄 수가 없었다. 옆구리에 커다란 샷건, 외투 밖으로 삐죽 나온 44구경의 손잡이들.

"예, 보스."

"이 골목 끝에 뭐가 있냐?"

"코틀란의 이발소입니다, 보스."

먼투스가 고개를 끄덕였다.

부하 넷이 거칠고도 절박한 시선을 교환했다.

"지금부터 약 3분 후 그곳이 난장판이 된다. 따라오겠냐?"

"보스, 우리는……"

"따라올 거냐고 물었다."

체스터가 눈을 몇 번 끔벅이다가 한숨을 내쉬었다.

"예, 전 따라갑니다."

"좋아. 지금부터 4분. 몇 명이 내려와서 아직 살아 움직이는 놈이 있으면 모두 처리해라, 알겠지?"

체스터의 눈에 눈물이 가득해 당장에라도 흘러내릴 것 같았으나, 곧바로 좌우를 돌아보자 깨끗해졌다. 체스터가 고개를 끄덕였다.

"개미 새끼 하나 남지 않을 겁니다, 보스."

먼투스가 그의 뺨을 다독이고 다른 셋에게 고개를 끄덕였다.

"이 일이 끝나면 브리지 말을 들어. 내 아들 밑에서 일하는 데 문제 있나?"

부하들이 고개를 저었다.

"좋아. 브리지는 좋은 선장이 될 거다. 그 애가 공정하다는 건 너희도 알지?"

"아버지만 한 아들은 없습니다, 보스."

체스터가 말했다.

"망할, 이봐, 우리 누구도 우리 아버지는 될 수 없어."

체스터는 고개를 숙인 채 피스톨의 장전 상태를 점검했다.

먼투스가 조에게 손을 내밀어 둘은 악수를 했다.

"프레디도 알 거야. 당신이 이런 선택권을 나에게 줬다는 사실을."

"알겠죠. 안들 또 어쩌겠습니까?"

조의 대답이었다.

먼투스는 한참 조를 보았다. 그는 여전히 조의 손을 잡고 있었다.

"언젠가 저세상에서 보자고. 문화인처럼 브랜디 마시는 법을 가르쳐주지."

"기대하죠."

먼투스가 손을 내리고는 말없이 돌아섰다.

그가 골목을 걸어갔다. 보폭은 점점 크고 빨라졌다. 두 손으로는 샷건을 들어 사격 자세를 취했다.

19장
살 권리

조는 브라운타운을 빠져나왔다. 마음으로는 먼투스 딕스를 따라 이발소에 들어가고 싶었다. 먼투스가 샷건으로 경호원들을 뚫고 들어갔을 때 리틀 라마르의 얼굴이 어떻게 변하는지 보고도 싶었다. 하지만 아수라장 근처에 있다가 들키는 날엔 프레디 디자코모가 꼭지가 돌아 바르톨로 패밀리 전체를 상대로 전쟁을 벌일 것이다.

얼마든지 가능한 일이다. 문제는 프레디가 장기 전쟁에 재주가 젬병이라는 점이었다. 놈은 근시안이었다. 늘 그랬다. 놈은 먼투스의 숫자 도박을 탐냈고 이제 막 손에 넣을 참이다. 애초부터 프레디에게 왕국 전체를 노릴 머리가 있었더라면 조도 그 얼간이를 존중했을 것이다. 대신 놈은 푼돈을 위해 최소 10여 명을 살해하는 쪽을 선택했다.

그런데, 먼투스의 얘기처럼 프레디 혼자가 아니라면?

맙소사, 이 바닥 전체에서 디온을 제외하고, 진짜 친구라고 부를 수 있는 사람을 하나 꼽으라면 당연히 리코여야 한다. 한편 먼투스의 몰락을 조율할 정도로 똑똑하고 배짱이 있는 자를 고르라고 해도 당연히 리코다. 그렇지만 먼투스를 밀어내는 일은 리코 같은 친구한테는 너무 하찮은 문제고 그렇다고 디온을 축출하려 들기엔 다소 무리가 있다.

아니, 정말 그럴까?

그 애는 아직 어려. 조는 머릿속 목소리에게 주장했다. 찰리 루치아노도 이 세계를 세웠을 때 어렸다. 마이어 랜스키도. 조 자신은 스물다섯 즈음에 탬파 세계를 통째로 지배했다.

하지만 시대가 달라. 그건 옛날 얘기야.

시간은 변할 수 있지만 사람은 아니다. 목소리가 속삭였다.

11번가를 지나는데 디온의 경호원 둘이 그를 기다리고 있었다. 브루노 카루소와 채피 카르피노. 그는 그 옆에 차를 대고 창문을 내렸다. 채피도 자동차에 탄 채 조수석 창을 내렸다.

"차가 두 대 아니었냐?"

조가 물었다.

"우리가 보스에게 보고한 후 마이크와 핀족을 돌려보냈습니다."

"무슨 문제 있나?"

채피가 하품을 했다.

"아뇨, 앙헬로가 하루 병가를 냈죠. 그래서 보스와 아드님 곁에 경호를 붙인 겁니다. 조가 그렇게 하기를 원하실 거라면서요."

조가 고개를 끄덕였다.

"그래, 너희들도 거기 가 있어."

"저희는 조를 따라가려고요."

조가 천천히 고개를 저었다.

"개인적인 만남이야. 너희들은 따라올 수 없다."

브루노 카루소가 상체를 내밀며 조를 건너다보았다.

"저희는 명령을 받았습니다."

"브루노, 내 운전 솜씨 알지? 내가 기어를 넣으면 네놈이 클러치에서 발을 떼기도 전에 저 모퉁이에 있을 거다. 너는 저 위에 이중 주차한 배달 트럭 사이에서 유턴을 해야 하고. 정말 나하고 추적 놀이 하고 싶어?"

"하지만 조……"

"이봐, 개인적인 일이다. 남녀 문제 말이야. 아주 은밀한. 채피 데리고 원래 있어야 할 자리로 돌아가. 보스한테는 내가 시켰다고 하고. 두 시간 후에 집으로 찾아간다고 전해라."

둘은 시선을 교환했다. 조는 가속 페달을 밟으며 둘에게 미소를 던졌다.

"그럼 보스께 전화해서 말씀해 주시겠습니까?"

브루노가 눈을 굴렸다.

"오케이."

조가 차에 기어를 넣었다.

"오, 보스 말씀이, 리코가 찾는답니다. 지금 그의 사무실에 있습니다."

채피가 말했다.

"어느 사무실?"

"부두요."

"좋아, 고맙다. 전화 부스를 발견하는 대로 디온한테 전화해서 너희들 짐을 덜어주마."

"감사합니다."

조는 둘이 마음을 바꾸기 전에 차를 몰고 10번가에서 곧바로 좌회전한 뒤 마을을 가로질렀다.

선다우너 모텔 뒷길을 내려가는 도중에도 생각의 갈피를 잡지 못했다. 어젯밤 바네사가 전화해 정오에 만나자고 했는데 목소리가 완전히 사무적이었다. 그러고는 뚝 전화를 끊었다. 소환당하는 기분이었다. 열정적인 섹스와 그 후의 희롱에도 불구하고 여자는 여전히 강력한 권력을 행사했다. 여자가 전화를 하면 상대는 당연히 토를 달지 않은 채 그 앞에 대령해야 했다.

권력은 참으로 우스운 존재다. 바네사의 권력은 탬파 시와 힐스버러 카운티를 벗어나지 못한다. 하지만 바로 그곳이야말로 그가 발을 디뎌야 할 기반이기에 바네사의 권력은 조를 압도했다. 먼투스 딕스는 난공불락으로 보였다. 그 권력을 지키기 위해 사람 둘을 죽이기 전까지는. 불행하게도 그 둘은 그보다 훨씬 강력한 조직의 권력자를 대변했다. 폴란드, 프랑스, 영국, 러시아…… 다들 스스로 강대국이라고 여겼으나, 지금은 저 황당무계한 독재자는 자유세계 대부분을 집어삼키고 그들에게 권력의 쓴맛이 뭔지 가르쳐주고 있었다. 일본은 호기롭게 미국을 폭격했고 미국은 자신의 힘을 과신했다. 그리하여 일본에 보복한 다음엔 아예 유럽과 아프리카에 제2, 제3의 전선을 구축했다. 그리고 언제나 이런 충돌 속에서 진실 하나가 모든 것을 압도하고 말았다. 어느 한쪽이 늘 총체적으로 오판을 한다는 사실.

조는 107호 문을 노크했다. 문을 연 사람은 바네사가 아니라 시장 부인이었다. 여자는 딱딱한 비즈니스 정장 차림이었다. 머리를 뒤로 단단히 묶은 탓에 이마의 잿빛 십자가가 선명하게 드러났다. 얼굴은 굳어 있고 눈빛은 차가웠는데, 마치 룸서비스를 불러 단단히 주의를 주려는 것처럼 보였다.

"들어와요."

그는 들어가면서 모자를 벗고 침대 옆에 섰다. 둘이 수도 없이 사랑을 나누었던 침대.

"한잔할래요?"

그녀가 물었다. 그가 어떻게 대답하든 상관없다는 투였다.

"아니, 괜찮아."

그녀는 어쨌든 그에게 한 잔을 따르고 자기 잔도 새로 채운 다음 조에게 잔을 건넸다. 자기 잔을 들어 조의 잔에 쨍 소리를 내며 부딪치기까지 했다.

"뭘 위해 건배하는 거지?"

"지금까지 함께 지내온 모든 것을 위해."

"말인즉슨?"

"우리들을 위해."

바네사는 술을 마셨지만 조는 경대 가장자리에 잔을 내려놓았다.

"좋은 스카치예요."

"무슨 일인지 모르겠지만……"

"그래요. 당연히 모르겠죠."

"그래도 당신을 포기할 생각은 없어."

"그건 당신 생각이고 난 당신을 포기했어요."

"전화로 얘기할 수 있었을 텐데."

"그러면 받아들이지 않았겠죠. 직접 보여줘야 한다고 생각했어요."

"보다니, 뭘?"

"내가 진심이라는 사실. 여자는 한번 돌아서면 절대 돌아보지 않아요. 난 그런 여자죠."

"어째서…… 어째서 이렇게 된 거지? 내가 무슨 잘못을 했기에?"

갑자기 두 손을 어떻게 처리해야 할지 난감하기만 했다.

"아무 잘못 없어요. 다만 내가 꿈에서 깨어났을 뿐이죠."

그가 술잔 옆에 모자를 놓고 그녀의 손을 잡으려 했으나 그녀가 물러섰다.

"이러지 마."

"왜요?"

"왜냐고?"

"그래요, 조. 이러지 말아야 할 이유를 하나만 대봐요."

"왜냐하면……"

그가 이유를 찾기 위해 손으로 이 벽 저 벽을 가리켰다.

"왜냐하면?"

조는 되도록 차분하게 설명해 보려 했다.

"왜냐하면…… 당신이 없으면, 당신을 곁에 둘 수 없다면…… 아니, 아니, 섹스가 아니라…… 섹스만이 아니라, 당신 말이야. 그럼 아침에 나를 침대에서 일어나게 할 사람은 아들뿐이지. 당신 없으면 세상은 그저……"

조가 그녀 이마의 십자가를 가리켰다.

"고행?"

"다 타버린 재가 될 거야."

그녀가 잔을 비웠다.

"날 사랑해요? 오늘 그 말을 하려는 건가요?"

"응? 아니, 그렇지는 않아."

"아니라고요? 날 사랑하지 않아요?"

"아니, 아니, 내 말은, 모르겠어. 도무지……"

바네사가 다시 자기 잔에 술을 따랐다.

"우리가 어떻게 될 것 같아요? 사람들한테 들킬 때까지 재미만 보겠다고요?"

"들킬 염려는……"

"아니, 들켜요. 한 주 내내 그래서 고민했죠. 전에는 왜 그 생각이 안 들었는지 모르겠더군요. 결국 그렇게 되면 당신은 한동안 쿠바로 달아나면 그만이고 돌아올 때쯤엔 추문도 가라앉겠죠. 그동안 나는 애틀랜타로 쫓겨날 거고 결국 가족 사업도 이사회에 넘어가고 말 거예요. 깡패하고 바람을 피우고 권력자 남편한테 오쟁이를 지게 한 년이에요. 누가 그런 미친년을 믿겠어요?"

"그건 나도 원치 않아."

"당신은 뭘 원해요, 조?"

물론 바네사를 원했다. 사실 지금 당장 그녀를 침대에 눕히고 싶었다. 솔직히 들키지 않고 해낼 수만 있다면(해내지 못할 이유가 뭐란 말인가?) 한 달에 몇 번이라도 만나고 싶었다. 그리하여 서로에게 깊이 빠지고 나면 자연스럽게 다른 무리에서 과감하게 떨어져 나올 궁리도 하게 될 것이다. 아니면 둘의 열정이 온실의 꽃에 불과해 이미 시들고 있다는 사실을 깨닫게 될까?

"나도 내가 뭘 원하는지 모르겠어."

그가 대답했다.

"대단하군요. 아주 대단해요."

바네사가 비아냥거렸다.

"아무리 노력해도 당신을 잊지 못한다는 것 정도는 알아."

"힘드셔서 어쩌나."

"아니, 아니, 내 말은…… 이봐, 시도는 해볼 수 있잖아, 응?"

"시도?"

"이 일이 어디까지 가는지 보는 거야. 지금까지는 잘해 왔어."

"이 일?"

그녀가 침대를 가리켰다.

"그래."

"난 유부녀예요. 남편은 시장이고. 결국 치욕으로 끝날 수밖에 없어요."

"어쩌면 모험해 볼 가치가 있을지도."

"모든 것을 잃는 데 대한 보상이 있다면 혹시 모르겠지만요."

맙소사, 여자들이란.

어쩌면 이 여자를 사랑하는지도 모른다. 어쩌면. 하지만 그렇다고 남편을 버리라고 요구할 수는 없지 않은가. 결국 오랜 세월 추문으로 남고 말 일이다. 젊고 잘생긴 시장을 공개적으로 오쟁이 진 남편으로 만들어? 그렇게 될 경우 조는 치외법인에서 인간쓰레기로 낙인찍히고, 다시는 웨스트센트럴플로리다에서 사업을 하지 못하리라. 아니, 어쩌면 미국 어디에 가서도 하지 못할 것이다. 남쪽으로 내려갈수록 사람들은 잘 웃지만 용서에는 인색하다. 그 정도는 조도 알고 있다. 그런데, 전쟁 영웅 아들의 아내를 훔쳐? 템파에서 가장 유서 깊은 가문의 며느리를? 사람들은 모두 그에게 등을 돌리고 조는 그야말로 전업 깡패 시절로 돌아가야 할 것이다. 문제는, 조는 이미 서른여섯 살. 행동 대원이 되기엔 늙었고, 보스가 되기엔 아일랜드 혈통이다.

"당신이 뭘 원하는지 모르겠군."

조가 마침내 그렇게 말했다.

바네사의 눈을 보니 그의 대답이 그녀의 확신에 힘을 실어준 모양이었다. 요컨대 일종의 테스트에 실패한 것이다. 자신이 시험에 든 것도 몰랐건만 어쨌든 실패는 실패일 수밖에 없다.

침대 너머 바네사를 보는데 머릿속의 목소리가 속삭였다.

말하지 마!

그는 그 말을 듣지 않았다.

"당신 창문에 사다리라도 놓아야 하는 거야? 야반도주라도 할까?"

302

"아뇨. 하지만, 그럴 생각까지 하고 있다니 고맙긴 하군요."

그녀의 손이 무릎 위에서 가볍게 흔들렸다.

"달아나고 싶어? 그럼 당신 남편과 유력자 친구들이 어떻게 나올지 뻔한데? 내 생각엔⋯⋯"

"말하지 마요."

바네사가 침대 너머 그를 보며 입술을 삐죽 내밀었다.

"응?"

"당신 말이 맞아요. 내 생각도 그러니까 더 이상 논쟁할 필요도 없어요. 그러니 더 이상 얘기도 하지 마요."

그 말에 그는 눈을 끔벅였다. 여러 번. 술을 한 모금 마시자 바네사가 다시 따라주었다. 이거야말로 저지르지도 않은 죄 때문에 선고를 기다리는 기분이었다.

"임신했어요."

그녀가 말했다.

조는 술잔을 내려놓았다.

"임⋯⋯"

"신."

바네사가 고개를 끄덕이며 대신 말을 맺어주었다.

"내 아이라는 얘기야?"

"예, 그래요."

"확실해?"

"분명해요."

"남편도 알아?"

"당연하죠."

"남편이 계산을 잘못했을 수도 있잖아. 그가……"

"남편은 고자예요, 조."

"남편이……"

바네사는 씁쓸하게 미소 지으며 고개를 끄덕였다.

"옛날부터 그랬죠."

"그럼 당신은 한 번도……"

"두 번. 아니, 정확히는 한 번 반이겠군요. 마지막은 1년 전이었고요."

바네사의 대답이었다.

"그래서 어쩔 생각이야?"

"의사를 알아요. 그러니 아무 문제 없어요."

바네사가 애써 밝은 표정을 지으며 손가락으로 딱 소리를 냈다.

"잠깐. 잠깐."

"왜요?"

"내 아이를 죽이겠다고?"

조가 벌떡 일어났다.

"아직 아이가 아니에요, 조."

"아니, 아이가 맞아. 그러니 죽일 수 없어."

"지금까지 살해한 사람이 몇이나 되죠, 조지프 씨?"

"그건 이 일과 아무 상관이……"

"내가 들은 얘기 중 절반만 사실이라 해도 몇은 돼요. 직접 죽였든, 죽이라고 지시만 내렸든 간에요. 그런데 지금 나한테……"

조가 번개처럼 침대를 돌아갔다. 바네사가 자리에서 일어나다가 의자를 넘어뜨렸다.

"절대 안 돼."

"아뇨, 돼요."

"이 마을에 있는 낙태 시술자는 다 알아. 당신 얘기를 하겠어."

"내가 언제 여기서 한다고 했죠? 그리고 미안하지만 한 발짝 물러나 주실래요?"

그녀가 조의 얼굴을 올려다보았다.

그가 손을 들고는 한숨을 내쉬며 뒤로 물러났다.

"좋아."

"좋다뇨, 뭐가?"

"좋아. 남편을 떠나 나한테 와. 함께 아이를 기르자고."

"오, 세상에, 너무 좋아 기절하시겠군요."

"이봐, 내 말을……"

"내가 왜 남편을 버리고 깡패하고 살아야 하죠? 내년 이맘때쯤 당신이 살아 있을 확률은 바탄에서 전투 중인 병사가 살아 있을 확률보다도 희박해요."

"난 깡패가 아니야."

"아니에요? 그럼 켈빈 보리가드는 누구죠?"

"누구?"

조가 되물었다.

"켈빈 보리가드. 1930년대 탬파의 사업가였죠. 통조림 공장인가 그랬어요."

조는 아무 말 하지 않았다.

바네사는 물을 한 잔 마셨다.

"KKK의 멤버라는 소문이 있었죠."

"그 사람 얘기는 왜 하는 거지?"

"남편이 두 달 전에 와서 당신과 내가 가까운지 묻더군요. 남편은 바보가 아니에요. '아니, 가깝지 않아요.' 내가 이렇게 대답했더니 그러더군요. '그래, 혹여 가깝게 지내는 날엔 그 새끼를 평생 감옥에서 썩게 만들어버리겠어.'"

"헛소리."

조가 반발하자 바네사가 슬픈 표정으로 천천히 고개를 저었다.

"남편한테는 증인 진술서가 두 장 있어요. 누군가 켈빈 보리가드의 머리를 쐈을 때 당신을 그의 사무실에서 봤다는."

"거짓말이야."

다시 고갯짓.

"내가 직접 봤어요. 두 진술서에 따르면 당신이 고개를 끄덕이자 총잡이가 방아쇠를 당겼죠."

조는 침대에 앉아 궁지에서 빠져나갈 방법을 궁리했으나 아무 생각도 나지 않았다. 한참 후 그가 바네사를 올려다보았다. 두 손이 무릎 위에서 힘없이 대롱거렸다.

"시장의 저택에서도, 내 가족한테서도 쫓겨날 생각은 추호도 없어요. 그렇게 거리를 헤매다가 구빈원에서 아이를 낳으라고요? 아이는 자라서 아버지 교도소 면회나 다니고? 아, 그것도 모르겠군요. 판사들이 남편 지시대로 당신에게 사형을 선고할 수도 있으니까."

바네사가 슬픈 미소를 지었다.

둘은 5분 정도 말없이 앉아 있었다. 조가 계속 탈출구를 찾아 머리를 쥐어짜는 모습을 보며 바네사는 그에게 별 뾰족한 수가 없다는 사실을 알 수 있었다.

결국 조가 먼저 입을 열었다.

"에, 그런 식으로 말한다면야."

그녀가 끄덕였다.

"당신이 동의할 거라고 생각했어요."

조는 아무 말 하지 못했다.

바네사는 가방과 벨벳 모자를 챙겼다. 그리고 문에 손을 대며 그를 돌아보았다.

"똑똑한 사람인 줄 알았는데, 지금 당신 바로 코앞에 골칫거리가 산더미라는 건 보지 못하고 있네요. 발등의 불부터 꺼요, 조."

바네사가 문을 열었다.

그가 고개를 들 때쯤엔 바네사는 보이지 않았다.

몇 분 후, 경대에 두었던 술잔을 가져와 창가 의자에 앉았다. 잿빛 구름이 머릿속을 채우고 핏속으로 침투하는 바람에 아무 생각도 할 수가 없었다. 기본적으로 그가 충격을 받았다는 건 이해할 수 있었지만 어떤 자극 때문에 이렇게 정신이 마비되었는지 알 수가 없었다. 바네사의 임신? 낙태 계획? 절교 선언? 아니면 조의 자유를 흔들 수 있다는 남편의 서류?

조는 머릿속을 맑게 하거나 적어도 피가 다시 흐르게 하기 위해 전화를 들어 외부 연결을 요청했다. 디온에게 전화해야 한다는 사실을 잊었던 것이다. 브루노와 채피의 책임을 면해 주어야 했건만. 오늘 두 사람마저 해고된다면 오늘은 불운으로 점철된 하루가 될 터였다.

디온은 전화를 받지 않았다. 그러고 보니 수요일이로군. 수요일이면 늘 디온은 치네티 빵집에 갔다. 조는 전화를 한 통 더 걸고 돌아가야겠다고 생각했다. 그때쯤 다들 돌아오고 스펀지케이크도 따뜻할 것이다.

그는 전화를 끊고 다시 수화기를 들어 외부 연결을 청했다. 이번에는 사무실의 마거릿을 불러 메시지가 있는지 물었다.

"리코 디자코모가 두 번 전화했어요. 급하니까 빨리 전화해 달라고 했습니다."

"알았어요. 다른 전화는?"

"해군 정보부 신사분?"

"매튜 비엘."

"예, 맞아요. 이상한 메시지를 남겼네요."

마거릿은 1934년부터 조의 비서 일을 했다. 이상한 일이라면 얼마든지 겪은 터였다.

"읽어줘요."

마거릿이 목을 가다듬고 옥타브를 떨어뜨렸다.

"다음에 일어날 상황이 이미 터졌습니다."

마거릿이 원래의 목소리로 다시 물었다.

"무슨 뜻인지 아세요?"

"잘은 모르겠지만 잘 지내보자는 정부식 협박이겠지, 뭐."

조가 대답했다.

전화를 끊고는 담배를 피우며 매튜 비엘과의 대화를 되새겨보았다. 당시의 대화를 기억해 내는 데는 그다지 시간이 걸리지 않았다. '우리가 다음에 취할 조치'가 맘에 들지 않을 거라고 비엘이 위협한 바 있었다.

어떤 조치인지는 모르겠지만 이미 발동했다는 뜻이렷다.

나를 땅속에 묻을 생각이 아니라면 뭐든 꼴리는 대로 해봐라. 조가 속으로 구시렁거렸다.

아무튼…….

조는 리코 디자코모의 사무실에 전화했다. 비서가 곧바로 연결해 주었다.

"조?"

"그래."

"맙소사, 어디 계셨습니까?"

"응? 왜?"

"맨크가 요양원에 없습니다."

"아냐, 분명히 거기 있어."

"아뇨, 없습니다. 맨크가 탬파에 돌아와 조를 찾고 있습니다. 댁에서 한 블록 떨어진 데에서 누가 봤다는데, 그 두 시간 전에는 조의 사무실 건물 밖에서 어슬렁거리기도 했어요. 어디 계신지 모르지만 그곳에 그냥 계세요, 알겠죠?"

조는 방을 둘러보았다. 바네사는 자애롭게도 스카치 병을 남겨두었다.

"가능하다."

조가 대답했다.

"우리가 놈을 사냥하겠습니다. 가능하다면 땅에 묻어야죠."

"얼마든지."

"상황을 마무리할 때까지 꼼짝 말고 계세요."

맨크가 저 밖에서 어슬렁거리고 있다고? 눈곱 낀 두 눈과 버짐투성이 두피. 놈이 숨을 쉴 때마다 싸구려 술과 살라미 소시지 냄새가 났다. 맨크는 테레사나 빌리 코비치처럼 술수를 쓰지 않는다. 자동차를 몰고 와서 대뜸 총을 난사하는 무데뽀 스타일이다.

"알았다. 꼭 처박혀 있지. 끝나는 대로 전화해."

"옙. 곧 연락드리겠습니다."

"리코."

리코의 목소리가 돌아왔다.

"예? 왜요?"

"여기 번호를 알아야 하잖아?"

"예?"

"나한테 전화한다며."

리코가 웃었다.

"아, 예, 맞습니다. 맞아요. 펜을 가져올게요. 예, 부르세요."

조는 방의 직통 전화번호를 댔다.

"예, 알겠습니다. 곧 연락드리죠."

리코가 말하고 전화를 끊었다.

객실에는 커튼이 드리워졌으나 부두를 향한 창문들은 커튼 사이에 틈이 있었다. 그는 침대에 배를 깔고 누운 뒤 커튼 자락을 당겨 양쪽을 교차시켰다.

그리고 침대에서 빠져나왔다. 맨크가 지금 저 밖에서 방을 노려보며 그가 어디 있는지 위치를 가늠하고 있을지도 몰랐다.

그는 경대 위에 앉아 황갈색 벽과 고깃배 그림을 노려보았다. 태풍이 휘몰아친 해변에서 이제 막 출항을 서두르는 배들. 캔틸런 형제는 방마다 같은 그림을 걸어두었다. 이 방은 너무 낮게 걸어둔 탓에 2주 전 조가 뒤에서 들어갈 때 바네사가 손으로 잡을 곳을 찾다가 실수로 건드려 살짝 비뚤어졌다. 액자 뒷면이 페인트를 긁어 벽에 생긴 흠집도 보였다. 조는 그녀의 머리카락이 다시 보이는 듯했다. 촉촉이 젖은 머리카락이 목덜미를 건드렸다. 그녀의 숨결에서 술 냄새도 났다. 그래, 그날은 진이었어. 둘의 동작이 점점 더 격렬해지면서 철썩철썩 살 부딪는 소리도 들리는 듯했다.

기억은 당혹스러울 정도로 정확했다. 기억을 더듬기만 했는데도 이렇게 가슴이 쓰라리다니. 만일 그곳에 하루 종일 앉아 식사 대신 스카치만 홀짝이며 그녀를 생각한다면 가슴이 터져버리고 말 것이다. 다른 생각을 해야 한다. 다른 생각. 이를테면…….

도대체 누가 살인 청부를 받은 뒤 일을 하다 말고 요양원에 들어가지?

조가 낌새를 눈치채지 못하게 하려는 계략일까? 아니면 정말로 미쳐서? 누가 조를 살해하라고 청부업자를 고용했는지는 모르겠지만, 맨크가 정신병원으로 도망쳤을 때 꽤나 난감했을 것이다. 그 경우 청부를 맡은 자는 다른 사람을 고용해 조와 맨크를 둘 다 처리해야 한다. 아니, 실제로 청부를 맡은 킬러들이라면 느긋하게 머리를 식히는 대신 아무 때든 기회가 났을 때 처리할 것이다. 따라서 이 상황은 말이 안 된다.

조는 당장 거리로 뛰쳐나가 맨크를 봤다는 리코의 부하와 얘기를 하고 싶었다. 분명 비슷한 자를 보고는 착각했다는 데 1000달러라도 걸 수 있다. 아니 2000달러도 좋다. 이길 자신 있으니까.

하지만, 그렇다고 목숨을 걸어? 정말 그 정도로 자신 있나? 실제로 판돈이 목숨인데? 그로서는 이 방에서 죽칠 수밖에 없었다. 아니, 이미 이곳은 방이 아니라 감옥이 되어버렸다. 물론 곧 끝나기는 할 것이다. 리코와 그의 부하들이 맨크 비슷한 자를 처리할 테니까. 좋다, 진짜로 맨크를 죽일 수도 있다. 어쨌든 그러면 조도 다시 편히 잠을 청할 수 있다.

그때까지는 이 안에 처박혀 있기.

그는 잔을 입술에 대려다가 우뚝 멈췄다.

감옥이 핵심이야.

바네사가 떠나면서 무슨 말을 했더라? 조는 모든 것을 보지만 바로 코앞은 보지 못했다.

지난 2주 동안 누군가 조를 죽이려 했다면 지금쯤 당연히 죽었어야 한다. 실제로 음모 얘기를 알기 전까지 아무것도 모른 체 느긋하게 거리를 활보하지 않았던가. 잠재적 위험을 깨닫고 나서도 애써 소문을 무시하려 들었다. 테레사의 구명을 위해 거래도 하고, 킹 루시어스는 물론 마약에 중독된 살인자 스무 명이 있는 배에 오르기도 했다. 몇 번 운전을 하는 동안에라도 손쉽게 처치할 수 있었을 것이다. 레이퍼드, 피스 강……. 맙소사 마을을 드라이브한 것도 여러 번이건만.

살인자가 뭘 기다린다고?

재의 수요일.

그런데 왜 기다리지?

가능한 대답은 '기다리지 않는다'뿐이다. 킬러도 없다. 아니, 있다 해도 조를 죽일 의사가 없다.

그저 가둬둘 뿐.

그는 수화기를 들어 외부 연결을 신청하고 펜사콜라의 라즈워스 요양원에 연결해 달라고 부탁했다. 그곳의 교환원을 통과한 후, 접수원한테는 탬파 경찰서의 프랜시스 캐디먼 형사라고 속이고, 살인 사건 때문이니 즉시 원장과 통화를 해야겠다고 윽박질렀다.

여자가 전화를 연결해 주었다.

사피로 박사가 전화를 받고 무슨 일인지 물었다. 조는 어젯밤 탬파에서 살인 사건이 있었는데 그 사건과 관련해 환자와 통화하고 싶다고 했다.

"우리가 보기에 그자가 또 살인을 할 것 같습니다."

"우리 환자를 죽인다고요?"

"아뇨, 원장님, 솔직히 말씀드리면 용의자가 그곳 환자입니다."

"무슨 말씀인지 모르겠군요."

"사건 현장에서 제이콥 맨크를 봤다는 증인이 둘이나 됩니다."

"그럴 리가 없습니다."

"죄송합니다만 사실입니다, 원장님. 곧 찾아뵙죠. 시간 내주셔서 감사합니다."

"끊지 마세요. 사건이 언제 일어났죠?"

"오늘 새벽, 2시 15분입니다."

"그럼 잘못 아셨습니다. 그 환자가 죽였을 거라고요? 제이콥 맨크가요?"

"예, 원장님."

"그 환자는 이틀 전 자살을 기도했어요. 깨진 창유리 조각으로 경동맥을 끊었어요. 그 이후로 지금까지 혼수상태입니다."

"확실합니까?"

"지금 환자를 보고 있으니까요."

"감사합니다, 원장님."

조는 전화를 끊었다.

먼투스 딕스를 제거하면 최대의 이익을 볼 사람은?

프레디 디자코모는 아니다. 달랑 숫자 도박만 챙겼으니까.

리코는 그 영역을 차지했다.

토머스를 데리고 쿠바에 가 있으라고 제안한 자는?

리코.

조를 찾아내 이름 하나를 던져 이곳에 틀어박혀 있게 한 자는?

리코.

조를 퇴장시킨 다음 왕좌를 노릴 정도로 똑똑한 놈은?

리코 디자코모.

리코는 재의 수요일에 조가 어디에 나타나지 않길 바라는 거지?

성당.

아니, 그렇지 않아. 성당에는 이미 사고 없이 다녀왔어.

빵집.

"맙소사."

조는 탄식을 내뱉고는 방문을 향해 질주했다.

20장

빵집

디온 삼촌의 운전사 카민이 치네티 빵집 밖에 차를 세웠을 때가 12시 30분, 날씨는 후텁지근했으나, 해가 양털 같은 하늘 뒤에 갇혀 밝은 회색이나 회백색을 띠었다. 디온 삼촌이 토머스의 다리를 다독이며 말했다.

"스폴리아텔레 맞지?"

"같이 가도 돼요."

마이크 오브리와 핀족 제프가 바로 뒤 연석 쪽에 차를 댔다.

"아냐. 내가 할 수 있다. 스폴리아텔레, 맞지?"

"맞아요."

"파스티초티도 파는지 봐야겠어."

"고마워요, 디온 삼촌."

카민이 차를 돌아와 보스를 위해 문을 열어주었다.

"모시고 들어가겠습니다."

"애나 잘 지켜."

"보스, 그냥 모시고 들어가게 해주세요."

토머스가 올려다보니 디온 삼촌의 턱살 늘어진 얼굴이 보라색으로 변하고 있었다.

"내가 너한테 프랑스어를 배우라고 하더냐?"

디온 삼촌이 카민에게 물었다.

"예?"

"너한테 프랑스어를 배우라고 했냐고?"

"아뇨, 보스. 그럴 리가 있습니까?"

"길 건너 철물점에 페인트칠하라고 시켰냐?"

"아뇨, 보스, 절대 아닙니다."

"그럼 기린하고 자라고 하더냐?"

"예?"

"질문에 대답이나 해."

"아닙니다, 보스, 그런 지시는 전혀……"

"그래, 프랑스어 배우라고도, 길 건너 철물점을 칠하라고도, 기린과 자라고도 하지 않았다. 기껏 차에 있으라는 얘기 아냐? 그러니까 제길, 차에서 기다려."

디온이 카민의 얼굴을 다독였다.

디온은 빵집으로 들어가며 정장 매무새를 가다듬고 타이를 어루만졌다. 카민은 운전석에 앉아 백미러를 돌려 토머스를 보았다.

"너 잔디 볼링 좋아하냐?"

"몰라요. 해본 적이 없어서."

"오, 꼭 해봐라. 쿠바에서는 뭘 하나?"

"야구요."

"너도 해?"

"예."

"잘해?"

토머스가 어깨를 으쓱했다.

"쿠바 사람들보다는 못해요."

"난 네 나이 때 잔디 볼링을 했어. 올드 컨트리에서. 다들 아버지한테 배웠으려니 생각하지만 사실은 엄마한테 배웠어. 죽이지? 엄마는 갈색 드레스를 입었어. 갈색을 좋아했거든. 갈색 드레스, 갈색 구두, 갈색 접시. 팔레르모 출신이거든. 아버지는 그래서 엄마가 상상력 결핍이라고 비꼬곤 했지. 아버지는 고향이……"

토머스는 카민의 얘기를 외면했다. 남의 얘기를 잘 들으면, 정말로 잘 들으면, 그 사람의 존경과 감사를 얻을 수 있단다. 아버지는 그렇게 얘기했다. 그리고 모두들 재미있는 사람으로 보이고 싶어 하지. "사람들은 자신이 보여주고 싶은 대로 다른 사람이 봐주기를 바란단다." 하지만 상대방이 멍청이거나 대화에 젬병일 경우라면 그저 듣는 척할 수밖에 없었다. 때로는 아버지 반만이라도 닮고 싶었지만 이따금 아버지도 틀릴 때가 있었다. 바보들의 얘기를 참고 들어줘야 할 때는 솔직히 누가 옳은지 알 수가 없었다. 어쩌면 둘 다 옳은지 모른다는 생각도 들었다.

카민이 혀짤배기소리로 주절대는데 집배원 종소리가 들리고 노란 자전거가 옆을 지나갔다. 집배원은 빵집 바로 옆 벽에 자전거를 기대고 가방을 뒤져 우편물을 챙겼다.

키 큰 사내가 집배원을 지나자마자 멈추더니 상체를 굽혀 구두끈을 매기 시작했다. 사내는 뺨이 움푹 패고 창백한 이마에 재로 십자가를 그렸다. 토머스가 보기에 구두끈은 이미 제대로 매여 있었으나 그래도 그 자세를 고수했다. 심지어 고개를 들어 토머스와 눈길을 마주쳤을 때도 마찬가지였다. 그의 눈은 위쪽을 향해 있었다. 토머스는 그의 옷깃 위쪽이 땀에 젖은 것을 알아차렸다. 남자는 고개를 숙이고 다시 구두끈을 만지작거렸다.

그때 다른 남자가 나타났다. 키도 훨씬 작고 더 땅땅했다. 남자는 차 뒤쪽에서 와서 7번 애버뉴 보도를 따라 빵집으로 들어갔다. 빠르고 단호한 걸음걸이로.

카민은 계속 지껄였다.

"……그런데 콘체타 이모 말이……"

순간 그가 말꼬리를 흐리며 고개를 돌렸다. 거리에서 뭔가를 본 것이다.

진보라색 레인코트 차림의 사내 둘이 반대편 보도에서 내려왔다. 둘은 잠시 멈춰 차가 지나가게 하고 다시 다가왔다. 레인코트 벨트를 헐겁게 매었건만 둘 다 벨트를 향해 손을 뻗고 있었다.

"여기 기다려라, 꼬마."

카민이 토머스에게 당부하고 차에서 내렸다.

카민이 쾅 하고 뒤로 부딪치며 자동차가 덜컹 움직였다. 토머스는 카민의 코트 색이 변하는 것을 지켜보았다. 총소리가 귀를 찢을 듯

시끄러웠다. 둘이 다시 사격을 가하자 카민이 차창에서 떨어져 나갔다. 차창에 피 얼룩이 가득했다.

마이크 오브리와 핀족은 차에서 내리지도 못했다. 거기에 있던 두 남자가 오브리를 처치했다. 그리고 샷건이 작렬하는 소리가 나더니 핀족이 당했다. 조수석 창문이 박살 나고 차창 안쪽으로 피가 잔뜩 튀었다.

남자들은 톰슨 기관총을 들고 길 한가운데 서서 토머스를 향해 돌아섰다. 하나가 의외라는 듯 새우 눈을 했다. 저 안에 아이가 있어? 이윽고 톰슨의 총구가 토머스를 향했다.

그때 등 뒤에서 비명과 뭔가 와장창 깨지는 소리가 들리더니 가게 유리창이 산산이 부서져 내렸고 피스톨 소리가 그 뒤를 이었다. 더 큰 소리도 들렸는데 아마도 샷건일 것이다. 토머스는 돌아보지 않았지만 그렇다고 바닥에 엎드리지도 않았다. 자신의 죽음에서 눈을 뗄 수가 없었다. 톰슨의 총구 둘은 여전히 그를 겨누고 있었다. 둘이 서로를 보았는데, 말은 없었지만 뭔가 불쾌한 일을 결정한 듯 보였다.

자동차가 둘을 쳤을 때 토머스는 토악질을 했다. 조금. 충격과 담즙의 딸꾹질. 한 남자가 붕 날아오르더니 디온 삼촌의 차 후드 위에 떨어졌다. 그것도 머리부터. 머리와 몸이 완전히 반대 방향으로 꺾였다. 다른 남자가 어떻게 됐는지는 모르겠으나 후드의 남자는 눈을 똑바로 뜨고 토머스를 노려보았다. 얼굴과 턱 오른쪽이 왼쪽 어깨 너머를 보았는데 마치 세상에서 제일 편안한 자세라도 되는 듯 보였다. 토머스를 보고 새우 눈을 했던 자였다. 남자가 계속 노려보았기에 토머스는 가슴 한가운데에서 담즙이 넘어오려 했다. 시신의 두 눈은 살아 있을 때만큼이나 희미하고 총기가 없었다.

총탄이 마치 말벌 떼처럼 허공을 갈랐다. 당연히 좌석 뒤에 최대한 엎드려야 했지만 지금 눈앞에서 벌어진 광경이야말로 토머스로서는 그 어떤 이해와 경험도 뛰어넘는 차원이었다. 확실한 사실 하나는 앞으로는 영원히 못 볼 광경이라는 것이었다. 여기저기서 마구잡이로 터지고 폭발했다. 그 어느 것도 연관이 없는 듯했지만 사실은 모두가 관련이 있었다.

두 남자를 친 차가 트럭 옆을 들이받았다. 연한 색의 비단 정장을 입은 남자가 그쪽으로 기관총을 난사했다.

보도에서 구두끈을 매는 척하던 사내가 빵집 안으로 총을 쏘았다.

집배원이 쓰러진 자전거 위로 널브러져 있었고 그가 흘린 선혈이 우편물을 온통 뒤덮고 있었다.

구두끈 사내가 비명을 질렀다. 충격과 부정의 비명. 계집아이처럼 앙칼진 목소리였다. 그가 무릎을 꿇고 권총을 떨어뜨렸다. 두 손으로 얼굴을 가렸는데 이마의 십자가가 열기에 녹아내리고 있었다. 디온 삼촌이 빵집에서 비틀거리며 나왔다. 파란 셔츠 아래쪽이 온통 피였다. 삼촌은 한 손에 케이크 상자를, 다른 손에는 총을 들었다. 그가 총으로 무릎 꿇은 사내를 겨냥하더니 이마의 십자가를 겨냥해 방아쇠를 당겼다. 남자가 쓰러졌다.

디온 삼촌이 차 문을 비틀어 열었다. 마치 으르렁거리며 동굴에서 나와 어린아이들을 잡아먹는 괴물처럼 보였다. 목소리도 흡사 개처럼 거칠었다.

"바닥에 엎드려!"

토머스가 바닥에 납작 몸을 웅크리자 디온이 그 위로 손을 뻗어 케이크 상자를 운전석 뒤로 던졌다.

"움직이지 마라. 알겠냐?"

토머스는 대답하지 않았다.

"알았냐고?"

디온이 고함쳤다.

"예, 예."

디온이 낑낑거리며 문을 닫자 우박 비가 차 측면을 두드렸다. 물론 진짜 우박이 아니라는 정도는 토머스도 알았다. 아니고말고.

소음. 라이플과 피스톨과 기관총이 온통 자지러졌다. 누군가 총에 맞고 새된 꽥 소리를 냈다.

보도를 때리는 구둣발 소리. 사람들이 달려갔다. 대개 한 방향이 었는데…… 소리는 점점 멀어지고 총성도 거의 들리지 않았다. 거리 위에서 산발적으로 총성이 들리고 차 앞에서도 누군가 총을 쏴댔지만, 지금은 마치 소리의 스위치를 끄기라도 한 것 같았다.

거리는 이제 막 퍼레이드를 마친 것처럼 황량한 정적이 감돌았다.

누군가 차 문을 열었다. 토머스는 고개를 들었다. 디온이기를 기대했지만 모르는 사람이었다. 녹색 레인코트와 암녹색 중절모의 남자. 눈썹과 콧수염이 매우 가늘었다. 어딘가 낯이 익기도 했으나 정확히는 알 수가 없었다. 남자한테서 싸구려 애프터 셰이브 로션과 소고기 육포 냄새가 났다. 손수건으로 왼손의 상처를 감쌌지만 오른손에는 여전히 피스톨을 들었다.

"여기는 위험해."

남자가 말했다.

토머스는 아무 말 하지 않았다. 다시 보니 아는 사람이었다. 일요일 미사 후에 이따금 놀이터에서 본 적이 있었다. 항상 검은 옷을 입는 마녀 같은 할머니와 함께 있었는데.

남자가 다친 손으로 토머스의 어깨를 찔렀다.

"거리 맞은편에서 널 봤다. 이제 안전한 곳으로 데려가마. 여기는 위험하니까 따라와. 어서."

토머스는 몸을 공처럼 만들어 바닥에 더욱 달라붙었다.

남자가 다시 찔렀다.

"널 구하려는 거야."

"꺼져요!"

"꺼지라니, 그게 무슨 말버릇이냐? 말 함부로 하지 마라. 널 구하려는 거니까."

그가 토머스의 어깨와 머리를 개 쓰다듬듯 다독이며 셔츠를 당겼다.

"어서."

토머스가 남자의 손을 때렸다.

"쉬이이이잇. 이봐, 이봐, 이봐. 잘 들어, 지금 시간이 별로……"

"프레디!"

누가 자기 이름을 부르자 남자의 눈이 왕방울만 해졌다.

그가 보도 위로 나오며 다시 불렀다.

"프레디!"

토머스도 아버지 목소리를 알아들었다. 어찌나 반갑고 마음이 놓이는지 그만 5년 만에 바지에 오줌을 지리고 말았다.

"곧 돌아오마."

프레디가 속삭이고는 상체를 세우고 보도를 향해 돌아섰다.

"여긴 웬일입니까, 조?"

"그 안에 내 아들이냐, 프레디?"

"이 애가 조의 아들이에요?"

"토머스!"

"여기 있어요, 아빠!"

"너 괜찮니?"

"괜찮아요."

"총 맞았어?"

"아뇨, 괜찮아요."

"이자가 너를 건드렸냐?"

"어깨를 건드리기는 했지만……"

프레디가 그 자리에서 춤을 추듯 움직이기 시작했다.

아버지가 네 번이나 총을 쐈다는 사실을 나중에 알았지만 얼마나 빨랐던지 토머스로서는 짐작도 하지 못했다. 당시 토머스가 알 수 있었던 건 갑자기 프레디 디자코모의 머리가 바로 위 좌석에 처박히고 나머지는 보도에 널브러졌다는 사실뿐이었다.

아버지가 손을 넣어 프레디의 머리카락을 잡아 차 밖으로 낚아챈 뒤 그를 배수로에 처넣고 다시 토머스에게 손을 내밀었다. 토머스는 두 팔로 아버지의 목을 감고 곧바로 울부짖기 시작했다. 토머스는 엉엉 목 놓아 울었다. 눈물이 수돗물처럼 흘러내렸건만 도저히 멈출

수가 없었다. 도저히. 그는 울고 또 울었다. 울음소리는 자신에게도 낯설게만 들렸다. 고통과 두려움이 그렇게 컸다.

"괜찮다. 아버지가 왔으니까. 이제 안전해."

조가 달래주었다.

21장
도피

조는 아들을 안고 7번 애버뉴 주변의 살육 현장을 둘러보았다. 토머스는 품속에서 팔을 떨며 울었다. 태어난 지 6개월째 중이염으로 고생할 때 이후 처음이었다. 조가 앤서니 비앙코와 제리 투치를 들이받은 차는 완전히 망가졌다. 전봇대와 충돌했기 때문이 아니라 살 로마노가 달려와 미친 듯이 톰슨을 갈겨댄 탓이다. 조는 두 칸 뒤쪽의 자동차 트렁크로 돌아와 로마노가 장전하는 틈을 노려 엉덩이를 쏘았다. 놈은 지금도 거리 한가운데에서 낑낑 신음을 흘리고 있었다. 로마노는 저지에서 고등학교에 다닐 때 쿼터백이었으며, 지금도 역기를 들고 하루에 팔굽혀펴기를 500회 이상 했다. 적어도 놈의 주장으로는 그랬다. 하지만 조가 다음 블록까지 놈의 왼쪽 엉덩이를 날린 터라 더 이상 팔굽혀펴기는 하기 어려울 것이다.

조는 거리를 건너며 양가죽 재킷을 쏘았다. 빵집에 샷건을 난사했던 놈이다. 조는 등에 한 방을 갈기고 계속 걸어갔다. 지금 놈의 비명도 들렸다. 놈은 15미터 거리의 보도에서 의사를 찾고 신부를 찾으며 법석을 떨고 있었다. 사실 데이브 임브룰리아 목소리 같기도 하고, 뒤에서 보니 닮았다는 생각도 들었다. 이곳에선 얼굴을 볼 수 없었다.

아들은 울음을 그치고 숨을 고르기 시작했다.

"쉬이이이. 괜찮아. 아버지가 왔으니까. 이제 혼자 두지 않으마."

조가 토머스의 머리카락을 다독였다.

"아버지가……"

"응?"

토머스가 조의 품에서 허리를 젖히더니 프레디 디자코모의 시체를 내려다보며 속삭였다.

"아버지가 쐈어요."

"그래."

"왜요?"

조는 아들의 갈색 눈을 들여다보았다. 죽은 아내의 눈.

"이유는 많다만, 너를 바라보는 눈빛이 맘에 들지 않았다. 무슨 말인지 알겠지?"

토머스는 끄덕이려고 하다가 천천히 고개를 저었다.

"넌 내 아들이야. 즉, 아무도 너를 건드리지 못한다는 뜻이다. 절대로."

토머스가 눈을 끔벅였다. 그리고 조도 깨달았다. 아들은 아버지한테서 예전과 전혀 다른 모습을 보고 있었다. 차가운 분노. 평생을 그렇게도 감추려 애를 썼건만. 그 옛날 아버지의 분노도 형들의 분노도 다르지 않았다. 이를테면 커글린 가문 남자들의 생득권 같은 것이었다.

"디온 삼촌을 찾아 이곳에서 빠져나가야겠다. 걸을 수 있지?"

"예."

"삼촌 봤니?"

토머스가 손으로 가리켰다.

디온은 여성용 모자점 창턱에 앉아 두 사람을 보고 있었다. 얼굴은 재처럼 창백하고 셔츠는 피로 덮인 채 거칠게 숨을 몰아쉬었다. 가게 유리는 총격에 박살 났다.

조가 토머스를 내려주고 함께 디온에게 건너갔다. 유리가 발밑에서 바삭거렸다.

"어디 맞았냐?"

"오른쪽 가슴. 그래도 관통했어. 제길 총알 빠져나가는 걸 알겠더라고. 웃기지 않냐?"

"팔은? 이런 빌어먹을."

조가 투덜댔다.

"왜?"

"네 팔. 동맥이 끊겼다, 디온."

조가 넥타이를 풀며 말했다.

피는 오른팔 안쪽 구멍에서 곧바로 뿜어져 나왔다. 조는 상처 바로 위를 넥타이로 묶었다.

"걸을 수는 있어?"

"숨 쉬기도 힘들다."

"그래, 그런 것 같군. 그래도 걸을 수는 있지?"

"멀리는 못 가."

"멀리 안 가."

조는 디온의 왼쪽 겨드랑이를 부축하고 창턱에서 끌어내렸다.

"토머스, 차 뒷문을 열어라."

토머스가 디온의 차로 달려가다가 프레디의 시체 가까이에서 우뚝 멈춰 섰다. 마치 시체가 일어나 그에게 달려들 것만 같았다.

"토머스."

토머스가 문을 열었다.

"잘했다. 앞자리에 타."

조는 디온을 뒷좌석에 앉혔다.

"뒤로 누워."

디온이 누웠다.

"다리 둘 다 올리고."

디온은 다리를 끌어당겼다. 조가 문을 닫았다.

운전석으로 돌아오는데 살 로마노가 거리 맞은편에 서 있었다. 조의 망가진 차에 기대어 한 발로 서고 다른 발은 대롱거린 채 큰 소리로 씩씩거렸다. 조가 총을 겨누었다.

"당신이 리코의 형을 쐈소."

살이 움찔했다.

"그랬지."

조가 운전석 문을 열었다.

"당신 아이가 차에 있는지 몰랐소."

"그래, 차에 있었다."

"그렇다고 무사하지는 못할 거요. 리코가 당신 목을 잘라 머리에 불을 지를 테니까."

"네 엉덩이는 미안하게 되었다, 살."

조가 어깨를 으쓱하고는 차에 탔다. 달리 할 말이 없었다. 조는 차를 후진했다가 다시 거리에 들어섰다. 이제 사이렌 소리가 들렸다. 서쪽과 북쪽에서.

"어디 가요?"

토머스가 물었다.

"두 블록 정도. 차부터 빼내야겠다. 디온, 괜찮나?"

"춤이라도 출까?"

디온이 가볍게 신음을 내뱉었다.

"조금만 참아."

조는 모퉁이를 돌아 24번 스트리트로 들어간 뒤 기어를 1단으로 바꾸고 남쪽으로 향했다.

"네가 나타날 줄은 몰랐다. 손 더럽히는 일 싫어했잖아."

디온이 말했다.

"손이 아니라 머리야. 내 꼴을 봐라. 브라일크림도 다 떨어졌는데."

"호모 새끼."

디온이 눈을 감으며 가볍게 웃었다.

토머스는 이런 두려움은 처음이었다. 혀와 입천장이 모래처럼 사각거렸다. 목에는 가시라도 걸린 듯했는데, 아버지는 농담이나 하고 있다니.

"아버지."

토머스가 불렀다.

"응?"

"아버지는 나쁜 사람이에요?"

조는 토머스의 셔츠에서 구토 자국을 보았다.

"아니다, 아들. 특별히 좋은 사람이 아닐 뿐이야."

조는 차를 몰고 브라운타운 4번가의 허름한 거리로 향했다. 그곳
에 흑인 수의사가 있었다. 수의사는 뒷골목에 이웃집 폐차장과 해충
방역소와 함께 쓰는 차고가 있었다. 그 안에 들어가면 녹슨 철사 울
타리와 날카로운 칼날이 붙어 있는 철망 속에 손쉽게 숨을 수 있었
다. 조는 토머스에게 디온과 함께 있으라고 지시한 뒤, 토머스가 대
답하기도 전에 뒷길로 달려갔다. 그리고 더위에 뒤틀린 흰색 문 안
으로 재빨리 들어갔다.

토머스는 뒷좌석을 보았다. 디온 삼촌은 일어나 앉아 있었으나 두
눈은 반쯤 감은 채 호흡은 무척이나 가빴다. 토머스는 아버지가 들
어간 문을 보고 골목을 보았다. 주인 없는 개 두 마리가 울타리를 따
라 걸으며 서로 가까워질 때마다 이를 드러내며 으르렁거렸다.

토머스가 디온을 돌아보았다.

"정말 무서워요."

"무섭지 않으면 바보지. 무섭지 않은 사람은 없다."

디온이 대답했다.

"그 아저씨들이 왜 삼촌을 죽이려 해요?"

디온이 가볍게 키득거렸다.

"이 바닥엔 해고가 없거든."

"이 바닥."

디온의 말을 천천히 되뇌는 토머스의 목소리가 여전히 흔들렸다.

"삼촌하고 아버지는 갱인가요?"

다시 가벼운 웃음.

"에, 옛날 얘기다."

조는 흰 작업복 차림의 흑인과 함께 들것을 밀고 돌아왔다. 들것은 아주 작아 기껏해야 토머스만 했으나 조와 흑인은 디온을 차에서 내려 그 위에 실었다. 두 사람이 들것을 밀고 들어가는데 디온의 두 발이 끄트머리에서 대롱거렸다.

수의사는 칼 블레이크 박사이며, 예전에는 잭슨빌의 흑인 병원에서 내과 의사로 일했지만 결국 면허를 잃고 탬파에 들어와 먼투스 딕스를 위해 일하기 시작했다. 먼투스의 부하들을 치료하고 창녀들의 건강과 위생을 챙기는 일이었는데 그럼 먼투스는 아편으로 대금을 치렀다. 애초에 면허를 잃은 것도 아편 때문이었다.

블레이크 박사는 연신 입맛을 다셨는데 걸음걸이도 어딘가 어색하고 뻣뻣했다. 무용수가 가구를 피하며 춤을 추면 저럴까? 토머스가 보니, 아버지는 그를 계속 의사 선생이라고 불렀다. 반면에 디온은 의식을 잃기 전에 그를 블레이크라고 불렀다.

디온이 정신을 잃자 조가 말했다.

"모르핀이 많이 필요할 거요, 의사 선생. 어쩌면 당신을 탈탈 털어

332

야 할지도."

블레이크 박사가 고개를 끄덕이고 디온의 팔에 난 상처에 물을 부었다.

"상완 동맥이 나갔군. 하마터면 죽을 뻔했어. 당신 넥타이인가?"

조가 끄덕였다.

"그래, 당신 덕분에 산 거야."

"술 있어요? 유황보다 강하면 좋겠는데."

블레이크 박사가 조를 건너다보았다.

"이 전쟁통에? 이런, 바랄 걸 바라야지."

"이봐요. 그럼 뭐가 있는데요?"

"나한테는 프론토질뿐이야."

"그럼 프론토질로 합시다. 고맙소, 의사 선생."

"그 불 좀 여기 비춰주겠나?"

조는 램프를 수술대 위로 옮겨 박사가 디온의 팔을 잘 보게 해주었다.

"꼬마가 봐도 괜찮겠나?"

조가 토머스를 보았다.

"다른 방에 가 있을래?"

토머스가 고개를 저었다.

"정말? 끔찍할 텐데?"

"참을 수 있어요."

"그래?"

토머스는 고개를 끄덕였다. 이래 봬도 아버지 아들인걸요.

블레이크는 디온의 팔 안쪽을 찔러보다가 이렇게 말했다.

"깨끗이 잘려 나가서 이물질은 없군. 혈관만 연결하면 되겠어."

의사는 한참 동안 아무 말 없이 수술만 했다. 조도 의사가 지시하는 대로 도구를 가져다주거나 램프 위치를 바꾸고, 의사가 요구할 때마다 수건으로 이마를 닦아 주었다.

토머스도 하나는 확신할 수 있었다. 절대 이런 긴장 속에서 지금의 아버지만큼 냉정할 수는 없으리라. 총알투성이 차를 후진해 24번 스트리트에 들어서던 아버지의 얼굴이 떠올랐다. 뒤에서 사이렌이 점점 더 시끄럽게 울려대고 디온이 뒷자리에서 끙끙거리는데도 아버지는 일요일 드라이브 나왔다가 잠깐 길을 잃은 사람처럼 가까운 이정표를 힐끔거렸다.

"먼투스에 대해 들었나?"

블레이크 박사가 물었다.

"아뇨? 그 양반이 왜요?"

조가 가볍게 되물었다.

"리틀 라마르하고 총잡이 셋을 잡았는데, 완전히 말짱해."

"완전히 뭐라고요?"

조가 웃었다.

"생채기 하나 없다니까. 부두교가 정말로 영험한가 봐."

블레이크 박사가 디온의 팔을 마저 꿰맸다.

"무슨 얘기요?"

조가 날카롭게 물었다.

"웅? 오, 몇 년 전부터 소문이 있었어. 먼투스가 요새 어딘가 특별한 방에서 부두교 의식을 치르면서 정적들한테 저주를 내린다더라고. 그런데 이발소 안에 들어갔다가 유일하게 살아서 나왔잖아. 그러니까, 부두교가 영험한 거지."

조의 얼굴에 이상한 표정이 스쳐 지나갔다.

"전화 좀 써도 되죠?"

"물론. 저기 있네."

조는 비닐장갑을 벗고 전화를 걸었다. 블레이크 박사는 디온의 가슴 상처를 치료하기 시작했다. 토머스는 아버지 목소리를 들었다.

"15분 후에 여기로 와, 알았지?"

조가 전화를 끊고 새 비닐장갑을 끼고 다시 의사 옆으로 왔다.

"시간이 얼마나 있을 것 같나?"

블레이크 박사가 물었다.

조의 얼굴이 어두워졌다.

"기껏해야 두 시간."

수술실 문이 열리더니 무명 작업복 차림의 흑인이 고개를 삐죽 내밀었다.

"준비 끝났습니다."

"고맙다, 말로."

"천만에요, 박사님."

"고마워요, 말로."

조도 인사했다.

말로가 떠난 후, 조는 토머스를 돌아보았다.

"차에 네 바지하고 속옷이 있다. 가져와라."

"어디요?"

"차 안에 있다."

토머스는 수술실을 나와 복도를 따라 걸었다. 우리에 갇힌 개들이 냄새를 맡고 짖어대기 시작했다. 뒷문을 열자 백주대낮이었다. 통로를 되밟아 돌아가니 아까 차를 세워둔 자리에 다른 차가 있었다. 지금은 1930년대 후반 생산된 플리머스 4도어 세단이 있었는데, 외장 도색도 없고 별다른 특색도 없었다. 앞자리에 검은색 바지와 팬티가 있었다. 그러고 보니 아버지가 흐리멍덩한 눈에 입 냄새 더러운 남자를 쏘기 직전, 바지에 오줌을 지렸다. 맙소사, 어떻게 그 사실조차 잊을 수 있었지? 냄새가 진동하고 오줌 때문에 허벅지가 축축하고 끈적거렸건만, 미처 의식도 하지 못한 채 차 안에 한 시간 이상이나 앉아 있었다.

차에서 나오는데 아버지가 골목에서 키가 아주 작은 남자와 얘기를 하고 있었다. 남자는 아버지 말에 연신 고개를 조아렸다. 토머스가 가까이 가자 아버지 목소리도 들렸다.

"아직도 보시와 관계가 있나?"

남자가 고개를 끄덕였다.

"어니요? 누나하고 결혼했다가 이혼하고 동생하고 재혼했죠. 둘이 잘 삽니다."

"아직 그림 그려?"

"1935년부터 런던 테이트 갤러리에 모네 그림이 걸려 있는데 어니가 주말 동안에 그렸죠."

"그래. 그럼 이 일에 그 친구도 필요하다. 보수는 최고로 쳐주지."

"저한테 돈 주실 필요 없어요. 그냥 마귀 의사한테 전화만 하지 않으시면 됩니다."

"네가 아니라 네 매제한테 주는 거야. 그 친구는 나한테 빚진 게 없으니까. 정확하게 전해. 가격은 최고 시세로, 하지만 시간이 촉박하다고."

"알겠습니다. 저 애가 아드님인가요?"

둘은 토머스를 돌아보았다. 순간 아련한 슬픔이 아버지의 눈을 스쳤다. 무거운 회한.

"맞아. 걱정할 필요 없다. 오늘 저 애도 세상을 봤으니까. 토머스, 보보한테 인사해야지."

"안녕하세요, 보보."

"안녕."

"옷 갈아입을래요."

토머스가 말했다.

아버지가 끄덕였다.

"그래, 들어가라."

토머스는 병원 안쪽의 화장실에서 옷을 갈아입었다. 세면대에서 입던 바지의 종아리 부분을 물에 적셔 허벅지도 최대한 깨끗하게 닦아냈다. 오줌 얼룩이 묻은 바지와 속옷은 말아서 수술실로 들고 갔다. 아버지는 지폐 뭉치를 블레이크 박사의 손에 쥐여주고 있었다.

"그 옷은 버려."

아버지가 입던 바지를 보며 말했다. 토머스도 방구석에서 통을 찾아내 옷을 던져 넣었다. 통 안에는 이미 피 묻은 거즈와 디온의 피투성이 셔츠 자락이 들어 있었다.

의사는 디온이 폐허탈이 있고 팔은 적어도 일주일 동안 움직이지 말아야 한다고 경고했다.

"움직이지 않는다면 꼼짝도 않고 누워 있어야 한다는 뜻인가요?"

"움직일 수는 있어. 그냥 너무 나대지만 않으면 돼."

"만일 저 친구가 몇 시간 후에 설쳐대는데 통제가 불가능하면요?"

"그럼 혈관 꿰맨 곳이 터질지도 모르지."

"죽을 가능성도 있나요?"

"아니."

"아니에요?"

"가능성이 아니라 정말로 죽어."

블레이크 박사가 고개를 끄덕이며 대답했다.

디온은 뒷좌석으로 옮길 때까지도 의식불명이었다. 뒷좌석 발치에 낡은 개 담요를 채워 굴러떨어져도 다치지 않도록 했다. 창문은 내렸지만 차 안은 개털과 개 오줌과 병든 개 냄새가 진동했다.

"어디 가요?"

토머스가 물었다.

"공항."

"집에 가게요?"

"그래, 쿠바에 갈 생각이다."

"그럼 그 사람들이 아버지를 해치지 않아요?"

"그건 모르겠지만 널 해칠 이유는 없겠지."

"아버지도 무서워요?"

조가 아들을 보며 미소지었다.

"조금."

"그런데 어떻게 티가 안 나요?"

"이럴 때야말로 감정보다 생각이 중요하니까."

"그래서 무슨 생각을 하는데요?"

"이 나라에서 빠져나가야겠다고 생각한다. 우리를 해치려고 했던 놈, 그놈도 크게 당황했을 거야. 디온 삼촌을 죽이려 하다가 실패했으니까. 내 또 다른 친구도 살해하려고 했지만 그 친구가 오히려 역습을 가했지. 게다가 오늘 빵집 사건 때문에 경찰도 단단히 화가 났을 거야. 시장도 그렇고 상공회의소도 그렇고. 내 생각엔 우리가 쿠바에 갈 수 있다면 놈도 휴전 협상을 해 올 거야."

"케이크는 어떻게 됐어요?"

"응?"

토머스는 앞좌석에 무릎을 꿇고 앉아 뒷자리의 개 담요를 보았다.

"디온 삼촌의 토르탈 카푸치노요."

"그게 어쨌는데?"

"뒷자리에 있었거든요."

"삼촌이 빵집 안에서 총에 맞은 줄 알았는데?"

"맞아요."

"그러니까…… 잠깐만, 뭐라고?"

조가 아들을 돌아보았다.

"그래도 삼촌이 차 안에 케이크를 뒀어요."

"총격이 일어난 후에?"

"음, 예. 삼촌이 와서 나한테 엎드리라고 했어요. 소리를 지르면서. 바닥에 엎드리라고 했죠."

"좋아. 좋아. 그런데, 그때 총격이 진행 중이었다고?"

조가 다시 물었다.

"예."

"그래, 그래서 어떻게 됐지?"

"삼촌이 케이크를 차 바닥에 놓고 밖으로 나갔어요."

"말이 안 돼. 정확하게 기억하는 거냐, 응? 상황이 급박했잖아. 그래서 네가……"

"아버지, 확실해요."

토머스가 대답했다.

22장
비행기

커글린-수아레스 수출입 회사는 상품 대부분을 그루먼 구스 수상 비행기로 운송했다. 1930년대 말 은행가이자 대사이자 영화 제작자인 조지프 케네디한테서 에스테반 수아레스가 넘겨받은 비행기였다. 케네디도 밀주 사업으로 돈을 벌었지만 그 바닥에서 발을 떼기로 마음을 정한 후였다.

조는 케네디를 두 번 만났다. 둘 다 아일랜드인이자 보스턴 출신(조는 보스턴 남부, 케네디는 동부)의 조지프였으며, 둘 다 깡패에 밀주업자였다. 그리고 둘 다 야심가이기도 했다.

그들은 첫눈에 서로를 싫어했다.

조가 보기에, 케네디가 조를 싫어하는 이유는 조가 아일랜드 밀주업자 중에서도 최악의 전형이건만 그 사실을 전혀 감추려고 하지 않았기 때문이다. 조가 케네디를 싫어하는 이유는 완전히 반대였다.

그가 탐욕을 채울 때는 거리의 삶을 포용했다가 이제 책임 있는 위치에 오르자, 마치 그간의 수입이 자신의 신앙심과 도덕적 열정에 감동한 하느님의 선물인 것처럼 굴었기 때문이었다.

어쨌거나 비행기는 5년간 유용하게 썼다. 물론 파루코 디아스의 비행 기술 덕분이었다. 바지를 입은 족속 중에서도 역사상 제일 미친놈이었지만 비행 기술만큼은 기가 막혀 구스호를 몰고 폭포를 통과해도 물 한 방울 튀지 않을 정도였다.

파루코는 데이비스 제도의 나이트 비행장에서 기다렸다. 읍내에서 10분을 차를 몰아 산들바람에 흔들리며 삐걱거리는 다리를 지나면 곧바로 나이트 비행장이었다. 나이트 비행장도 역시 다른 비행장과 마찬가지로 대지와 활주로를 정부에 임대해 준 터였다. 드루와 맥딜 외부에 제3군 공군 부대의 보조 착륙장이 필요할 경우에 대비해서였다. 하지만 여타의 비행장과 달리 나이트 비행장은 기본적으로 민간인의 통제를 받았다. 물론 그 권한조차 언제든 정부 당국이 가져갈 수 있는데, 불행하게도 조는 주도로를 달려갈 때에야 그 사실을 떠올렸다. 파루코는 철망 반대편, 구스호 옆에 서 있었다.

조가 차를 세우고 밖으로 나갔다. 파루코와는 철망을 사이에 두고 만났다.

"시동은 왜 걸어두지 않은 거요?"

"할 수가 없었습니다, 보스. 허락을 하지 않아요."

"누가?"

파루코는 관제탑을 가리켰다. 단층짜리 퀸셋 막사 탑승객 대기실 뒤쪽으로 관제탑이 보였다.

"저 위에 있어요. 그래머스라고."

레스터 그래머스는 지난 몇 년간 히스파니올라 섬과 자메이카의 마리화나를 회수할 때 조와 에스테반한테서 뇌물을 골백번은 받았다. 하지만 전쟁이 일어난 후로 레스터는 공항 관리인이자 마을 방범 대장이자 앵글로색슨족의 인종적 우월성의 신봉자로서 애국적 책임에 대해 쉴 새 없이 아가리를 놀려댔다.

물론 지금도 돈을 챙겼지만 예전보다 한층 오만해진 것이다.

관제탑에는 그래머스가 관제사 둘과 함께 있었다. 그나마 정복 관료는 보이지 않았다.

"내가 모르는 기상 문제가 있소?"

조가 물었다.

"전혀요. 날씨는 좋습니다."

"그런데, 레스터가……?"

레스터가 책상 끄트머리에서 발꿈치를 내리고 자리에서 일어났다. 그는 키가 크고 조는 작았기에 올려다보아야 했는데, 그 역시 레스터의 의도였을 수 있었다.

"선생님은 떠날 수 없습니다. 날씨가 좋든 나쁘든."

레스터가 말했다.

조는 주머니에 손을 넣었다. 피 묻은 셔츠는 조심스럽게 트렌치코트 자락으로 가렸다.

"얼마면 되겠소?"

레스터가 두 손을 들었다.

"이런, 도대체 지금 무슨 소리를 하십니까?"

"알면서 왜 그래?"

빌어먹을, 블레이크의 부하 말로한테 셔츠를 새로 마련해 달라고 할걸. 토머스 옷을 챙기면서도 그 생각을 못 하다니.

"선생님, 무슨 말씀이신지 모르겠습니다."

"이봐요, 레스터. 제발. 난 지금 떠나야 하니까 어서 금액이나 말합시다."

조는 레스터의 눈에 어린 저 비릿한 비웃음이 맘에 들지 않았다. 조금도.

"금액 따위는 없습니다, 선생님."

"선생, 선생…… 언제부터 그렇게 불렀소. 집어치워요."

레스터가 고개를 저었다.

"선생님은 제게 지시할 권한이 없습니다."

"그럼 누가 지시하는데?"

"미국 정부죠. 미국은 선생님의 비행을 원치 않습니다."

망할. 해군 정보부의 매튜 비엘. 빌어먹을 개자식.

"좋아."

조는 레스터를 훑어보며 시간을 끌었다.

"뭐죠?"

결국 레스터가 물었다.

"당신 보병 군복 치수를 재는 거요, 레스터."

"저는 보병에 입대할 생각이 없습니다. 이곳에서 전쟁 업무를 수행 중이니까요."

"내가 당신을 쫓아내고 나면 당신은 빌어먹을 전선에 나가 전쟁

344

업무를 수행해야 할 거야."

조는 레스터의 어깨를 두드린 후 관제탑을 떠났다.

바네사는 호텔 직원용 출입문을 통해 골목으로 나왔다. 조가 담뱃
불을 붙이기 위해 트렌치코트 자락을 젖혔기 때문에 바네사도 셔츠
와 정장 재킷에 묻은 피를 보았다.

"다쳤어요, 어디?"

"아니야."

"맙소사, 저 피 좀 봐."

조는 골목을 가로질러 가 그녀의 두 손을 잡았다.

"내 피가 아니라 저 친구 피야."

바네사는 그의 어깨 너머로 디온을 보았다. 디온은 뒷자리에 축
늘어져 있었다.

"살아 있어요?"

"아직은."

그녀는 그의 두 손을 뿌리치고 불안한 듯 자기 목덜미를 긁었다.

"시내에 온통 시체들이 쓰러져 있어요."

"알아."

"흑인들이 이발소에서 총격을 벌였어요. 그리고 이보르에서도 여
섯 명인가 총에 맞았다더군요. 더 있을지도 모르지."

조가 끄덕였다.

"당신도 연루되어 있어요?"

바네사가 그를 올려다보았다.

거짓말해 봐야 무슨 소용이겠는가.

"그래."

"그 피는……"

"시간이 별로 없어, 바네사. 놈들이 나와 내 친구를 죽일 거야. 너무 많이 봤다고 생각하면 내 아들까지. 한 시간 내에 미국을 떠나야 해."

"경찰에 신고해요."

조가 웃었다.

"왜 웃어요?"

"경찰하고는 얘기 안 해. 한다 해도 어느 놈인가 이미 뇌물을 받았겠지."

"뇌물?"

"나를 죽이려 하는 놈한테서."

"당신도 오늘 사람을 죽였어요, 조?"

"바네사, 이봐……"

바네사가 자기 두 손을 비틀었다.

"대답해요. 죽였나요?"

"그래. 아들이 총격 와중에 있었어. 난 아들을 구하기 위해 해야 할 일을 한 거야. 내 아들을 위협했다면 열 명은 더 죽였을 거야."

"자랑스럽게 말하는군요."

"자랑이 아니라 내 의지가 그렇다는 거야."

조가 길게 한숨을 내뱉었다.

"당신 도움이 필요해. 지금 당장. 시간이 정말로 없어."

바네사가 조의 어깨 너머를 보았다. 아들이 앞좌석에 무릎을 꿇고 앉아 있고 디온은 뒷좌석에서 완전히 널브러져 있었다.

바네사가 다시 조를 보았을 때 그의 두 눈은 괴롭고도 슬퍼 보였다.

"그럼 난 뭘 걸어야 하죠?"

"당신의 모든 것."

다시 관제탑. 바네사 벨그레이브가 레스터 그래머스에게 선택권을 주는 동안 조는 트렌치코트의 벨트를 단단히 여몄다.

"저 비행기는 단순히 옥수수와 밀이 아니라 탬파 시장이 아바나 시장한테 주는 개인 선물을 운반해요. 비밀 선물 말이에요, 그래머스 씨."

레스터는 초조하고 고통스러운 표정이었다.

"그 양반이 워낙에 단호해서요, 부인."

"그 사람한테 전화를 넣어요."

"예?"

"지금 당장. 그 사람한테 전화를 걸어요."

"밤이 깊었습니다, 부인."

"그래요? 난 시장한테 전화할 수 있어요. 그럼 시장 부인을 이런 식으로 홀대한 데 대해 해명해야 할 거예요."

"홀대가 아니라…… 오, 맙소사."

"싫어요?"

바네사는 책상 끄트머리에 앉아 오른쪽 귀걸이를 떼어내고 수화기를 집어 들었다.

"외부 전화 부탁해요."

"부인, 부디 제 말을……"

"하이드파크 789."

바네사가 교환한테 말했다.

"부인, 전 이 일이 필요합니다. 애들 셋이, 모두 고등학교에……"

바네사는 이해한다는 듯 그의 무릎을 두드리고 코까지 찡긋해 보였다.

"신호가 가요."

"전 군인이 아닙니다."

"따르르르룽. 따르릉."

바네사가 전화벨 소리를 흉내 냈다.

"제 아내는……"

바네사가 눈썹을 찡그리고는 수화기에 귀를 기울였다.

레스터가 그녀의 무릎 너머로 손을 뻗더니 수화기 걸이를 눌렀다.

바네사가 그를 보았다. 그의 팔이 그녀의 무릎 위에서 맴돌고 있었다.

그래머스가 얼른 팔을 빼내고 말했다.

"2번 활주로를 비우겠습니다."

"잘 생각했어요, 레스터. 고마워요."

"그래서 어쩌자는 얘기죠?"

활주로 끝, 바네사는 조 앞에 서 있었다. 프로펠러 소리 때문에 둘다 소리를 질러야 했다.

파루코는 조를 도와 디온을 비행기에 태웠다. 디온은 개 담요 더

미에 눕고 토머스는 창가에 자리를 잡았다. 조가 바퀴에 고인 벽돌을 모두 제거하자, 갑작스레 만에서 불어온 따뜻한 돌풍에 비행기가 가볍게 흔들렸다.

"어쩌냐고? 이제부터 행복하게 살아야지. 나와 당신, 그리고 아기."

"난 당신을 잘 알지도 못해요."

조가 고개를 저었다.

"함께 지낸 시간이 없었을 뿐이야. 당신은 나를 알고 나도 당신을 알아."

"당신은……"

"응? 난?"

"당신은 킬러예요. 깡패이기도 하고."

"옛날 얘기야."

"농담하지 마요."

"농담 아니야. 이봐. 당신은 이제 이곳에서 끝났어. 시장도 절대 용서하지 않을 거야."

조가 소리쳤다.

돌풍과 프로펠러 바람이 그의 외투와 머리를 미친 듯이 헤집었다.

파루코 디아스가 구스호 입구에 나타났다.

"관제탑에서 기다리라고 하네요, 보스."

조가 손짓으로 그를 물렸다.

"그냥 비행기를 타고 사라질 수는 없어요."

"사라지는 게 아니야."

바네사가 고개를 저었다. 흔들리는 마음을 다잡으려.

"안 돼. 안 돼. 안 돼. 안 돼."

"타이어 앞에 벽돌을 다시 고이랍니다."

파루코가 외쳤다.

"내가 당신보다 나이가 많아. 난 알아. 살면서 후회를 하는 이유는 행하기 때문이 아니라 행하지 않기 때문이야. 상자를 열지 않고 모험을 하지 않기 때문이야. 지금부터 10년 후, 애틀랜타의 어느 거실에 앉아 오늘을 회상하며, '그때 비행기에 탔어야 했어.'라고 후회하고 싶어? 그러지 마. 이곳엔 당신한테 아무것도 남지 않았잖아. 저 밖엔 온 세상이 기다리고 있고."

다급하고 절박한 외침.

"모르는 세계인걸요."

바네사가 소리쳤다.

"내가 보여주리다."

그때 그녀가 어딘가 고통스러우면서도 냉혹한 표정을 지었다. 마음도 곧바로 검은 바위로 덮인 듯했다.

"당신은 금세 죽어요."

그녀가 말했다.

"당장 떠나야 합니다, 보스. 당장!"

파루코 디아스가 외쳤다.

"잠깐만."

"안 돼요. 당장!"

"어서."

조가 바네사에게 손을 내밀었다.

"잘 가요, 조."

그녀가 물러섰다.

"이러지 마."

바네사는 자동차로 달려가 차 문을 열고 그를 돌아보았다.

"사랑해요."

조의 손은 여전히 허공을 향했다.

"나도 사랑하오. 그러니……"

"결국 둘 다 불행해질 거예요."

바네사가 외치고는 차에 올라탔다.

"관제탑에서 엔진 끄라는데요."

파루코가 소리쳤다.

그때 철망 반대편에서 헤드라이트가 보였다. 적어도 네 대. 열기와 먼지와 어둠을 뚫고 공항 도로를 달려오고 있었다.

바네사의 차를 보았지만 그녀도 이미 떠나고 있었다.

조는 비행기 안으로 뛰어오른 뒤 문을 쾅 닫고 빗장을 걸었다.

"갑시다, 어서."

조는 파루코에게 외치며 바닥에 앉았다.

23장
보상

1936년 찰리 루치아노가 감옥에 갔을 때 사업은 뉴욕과 아바나의 마이어 랜스키, 시카고의 '무데뽀' 샘 다다노, 뉴올리언스의 카를로스 마르첼로가 나누어 가졌다. 이 셋에 더해 2급 임원 셋, 즉 조 커글린, 모 디에츠, 피터 벨라테가 커미션을 관장했다.

탬파에서 탈출하고 일주일 후, 조에게 커미션에 출두하라는 소환 명령이 떨어졌다. 장소는 엘그란수에노. 풀헨시오 바티스타 대령이 소유한 요트이지만 종종 마이어 랜스키 일당이 빌려 썼다. 조는 유나이티드푸르트 회사 잔교에서 비비안 이그나티우스 브레넌을 만나 작은 증기선을 10분 정도 타고 아바나항의 요트에 도착했다. 그곳에서는 비비안을 '세인트비브'라고 불렀는데, 사람들이 죽기 직전에 안토니우스 성인이나 성모 마리아보다 그에게 살려달라고 애걸하는 경우가 더 많기 때문이다. 비비안은 키가 작고 마른 사내로 머리카락과 눈의 색이 흐렸다. 태도와 와인에 대한 감식력은 나무랄 데가 없었다. 1937년 마이어 랜스키와 쿠바에 도착한 이후에는 쿠바인처럼 옷을 입고(허리에서 살짝 벌어지는 소매가 짧은 비단 셔츠, 비단 바지, 투톤 구두) 심지어 쿠바 여자를 아내로 맞이했다. 하지만 충성 문제라면 철두철미한 시카고 마피아였다. 세인트비브는 도니골에서 태어나 뉴욕의 로어이스트사이드에서 자랐으며, 임무를 수행할 때는 불평이나 실수 하나 없었다. 찰리 루치아노가 살인회사, 즉 전혀 연고가 없는 지역 사람을 죽이는 청부 사업에 나섰을 때 비비안 이그나티우스 브레넌한테 운영을 맡겼다. 그러다가 마이어가 럭키를 설득해 세인트비브를 데리고 쿠바에 들어왔고 회사는 앨버트 아나스타시아에게 넘어갔다. 하지만 오늘 똑바로 서서 걸어 다니던 자를 내일 반드시 숨통을 끊어야겠다고 판단할 경우, 찰리나 마이어는 세인트비브를 보내 청부를 마무리했다.

비브에게 손가방을 넘기자 비브가 열어 확인했다. 안에는 똑같은 크기의 바인더 두 개가 들어 있었다. 비브는 바인더를 빼낸 다음 가방을 두드려 확인하고 다시 넣었다. 그리고 뒤로 물러나 조가 배에 올라탈 수 있게 했다. 조가 배에 오르자 비브가 가방을 돌려주었다.

"어떻게 지내?"

조가 물었다.

"잘 지냅니다. 아무쪼록 일이 잘 풀리기를 빕니다."

비비안이 슬픈 미소를 지었다.

"나도 그래."

조도 밋밋하게 웃어 보였다.

"조, 당신을 좋아해요. 망할, 누군들 안 그런가요? 당신을 보내야 한다면 나도 가슴이 아플 겁니다."

보낸다고? 맙소사.

"그렇게 되지 않기를 빌어보자고."

조가 대답했다.

"그래야죠."

비비안은 잔교에서 배를 빼냈다. 모터가 부르릉거리며 우중충한 오렌지색 하늘을 향해 파란 연기를 내뿜었다.

어쩌면 죽을지 모를 곳으로 가면서 문득 자신이 죽는 것보다 아들을 고아로 만들까 봐 더 두렵다는 사실을 깨달았다. 돈이야 얼마든지 있으니 토머스가 쪼들릴 염려 따위는 없다. 할머니와 이모들이 맡아 키워주겠지만 그렇다고 그 사람들 자식은 아니다. 그라시엘라와 조지프가 부모가 되어 낳은 자식이 아닌가. 때문에 둘 다 죽으면 고아가 될 수밖에 없다. 비록 생물학적 부모와 한 지붕 아래 오래오래 살기는 했지만, 조 또한 고아로 자란 셈이었기에 누구라도 고아로 만들고 싶지는 않았다. 아무리 리코 디자코모나 무솔리니라 해도 마찬가지였다.

배 한 척이 유나이티드푸르트 잔교를 향해 돌아가고 있었다. 배 안에도 가족이 있었다. 아버지, 엄마, 아이. 모두가 똑바로 서 있었는데, 조는 아이의 금발을 알아보았다. 이제는 매일매일 유령이 등장한다 해도 아무렇지도 않았다. 사실 이해가 가기도 했다.

그보다 놀란 것은 배 안의 남녀였다. 배 두 척이 스쳐 지나가는 동안에도 둘은 한사코 조에게 눈길을 주지 않았다. 남자는 날렵하고 체격도 좋았다. 바짝 깎은 금발 머리에 두 눈은 여울만큼이나 투명한 녹색이었다. 여자도 날씬했는데 머리카락을 단단히 묶어 쪽을 지었다. 인상은 두려움에 잔뜩 굳었지만 지금은 교양과 자기혐오와 오만으로 위장했다. 다시 보니, 한때는 기막힌 미인이었겠다는 생각이 들었다. 여자도 조를 외면했다. 사실 놀랄 만한 일도 아니다. 어렸을 때 내내 그를 외면하고 살았으니 왜 아니겠는가.

어머니. 아버지. 얼굴을 알아보기 어려운 소년. 워싱턴이 델라웨어 강을 건너던 바로 그 의연함으로 그들은 아바나 항구를 지나고 있었다.

가족은 떠났다. 세 사람의 뒷모습을 돌아보는 동안 마음 한구석이 오그라드는 기분이었다. 조가 세상에 나올 때쯤 이미 부모의 결혼 생활은 겉치레에 불과했다. 양육 또한 마지못한 책임이자, 독선과 안달과 짜증으로 감내해야 하는 부담이었다. 두 사람은 조의 즐거움과 야심, 무분별한 사랑을 씨앗부터 짓밟으며 18년의 세월을 흘려보냈다. 그로써 이렇듯 불안정하고 탐욕스러운 유기체를 빚어낸 것이다.

나 여기 있어요. 곧 죽을지는 모르지만 어쨌든 여기 있단 말입니다. 예, 게다가 아주 잘살기까지 했죠. 자유롭게. 그들의 등 뒤에 대고 이렇게 소리치고 싶었다.

당신들이 졌어! 그들의 등 뒤에 대고 외치고 싶었다.

하지만…….

당신들이 이겼어.

다시 앞을 향하자 엘그란수에노가 아련히 모습을 드러냈다. 탁한 하늘을 배경으로 작렬하는 백색 요트.

"행운을 빕니다. 가슴 아플 거라는 말은 그냥 하는 말이 아니었습니다."

요트에 이르자 비비안이 인사를 했다.

"내 가슴이 멈추면 당신 가슴이 아프다고, 응?"

조가 가볍게 농담을 했다.

"대충 비슷합니다."

"대단한 삶이야. 이놈의 바다."

조가 고개를 저었다.

"그래도 지루하지는 않으니까요. 발 조심하세요. 발판이 미끄럽습니다."

사다리를 타고 갑판에 오르자 비비안이 가방을 위로 올려주었다. 마이어는 언제나처럼 담배를 피우며 그곳에서 기다렸다. 주변에 남자 넷이 더 있었는데 외모로 보아 심부름꾼이나 경호원이었다. 그중에 조가 아는 사람은 캔자스 시의 저격수이자 중절모 칼의 경호원인 버트 미첼뿐이었다. 조에게 알은체하는 사람은 하나도 없었다. 어차피 30분 후면 그의 시체를 상어 떼한테 던져줄 판이니 알아봐야 소용이 없기는 했다.

마이어가 가방을 가리켰다.

"그거야?"

"옙."

조가 가방을 건네자 마이어가 다시 버트 미첼에게 가방을 넘겼다.

"특별실 회계사한테 갖다줘. 다른 사람 말고 꼭 회계사만 봐야

356

한다."

마이어가 버트의 어깨에 손을 올리며 당부했다.

"예, 보스. 알겠습니다."

버트가 떠난 후 조는 마이어와 악수했다. 마이어가 조의 어깨를 세게 때렸다.

"당신, 말 잘하잖아, 조지프. 오늘 재능을 원 없이 쏟아부어야 할 거야."

"찰리와 얘기했어요?"

"그래, 친구가 대신 얘기했지."

"뭐라던가요?"

"신문 기사가 맘에 들지 않는대."

지난주에 탬파 사건은 사실 사람들의 시선을 너무 많이 끌었다. 소문에 따르면 FBI에서도 새로이 팀을 조직해 플로리다와 뉴욕의 범죄 조직을 쫓기 시작했다. 디온의 얼굴은 물론, 조가 7번 애버뉴에 두고 온 시체, 흑인 이발소의 시체 네 구가 연일 신문 1면을 도배했다. 비록 '추정상', '주장에 따르면', '소문에 따르면' 등의 구절들을 끼워 넣기는 했지만 한두 신문은 조를 총격 사건과 연결 짓기도 했다. 하지만 그날 오후 빵집 총격 사건 이후로 조와 디온을 목격한 사람이 하나도 없다는 사실만은 신문들이 빠지지 않고 지적했다.

"찰리가 다른 말은 하지 않던가요?"

조가 마이어에게 물었다.

"오늘 모임이 끝날 때쯤, 대신 얘기해 줄 생각이다."

결국 마이어가 최종 심판관이라는 뜻이다. 우습게도 조에게 사형 선고를 내릴 자는 지난 7년 동안 조의 파트너이자 최대의 후원자였다.

이 바닥의 예외 없는 규칙이 그렇다. 적이 가까이 접근할 수는 없기에 더러운 일은 대개 친구들 손에 떨어진다.

특별실로 내려가자 샘 다다노와 카를로스 마르첼로가 리코 디자코모와 함께 앉아 있었다. 마이어는 조를 따라 들어와 문을 닫았다. 리코 외에는 커미션의 고위직 셋만 참석했는데, 요는 이 모임이 그만큼 중대한 의미를 띠고 있다는 뜻이다.

카를로스 마르첼로는 10대 때부터 뉴올리언스를 관장했다. 아버지한테서 물려받았기에 뼛속까지 이 바닥 생리에 익숙했다. 미시시피, 텍사스, 아칸소 주의 절반을 포함해, 그의 영역을 침범하지만 않는다면 카를로스는 정말로 다루기 쉬운 인간이다. 하지만 그 반대로 자신의 영역 근처에서 돈 냄새를 맡다가 들킬 경우, 강어귀는 어김없이 누군가의 시체 토막을 토해 냈다. 물론 마르첼로의 경계가 어디에서 시작하고 숨 쉴 권리가 언제 끝나는지 헷갈린 자의 종말인 셈이었다. 커미션의 임원들 대부분이 그렇지만 그 역시 차분하고 합리적인 태도로 유명했다. 다만 이성이 비즈니스 모델로서 기능을 다할 때부터는 예외였다.

샘 다다노는 성공하기 전만 해도 10년 동안 시카고 마피아의 유흥업소와 조합을 관리하는 직원에 불과했으나, 어느 비 오는 봄날 아침 파스쿠치가 링컨 파크에서 뇌졸중에 쓰러지면서 시카고 고위직으로 껑충 뛰어올랐다. 샘은 서쪽에서 시카고 마피아의 수익을 끌어올리고 극장 조합을 모조리 진압했다. 심지어 레코드 사업에서도 앞

서나가 항간에는 샘이 동전을 노려보면 지폐로 변한다는 말까지 돌았다. 체격은 아주 마르고 10대 이후로는 머리까지 벗어져, 기껏 50대 초반이지만 그보다 열다섯은 많아 보였다. 언제나 그랬다. 피부는 벗겨져 기미가 가득했는데 마치 사업 수단이 생명력을 깡그리 소진하고, 그를 성냥개비처럼 말려버리기라도 한 것 같았다.

마이어는 테이블 반대편 끝에 자리를 잡고는, 가방을 내려놓고 담배, 황금 라이터, 황금 펜, 공책을 가지런히 전시했다. 공책에는 이따금 생각을 휘갈겨 썼지만 늘 사실과는 거리가 멀었으며, 언제나 암호와 이디시어였다. 소인 마이어 랜스키. 그들이 세운 왕국의 건설자. 위기에 처했을 때도 맥박 하나 빨라지지 않은 강심장. 이 바닥에선 조에게 멘토와도 같은 존재이기도 했다. 카지노 사업에 대해 대부분 그에게 배웠기 때문이다. 반면에 조는 마이어에게 쿠바를 가르쳤다. 전쟁이 끝나면 쿠바에서 둘이 정말 큰돈을 벌 수 있건만.

아니, 그 역시 희망 사항이겠다. 자신이 신선한 공기를 며칠 더 호흡할 자격이 있다고 배심을 설득하지 못할 경우 마이어가 그 돈을 독차지할 수 있었다.

조는 리코의 맞은편에 앉았다. 리코는 생전 처음으로 진심을 드러낸 표정으로 조를 노려보았다. 조는 그의 얼굴에서 왕국을 향한 끝없는 탐욕을 보았다. 15년 전 아직 소년인 리코를 처음 보았을 때 알아보았어야 할 그 탐욕을. 그때 이미 그에게는 야심가에게는 더할 나위 없이 소중한 재능이 있었다. 사람들은 그의 내면을 보지 못했다. 다만 그 눈에 비친 자신의 이미지만 보았다. 리코는 그가 꿈을 꾸도록 당사자가 바로 우리라고 믿게 만드는 방법으로 자기 영역을 확보해 나갔다. 이제 놈은 테이블 너머로 조를 노려보고 있었다. 본심이 드러난 얼굴에 본심이 드러난 미소. 마치 당장 테이블 위로 뛰어올라 맨손으로 조의 수족을 뜯어낼 기세였다.

조는 자신의 신체 능력에 대한 환상 따위는 없었다. 지금껏 주먹싸움을 세 번 했지만 모두 졌다. 반대로 리코는 탬파 부두에서 노동자의 아들이자 손자이자 조카로 뼈가 굵었다. 조는 자신을 배반하고 디온의 자리를 빼앗은 자를 바라보았지만 두려움은 없었다. 두려움을 드러낸다는 것은 죄를 인정하거나 배짱이 부족하다는 뜻일 텐데어느 경우든 이 방에서 운명의 종지부를 찍게 될 것이다. 사실은 이곳에서 살아서 나간다 해도 리코는 끊임없이 그를 죽이려 들 것이다.

"문제는, 지난주에 네가 얼마나 피해를 많이 입혔느냐에 달려 있다, 조."

카를로스 마르첼로가 개회사를 대신해 입을 열었다.

"제 탓입니다. 피해가 얼마든 모두 제가 했어요."

조가 테이블을 보며 대답했다.

"네가 깜둥이 딕스를 만나고 10분 후 놈이 리코의 깜둥이 부하 넷을 죽였어. 우연의 일치가 맞겠지, 조?"

샘 다다노가 추궁했다.

"딕스한테 대화나 싸움으로 난관을 벗어날 수 없으니 조물주와 화해하라고 얘기해 줬습니다. 전……"

"당신한테도 좋은 충고가 되겠어."

리코가 조를 보며 이죽거렸다.

조는 놈을 외면했다.

"딕스가 그 말을 곡해해 이발소를 기습하고 리틀 라마르를 죽일 줄은 몰랐죠."

"어쨌든 그렇게 됐어. 그리고 빵집 건은 또 뭐야?"

"아무튼 그 새끼도 죽었소이다." 리코가 또 조에게 말했다. 조는 리코를 보았다. "먼투스 말입니다. 어제 아침 자기 차에 탔는데 차가 폭발했다지. 누군가가 길 건너 소화전 옆에서 녹아버린 불알을 찾아 냈다더군."

조는 아무 말 없이 담담한 시선으로 리코를 보며 담뱃불을 붙였다. 지난주 이미 먼투스 딕스의 죽음을 받아들였다고 생각했지만 현실은 그렇지 못했다. 그래서 자신도 모르게 먼투스가 몇 년 더 지상에 머물 수 있다고 생각한 것도 사실이었다.

이제 먼투스 딕스는 죽었다. 인간의 탈을 쓴 뱀이 제 손에 쥔 칩에 만족하지 않고 카지노를 모조리 꿀꺽하기로 맘을 먹었기 때문이다. 개자식, 리코. 다들 너를 좋아하고, 그래서 왕자로 만들어주었다. 그런데 이제 왕이 되겠다고? 왕이 되고 나면 신이 되려고 들겠지?

조는 상석의 남자를 돌아보았다.

"빵집 얘기를 하고 싶다고 했습니까?"

"그래."

"그런데 총격에 대해서는 재가가 있었나요?"

샘 다다노가 몇 초간 조의 시선을 받아주었다.

"그래."

"왜 저한테는 얘기가 없었죠? 저도 커미션 임원인데?"

"미안한 얘기지만 널 믿을 수가 없었다. 이미 여러 차례 디온 바르톨로를 형제라고 했으니까. 그 때문에라도 오판을 할 수 있었겠지."

마이어의 대답이었다.

조는 그 말을 받아들였다.

"저를 암살하겠다는 음모는요? 모두 위장이었나요?"

마이어가 끄덕였다.

"내 아이디어였습니다. 공격을 개시할 때 당신을 위험에서 빼내려 했지. 세상에, 믿어져요? 나는 당신이 아들을 데리고 이곳으로 피신해 와서 상황을 지켜볼 줄 알았어. 그래서 당신을 찾아다녔고."

리코가 말했다. 테이블 위에 두 손을 포갰는데 목소리도 부드럽고 좀 더 공손했다.

조는 할 말이 없었기에 좌중을 돌아보았다.

"여러분은 내 친구이자 보스인 디온을 살해할 것을 재가했습니다. 내 아들은 교전 장소 한가운데 갇혀 있었죠. 그래서? 공격 지시는 모두…… 브루클린에서 내려왔겠죠? 맞나요? 미드나이트 로즈의 사탕가게?"

카를로스 마르첼로가 대답 대신 눈썹을 찡긋해 보였다.

"외부인들이 내 구역에 몰려와 내 보스에게 총질을 했어요. 아들은 그 거리 차 안에 있었고. 그런데도 내가 비난을 받아야 합니까?"

"그날 넌 우리 친구 셋을 죽였어. 하나를 불구로 만들고."

다다노가 말했다.

조는 그 말에 인상을 찌푸렸다. 누굴 말하는 거지?

"데이브 임브룰리아."

그렇군. 그때 등에 총을 맞은 자가 데이브였군.

"평생 주머니에 똥을 싸게 생겼지. 불쌍한 양반."

리코가 한마디 했다.

"거리에 차를 댔더니 개자식들이 밸런타인데이처럼 사방에서 총질을 해대고, 아들은 디온의 차 뒷좌석에서 빼꼼 밖을 엿보고 있더군요."

조가 보스들을 보며 말했다.

"아이가 있는 줄 몰랐어요." 리코가 대답했다.

"모른다고 하면 끝이냐? 얍삽이 토니 비앙코와 왕코 제리 놈이 카민 오르쿠이올리한테 바람구멍을 내고 톰슨을 내 아들 쪽으로 돌렸어요. 예, 맞습니다. 난 놈들을 차로 깔아버리고 살 로마노를 쐈죠. 놈이 내 차에 기관총을 퍼부었으니까요. 임브룰리아 등을 쏜 것도 내 보스한테 샷건을 쐈기 때문이죠. 프레디라면, 예, 내가 쐈습니다. 이유는……"

"망할 네 발이나 쐈어."

"……내 아들한테 총을 겨누었어요."

"살의 얘기는 다르더군. 프레디 형은 당신 아들을 겨누지 않았어."

마이어 랜스키가 고개를 끄덕였다.

"바닥을 겨누었다고 들었다, 조."

조는 충분히 이해한다는 듯 고개를 끄덕였다.

"살은 차 반대편에 있었어요. 맞은편 거리에 앉아 있었죠. 아니, 사실은 앉아 있지도 못하고 잔뜩 웅크리고 누웠죠. 내가 그 새끼 엉덩이를 날려버렸으니까. 그런데 보긴 뭘 봅니까?"

카를로스 마르첼로가 한 손을 들어 진정할 것을 명했다.

"그래서 왜 프레디가 아들을 죽일 거라고 생각했나?"

"무슨 생각 말입니까, 카를로스? 아드님이 그 안에 있었으면 생각 따윌 하고 있었겠습니까?"

조가 샘 다다노를 보았다.

"당신 아들 로버트였다면요?"

다시 마이어를 보았다.

"만일 그 안에 버디가 있었으면 어쩌시겠어요? 어떤 놈이 아들한 테 총을 겨누고 있는데? 아뇨, 생각하지 않았어요. 그냥 방아쇠를 당 겼죠. 그래야 아들을 죽이지 못할 테니까."

"조, 잘 봐요. 내 눈을. 언젠가 당신을 죽이고 말겠어. 맨손과 스푼 으로 죽이겠어."

리코가 낮게 으르렁거리자 카를로스 마르첼로가 말렸다.

"리코, 그만해라."

마이어가 거들었다.

"여기 다 어른들이잖아. 여기는 어려운 사업 문제를 토론하는 장 이고. 조는 자신이 한 짓에 대해 책임을 지지 않겠다는 얘기가 아니 잖아. 변명을 하는 것도 아니고."

"저자가 형을 죽였습니다."

카를로스 마르첼로가 다시 끼어들었다.

"네 형이 먼저 총으로 조의 아들을 겨누었다. 내가 보기에도 그 점 은 논쟁의 여지가 없어. 백인 아이한테 총을 겨눠? 리코, 그건 몹쓸 짓이야. 그 문제로 다른 얘기를 하면 되겠냐?"

리코는 요트에 오르면서, 이 배에서 돌아가지 못할 사람은 조뿐이라고 생각했다. 하지만 지금 카를로스 마르첼로의 검은 눈 속에서 본 것은 다름 아닌 자기 자신의 시체였다.

샘 다다노가 테이블 맞은편의 조를 보았다.

"그래도 넌 임원에다가 유능한 애들 둘을 죽였어. 그 때문에 우리도 손해가 이만저만이 아니야."

"엄청난 손해지."

마이어가 장단을 맞추었다.

"그냥 지금 얘기가 아니라 평판이 이렇게 떨어지면 앞으로 몇 년 동안 고전할 수밖에 없다. 식탁에 음식이 떨어지고 주머닛돈은 씨가 마르겠지. 돈이 없으면 아무것도 못 하지. 이번에는 너도 보상할 방법이 없잖아."

샘이 말했다.

"할 수 있어요."

조가 대답했다.

카를로스 마르첼로가 커다란 머리를 저었다.

"조지프, 희망 사항이겠지. 지난주에 너와 리코가 탬파를 난장판으로 만든 덕에 이제 쫄쫄 굶게 생겼어."

"찰리를 댄모라에서 빼낼 수 있다면요?"

조가 말했다.

마이어가 담뱃불을 붙이다 말고 움찔했다.

카를로스 마르첼로는 고개를 갸웃한 채 꼼짝도 하지 않았다.

샘 다다노는 입을 벌린 채 조를 노려보았다.

리코가 방을 둘러보았다.

"그게 다야? 차라리 당신이 있는 동안 멕시코 만을 쪼개지그래?"

카를로스 마르첼로가 마치 파리를 쫓듯 조와 리코 사이의 공간을 향해 손을 저었다.

"자세히 얘기해 봐, 조지프."

"2주 전에 해군 정보부 아이를 만났습니다."

"우리가 듣기로는 깨졌다던데?"

마이어가 끼어들었다.

"예, 그랬죠. 그래도 그 친구 분명히 미끼를 물 겁니다. 그저 확신이 조금 더 필요했던 게죠. 미국은 지난 5개월간, 전함, 상선을 망라해 배를 아흔두 척이나 잃었어요. 당장이야 똥줄이 타겠지만, 그것도 자기 최면 덕분이죠. '그래, 적어도 해안 지대는 무사해.' 하지만 말입니다. 히틀러가 매디슨 애버뉴를 사열하지 않는 유일한 이유가 우리 덕분이라는 사실을 인정하게 한다면요? 그럼 전쟁이 끝난 후 찰리를 내보낼 수밖에 없습니다. 그게 아니라도 우리가 돈을 벌 때 시비는 걸지 않겠지요."

"그래서 우리가 필요하다는 점을 어떻게 보여주지?"

"배 한 척을 침몰시키죠."

리코 디자코모가 크게 한숨을 내뱉었다.

"이 양반, 무슨 배에 한이 맺혔나? 10년 전에도 한 척 날리지 않았어?"

"14년 전이지요. 지금 탬파 부두에 정부 선박이 한 척 있어요. 구식 호화 정기선인데 전함으로 개조할 생각이죠."

"전에는 냅튠호였죠. 나도 알아요."

리코가 보스들에게 알은체를 했다.

"지금 너희 애들이 거기서 일하지?"

리코는 사람들을 향해 고개를 끄덕였다.

"일이야 열심히 하지만 돈벌이는 못 됩니다. 여기 쇠토막 조금, 저기 구리 조금. 금속판이 다 녹이 슬어서 걸레 꼴입니다. 개떡 같은 일이죠."

"미국 정부에서는 정기선을 수송선으로 바꿀 생각이지? 6월까지?"

"틀린 말은 아니에요."

"그래서……"

카를로스 마르첼로가 입꼬리를 씰룩였다. 샘 다다노는 짧은 웃음을 터뜨리고 마이어 랜스키도 미소를 지었다.

"누군가 그 배를 파괴한다? 그래서 독일 놈들이 한 짓처럼 보이게 한다면요?"

조가 등을 기대며 담배를 꺼내 놋쇠 지포 옆면을 두드렸다. 조는 사람들의 눈길을 하나하나 받아주었다.

"정부는 우리한테 달려와 무릎을 꿇겠죠. 그럼 여러분은 찰리 루치아노를 감옥에서 빼내는 데 한몫을 하게 되는 겁니다."

다들 고갯짓. 마이어 랜스키는 가상의 모자를 들어 올리면서까지 감동을 드러냈다.

조의 맥박도 조금씩 가라앉았다. 이 배에서 살아 나갈 수 있겠어.

"좋아, 좋아. 저 양반이 옳아서 이 일이 먹힌다고 칩시다. 예, 그래요, 나도 나쁜 계획이라고 말할 생각은 없습니다. 저 양반 머리를 의심할 사람은 아무도 없으니까. 다만, 그 끔찍한 일을 할 배짱은요?

이곳에서는 어쩌죠?"

"뭐라고?"

조가 물었다.

리코가 손가락으로 테이블을 찔렀다.

"여기 말입니다. 내가 탬파에서 쫓아낸 데다 시장 여편네랑 자다 걸렸으니까 바로 이곳에서 마이어와 함께 왕국을 세워야 하겠죠."

리코가 조를 보았다.

"그래, 로미오, 그 얘기는 모르는 사람이 없습니다. 고국에선 난리가 났지."

리코는 눈썹을 두 번 찡긋거리고는 다시 보스들을 보았다.

"내가 이곳에서 이 양반 지분을 갖습니까? 나도 먹고는 살아야죠."

조는 마이어를 보았다. 쿠바는 마이어와 조가 애지중지 키운 공주 마마였다. 둘은 이 세상에서 쿠바를 지키기 위해 수단 방법을 가리지 않았다. 그런데 이제 리코 디자코모가 나타나 저 더럽고 불결한 손으로 주물러대겠단다. 마이어가 어쩔 수 없지 않으냐는 표정으로 조를 보았다. 그 문제라면 네 잘못이라는 뜻이겠다.

"쿠바 지분을 원하느냐?"

카를로스가 물었다.

리코 디자코모가 검지와 엄지를 들어 살짝 떼었다.

"조금만."

카를로스와 샘이 마이어를 보았다.

마이어는 조를 노려보았다.

"조와 나한테 땅이 있어. 전쟁이 끝나면 호텔을 지을 생각이었지.

호텔, 카지노, 마약. 다들 아는 사실이다."

"당신 지분이 얼마요, 조?"

"내가 20, 마이어도 같다. 나머지는 연금 기금 차지야."

"리코한테 5를 줘라."

"5를 주라고요?"

조가 되뇌었다.

"5면 됩니다."

리코 디자코모가 대답했다.

"아니, 3이면 충분해. 3을 주겠다."

리코는 방 안 분위기를 살핀 다음에야 대답했다.

"좋아요, 3."

조는 마이어와 다시 눈빛을 교환했다. 어떤 상황인지는 둘 다 정확히 알고 있었다. 리코한테 0.5퍼센트만 준다고 해도 어차피 결과는 마찬가지다. 놈이 이제 집안에 발을 들였다. 탬파에서도 그랬듯, 언젠가 아바나에서도 그 짓을 하려 들겠지?

빌어먹을.

리코는 아직 끝나지 않았다.

"아직 사적 보상 문제가 남았습니다."

"찰리를 댄모라에서 빼내는 일을 맡기고 쿠바 사업을 떼어줬는데도 부족하다는 얘기냐?"

마르첼로가 물었다.

"나는 충분합니다, 카를로스. 그런데 형도 만족할까요?"

리코가 심각한 목소리로 되물었다.

보스들이 서로를 보았다.

"일리 있는 말이야."

마이어가 마침내 인정했다.

"어떻게 할까요? 총알을 도로 총에 집어넣을 수도 없고."

조가 물었다.

"리코는 형을 잃었어."

다다노가 말했다.

"하지만 나한테는 갚아줄 형이 없습니다."

조가 말했다.

"아니, 있어."

리코가 끼어들었다.

이 자리를 만든다고 했을 때부터 눈치챘어야 했다. 이제 의도는 분명해졌다. 조는 테이블 건너 리코를 보았다. 리코가 그를 향해 씩 웃었다.

"형에는 형."

리코가 말했다.

"나보고 디온을 포기하라는 얘기냐?"

리코가 고개를 저었다.

"아니야?"

"아니, 당신이 디온을 죽여."

"디온은……"

"우리를 모욕하지 마라. 조지프, 제발."

카를로스 마르첼로가 끼어들었다.

마이어가 조금 전의 담배꽁초에 다시 불을 붙였다. 마약 중독 노름꾼을 한 방 가득 데려다 놓아도 마이어보다 빨리 재떨이를 채우지는 못할 것이다.

"커미션이 함부로 사형 선고를 내리지는 않는다. 우리를 모욕하지 말고 그 새끼를 변호하는 식으로 너 자신을 곤란하게 만들지도 마."

"그 새끼는 완전히 쓰레기다. 언젠가 난장을 치고 말 텐데 결국 시간문제야."

다다노가 말했다.

고민 따위를 한답시고 망설이다간 꼬투리를 잡히고 말 것이다. 조는 한순간도 놓치지 않았다.

"내일 제일 먼저 처리하죠. 완전히. 그냥 디온을 골로 보내면 되는 겁니까?"

하룻밤만 시간을 준다면 뭐든 생각해 낼 수 있다. 아직 어떻게 해야 할지는 모르겠지만. 그렇지 않고 누군가를 딸려 보낼 경우 기적을 연출하기는 더욱 난감할 수밖에 없다. 만약 아무것도 할 수 없다면?

"내일이면 충분해."

마이어가 대답했다.

조의 표정은 담담하기만 했다. 그 대답조차 대수롭지 않다는 듯했다.

"아침에 할 필요도 없어. 내일만 넘기지 않으면 된다."

다다노였다.

"해결만 한다면야."

카를로스 마르첼로였다.

"당신이 직접 해."

리코가 등을 젖히자 의자가 삐걱 신음을 흘렸다.

조는 아무렇지도 않게 그 말을 받았다.

"내가 하지요."

네 명이 고개를 끄덕였다.

"당신. 당신이 형한테 했듯이 똑같이 해. 같은 총으로. 빌어먹을, 그래서 그 총을 볼 때마다…… 볼 때마다 내 형을 생각하고 또 당신 형제도 생각해야 하니까."

조는 실내의 사람들과 하나하나 다시 시선을 맞추었다.

"알았습니다."

"미안, 난 못 들었어." 리코가 이죽거렸다. 조가 리코를 보았다. "솔직히, 가끔 이명이 있어서요. 귓속에서 주전자가 끓는 것 같거든."

조는 문 위의 시계가 몇 번 똑딱거릴 때까지 기다렸다.

"내가 디온을 죽이겠다고 말했다. 그럼 끝난 거야."

"에, 좋아. 그럼 이 모임은 성공이로군."

리코가 가볍게 테이블을 때렸다.

"네가 뭔데 모임이 성공했니 마니 하는 거냐. 우리가 모임을 열고 마칠 뿐이지."

카를로스 마르첼로가 지적했다.

리코가 의자에 기대앉자 남자 셋이 방 안에 들어왔다. 세인트비브가 먼저 들어와 테이블 왼쪽으로 해서 조에게 걸어왔다. 애처로운 눈빛도 내내 조에게서 떠나지 않았다. 세인트비브는 조의 의자 뒤에 섰다. 등 뒤로 숨소리까지 들릴 만큼 가까운 위치였다.

두 번째, 중절모 칼이 테이블 맞은편으로 가서 샘 다다노와 리코 디자코모 사이에 서서 두 손을 허리 위에서 교차했다. 리코는 망나니 세인트비브가 프레디를 죽인 조 뒤에 선 것을 바라보았다. 그는 조와 시선을 마주쳤다. 그리고 자신도 모르게 미소를 지었다.

세 번째는 처음 보는 사람이었다. 굉장히 마른 데다 잔뜩 불안했는지 마이어한테 이르러서야 고개를 들었다. 그는 그 앞에서 가방을 내려놓고는 검은색 바인더를 하나 꺼내 테이블에 놓았다. 그러고는 1분 정도 마이어에게 뭔가 속삭였는데, 이야기를 마치자 마이어가 고맙다고 하고는 가서 뭐든 먹으라고 충고했다.

남자는 잔뜩 웅크린 채 방을 빠져나갔다. 전등 불빛이 그의 대머리를 때렸다.

마이어는 바인더를 테이블 너머 리코에게 밀어주었다.

"네 것 맞지?"

리코는 바인더를 펼쳐 훑어본 다음 다시 넘겨주었다.

"옙. 그런데 어떻게 여기까지 왔습니까?"

"네 장부냐? 네가 우리한테 벌어준 돈 전부야?"

리코가 담뱃불을 붙이는데 눈빛이 살짝 흔들렸다. 조로서는 이곳에 온 후 처음으로 무대에서 한 발짝 물러나 있는 기분이었다.

"예, 마이어, 매달 현찰과 함께 여러분께 보낸 장부입니다. 프레디 형이 악어 가죽 가방에 넣어 보낸 것과 같습니다."

"네 필체도 분명하고?"

이번에는 카를로스 마르첼로였다.

리코는 지금의 분위기가 마음에 들지 않았으나 대답하는 것 외에는 별도리가 없었다.

"예, 모두 제 필체입니다."

"여기 다른 사람이 뭐든 끄적거릴 가능성은 없어?"

"아뇨, 아뇨. 절대로 없습니다. 제 악필 보셨잖습니까. 달필은 아니지만 분명 제 필체 맞습니다."

마이어가 고개를 끄덕이며 바인더를 묶었다. 그 말로 모두 해결되었다는 투였다.

"고맙다, 리코."

"천만에요. 도움이 되었다니 다행입니다."

마이어가 가방에 손을 넣어 두 번째 바인더를 꺼내 테이블 위로 던졌다.

리코도 이제 상황을 이해했다.

"호, 이건 또 뭐죠?"

"두 번째 장부야. 거기 악필도 알아보겠냐?"

마이어가 다시 리코에게 장부를 밀어주었다.

리코는 장부를 열더니 두 눈을 앞뒤로 굴리며 페이지를 넘겼다. 그가 다시 마이어를 보았다.

"이해가 안 가네요? 이건 복사본인가요?"

"처음엔 그런 줄 알았다. 그래서 회계사한테 보라고 했는데, 그 친구 말이, 네가 장부를 날조했다더라."

"아뇨."

"올해는 3만 달러. 작년엔 4만."

"아닙니다, 마이어, 그럴 리가요."

374

리코는 방을 돌아보다가 마침내 조를 향했다. 이제야 상황을 깨달은 것이다.

"안 돼!"

중절모 칼이 그의 머리에 비닐봉지를 씌웠다. 리코가 두 팔을 들었지만 샘 다다노가 잡아 허리에 붙들어두었다. 샘과 칼이 리코를 돌려 앉혔고, 칼이 리코의 목 뒤에서 비닐봉지 끝을 매듭지어 묶었다.

카를로스 마르첼로가 조에게 물었다.

"저 새끼 자리는 어떻게 할 거야? 넌 안 돼."

보보 프레체티를 고용해 리코의 사무실을 털었을 때 솔직히 이중장부가 있으리라 확신했다. 그래도 만일에 대비해 보보의 처남이자, 최고의 위조꾼 어니 보시까지 불러 대기하게 했다.

만일에 대한 우려는 현실이 되었다.

리코의 담배가 테이블 중앙으로 굴러 오자 마이어가 집어 자기 재떨이에 문질러 껐다.

"이보르의 이탈리안 사교 클럽에 죽치는 아이 아시죠?"

조가 말했다.

"트라피칸테?"

마르첼로가 물었다.

"예, 그 애가 제격입니다."

보보는 장부를 처남 어니한테 넘겼고 어니가 리코의 필체를 위조했다. 고리 장식의 대문자, 점이 없는 'i'와 'j', 기울어진 't', 누워 있는 'n'. 나머지는 숫자를 줄이거나, 0을 빼는 작업에 불과했다.

리코의 두 발이 샘 다다노의 의자를 차는 바람에 샘이 벌떡 일어났다. 그래도 리코의 손목을 놓지는 않았다.

"트라피칸테도 돈 버는 수완이 좋지."

다다노가 씩씩거리며 덧붙였다.

마르첼로가 돌아보자 마이어도 맞장구를 쳤다.

"난 진작에 물건이라고 생각했어요."

"그럼 트라피칸테로 결정하지."

마르첼로가 선언했다.

리코가 똥을 지리자 냄새가 방을 가득 채웠다. 발길질도 멈추고 두 팔은 축 늘어졌다.

중절모 칼은 그러고도 2분 동안 비닐을 붙들고 있었다. 다른 사람들은 열을 지어 나갔다.

조는 자리에서 일어나 담배를 챙기며 마지막으로 시체를 보았다. 시체에서 풍기는 악취는 지독했다. 그가 손짓으로 냄새를 쫓아냈다.

살아서 한 짓을 죽어서도 못 버리는구나, 리코…… 공기를 더럽혔어.

너는 아일랜드 놈을 잘못 건드렸다.

24장
엽서를 보내마

올드시티의 집으로 차를 타고 가면서 조는 어떤 선택을 내릴지 고민했다.

선택은 두 가지.

죽마고우 디온을 죽여라.

아니면 디온을 죽이는 대신 네가 죽어라.

디온을 죽인다 해도 커미션은 조를 죽이기로 결정할 수 있다. 그들의 돈을 날리고 놀이터를 난장판으로 만들지 않았던가. 보트에서 내렸다고 안전하다는 뜻은 될 수 없다.

"보스께서 배 위에 계실 때 앙헬이 차를 몰고 왔는데 댁에 소포가 와 있답니다."

운전사 마누엘 그라반테가 알려주었다.

"무슨 소포?"

"앙헬 말로는 상자랍니다. 보스 성함이고 맥 주소였답니다. 대령의 부하들이 가져왔고요."

마누엘은 두 손을 30센티미터 정도 벌렸다가 다시 운전대를 잡았다.

"누가 보냈는데?"

"딕스라던데요?"

그가 지상에서 한 마지막 일이겠군.

맙소사, 이 일이 모두 끝나면, 도대체 누가 살아남을 수 있지?

소포를 기다리기는 했지만 만약에 대비해 아파트 뒤쪽 마당에 나가 개봉했다. 사람들 얘기처럼 조에게 생명이 아홉 개나 된다고 해도 상자에서 연기가 쏟아져 나왔을 때 둘은 소멸했을 것이다. 조는 화들짝 뒤로 물러난 뒤 멍하니 서 있었다. 이미 땀에 흠뻑 젖은 정장에 식은땀이 섞여들었다. 드라이아이스의 증기는 상자 밖으로 넘쳐 머리 위 야자 잎 사이로 흩어졌다. 연기의 주인이 드라이아이스임을 알고는 증기가 완전히 걷히기를 기다렸다가 상자 안에서 더 작은 상자를 꺼낸 뒤, 돌판 위에 올렸다.

상자는 네 귀퉁이가 모두 움푹 팼다. 상자 한쪽 내용물이 있었던 자리엔 기름 얼룩도 보였다. 상자 위 글자에도 핏자국이 점점이 박힌 채였다. 치네티 제과점, 센트로이보르. 상자는 아직 노끈으로 묶여 있었다. 조는 원래의 수화물 상자를 잘랐던 가위로 노끈을 끊었다. 안에는 토르탈 카푸치노가 있었으나, 더 이상 원래의 모습을 찾기는 어려웠다. 완전히 무너져 내린 데다 한쪽은 곰팡이 때문에 푸

른색까지 감돌았다. 곰팡내까지 났다.

지난 2년간, 맑으나 흐리나, 무덥거나 춥고 비가 내릴 때에도 디온은 매주 빵집에 가서 케이크가 든 마분지 상자를 들고 왔다.

그런데 그 안에 정말 케이크뿐이었을까?

조는 망가진 케이크를 들었다.

그 안에 더러운 파라핀 종이와 둥근 마분지 조각이 있었다. 지금껏 착각했던 것이다. 한편으로는 따뜻한 안도의 샘물이 온몸을 채웠으나 가슴은 여전히 콩닥콩닥 뛰었다. 의심을 하다니, 부끄러웠다. 조는 침실 창을 올려다보았다. 디온은 첫날 밤을 그곳에서 머물렀지만, 마이어가 확인한 바에 따르면 리코가 탬파에서 청부업자들을 보냈다. 디온은 날이 밝자마자 50킬로미터 남쪽으로 보냈다. 이제 대령과 병사들이 지켜줄 것이나 덕분에 돈도 많이 날아갔다.

조는 조용히 친구에게 사과했다.

다시 케이크 상자를 보았다. 그리고 가장 깊은 내면의 소리에 귀를 기울였다. 조는 주머니에서 파라핀 종이와 동그란 마분지를 집었다.

그곳에 있었다.

봉투.

봉투 안에는 작은 100달러 지폐 다발이 들어 있었다. 지폐를 넘기자 다발 뒷부분에 종이쪽지가 들어 있었다. 조는 쪽지를 읽었다. 이름 하나. 고작 이름 하나였지만 더 필요한 것도 없었다. 쪽지 내용은 상관없었다. 중요한 것은 쪽지 그 자체였다.

지난 2년간 매주 디온은 7번 애버뉴 치네티 빵집에 가서 패스트리를 먹고, FBI나 경찰로부터 작전 명령을 받았다. 다음에 어느 부하를 넘길 것이냐.

조는 쪽지를 접어 지갑에 넣은 뒤 마분지와 파라핀 종이와 케이크를 다시 상자에 넣었다. 그리고 장미 울타리 옆에 자리를 잡고 앉았다. 이 바닥에서 혼자라는 사실만으로…… 이렇게 처절하게 혼자라는 이유만으로 의자에서 날아갈 것처럼 불안했다. 조는 일어나 가슴 속에 슬픔을 묻고 분노를 묻었다. 서른여섯, 법의 세상과 등을 진 지 20년, 조는 그동안 한을 수도 없이 가슴에 묻고 쌓고 밀봉했다. 그 한이 일제히 터지면 그 때문에 죽을 수도 있을까? 그렇게 죽지 않으면 우주 밖으로 쫓겨나 공기 부족으로 질식해 죽겠지?

조는 서재에서 잠이 들었다. 커다란 가죽 팔걸이의자에 앉은 채로. 한밤중 눈을 떴는데 소년이 난로 옆에 서 있었다. 장작불은 거의 깜부기불만 남았다. 소년은 붉은 파자마를 입었는데 조가 어릴 때 입던 것과 흡사했다.

"그랬구나. 자궁에서 죽었다던 내 쌍둥이 맞지? 아니면 네가 나야?"

소년이 웅크리고 앉아 깜부기불에 입김을 불었다.

"자기 자신의 유령이 있다는 말은 들어본 적이 없다. 가능할 것 같지도 않고."

소년이 어깨 너머로 조를 보았다. 마치 뭐든 가능하다고 말하는 듯했다.

방 안 어둠 속에 다른 사람들도 있었다. 볼 수는 없다 해도 느낄 수는 있었다. 분명히.

다시 난로를 보았을 때 깜부기불은 꺼지고 벌써 새벽이었다.

디온과 토머스가 숨은 저택은 나사레노에 있었는데, 아바나 주에
서도 극히 오지였다. 카리브해 뒤로 아바나와 대서양이 있고, 앞으
로는 산과 정글과 반짝이는 카리브 해였다. 사탕수수 지대 깊숙이
들어가야 나오는 곳을 조가 찾아낸 것이었다. 저택을 지은 사람은
1880년대 군대를 끌고 들어와 쿠바 노동자들의 반란을 진압한 스페
인 사령관이었다. 진압 군인들의 막사는 오래전에 버려져 다시 정글
이 차지했으나 사령관 저택은 처음의 화려한 모습 그대로 남아 있
었다. 침실 여덟, 발코니 열넷, 그리고 키 높은 철제 울타리와 출입
문들.

영주인 풀헨시오 바티스타 대령이 직접 조에게 병사 열둘을 제공
했다. 디자코모 일당이 설령 찾아냈다 해도 그 전력이면 충분히 막
아낼 수 있었으리라. 리코가 보트에서 살아 돌아오지 못했지만 진짜
위험은 처음부터 그가 아니라 마이어 쪽이었다. 게다가 외부도 아니
고, 이미 안에 들어온 중무장 병사 중에 숨어 있을 가능성이 있었다.

토머스와 디온은 디온의 침실에 있었다. 디온이 체스를 가르치고
있었다. 사실 디온 자신도 체스에 거의 문외한으로 간신히 규칙만
알 정도였다. 조는 바닥에 쇼핑백을 놓았다. 다른 손에는 이보르에
서 블레이크가 준 처방약이 들렸다. 조는 약을 든 채 문간에 서서 한
참 두 사람을 지켜보았다. 디온이 유럽 갈등의 기원에 대해 토머스
에게 얘기하던 참이었다. 베르사유를 덮친 분노, 에티오피아를 침략

한 무솔리니, 오스트리아와 체코슬로바키아의 합병.

"거기에서 개지랄을 멈춰야 했다. 만일 어떤 새끼한테 훔쳐도 좋다고 하면, 그 새끼는 손목이 잘릴 때까지 훔치기만 할 거다. 그런데 그 새끼가 빵을 훔치기 전에 손모가지를 끊어버리겠다고 겁을 줘봐라. 그럼 네 눈빛을 보고 '어, 장난 아니네.'라고 생각할 거야. 그럼 조금 덜 먹고 사는 방법을 어떻게든 찾아내겠지."

디온이 설명하고 있었다.

"우리가 지나요?"

토마스가 물었다.

"지기는 뭘 져? 프랑스에 땅 한 뙈기 없는데?"

"그럼, 왜 우리가 싸우죠?"

"에, 우리가 싸우는 이유는 일본 놈들 때문이다. 우릴 공격했잖아. 히틀러도 그렇고. 난쟁이 똥자루 독일 놈이 계속 우리 배들을 괴롭혔거든. 솔직히 진짜 이유는 개자식은 당연히 죽여야 하기 때문이다."

"그게 다예요?"

"뻔하잖아. 죽어 마땅한 놈은 어디나 있으니까."

"일본은 왜 우리한테 화가 났어요?"

디온이 대답하려다가 입을 다물었다. 그리고 1분 후 다시 말했다.

"까놓고 말해서 나도 잘 모른다. 일본 새끼들이잖아. 너나 나하고는 다르거든. 그러니 처음에 왜 꼭지가 돌았는지 어찌 알겠니. 알아봐줄까?"

토마스가 고개를 끄덕였다.

"좋아. 다음 게임을 할 때쯤엔 나도 일본 놈들 꼼수에 대해 만물박사가 되어 있을 거다."

"장군."

토머스가 웃으며 말했다.

"야, 이건 꼼수야. 너도 조상이 일본 놈인가 보다, 응?"

디온이 체스판을 내려다보며 말했다.

토머스가 조를 돌아보았다.

"내가 이겼어요, 아버지."

"그래, 잘했다."

토머스가 침대에서 내렸다.

"이제 떠나요?"

조가 끄덕였다.

"그래, 조금 더 있다가. 가서 씻어라. 알라바레스 부인이 아래층에
서 점심 준비할 거다."

"예, 나중에 또 해요, 디온 삼촌."

"얼마든지."

"장군 받으세요."

토머스가 떠나면서 중얼거렸다.

조는 쇼핑백을 침대 발치에 두고 병원 가방은 협탁에 올려놓은
뒤, 디온의 허벅지에서 체스판을 치웠다.

"기분은 어때?"

"매일매일 좋아진다. 아직 기운은 없지만 곧 나을 거야. 믿을 만한
애들 명단이 나한테 있어. 탬파에도 몇 명 있지만 대부분 보스턴 조
직 애들이지. 네가 거기 가서 한 달이나 6주 후에 탬파에 내려오라

고 설득하면, 탬파를 되찾을 수 있다. 몇 명은 돈이 적잖이 들 거다. 너도 알다시피 케빈 번 같은 놈이 뭘 부귀영화를 누리겠다고 똘마니를 여덟 명이나 데리고 보스턴의 자기 구역을 떠나겠냐? 제길 꽤 많이 달라고 할 거야. 미키 애덤스 새끼도 돈깨나 들겠지만, 그 새끼들이 좋다고 하면 거의 금광이지. 빠지겠다고 해도 누구한테 얘기할 놈들도 아니고. 그런 애들은⋯⋯"

조는 체스판을 경대 위에 놓았다.

"어제 마이어, 카를로스, 무데뽀 샘과 만났어."

디온이 다시 베개에 머리를 기댔다.

"그래?"

"응."

"어떻게 됐어?"

"아직 숨은 쉰다."

디온이 코웃음을 쳤다.

"그 새끼들도 너는 건드리지 못한다."

"실제로 무덤을 띄워놓고 있더라. 한 시간은 그 위에서 둥둥 떠다녔다."

조가 침대 가에 앉으며 말했다.

"배에서 만났어? 너 미쳤냐?"

"아니면? 커미션이 까라면 까야지, 별수 있냐? 말 안 들으면 어차피 죽이려 들 텐데."

"저 밖에 있는 애들을 뚫고? 불가능할걸?"

"저 애들은 바티스타의 경비야. 바티스타는 나한테서 돈을 받고 마이어한테도 받지. 말인즉슨 우리 둘 사이에 쇠고기가 있으면, 누구든 먼저 가져오는 사람한테서 제일 큰 몫을 잘라 간다는 뜻이지. 결과는 하늘에 맡기고, 응? 경비를 뚫고 들어올 필요도 없어. 우리를 죽인다면 다름 아닌 저 경비들이 나설 테니까."

디온은 조금 더 뒤척이다가 재떨이에서 시가 반쪽을 집어 다시 불을 붙였다.

"그래서 커미션과 만났다?"

"리코 디자코모도."

디온이 시가에 불을 붙이며 눈을 치켜떴다. 불이 붙자 담배가 자글거렸다.

"형 때문에 방방 떴겠군."

"그럼 다행이게. 놈은 내 머리를 원하더군."

"그런데 어떻게 빠져나왔냐?"

"대신 네 목을 약속했다."

디온이 다시 뒤척였다. 쇼핑백 안을 들여다보려고 하는 것이다.

"내 목을 약속했다고?"

조가 끄덕였다.

"왜 그런 약속을 했지?"

"그렇지 않고는 빠져나올 방법이 없었으니까."

"쇼핑백에 뭐가 있지?"

"너를 치는 이유가 리코가 조작해 낸 구실 때문은 아니라고 하더군. 처단하라는 재가는 떨어졌다."

디온은 한참 동안 말없이 앉아만 있었다. 눈이 움푹 들어가고 얼굴도 창백했다. 담배를 뻑뻑 빨아댔지만 뭘 하고 있는지 의식조차 하지 못하고 있는 듯했다. 그렇게 5분이 지난 후 그가 입을 열었다.

"지난 2년간 수익이 줄기는 했어. 내 책임이지. 경마에 너무 돈을 쓰기도 했고. 그래도……"

그는 다시 입을 다물고 시가를 몇 번 더 빨았다.

"나를 왜 제거하려는지는 말하더냐?"

"아니, 하지만 몇 가지 추측은 가능해."

조는 쇼핑백에서 치네티 빵집의 상자를 꺼내 디온의 무릎에 놓았다. 순간 친구의 얼굴에서 핏기가 사라졌다.

"이게 뭐지?"

조가 키득거렸다.

디온이 다시 물었다.

"이게 뭐야? 치네티 빵집에서 나온 거냐?"

조는 블레이크가 준 가방에 손을 넣어 주사기를 꺼냈다. 주사기엔 모르핀이 가득했는데 기린 떼에 주사하고도 남을 양이었다. 조는 주사기로 손바닥을 두드리며 가장 오랜 친구를 보았다.

"더러운 상자로군. 온통 피범벅이니."

"그래 더럽다. 그 양반들이 왜 너한테 실망한 거냐?"

"이봐, 네가 무슨 말 하는지……"

"무슨 짓을 했냐니까?"

조가 주사기로 디온의 가슴을 때렸다.

"이봐, 조, 네가 무슨 생각을 하는지는 안다."

"사실이니까."

"하지만 보이는 것과 사실이 다른 경우도 있어."

조가 주사기로 디온의 다리를 때렸다. 툭, 툭, 툭.

"그래도 같을 때가 훨씬 많아."

"조, 우린 형제야. 설마 네가……"

조는 바늘 끝을 디온의 목에 댔다. 절대로 허세는 아니었다. 한순간 주사기가 디온의 정강이를 때리는가 싶더니 어느새 바늘 끝이 울대뼈 바로 왼쪽의 동맥을 눌렀다.

"너는 이미 나를 한 번 배신했다. 그 때문에 3년을 감옥에서 썩었는데 다른 곳도 아닌 찰스타운이었어. 그래도 난 널 받아들였어. 두 번째로 나한테 선택의 여지가 있었을 때도 너를 포기하지 않았기에 놈들은 내 부하를 아홉이나 죽였지. 살 기억나지? 레프티와 아르나스와 켄우드는? 에스포시토와 파로네? 모두 죽었어. 1933년에 네놈을 마소 페스카토레한테 넘기지 않았기 때문에."

조는 바늘 끝으로 디온의 목을 긁어 내려갔다가 반대편으로 올라갔다.

"다시 선택의 순간이야. 다만 지금은 나한테 아들이 있다, 디온."

조는 바늘 끝을 피부에 댄 뒤 엄지를 주사 끝에 대고 흔들림 없는 목소리로 말했다.

"그러니 FBI가 너하고 어떤 거래를 했는지 말해."

디온은 애써 바늘을 외면하고 조의 얼굴을 들여다보았다.

"우리 같은 새끼들한테 뭘 원하겠냐? 당연히 증거지. 작년에 그들이 전화를 걸어 피넬러스 놈을 처치하라고 지시했다. 1941년에 네가 아바나에서 배를 보낸 적이 있지? 배에서 내렸을 때 내 사진을 찍었다더군."

"배에서 내렸다고? 너 미쳤냐?"

"술에 취했다. 따분도 하고."

하마터면 디온의 멍한 눈에 바늘을 박을 뻔했다.

"접선한 놈은 누구야?"

"앤슬링거 밑에서 일했다."

사이코 해리 앤슬링거 휘하의 마약국이라면 경찰 중에서 유일하게 똥오줌 구분이 가능한 족속이다. 내부 정보가 자꾸 새어 나갈 때에도 앤슬링거의 쥐새끼가 들어온 게 아니냐는 의심이 오랫동안 제기되어 왔다.

"너를 넘길 생각은 추호도 없었다." 디온이 말했다.

"그래?"

"그래. 너도 알잖아."

"내가 안다고?"

조는 짓뭉개진 케이크를 집어 디온의 무릎에 던졌다.

"제길, 무슨 짓이야?"

"쉬이이잇."

조는 어젯밤 케이크 아래에서 찾아낸 봉투를 꺼내 침대 위로 던졌다. 봉투는 디온의 턱에 맞았다.

"열어봐."

봉투를 여는데 디온의 손이 떨렸다. 그가 돈다발(100달러짜리로 2000달러)과 그 아래 종이쪽지를 꺼내 펼쳐 읽더니 두 눈을 질끈 감았다.

"나한테 보여라, 디온. 거기 적힌 이름."

"그쪽 요구대로 모두 넘겼다고 생각하지는 마라. 하지 않은 경우도 많아."

"이름을 보여줘. 다음 타깃이 누군지 보여달란 말이다."

디온이 쪽지를 바깥으로 돌렸다.

커글린.

"그렇다고 내가 그런 짓을 할 리가……"

"네 거짓말을 얼마나 믿어야 하지? 이 춤판이 얼마나 갈 줄 알았냐? 넌 계속 이 일은 절대 안 맡았을 거라고, 절대 안 했을 거라고, 이번 일은 달랐을 거라고 지껄여대는데……. 그래서 나보고 어쩌라고? 네 말을 믿어? 좋아, 좋아. 그 말을 믿자. 넌 원래 근본 있는 놈인데 아닌 척하고 있고. 나? 난 그냥 쥐새끼 한 마리를 보호하느라 집, 지위 등등 모조리 잃어버린 얼간이겠지? 아, 어쩌면 목숨도 잃을 수 있겠군그래."

"너는 친구를 보호해 준 거야."

"내 아들이 차에 있었다. 네놈은 내 아들을 데리고 뭐 같은 FBI 놈들과 내통하는 곳에 갔어. 내 아들을 데리고!"

"나도 아들처럼 사랑……"

조가 번개처럼 디온의 왼쪽 눈 아래 바늘을 들이댔다.

"다시는 사랑이라는 말은 꺼내지도 마라. 이 방에서는 절대 안 돼."

디온은 거칠게 코로 숨을 쉬기만 할 뿐 아무 말도 하지 못했다.

"내가 보기에 네가 동료들을 팔아넘긴 이유는 너의 본성이 그렇기 때문이다. 스릴이 있으니까. 그래, 단정하지는 못하겠지만 그 말이 맞을 거야. 너는 어떤 일을 오래 하면 너 자신이 그 일이 돼. 다른 성격은 모조리 개소리다."

"조, 내 말 좀 들어봐. 제발."

조는 디온의 얼굴에서 따뜻한 눈물 한 방울을 보았으나, 곧 그것이 자신이 흘린 눈물이었음을 깨닫고 수치스러웠다.

"내가 이제 뭘 믿어야 하지? 응? 더 이상 뭐가 또 남았는데?"

디온은 대답하지 않았다.

조는 코를 훌쩍였다.

"이곳에서 몇 분만 가면 사탕수수 농장이 있다."

디온이 눈을 끔벅였다.

"알아. 5년 전에 너와 에스테반이 보여줬다."

"두 시간 후, 그곳에서 앙헬 벨리멘테를 만나기로 했다. 우리 둘이. 너를 그에게 넘기겠다. 그럼 그 친구가 어느 배로 데려갈 거야. 그럼 오늘 밤 섬을 빠져나간다. 다시 네 소식을 들으면…… 어디든 네놈이 대가리를 들이밀었다는 소식을 듣는 날엔 내가 직접 죽여주겠다. 게거품을 물고 죽게 해주마. 알아들었냐?"

"이봐……"

조가 디온의 얼굴에 침을 뱉었다.

디온은 두 눈을 질끈 감았다. 이제 그도 울고 있었다. 가슴이 들썩거렸다.

"알아들었냐고 물었다."

디온은 두 눈을 감은 채 머리 위에서 팔을 저었다.

"그래, 알았다."

조는 침대에서 내려와 문으로 걸어갔다.

"준비나 해라. 짐 싸고 토머스한테 작별 인사도 하고 식사도 하고. 내가 데리러 오기 전에 집 밖으로 나가다 걸리면 경비들이 보는 즉시 총살할 거다. 그렇게 일러두었으니까."

그가 방을 떠났다.

현관. 토머스는 당혹스러운 표정이었다.

"언제 또 만나요?"

"금방 다시 만날 거야, 알잖니."

"모르겠어요, 정말."

디온이 아이 옆에 무릎을 꿇었다. 그 자체로도 어려웠지만 다시 일어날 때는 고생깨나 해야 하리라.

"아버지와 내가 어떤 일을 하는지 알지?"

"예."

"어떤 일이지?"

"불법적인 일."

"에, 그래, 하지만 그 이상이란다. 우리는 그 일을 사업이라 부른단다. 사람들이 뭐라고 하든 간에 네 아버지와 나 같은 사람들은 정말 사업을 하는 거야. 우리 나름의 사업. 사업과 관계가 없으면 우린 아무도 괴롭히지 않아. 나라를 침략하지도, 땅을 훔치지도 않아. 그보다 시야가 넓기 때문이란다. 우리는 돈을 번다. 그리고 돈을 벌기 위해 우리처럼 애쓰는 사람들을 보호해 주고 대가를 받지. 곤경에 처했다 해도 우리는 경찰이나 시장한테 호소할 수도 없어. 우리한테는 우리의 삶이 있는데, 이따금 그 삶 자체가 어려울 때가 있단다. 그래, 그래서, 난 떠나야 해. 탬파에서의 일 때문이지. 너도 봤지? 이 바닥에서 갈등이 있을 경우 어떻게 되는지 직접 본 거란다. 가끔 이런 식으로 조금 꼬이는 경우가 있거든."

디온이 웃었다. 토머스도 웃었다.

"되게 꼬였지, 응?"

"예."

토머스가 대답했다.

"그래도 괜찮아. 그렇게 꼬여야 삶이 재미있잖아. 여자, 웃음, 도박, 느긋한 휴가…… 다 재미는 있지만 별로 부질없는 거야. 하지만 이렇게 꼬이면…… 그래, 내가 살아 있구나 하는 기분을 느끼게 된단다. 지금은 아주 많이 꼬인 셈이지. 네 아버지한테 나를 빼낼 방법이 있기는 하지만 그 때문에라도 떠나야 하는 거야. 영원히."

"싫어요."

"그래. 내 말 잘 들어라. 내 얼굴 보고."

디온이 토머스의 양어깨를 잡고 시선을 맞추었다.

"언젠가 너한테 엽서가 올 거다. 아무것도 적히지 않은 엽서. 빈 엽서. 그런데 그 엽서의 주소는? 내가 있는 곳이 아니라 있었던 곳이다. 그럼 디온 삼촌이 어디선가 살고 있구나 하고 알게 될 테지. 삼촌은 잘 지낼 거야."

"예, 알았어요."

"아버지와 난 말이다. 우리는 왕도 왕자도 대통령도 믿지 않는다. 그보다 우리 모두가 왕이고 왕자고 대통령이라고 믿지. 우리는 원하면 뭐든 될 수가 있고 그건 아무도 부인하지 못해. 이해하겠지?"

"예."

"누구에게도 무릎을 꿇지 마라."

"삼촌은 지금 무릎을 꿇었잖아요."

"우리는 가족이니까 괜찮아. 자, 이제 부축해 주련? 오, 제길."

디온이 키득거렸다.

"어떻게 부축해요?"

"그냥 네 머리를 여기 놓고 움직이지 않으면 돼."

디온은 커다란 손을 토머스 머리 위에 올려놓고 힘껏 몸을 일으
켰다.

"아야."

"이런, 사나이가 엄살은."

디온이 조를 보았다.

"아들 훈련 좀 시켜야겠다. 맞지, 내 말이?"

디온이 토머스의 팔을 꼬집었다. 토머스는 디온의 손을 때렸다.

"잘 지내라, 토머스."

"잘 가요, 디온 삼촌."

조는 현관 바닥에서 디온의 옷가방을 집어 들었고, 둘은 함께 비
탈길을 내려갔다. 농장으로 가는 길. 토머스는 삶이 이런 식이 아니
면 좋겠다는 생각을 했다. 끝없는 이별.

그런데, 아무래도 그럴 것 같았다.

25장
사탕수수밭

조와 디온은 농장 한가운데 소로를 따라 걸어 내려갔다. 일꾼들은 그 길을 별챗길이라고 불렀다. 그 끝에 작은 노란색 건물이 있기 때문이었다. 예전 주인이 딸의 놀이집으로 지었는데 크기는 연장 창고 정도에 불과하지만 외관은 빅토리아풍이었다. 1930년대 초 주인은 조와 에스테반의 수아레스 설탕회사에 농장을 팔아넘겼다. 럼주가 한창 전성기라 설탕도 최고 주가를 누리던 시절이었다. 집주인의 딸은 오래전에 성장해 섬을 떠났고 작은 집은 창고나 키 작은 일꾼들의 숙소로 쓰였다. 어느 해인가 서쪽 벽 창을 제거하고 그 아래 선반을 설치해 술집으로 만들기도 했다. 그 앞에 작은 나무 테이블도 몇 개 놓았다. 하지만 빗나간 선행으로 끝나고 말았다. 일꾼들이 술에 취해 툭하면 싸움을 벌이더니 두 명이 칼을 휘두르다 둘 다 불구가 되어 일을 하지 못하게 되었기 때문이다. 결국 술집도 문을 닫았다.

조는 디온 대신 옷가방을 들었다. 별로 든 것도 없었다. 셔츠와 바지 몇 벌. 양말과 속옷, 구두 한 켤레, 오드콜로뉴 두 병, 칫솔이 고작이나, 디온이 들고 늦은 오후의 열기 속에서 사탕수수밭을 지나가기는 무리였다.

사탕수수는 키가 2미터가 훌쩍 넘었고 75센티미터 간격으로 늘어서 있었다. 서쪽을 보니 일꾼들이 들판을 태우고 있었다. 불은 잎을 태우지만 줄기와 소중한 수액까지 태우는 건 아니다. 수액은 제당소로 보낼 것이다. 다행히 따뜻한 미풍이 동쪽에서 불어오고 있어서 연기가 농장을 뒤덮지는 않았다. 며칠 후면 바람이 반대 방향으로 불 텐데 그렇게 되면 하늘은 사라지고 그 자리를 비행선만큼 크고 주철만큼 새까만 구름이 뒤덮고 만다. 가장자리를 따라 오렌지색이 조금씩 잠식해 들어오기는 했으나 그래도 오늘 하늘은 맑고 푸르렀다.

"그래서 이게 계획이야? 앙헬, 그 친구가 나를 이 오지에서 빼내간다?"

"그래."

"배는 어디 있지?"

"글쎄, 언덕 반대편에 있겠지. 나도 그 배가 너를 소나무 섬으로 데려간다는 정도만 안다. 그곳에 있으면 누군가 다시 와서 킹스턴이나 벨리즈로 데려갈 거야."

"너도 모르는군."

"그래. 알고 싶지도 않다."

"킹스턴이 좋겠다. 영어를 쓰니까."

"스페인어도 할 줄 알잖아. 무슨 차이가 있지?"

"스페인어에 물렸거든."

둘은 한참 동안 아무 말 없이 걷기만 했다. 땅이 무른 터라 발걸음이 위태로웠다. 제당소는 언덕 제일 높은 곳에 서서 100제곱킬로미터의 농장을 엄한 아버지처럼 내려다보았다. 그다음으로 높은 언덕은 관리인들의 숙소다. 식민지 시대풍의 빌라들이라 베란다가 2층 높이를 따라 끝까지 이어졌다. 수수밭 감독들은 언덕 훨씬 아래의 비슷한 주택에서 살았다. 그곳은 구역을 분할해 여섯에서 여덟 가구가 공동생활을 했다. 수수밭 가장자리를 따라 양철 지붕의 누옥들이 있는데 물론 일꾼들의 집으로 바닥은 더럽고 일부는 빗물이 새기도 했다. 변소는 누옥 다섯 채마다 하나씩 있었다.

디온이 목청을 가다듬었다.

"그래서 내가 운이 좋아 자메이카에서 빈둥거린다고 치자. 그다음엔? 그 후엔 어떻게 하지?"

"사라져."

"돈도 없이 어떻게 사라져?"

"2000달러를 주겠다. 어렵게 번 돈 2000."

"그 돈으로는 몸을 숨기지도 못해."

"이봐, 디온, 그건 내 알 바가 아니야."

"아니, 네 알 바로 보이는데?"

"어떻게?"

"나한테 돈이 없으면 좀 더 사람들 눈에 띌 거고 또 절박해지겠지. 결국 섣부른 행동을 할 가능성도 많다. 게다가…… 자메이카라고?

1920년대와 1930년대 그곳에서 얼마나 사업을 많이 했는데? 결국 누군가 알아보지 않겠어?"

"어쩌면. 그래, 조금 더 고민을……"

"아니, 아니. 그동안 충분히 계산을 했을 거야. 내가 아는 조라면, 가방에 돈다발을 가득 챙겨주고 여권도 몇 개 마련했겠지. 사람들을 불러 머리 색깔도 바꾸고 어쩌면 턱수염도 붙였을 거야."

"네가 아는 조도 그럴 여유는 없다. 네가 아는 조는 네놈을 빼내는 것만도 벅차."

"내가 아는 조라면 소나무 섬에서 어떻게 자금을 조달할지까지 생각해 냈을 거야."

"이슬라 데 피노스, 소나무 섬이라."

"웃기는 이름이지."

"스페인어야."

"스페인어라는 정도는 안다. 그저 이름이 엿 같다고 한 것뿐이야. 알아? 엿 같은 이름이라고."

"소나무 섬이 왜 엿 같은데?"

디온은 고개를 여러 번 젓기만 할 뿐 대답은 하지 않았다.

다음 소로에 접어들자 뭔가 사탕수수밭 사이를 헤집고 다녔다. 개 한 마리가 먹이를 쫓고 있었다. 갈색 테리어들이 끊임없이 두렁과 고랑을 오가며 날카로운 이와 번뜩이는 눈으로 쥐들을 사냥했다. 어떤 개들은 지나치게 본분에 충실해 일꾼들한테서 쥐 냄새가 나면 떼를 지어 공격하기도 했다. 러즈라는 이름의 얼룩 암캐는 그런 점에서 신화였다. 하루에 설치류를 273마리 죽인 공으로 한 달 동안 별

채에서 잠을 자는 상도 받았다.

무장 경비들이 사탕수수밭을 지켰다. 겉으로는 사탕수수의 도난을 막는다지만 실제로는 노동자들을 감시하고 채무자들이 달아나지 못하게 하려는 것이었다. 노동자들은 누구나 빚이 있었다. 에스테반과 처음 이곳을 걸으면서 생각했다. 이곳은 농장이 아니라 감옥이다. 나는 감옥에 투자했다. 조가 경비들을 두려워하지 않는 이유가 그 때문이었다. 경비들이 조를 두려워했다.

"내가 너보다 2년 먼저 스페인어를 썼다. 이보르에서 살아남으려면 그 방법밖에 없다고 했는데, 그 말 기억하지? 그랬더니 네가 그랬지. '하지만 이곳은 미국이야. 난 모국어를 쓰고 싶다.'"

조는 그런 말을 한 적이 없지만 디온이 어깨 너머로 돌아보기에 그냥 고개를 끄덕여주었다. 오른쪽에서 다시 개 소리가 들리고 사탕수수와 부딪는 소리도 들렸다.

"1929년엔 내가 네 경호원이었다. 기억하지? 네가 보스턴발 기차에서 내렸을 때는 얼굴은 희멀건하고 교도소에서 갓 나온 터라 머리도 짧았어. 내가 아니었다면 넌 똥오줌도 가리지 못했을 거다."

디온은 키 큰 사탕수수 너머 오렌지와 남색의 하늘을 올려다보았다. 기묘한 색의 조합. 오렌지색 석양이 핏빛 황혼을 향해 행군을 시작하자 파란 하늘이 간신히 버티고 있었다.

"이곳의 색은 이해가 안 돼. 색깔이 너무 많아. 탬파도 그랬지만 보스턴에서는 어땠지? 파란색, 회색. 해가 지면 노란색. 나무들은 녹색이고 잔디도 녹색인데 3미터씩 자라지도 않았어. 그래야 정상 아닌가?"

"그래."

조가 대답했다. 아무래도 디온은 자신의 목소리를 듣고 싶은 모양이었다.

노란 집은 500미터 남았다. 마른 길은 5분이면 충분하지만, 진창이라 10분은 걸린다.

"저 집을 딸을 위해 지었다지?"

"나도 그렇게 들었다."

"딸 이름이 뭐였지?"

"몰라."

"어떻게 모를 수 있냐?"

"간단해…… 그냥 모른다."

"들어본 적도 없어?"

"글쎄, 잘 모르겠다. 이 농장을 살 때 듣기는 했을 거야. 전 주인 이름은 카를로스였는데 딸 이름은…… 내가 왜 딸 이름까지 알아야 하는데?"

디온이 한 팔을 들어 언덕과 들판을 가리켰다.

"그건 좀 아닌 것 같아서. 아무튼, 그 애는 이곳에 살았어. 놀고 달리고 먹고 마셨겠지. 분명 이름이 있을 거야. 그런데 지금은 어떻게 됐지? 그 정도는 알겠지?"

디온이 어깻짓을 하고는 어깨 너머로 조를 돌아보았다.

"어른이 됐겠지."

디온이 다시 앞을 보았다.

"이런, 당연하잖아. 아무튼 어떻게 됐어? 오래 사나? 아니면 일찌

감치 황천길을 예약해? 어떻게 되는데?"

조는 주머니에서 총을 꺼내 오른쪽 다리 옆에 늘어뜨렸다. 왼손에는 여전히 디온의 옷가방을 들었는데 더위에 상아색 손잡이가 미끈거렸다. 영화에서 캐그니나 에드워드 G가 총을 쏘면, 상대는 인상을 찌푸리고는 얌전히 쓰러져 죽었다. 하지만 실제로는 배에 총을 맞은 사람들도 한 손을 내밀어 허공을 할퀴거나 바닥을 걷어찼으며, 어머니나 아버지, 신 따위를 부르며 비명을 질렀다. 그냥 죽는 놈은 없다는 뜻이다.

"그 애가 어떻게 됐는지 모른다. 살아 있는지 죽었는지 나이가 몇 살인지도 몰라. 그저 이 섬을 떠났다는 사실만 알지."

조가 말했다.

노란 집이 가까워졌다.

"너는?"

"뭐?"

"언제 이 섬을 떠날 참이냐?"

가슴 한가운데를 맞아도 곧바로 숨을 거두지는 않았다. 사람이 숨을 거두기까지는 종종 시간이 걸렸다. 탄알이 뼈에 맞고 튈 수도 있었고 심장에 박히는 대신 귀퉁이만 조금 뜯어먹을 수도 있었다. 그동안은 희생자도 의식을 잃지 않고 그저 끓는 물에 빠진 것처럼 괴로워하거나 허우적거렸다.

"당장 갈 데는 없다. 나와 토머스가 안전하기엔 여기가 제일이야."

"세상에, 보스턴에 가고 싶다."

어떤 놈들은 머리에 총을 맞은 채 걸어 다니기까지 했다. 상처를

닳으며 다니다가 나중에야 기능이 정지하고 다리가 풀리고 마는 것이다.

"나도 보스턴이 그리워."

"우린 이곳에 오지 말았어야 했어."

"왜?"

"무더운 날씨 때문에 대갈통이 곤죽이 됐잖아. 온통 뒤죽박죽이니."

"그래서…… 그 때문에 나를 배신했다고? 무더워 때문에?"

확실하게 끝내려면 방법은 하나뿐이다. 뒤통수 아래쪽에 총구를 대고 쏜다. 그렇지 않으면 총알은 제멋대로 돌아다니고 말리라.

"너를 배신하지는 않았다."

"우리를 배신했어. 우리 세계를 배신했고. 똑같은 얘기야."

"아니, 달라."

디온이 조를 돌아보았다. 그의 손에 들린 총도 보았지만 놀란 기색은 없었다.

"우리 세계 이전에 우리만의 세계가 있었어."

디온이 자기 가슴과 조의 가슴을 가리켰다.

"나, 너, 그리고 멍청한 바보 형, 파올로. 그런데 지금…… 우리가 어떻게 됐지, 조?"

"거물 비슷하게 됐지. 그리고 디온, 지난 8년간 넌 탬파의 사업체를 운영했다. 이런, 옛날 얘기할 생각은 개나 줘라. 그래서? 도트 애버뉴에서 3층을 걸어 올라가야 하는 집에서 자랐다고? 2층에 하나 있는 화장실은 고장 나고 아이스박스 하나 없었다고?"

디온이 고개를 앞으로 돌리고 계속 걸었다.

"그걸 뭐라고 하지? 뭔가 확실하게 아는데 여전히 그 반대를 믿는 경우?"

"몰라. 역설?"

조가 대답했다.

디온이 어깨를 으쓱했다.

"그렇다고 해두자. 그래, 조지프……"

"그렇게 부르지 마."

"……그래, 난 지난 8년간 사업을 했다. 그 전에 10년은 그곳까지 오르는 데 탕진했지. 다시 해볼 기회가 있다 해도 틀림없이 똑같이 했을 거야. 하지만, 뭐라고 했지? 역……"

디온이 조를 돌아보았다.

"역설."

조가 대답했다.

"그런데 역설적으로 실제로는 너와 내가 지금도 월급 차나 털고, 마을 은행 돈을 빼먹고 있으면 좋겠다는 생각을 한다. 지금도 치외 법인이었으면 좋겠어."

디온이 돌아보며 슬픈 미소를 지었다.

"지금은 아니야. 우리는 갱이다."

"너를 넘길 생각은 추호도 없었다."

"그 밖에 할 말은 없나?"

디온이 언덕을 올려다보더니 자신도 모르게 신음을 내뱉었다.

"오, 빌어먹을."

"뭐?"

"아무것도 아니다. 그냥 다 엿 같아서. 엿 같아. 모조리."

"다 엿 같지는 않다. 이 세계에도 좋은 일은 있어."

조가 디온의 가방을 바닥에 떨어뜨렸다.

"있다고 해도 우리 몫은 아니야."

"그래, 아니지."

조는 디온의 뒤에서 팔을 뻗었다. 조의 그림자도 그의 앞에서 똑같이 팔을 뻗었다.

디온도 조의 그림자를 보았다. 양어깨를 움츠리고 걸음도 비척거렸지만 그래도 걸음을 멈추지는 않았다.

"넌 못 해."

디온이 말했다.

조 역시 할 수 있다고는 생각지 않았다. 손목과 엄지가 벌써부터 잔물결이 일듯 씰룩거리지 않는가.

"전에도 죽인 적 있다. 그래도 하룻밤 잠을 설쳤을 뿐이다."

"죽이기는 했겠지. 하지만 이건 살인이야."

디온이 지적했다.

"넌 살인을 밥 먹듯이 했잖아."

심장이 목구멍 밖으로 튀어나올 것만 같아서 말을 하기가 점점 더 어려웠다.

"안다. 하지만 지금은 내 얘기가 아니야. 너까지 이럴 필요는 없다."

"할 수 있어."

조가 대답했다.

"그냥 내가 달아나게 둘 수도 있다."

"어디로? 밀림을 뚫고 가려고? 네 목에 걸린 현상금이 얼마인 줄이나 알아? 사탕수수 농장을 사고도 남을 거액이다. 게다가 너 다음으로 나도 30분 내에 도랑에서 시체로 발견될 거야."

"결국 네 목숨 얘기였군."

"어느 쥐새끼 얘기다. 넌 우리가 세운 모든 것을 위기에 빠뜨렸어."

"20년 넘게 친구였다."

"넌 우리를 팔았어. 매일매일 내 얼굴을 보며 거짓말을 하고 내 아들을 죽일 뻔했다."

조의 목소리는 손보다 더 흔들렸다.

"넌 내 형제였다."

이제 디온의 목소리도 흔들렸다.

"형제한테는 거짓말하지 않는다."

디온이 걸음을 멈추었다.

"죽일 수는 있고, 응?"

조도 걸음을 멈추고 총을 내리고 두 눈을 감았다. 다시 눈을 떴을 때 디온이 오른쪽 검지를 들어 보였다. 그곳에 흉터가 있었다. 지금은 거의 사라져 제대로 보려면 햇빛에 비추어 보아야 했다.

"너한테도 있냐?"

디온이 물었다.

둘이 어렸을 때, 사우스보스턴의 폐허가 된 마구간에서였다. 둘은 면도날로 오른쪽 검지 끝을 베어 서로 맞댄 적이 있었다. 바보 같은 의식. 치기 어린 피의 맹세.

조가 고개를 저었다.

"내 흉터는 이제 보이지 않아."

"우습군. 난 남아 있는데."

디온이 말했다.

"넌 1킬로미터도 가지 못해."

"안다. 나도 알아."

디온이 속삭였다.

조는 주머니에서 손수건을 꺼내 얼굴을 훔쳤다. 저 너머 일꾼들의 누옥과 농장 주택들, 제당소와 암녹색의 언덕 지대가 보였다.

"1킬로미터도 가지 못해."

"그럼 왜 집에서 죽이지 않았지?"

"토머스가 있잖아."

조가 대답했다.

디온이 고개를 끄덕이곤 구둣발로 부드러운 땅을 문질렀다.

"그렇군. 아무튼 넌 이미 결정됐다고 믿는 거냐? 바위에 새긴 서약처럼?"

"뭐가?"

"우리 운명."

디온의 눈빛이 탐욕스럽게 변했다. 마치 하늘을 마시고, 들판을 먹고, 언덕을 빨아들이기라도 할 것처럼.

"산파가 우리를 자궁에서 꺼내는 순간부터, 어딘가 우리 운명이 적혀 있을지도 몰라. '너는 불에 타 죽는다. 너는 배에서 떨어져 죽는다. 너는 외국에서 객사한다.' 등등."

"맙소사."

조는 탄식을 내뱉고는 입을 닫았다.

디온은 갑자기 탈진한 듯 보였다. 두 팔을 늘어뜨리고 엉덩이도 축 처졌다.

잠시 후, 둘은 다시 걷기 시작했다.

"다음 생에도 친구가 될 수 있을까? 함께 돌아올까?"

"모르겠지만 그랬으면 좋겠다."

조가 대답했다.

"그렇게 될 거야. 우리는……"

디온이 다시 하늘을 올려다보았다.

산들바람이 불더니 서쪽에서 연기 자락이 흘러들어 왔다.

"샬럿."

조가 말했다.

"응?"

테리어 한 마리가 쏜살같이 길 앞을 지나갔다. 조가 놀란 이유는 개가 왼쪽에서 나왔기 때문이다. 조금 전만 해도 오른쪽에서 개 소리를 들었건만. 개가 으르렁거리며 사탕수수 사이로 뛰어들었다. 잠시 후 사냥감이 찍 하고 비명을 내질렀다. 단 한 번.

"기억났어. 여자애 이름. 전 주인의 딸."

"샬럿. 예쁜 이름이군."

디온이 딱딱한 미소를 지었다.

언덕 너머 어딘가에서 우르르르 천둥소리가 들렸지만, 바람에서는 다만 사탕수수 이파리 타는 냄새와 습한 땅 냄새만 묻어났다.

"예쁘군."

디온이 말했다.

"뭐가?"

"노란 집."

이제 50미터 남았다.

"그래. 예쁘군."

조가 방아쇠를 당겼다. 마지막 순간 눈을 감았지만 총알은 딱 하고 날카로운 소음과 함께 총을 떠났고 디온은 두 손으로 땅을 짚고 무릎을 꿇었다. 조는 친구를 내려다보고 섰다. 디온의 뒤통수에서 피가 쏟아져 나와 머리를 적시고 머리 왼쪽으로 흘러내려 목을 타고 부드러운 땅에 떨어졌다. 뇌가 다 드러났지만 디온은 계속해서 숨을 쉬었다. 절박한 호흡. 공기를 향한 꺼지지 않는 탐욕. 그는 습한 호흡을 들이마시며 조를 돌아보았다. 한 눈이 유리처럼 번들거리며 조를 찾았으나 이미 인지 능력이 썰물처럼 빠져나가고 있었다. 자신이 누구이며, 왜 그렇게 엎드려 있는지도 모르고, 어떤 생을 살아냈는지도 기억이 나지 않았다. 사물들의 사소한 이름들은 이미 사라졌다. 입은 뻐끔거리기만 할 뿐 말은 나오지 않았다.

조는 디온의 관자놀이에 다시 쏘았다. 디온이 오른쪽으로 머리를 꺾으며 바닥에 널브러졌다. 더 이상 소리는 나지 않았다.

조는 사탕수수 사이에 서서 작고 노란 집을 보았다.

그는 영혼이 실재하고 디온의 영혼이 지금 저 파란색과 오렌지색 하늘 위로 떠오르면 좋겠다고 생각했다. 작고 노란 집에서 놀던 소녀도 어딘가에 살아 있기를 바랐다. 그녀의 영혼을 위해 기도하고, 비록 저주받기는 했으되 자신의 영혼을 위해서도 기도했다.

농장도 보았다. 넓디넓은 사탕수수밭. 그리고 그 너머 쿠바도 모조리 보았지만 그건 쿠바가 아니었다. 그가 어디에 살든, 어디로 여행하든, 어디를 걷든, 언제나 죽음의 땅이었다.

나는 저주받았다. 나는 혼자다.

그런데 사실일까? 그가 고개를 갸웃했다. 아직 내가 보지 못한 길이 있나? 빠져나갈 길? 비탈길?

머릿속 목소리가 그 질문에 대답했다. 지치고 차가운 목소리.

네 발밑의 시체를 봐. 그를 봐. 네 친구, 네 형제. 그리고 다시 그 질문을 해라.

조는 고개를 돌리고 움찔했다. 이미 분해를 시작한 시체. 사탕수수 사이로 30미터쯤 위, 토머스가 진흙 바닥에 무릎을 꿇고 있었다. 입은 벌리고, 얼굴은 눈물로 흠뻑 젖었다. 당황하고 상심한 표정. 영원히 돌아오지 않을.

26장
고아

일주일 후, 아바나 집에서 짐을 싸고 있는데, 마누엘이 들어왔다. 아래층에 미국 여자가 찾아왔다는 얘기였다.

방을 나가는데 토머스가 자기 침대에 앉아 있었다. 짐은 모두 싼 채였다. 조는 아들의 눈을 보며 고개를 끄덕였다. 토머스는 고개를 돌렸다.

조는 문간에 멈춰 섰다.

"아들."

토머스는 벽을 보았다.

"아들, 나를 봐라."

토머스는 마지못해 지시에 따랐으나, 일주일 동안 늘 저렇게 멍한 시선과 표정이었다. 화를 내지도 않았다. 차라리 슬픔을 분노로 바꾸면 다루기가 더 쉽겠지만 토머스의 얼굴은 온통 절망뿐이었다.

"나아질 거야. 상처는 아무는 법이다."

조가 말했다. 사탕수수밭에서 그 일이 있은 후로 50번은 한 얘기였다.

토머스가 입을 벌렸다. 얼굴 근육이 씰룩거렸다.

조는 기다렸다. 기대감.

토머스가 말했다.

"이제 고개 돌려도 돼요?"

조는 아래층으로 내려갔다. 현관의 경비들을 지났지만 현관문 밖에도 둘이 더 있었다.

그녀는 차도 가장자리에 서 있었다. 늦은 오후의 차량들이 그녀의 뒤에서 먼지를 일으키며 달렸다. 연노랑 드레스. 암적색 머리는 뒤로 묶어 쪽을 지었다. 두 손에 각각 작은 가방을 들었는데 마치 특유의 새침하고 품위 있는 자세에 달라붙은 듯 보였다. 근육을 조금만 씰룩여도 완전히 무너져 내릴 것처럼 보였다.

"당신 말이 맞았어요."

그녀가 먼저 입을 열었다.

"어떤?"

"전부 다."

"차도에서 나와."

"당신은 늘 옳죠? 그럴 때는 기분이 어때요?"

조는 디온의 모습을 떠올렸다. 그가 쓰러진 진흙이 그의 피로 검게 물들었다.

"끔찍해."

그가 대답했다.

"물론 남편한테 쫓겨났어요."

"저런."

"부모님도 나를 창녀라고 하더군요. 애틀랜타에 나타나기라도 하면 사람들 앞에서 뺨을 때리고 다시는 보지도 않겠대요."

"제발 차도에서 좀 나와."

조가 애원했다.

그녀는 시키는 대로 했다. 가방은 조의 앞 인도에 내려놓았다.

"나한테는 아무것도 없어요."

"내가 있잖아."

"내가 온 이유가 당신을 사랑해서인지, 선택의 여지가 없기 때문인지 궁금하지도 않아요?"

그가 그녀의 두 손을 잡았다.

"어쩌면. 하지만 그것 때문에 밤새도록 끙끙 앓을 정도는 아니야."

그 말에 그녀가 작고 어두운 웃음을 흘리며 한 발짝 뒤로 물러났다. 여전히 그의 손을 잡기는 했지만 손끝만 잡고 있었다.

"달라 보여요."

"응?"

그녀가 끄덕이며, 그의 얼굴을 살폈다.

"뭔가를 그리워하는 사람처럼. 아니, 아뇨, 잠깐만. 뭔가를 잃었군요. 그게 뭐죠?"

내 영혼을 잃었어. 당신이 믿거나 말거나.

"그리운 사람은 없어."

그가 인도에서 그녀의 가방을 들고 그녀를 안쪽으로 이끌었다.

"조지프!"

조는 바네사의 가방을 현관 바닥에 내려놓고 목소리가 난 곳을 돌아보았다. 누가 불렀는지는 몰라도 죽은 아내의 목소리 같았기 때문이다.

아니 같은 게 아니라, 정확히 그녀였다.

그녀는 다음 모퉁이에서 걸어갔다. 여름에 즐겨 쓰던 커다란 모자와 연한 오렌지색 양산. 드레스는 농부처럼 소박하고 하얀색이었다. 그녀는 한 번 어깨 너머를 보고 모퉁이를 돌아갔다.

조는 인도에서 내려섰다.

"조?"

바네사가 현관에서 불렀으나 조는 계속 거리를 향해 걸어갔다.

금발 소년이 반대편 인도에 서 있었다. 아파트 건물과 극장 사이. 이번에 입은 옷은 20년이나 25년쯤 유행이 지난 종류였다. 회색 모직 니커보커 정장과 골프 모자. 다만 이번에는 이목구비가 선명했다. 파란 눈은 조금 움푹 들어가고 코는 얇았으며 광대뼈는 뾰족하고 턱 선은 단단했다. 키는 크지도 작지도 않았다.

아이가 미소 짓기 전부터 조는 아이의 정체를 알았다. 지난번에 그를 봤을 때 이미 알아보았다. 다만 이해가 가지 않았을 뿐인데 그건 지금도 다르지 않았다.

소년은 미소에 이어 손까지 흔들었으나, 조의 눈에는 앞니가 두 개 빠진 입만 보였다.

아버지와 어머니도 연석 위를 지나갔다. 두 사람은 더 젊었고 또 손을 잡고 있었다. 옷은 빅토리아풍이었으나 조가 태어날 때 입었던 옷보다 싸구려였다. 부모님은 조를 보지 않았다. 그리고 손을 잡고 있기는 했지만 특별히 행복해 보이지도 않았다.

10년 전 죽은 살 우르소가 소화전에 발을 얹고 구두끈을 매고 있었다. 디온과 그의 형 파올로는 아파트 건물 벽에 대고 주사위 놀이를 하고 있었다. 1919년 독감 창궐 때 죽은 사람들도 보이고 '천국의 문' 학교의 수녀도 보였다. 그녀가 죽은 줄도 몰랐는데. 주변이 온통 유령들이었다. 찰스타운 교도소에서 죽은 남자들, 탬파 거리에서 죽은 사람들, 그가 직접 죽이거나 죽이라고 지시한 자들. 모르는 여자들도 몇 있었는데, 손목이나 목 주변의 자국으로 보아 자살한 모양이었다. 블록 끄트머리에서 먼투스 딕스가 리코 디자코모를 죽도록 두들겨 패고 있었고, 에마 굴드는 창백한 손에 보드카 병을 들고 비틀비틀 인도를 내려갔다. 한때 사랑했으나 몇 년간 생각조차 하지 않던 여인. 그녀의 머리와 드레스가 흠뻑 젖었다.

모두 죽은 자들뿐이었다. 그들이 거리를 채우고 인도를 메웠다.

조는 아바나의 혼잡한 거리 한가운데에서 고개를 떨구었다. 고개를 숙이고 눈을 감았다.

다들 잘 지내구려. 모쪼록 편안하기를. 그가 죽은 자들에게 말했다.

그래도 사과는 하지 않으리다.

그가 고개를 들었을 때, 경호원 헥터가 엉뚱한 방향에서 나타나 그라시엘라가 사라진 바로 그 모퉁이를 돌아갔다.

그의 유령 모두가 떠났다.

그 소년만 빼고. 소년이 조를 향해 고개를 갸웃했다. 그가 가까이 다가오자 놀라기라도 한 표정이었다.

"네가 나니?"

조가 물었다.

소년은 그 질문에도 난감해했다.

그는 더 이상 소년이 아니었다. 그는 비비안 이그나티우스 브레넌. 세인트비브. 수문장. 청부 살인자였다.

"실수가 너무 많았습니다. 이제 바로잡을 수도 없어요. 너무 늦었습니다. 너무."

세인트비브가 공손하게 말했다.

조는 심지어 손에 든 총도 보지 못했다. 비비안이 조의 가슴을 향해 방아쇠를 당겼다. 소리도 거의 나지 않았다. 그저 퍽 하는 가벼운 소음 정도.

그 충격에 다리도 풀려 조는 거리에 주저앉고 말았다. 자갈길에 손을 대고 일어나려 했으나 발이 땅을 디디지 못했다. 가슴 한가운데에서 피가 흘러 무릎을 적셨다. 폐가 구멍을 통해 숨을 쉬었다.

도주용 차가 비비안 뒤에 섰다. 가까운 곳 어딘가에서 여자가 절박하게 비명을 질렀다.

토머스, 맙소사, 네가 이 장면을 본다면 제발 고개를 돌리려무나.

비비안은 조의 이마를 겨누었다.

조는 손바닥을 자갈길에 대고 눈을 부릅떴다.

그는 두려웠다. 너무나 두려웠다.

잠깐만. 그렇게 말하고 싶었다. 다들 그러지 않던가.

하지만 말하지 않았다.

총구를 떠난 섬광이 마치 유성 비 같았다.

눈을 떴을 때 그는 해변에 앉아 있었다. 밤이라 주변이 온통 깜깜했다. 다만 파도의 포말과 모래만은 하얀색이었다.

그가 일어나 바다를 향해 걸어갔다.

걷고 또 걸었다.

그런데 아무리 걸어도 가까워질 수가 없었다. 바닷물도 보이지 않았다. 그저 파도가 눈앞의 검은 벽을 때릴 때 그 충격을 느낄 뿐이었다.

한참 후 다시 앉았다.

그는 다른 사람들이 올 때까지 기다렸다. 정말로 오면 좋으련만. 어두운 밤과 텅 빈 해변 말고 뭐든 더 있기를 바랐다. 영원히 해안에 닿지 않는 파도 말고도 뭔가 있기를 바랐다.

〈끝〉

옮긴이 | 조영학

소설 전문 번역가. 주요 번역 소설로 『나는 전설이다』, 『듀마키』, 『스마일리의 사람들』, 『자살의
전설』, 『먼북쪽』 등 70여 편이 있다. 전자책 출판회사 '캐슬'을 운영하며 홍대 앞 상상마당에서
출판 번역 강좌를 담당하고 있다.

무너진 세상에서

1판 1쇄 펴냄 2016년 2월 4일
1판 3쇄 펴냄 2018년 11월 13일

지은이 | 데니스 루혜인
옮긴이 | 조영학
발행인 | 박근섭
편집인 | 김준혁
펴낸곳 | 황금가지

출판등록 | 2009. 10. 8 (제2009-000273호)
주소 | 06027 서울 강남구 도산대로 1길 62 강남출판문화센터 5층
전화 | 영업부 515-2000 편집부 3446-8774 **팩시밀리** 515-2007
홈페이지 | www.goldenbough.co.kr

도서 파본 등의 이유로 반송이 필요할 경우에는 구매처에서 교환하시고
출판사 교환이 필요할 경우에는 아래 주소로 반송 사유를 적어 도서와 함께 보내주세요.
06027 서울 강남구 도산대로 1길 62 강남출판문화센터 6층 민음인 마케팅부

한국어판 © ㈜민음인, 2016. Printed in Seoul, Korea
ISBN 979-11-5888-080-4 04840
ISBN 979-11-5888-081-1 04840(set)

㈜민음인은 민음사 출판 그룹의 자회사입니다.
황금가지는 ㈜민음인의 픽션 전문 출간 브랜드입니다.